Romy Fölck
Mordsand

Weitere Titel der Autorin:

Totenweg
Bluthaus
Sterbekammer
Nebelopfer

Titel auch als Hörbuch erhältlich

**Über die Autorin:**

Romy Fölck wurde 1974 in Meißen geboren. Sie studierte Jura, ging in die Wirtschaft und arbeitete zehn Jahre für ein großes Unternehmen in Leipzig. Heute lebt sie als freie Schriftstellerin in der Elbmarsch bei Hamburg. Die ersten vier Bände ihrer Krimiserie um das ungleiche Ermittlerduo Paulsen und Haverkorn schafften es allesamt auf die SPIEGEL-Bestsellerliste und wurden von Rezensenten und Lesern vielfach begeistert besprochen.

ROMY FÖLCK

# MORD SAND

KRIMINALROMAN

Lübbe

Dieser Titel ist auch als Hörbuch und E-Book erschienen

NACHHALTIG PRODUZIERT

Die Bastei Lübbe AG verfolgt eine nachhaltige Buchproduktion. Wir verwenden Papiere aus nachhaltiger Forstwirtschaft und verzichten darauf, Bücher einzeln in Folie zu verpacken. Wir stellen unsere Bücher in Deutschland und Europa (EU) her und arbeiten mit den Druckereien kontinuierlich an einer positiven Ökobilanz.

FSC www.fsc.org MIX Papier | Fördert gute Waldnutzung FSC® C014496

Vollständige Taschenbuchausgabe
der bei Bastei Lübbe erschienenen Hardcoverausgabe



Textredaktion: Ulrike Brandt-Schwarze, Bonn
Umschlaggestaltung: www.buerosued.de unter Verwendung von Illustrationen von © Patrick Lienin / Arcangel und © www.buersosued.de
Satz: Dörlemann Satz, Lemförde
Gesetzt aus der Stempel Garamond
Druck und Verarbeitung: GGP Media GmbH, Pößneck
Printed in Germany
ISBN 978-3-404-18773-7

4 6 7 5

Sie finden uns im Internet unter luebbe.de
Bitte beachten Sie auch: lesejury.de

*Für Angélique und Andreas.*
*Auf unsere Freundschaft,*
*auf die Liebe!*

# Elbinsel Bargsand, 17. Oktober

Das Dröhnen eines Schiffshorns ließ sie aufwachen. Es hallte in ihrem Kopf nach, bis sie sich nicht mehr sicher war, ob sie es tatsächlich gehört oder nur geträumt hatte. Ihr Herz raste, und sie wusste nicht, warum sie so unruhig geschlafen hatte. Dann nahm sie das leichte Wellenrauschen wahr und erinnerte sich, dass sie nicht in ihrem Bett lag, sondern in einem Zelt. Es war warm in ihrem Outdoor-Schlafsack, aber sie atmete kalte Luft ein.

Martin schlief neben ihr, als wäre er tot. Sie hörte ihn nicht einmal atmen. Seine wahnwitzige Idee war es gewesen, Mitte Oktober zum Zelten auf eine Elbinsel zu fahren. Er hatte sich nicht davon abbringen lassen. »Im Sommer können das alle! Komm, Lenchen. Lass uns raus auf die Elbe fahren, bevor mein Alter sein Boot einmottet. Wir angeln, essen Fisch und campen eine Nacht auf der Insel. Das ist ein toller Platz, wirst sehen! Den nächsten Ausflug planst dann wieder du.« Sie hatte schließlich nachgegeben. Die Stunden zu zweit auf dem Wasser waren etwas Besonderes gewesen. Der letzte goldene Oktobertag. Ab morgen würde es viel Wind und Regen im Norden geben.

Eine Windböe schlug gegen die Zeltwand, dann war wieder das gleichmäßige Rauschen der Wellen am Strand zu hören. Eine Wildente quakte. Hier draußen gab es nichts, wovor sie sich ängstigen musste. Sie waren allein auf der Insel. Die pure Idylle, wie Martin es ihr versprochen hatte.

Es war noch dunkel draußen, und sie versuchte, wieder in den Schlaf zu finden. Aber ihre Gedanken kreisten um das Studium und die anstehenden Klausuren im kommenden Semester. Irgendwann drückte ihre Blase, doch sie wollte nicht raus aus dem warmen Schlafsack. Sie hatten zu viel Wein getrunken gestern. Martin hatte an alles gedacht. Sogar an ihre Lieblingschips. Und ein zusätzliches Kissen.

Ihr Smartphone zeigte 7.32 Uhr an. In ein paar Minuten würde die Sonne aufgehen. Sie drehte sich auf die andere Seite und lauschte den Wellen. Aber es funktionierte nicht. Der Drang ihrer Blase wurde immer stärker.

Leise schälte sie sich aus dem Schlafsack, fand ihren warmen Hoodie und am Eingang die Turnschuhe. Martin schlief weiter, als sie vorsichtig den Reißverschluss öffnete und aus dem Zelt kroch.

Es dämmerte bereits. Der Himmel war dabei, sein Nachtgewand abzustreifen. Wie eine erste Ahnung des neuen Tages bildete sich ein rosafarbener Streifen am Horizont hinter dem Ufer auf der anderen Seite. Drüben im Schilf schnatterten wieder die Enten. Im Sommer hörte man hier sicherlich noch mehr Vogelstimmen, wenn der Tag begann. Aus Rosa wurde Pink, und sie lief die Böschung hinunter auf die Wasserkante zu, wo sich das Farbenspiel des Himmels auf die Wellen übertrug. Zu gern hätte sie Martin geweckt, damit er dieses Naturschauspiel nicht verpasste, aber es war zu spät, um zurückzulaufen.

Sie hockte sich hin und erleichterte ihre Blase, während sie weiter zum Horizont blickte. Das Morgenrot schien den ganzen Himmel in Brand gesteckt zu haben.

Sie zog Slip und Leggins hoch und ging weiter zum Wasser, bis die Wellen ihre Füße fast berührten. Der aufkommende Wind wehte ihr die Haare ins Gesicht. Der Himmel schien zu glühen, und sie breitete ihre Arme aus, dachte an die Filmszene mit Rose und Jack in *Titanic*.

Minuten später war alles vorbei. Das Farbenspiel wurde vom Tageslicht ausgelöscht. Sie entschied, noch etwas im warmen Schlafsack zu dösen, bis Martin aufwachte.

Als sie sich umdrehte, blieb sie abrupt stehen. Tiefe Augenlöcher starrten sie vom Boden her an. Der menschliche Totenschädel im Sand schien sie anzugrinsen. Zuerst glaubte sie an einen Witz. Dass Martin das Ding mitgebracht und hier deponiert hatte, um sie heute Morgen zu erschrecken. Dann wurde ihr klar, dass dieser Strand in der Nacht vom Hochwasser überspült gewesen war. Sie starrte auf den Schädel, dessen Zähne zwischen den Lücken im Kiefer unheimlich echt aussahen. Winzige Algen hatten sich darauf niedergelassen. Irgendein Getier bewegte sich in der Augenhöhle. Sie wich zurück.

»Lena?«

Sie fuhr herum. Martin stand oben am Zelt. Ihr Herz schlug bis zum Hals. Die idyllische Insel machte ihr plötzlich Angst. Sie wandte sich ab von dem Todesgrinsen und lief so schnell hinauf zum Zelt, wie es der rutschige Untergrund zuließ. »Du musst sofort mitkommen! Da unten am Strand liegt ein Schädel!«

# Kapitel 1

Ein Graureiher saß am Ufer, stocksteif und mit eingezogenem Hals wie ein wackeliger Greis. Gandalf der Graue, dachte Frida. Sie blieb stehen, um ihn zu betrachten. Die typisch weiße Stirn mit den schwarzen Augenstreifen und den drei Schopffedern, die einen Federbusch bildeten. Der grauweiße Hals ging in ein aschgraues Gefieder mit weißen Bändern über. Sie mochte die Graureiher. Jeden Tag hockten sie in ihrer Altmännerhaltung hier am Ufer und lauerten auf Beute. In ihrer Kindheit hatte sie die Vögel oft mit ihrem Vater beobachtet. Er hatte ihr erzählt, dass der Reiher in China als Glückstier galt, als Symbol für den richtigen Weg. Und dass er in der Antike die Ägypter und Griechen mythologisch inspiriert hatte, sodass sie Geschichten von einem majestätischen Vogel erfanden, der sich selbst verbrannte, um nach dem Tod aus der eigenen Asche aufzuerstehen.

Phönix, der Wiedergeborene.

Langsam ging Frida weiter, um den Grauen nicht zu vertreiben. Aber der Setter rannte bellend ans Ufer und scheuchte im Schilf ein paar Wildgänse auf, die an der Elbe überwinterten. Der Reiher verharrte noch einen Moment, unbeweglich und prüfend, bevor er ein paar Sprünge machte und sich mit weiten Schwingen in die kalte Oktoberluft erhob.

Frida pfiff, und der Hund gehorchte sofort. Er kam zu

ihr gelaufen und wartete auf ein neues Kommando. Sein braunes Fell war nass und verdreckt.

»Fein, Bruno!«, lobte sie ihn. »Na los, lauf!« Der Hund stob davon.

Oben auf dem Deichkamm stand ein Mann im Morgendunst und schien sie schon eine Weile zu beobachten. Als sie ihn erkannte und winkte, setzte er sich in Bewegung. Frida hatte Torben nicht geweckt, weil er am Wochenende gern ausschlief, sie jedoch die frühen Stunden mochte, wenn kaum ein Mensch unterwegs war und der Nebel im Schilf und über dem Deich schwebte. Wenn sie allein sein und ihren Gedanken nachhängen konnte. Beinahe jeden Sonntagmorgen, an dem sie freihatte, machte sie mit dem Setter einen langen Spaziergang zur Elbe. Arthur, der alte Hofhund, blieb dann zu Hause. Er war nicht mehr gut zu Fuß, trottete nur noch von einer Ecke des Reetdachhauses zur anderen. Meistens schlief er unter dem Küchentisch und erwachte erst zur nächsten Mahlzeit. Es war gut, dass mit dem jungen Hund neues Leben ins Haus gekommen war.

Torben schloss zu ihr auf. »Traumhaft, hier draußen«, sagte er und blickte zum Ufer, wo der Reiher gesessen hatte. »Ich weiß, warum du hier nicht wegwillst.«

Frida hakte sich bei ihm ein. Seit dem Sommer waren sie ein Paar. Sie hatte den Rechtsmediziner Dr. Torben Kielmann im Rahmen einer Mordermittlung auf dem Hof ihrer Eltern kennengelernt. Es hatte Monate gedauert, bis sie sich danach wiedergesehen hatten und gemeinsam in einem Hotelzimmer in Dänemark gelandet waren, und noch ein paar Monate mehr, bis ihnen klar geworden war, dass sie Gefühle füreinander hatten.

Vor einigen Tagen hatte Torben sie gefragt, ob sie sich

vorstellen könnte, zu ihm nach Hamburg zu ziehen. Bis heute war sie ihm eine Antwort schuldig geblieben. Frida liebte das Leben in der Marsch. Erst vor einem Jahr war sie aus Hamburg in ihr Heimatdorf zurückgekehrt und auf dem Obsthof ihrer Eltern in ihr ehemaliges Kinderzimmer gezogen, das sie neu eingerichtet hatte. Sie genoss die Zeit hier draußen auf dem Land. Und die Zeit mit ihrer Familie.

Torben lief neben ihr und hielt ihr Schweigen aus. Er hatte ein gutes Gespür für ihre Gefühlslage. »Schau da! Gänse!«, sagte er plötzlich. »Müssten die nicht längst im Süden sein?«

Frida hielt eine Hand über die Augen, weil sich die Sonne in der Elbe spiegelte. »Das sind Nonnengänse oder auch Weißwangengänse. Wenn der Winter mild ist, überwintern ein paar Tausend hier in der Marsch.« Die Gänse ließen ihr kehliges Schnattern hören und flogen über den Deich auf die Äcker, wo vielleicht noch etwas zu holen war. »In den Sommermonaten können sie eine richtige Plage werden. Die Bauern schimpfen, dass die Gänse ihr Grünfutter und den Getreideaufwuchs fressen.«

Torben beobachtete die V-Formation, bis der Schwarm in der Ferne verschwunden und dessen Rufe verklungen waren.

Bruno kam mit nassem Fell angeflitzt und wartete auf eine Reaktion von Frida. Sie zog einen durchgekauten Tennisball aus der Tasche und warf ihn in weitem Bogen auf den Weg. Der Setter schnellte los.

»Ich bin heute Abend in Hamburg bei Freunden zum Essen eingeladen.«

Torben sah sie fragend an.

»Du übrigens auch. Er arbeitet bei der Wasserschutzpolizei, sie ist Psychologin.«

Torben beobachtete den Hund, der den Ball geschnappt hatte und ihn apportierte. »Ist das das Paar, das im August an der Ostsee geheiratet hat? Wohin du allein gefahren bist?« Er warf ihr einen Blick von der Seite zu.

Frida sah an seinem Gesicht, dass es keine Kritik war. Sie wusste selbst, dass sie übervorsichtig war, was ihre Gefühle anging. Und dass sie damals noch nicht sicher gewesen war, wohin das mit ihnen führte. Vor Torben hatte es in ihrem Leben nur One-Night-Stands und Affären gegeben. »Sie würden dich gern kennenlernen. Kommst du mit?«

Torben nahm den Tennisball, den Bruno vor ihnen abgelegt hatte, und warf ihn wieder auf den Weg. »Klar, gern! Zwei Polizisten, eine Psychologin und ein Rechtsmediziner. Wird bestimmt lustig!«

Frida fiel in sein Lachen ein und zog ihn weiter.

Es war ihr erster freier Sonntag seit Wochen. Die Leiche eines erschlagenen alten Mannes in einer Gartenlaube in Elmshorn hatte die Mordkommission zwei Monate in Atem gehalten. Endlich war der Enkel des Opfers verhaftet worden, weil er sich in seinen Aussagen widersprochen hatte. Gestern hatte er ein umfassendes Geständnis abgelegt. Der Fall war aufgeklärt, und die Ermittlungsakte ging an die Staatsanwaltschaft, die nun die Anklage vorbereiten musste. Ein ruhiges Wochenende wartete auf sie. Nick Wahler, ihr Chef, hatte allen den Sonntag und Montag freigegeben. Nur eine Notbesetzung war im Büro geblieben. Wahler wollte die freien Tage für den Umzug seiner Familie nutzen, die während der ersten Monate, in denen er in Itzehoe die Leitung der Mordkommission übernommen hatte, in Lübeck geblieben war.

Auch Torben hatte sich die zwei Tage an der Uniklinik freigenommen, um sie mit Frida auf dem Hof in der Marsch zu verbringen. Am Abend wollte er für die Familie kochen. Er machte ein großes Geheimnis um das Essen, sagte nur, dass es sich um ein altes Familienrezept der Kielmanns handele. Frida hoffte, dass es ihrem Vater zusagte, der direkt und offen kritisierte, wenn es ihm nicht schmeckte. »Wat de Buer nich kennt, dat frett he nich«, zitierte er seine Vorfahren. Was der Bauer nicht kennt, isst er nicht. Einer seiner Lieblingssprüche, wenn seine Frau in der Vergangenheit neue Rezepte ausprobiert hatte. Irgendwann hatte Marta sich ergeben und nur noch auf den Tisch gebracht, was ihrem Mann mundete. Ein kleines, aber feines Repertoire an Speisen, die schon die letzte Generation von Paulsens gekannt hatte. Lediglich Birnen, Bohnen und Speck ließ sie aus. Dieses typisch norddeutsche Gericht konnte Fridtjof Paulsen nicht ausstehen.

»Wollen wir zurück?«, fragte Torben nach einigen Minuten, die sie still nebeneinanderher gegangen waren. »Deine Mutter war schon in der Küche, als ich los bin. Ich will keinesfalls ihr Zwiebelomelette verpassen!«

»Sag ihr das bloß nicht, sonst will sie, dass du ihr Schwiegersohn wirst.« Frida mochte sein Lausbubenlachen. Sie pfiff nach dem English Setter, der sie überholte und zurück zum Deich raste. Ein paar Schafe stoben blökend auseinander. Über ihnen tauchte ein Graureiher auf und flog mit ruhigen Flügelschlägen in Richtung Nordsee. Welch einen herrlichen Ausblick musste er über die Binnenelbe und die Marsch haben. Manchmal wünschte Frida sich Flügel.

Der Setter war längst zu Hause, als sie mit Torben durch die Toreinfahrt lief. Die neu eingedeckten Stellen des Reetdaches glänzten golden in der Herbstsonne. Die Winterstürme, die dem Haus jahrelang zugesetzt hatten, würden dem Dach nichts mehr anhaben können.

Frida genoss den Anblick. Ein Teil des Hofes war im Sommer neu gepflastert worden. Die verrosteten Gerätschaften, die Jahre in den Ecken überdauert hatten, waren verschwunden. Ihre Mutter hatte große Einmachtöpfe aus Keramik, in denen sie früher Gurken eingelegt hatte, mit Heidekraut bepflanzt und vor die Haustür gestellt. Neben einer Holzbank standen Milchkannen ihrer Großmutter aus Emaille, die ihr Vater vom Boden geholt und schon auf den Müll geworfen hatte. Marta hatte sie gerettet. Nun blühten gelbe Winterastern darin.

Die Haustür hatte einen neuen Anstrich bekommen. Neben dem Dach waren im Sommer auch alle Fenster aufgearbeitet worden. Das historische Bauernhaus sah aus wie ein in die Jahre gekommener Kavalier, dem man einen neuen Anzug verpasst hatte. Immer noch krumm und schief, aber geschniegelt und herausgeputzt. Kein Vergleich mehr zu dem baufälligen Haus, das hier bis letzten Sommer den mitleidigen Blick der Nachbarn auf sich gezogen hatte.

Frida zahlte den Kredit ab, den sie für die Bauarbeiten aufgenommen hatte. Wenn sie wieder zu Geld gekommen war, würde sie auch ins Innere des Hauses investieren. Küche und Stube konnten einen neuen Anstrich vertragen. Die abgenutzten Dielen- und Fliesenböden im Haus mussten erneuert werden. Das Treppengeländer wackelte, die Stufen waren ausgetreten. Elektrizität und Wasser standen auf ihrer Prioritätenliste ganz oben. Bei Gewitter fiel schon mal der Strom aus, Kerzen lagen in jeder Zimmernische parat. Und wenn die alte Gastherme zu rumpeln begann, kam nur kaltes Wasser aus dem Hahn, und die Zimmer kühlten schneller aus, als sie den Kaminofen in der Stube anheizen konnten.

Dann half nur ein Anruf beim Heizungsbauer im Nachbardorf, der *dat dore Aas* längst herausgerissen hätte. Natürlich würde er gern eine nagelneue Heizung im Haus einbauen, ein entsprechendes Angebot lag sogar schriftlich vor. Aber dafür hatte das Geld nach der Sanierung nicht mehr ausgereicht. Vielleicht nächstes Jahr. Oder im Jahr darauf.

Frida liebte das Reetdachhaus ihrer Familie: jede schiefe Wand, jeden Riss, jede knarrende Stufe. Ihr früheres Kinderzimmer im Obergeschoss war ihr Nest, ihr Rückzugsort. Dort saß sie stundenlang in ihrem Ledersessel, hörte dem Knarren der Balken zu und sah vom Fenster auf die alte Hofkastanie, an der in ihrer Kindheit eine Schaukel aus einem Gummireifen am Seil gehangen hatte. Manchmal wünschte sie sich in melancholischen Momenten die Schaukel zurück. Und ihre Kindheit, in der die Tage nach gemähtem Heu und Pferdemist rochen, nach Himbeerlutschern und Apfelmost schmeckten, an denen jede Schramme und jeder blaue Fleck am Abend mit Stolz vorgezeigt wurde. Sie dachte dann an die Jahre, in denen die Sommer endlos waren, die Winter nie zu grau und das Weihnachtsfest das Ereignis des Jahres. In der die Welt ein friedvoller Ort gewesen war.

Frida wollte die Haustür öffnen, als Torben sie zurückhielt. »Warte mal, da sind Milan und Jo!« Er deutete hinüber zur Scheune, vor der ein VW Bulli mit Hamburger Kennzeichen parkte. Dieser gehörte dem Boxtrainer, der mit ihrer Freundin Jo und Fridtjof ins Gespräch vertieft war. Sie gingen hinüber. Milan Franić, der bullige Kroate mit der schiefen Nase, der als Türsteher auf St. Pauli hätte eine große Karriere machen können, fragte gerade etwas und bemerkte Frida und Torben nicht, während Jo ihnen zum Gruß zunickte. Ihr Gesichtsausdruck drückte Skepsis aus, was auch die vor dem Körper verschränkten Arme unterstrichen.

»... muss noch einiges verändert werden. Aber die Bausubstanz ist gut«, erklärte ihr Vater. »Dahinten im Lager könntet ihr Duschen und Toiletten einbauen. Und in der Ecke ...«, er wies zur anderen Seite der Halle, »... eine Kaffeeküche.«

»Morgen!«, grüßte Frida. Sie hatte ganz vergessen, dass Milan und Jo an diesem Sonntagmorgen die leere Halle besichtigen wollten. Das Boxstudio in Hamburg-Altona, in dem Milan, sie und Jo in den letzten Monaten trainiert hatten, war geschlossen worden, weil das Haus saniert und das Loft zu teuren Eigentumswohnungen umgebaut werden sollte. Nun suchte Milan nach geeigneten Räumlichkeiten, um sein eigenes Boxstudio eröffnen zu können. Grundvoraussetzung war, dass es bezahlbar war. Frida hatte ihm den Tipp gegeben, dass ihr Vater einen Mieter für ihre Scheune suchte. Durch die Kooperation mit dem Jungbauern Jesper Ahlsen war Fridtjofs gesamte Technik auf dessen Hof gebracht worden, der größer war und moderne Kühlhallen hatte. Dort bündelten sie seit zwei Monaten ihre Kräfte und lagerten auch den Teil der Apfelernte ein, der nicht sofort verkauft werden konnte.

Fridtjof hatte einen Großteil der Pferdeboxen im Stall vermietet, und zusammen mit dem Mietzins für die Halle würde es reichen, um in einigen Monaten seine Schulden bei Jesper abzuzahlen, der für ihn im Sommer finanziell in die Bresche gesprungen war, um die Insolvenz des Obsthofes abzuwenden.

»Und, was denkt ihr?«, fragte Frida ihre Freundin, während Milan mit den beiden Männern in die Halle getreten war, um die baulichen Veränderungen zu besprechen. Jo, die erst seit einigen Monaten boxte, hatte die Arme verschränkt. Die Skepsis stand ihr ins Gesicht geschrieben. »Die Halle ist perfekt, aber ganz schön weit draußen. Ich weiß nicht, ob die Hamburger aufs Land fahren, um zu trainieren.«

Frida sah auf die Halle. »Man muss ihnen einen Mehrwert schmackhaft machen. Boxcamp auf dem Land, Sport und Erholung. Vielleicht kann ich meine Mutter überreden, für die Boxer ein paar gesunde Eintöpfe zu kochen.«

»Und dazu Smoothies mit Grünkohl, oder was?« Jos dunkles Lachen polterte über den Hof wie der unrund laufende Motor von Milans Bulli. »Ja, die Halle ist schon cool«, gab sie zu. »Allein das Backstein-Design und der große Parkplatz davor. Und dieses hohe Tor, das man im Sommer beim Training öffnen könnte.«

Sie sah zu den Männern im Inneren, die an einer Wand herumklopften. »Dein Vater sagt, hinten im alten Pumpenhaus könnte zusätzlich ein Fitnessraum eingerichtet werden. Der hat natürlich ein geiles Ambiente mit den alten Pumpen und der Empore unter dem Dach.«

»Was sagt Milan dazu?«, fragte Frida.

Jo, die ihre dunklen Haare neuerdings in einer jungenhaft zerzausten Kurzhaarfrisur trug und damit unverschämt gut aussah, nickte. »Ich glaube, er ist begeistert. Wenn dein Vater die Miete im bezahlbaren Rahmen ansetzt, hat er ihn in der Tasche.«

»Du würdest nicht hier rauskommen wollen, um zu trainieren? Bleibst du lieber in Hamburg in einem der Schickimicki-Studios?«

Ihre Freundin setzte ein Pokerface auf. Sie wusste genau, wie viel es Frida bedeutete, dass sie weiterhin zusammen trainierten. Frida lag viel an ihrer Freundschaft, während die Detektivin nicht viel Wert darauf zu legen schien oder es gut verbergen konnte, dass Frida ihr wichtig war. Das gemeinsame Boxtraining war im letzten Jahr zu einer gemeinsamen wöchentlichen Routine geworden, bis das Boxstudio geschlossen worden war und sie sich kaum noch gesehen hatten. Seitdem warteten die losen Enden ihrer Freundschaft darauf, neu verknüpft zu werden. »Das würde komisch aussehen als Teilhaberin.«

Die Überraschung war Jo gelungen. »Du steigst mit ein?«

»Allein kann Milan das Projekt nicht stemmen. Er wird zwar einen kleinen Kredit aufnehmen, aber der reicht nur für die Anfangsinvestition. Ich hab ihm meine Hilfe angeboten, habe etwas Geld übrig. Das letzte Quartal lief ganz gut.« Jo spielte auf ihre Detektei an, in der sie kürzlich einen weiteren Detektiv eingestellt hatte, weil die Auftragslage im Bereich der Ermittlungen für Straf-, Wirtschafts- und Steuerrechtskanzleien sehr einträglich war.

»Das ist der einzige Grund?«, hakte Frida nach.

»Milan ist cool. Und er hat eine Vision. Die hatte ich damals auch, als ich die Detektei gegründet habe. Er wird das Studio hier erfolgreich aufziehen.«

»Und wenn nicht?«

»Wenn man zweifelt, ist man kein Unternehmer. Dann sollte man lieber Beamter werden.«

Frida schluckte. Der Seitenhieb auf ihre Verbeamtung als Polizistin tat weh.

Jo boxte ihr sanft in die Seite. »Seit wann verstehst du keinen Spaß? Du würdest ihm auch helfen, wenn du die Mittel hättest. Na komm, schauen wir mal, was die dadrin bequatschen. Nicht dass die noch einen Bade- und Saunaclub aus dieser Scheune machen wollen.«

Marta stellte die Eisenpfanne mit dem Zwiebelomelette auf den großen Küchentisch, um den sich alle geschart hatten, um zu frühstücken. Sie hatte auch für die Gäste eingedeckt, als diese angekommen waren. Gastfreundschaft war schon immer hochgehalten worden in diesem Haus. Hungrig oder durstig ging hier niemand vom Hof. Bruno, der English Setter, lief aufgeregt zwischen den Tischgästen herum und versuchte, bei jedem Einzelnen sein Hundespielzeug gegen einen Happen vom Tisch zu tauschen. Arthur, der alte Hütehund, lag neben dem Tisch auf einem Läufer und schlief. Manchmal bewegten sich im Schlaf seine Hinterpfoten. Wahrscheinlich träumte er davon, dass er – wie früher – hinter einem Feldhasen oder Fasan herjagte, was er heute aufgrund seines Alters nicht mehr konnte. Er war lethargisch geworden. Ihn interessierte kaum noch, was sich zwischen Schlafplatz und Fressnapf abspielte. Er würde wohl dieses Jahr seine letzte Weihnachtsgans erleben.

»Dann ist das abgemacht«, sagte Fridas Vater und schnitt eine dicke Scheibe Speck ab, die er sich mit Zwiebeln auf sein Brot legte. Er mochte sie lieber roh als in einem gestockten Eiergericht. »Ihr überlegt euch das mal mit der Halle. Die Umbauten könnten noch im Herbst gemacht werden. Aber rein könnt ihr sofort, wenn ihr wollt. Genug kostenlose Parkplätze habt ihr auf dem Hof. Und das Pumpenhaus könnt ihr als Muckibude nutzen.« Er lachte, während er ein weiteres Stück Speck abschnitt. »Aber wer gern auf die altbewährte Art Muskeln aufbauen will, kann auch gern auf dem Hof Holz hacken. Das gibt es hier kostenlos.«

Milan zeigte seine Grübchen beim Lachen, nahm ebenfalls ein Stück vom Speck und schob es in den Mund. Fridtjof und Milan mochten sich. Das war offensichtlich.

Frida sah dem Boxtrainer an, dass ihm der Hof und die Halle gefielen. Er hat Blut geleckt, wollte aber noch einmal darüber schlafen, ob er das Risiko eingehen sollte, sein Boxstudio auf dem Land zu eröffnen. Jo saß schweigsam neben ihm. Sie hatte nur ein wenig Omelette gegessen und mit schwarzem Kaffee heruntergespült.

Fridtjof erzählte, wie er früher mit bloßen Händen die schweren Feldsteine auf den Hänger gewuchtet hatte, als es am Türrahmen klopfte.

»Moin zusammen!«, grüßte eine Stimme von der Tür. »Ich muss euch mal stören.«

Fridas Kollege, Bjarne Haverkorn, stand in der Küchentür. Seit dem Sommer, als er ein Haus hier im Ort gekauft hatte, wohnte er nur ein paar Straßen weiter.

Marta sprang sofort auf. »Morgen, Herr Haverkorn, möchten Sie was mitessen?«

»Nein, danke! Keine Zeit.« Er sah zu Frida. »Wir haben einen neuen Fall.«

Sie stand auf und nahm ihr Brötchen in die Hand, kaute auf dem Weg zur Tür. »Wohin geht's?«

Haverkorn gab Torben ein Handzeichen. Offenbar wurde auch ein Rechtsmediziner gebraucht.

»Wir müssen mit der Wasserschutzpolizei auf eine Elbinsel. Ein Knochenfund.«

»Welche Insel?«, fragte Frida.

»Bargsand!«

# Kapitel 2

Der Hafen von Deichgraben war ein überschaubares Terrain mit ein paar Schwimmstegen, einem Parkplatz, einem Klubhaus des Sportbootvereins, einem Bootsschuppen und dem Imbiss auf Rädern, dem »Rökerwagen«, der während der Hauptsaison am Wochenende geöffnet war. Im Sommer war der Hafen ein beliebter Treffpunkt für Jung und Alt. Nicht nur die Sportbootinteressierten trafen sich hier, sondern auch Leute aus dem Dorf, die ein Schwätzchen halten wollten, und ein paar Ausflügler, um sich am Imbisswagen ein Fischbrötchen, Kaffee oder Bier zu genehmigen. Und natürlich den Blick auf das Wasser, den man von der Kaimauer hatte, zu genießen. Aber jetzt in der Nebensaison waren schon viele Boote an Land gebracht worden. Der kleine Binnenhafen war abhängig von Ebbe und Flut. Wer ein- und ausfahren wollte, musste mit dem Tidenkalender arbeiten, um nicht eine böse Überraschung zu erleben. Ein paar Geschichten waren überliefert, in denen unerfahrene Bootsführer beim Anlegen im Hafen den Tidenhub nicht beachtet und ihr Boot bei Niedrigwasser freihängend an der Kaimauer wiedergefunden hatten. Zum Gelächter der Einheimischen.

Haverkorn, der von Booten so viel Ahnung hatte wie ein Aal vom Räuchern, stellte den Passat auf dem Parkplatz des Hafens ab, der jetzt im Oktober bis auf einen Transporter der Straßenmeisterei leer war. Der Imbisswagen hatte schon vor Wochen dichtgemacht. Drüben vor dem Klubhaus lehnte ein Fahrrad. Wahrscheinlich war jemand im Büro, um sich um ein paar Angelegenheiten des Vereins zu kümmern.

Haverkorn hatte Frida und Torben auf der Fahrt vom Paulsenhof zum Hafen berichtet, was für ein Einsatz sie erwartete. Ein junges Paar hatte am Morgen am Strand der Insel einen menschlichen Schädel gefunden. Die Wasserschutzpolizei war zuerst vor Ort gewesen und hatte die Kripo benachrichtigt. Der Leiter der Mordkommission, Nick Wahler, war an diesem Sonntagmorgen mit seinem Umzug von Lübeck nach Itzehoe beschäftigt, weshalb Haverkorn zugesagt hatte, sich der Sache anzunehmen. Immerhin lebte er in Deichgraben und konnte schnell mal hinüber nach Bargsand fahren. Ein Fall für die Mordkommission würde es aber erst werden, wenn der Schädel nicht älter als ein Menschenleben war. Nur dann, wenn die Möglichkeit bestand, dass der Täter überhaupt noch lebte, würde es eine Morduntersuchung geben. Es war eine glückliche Fügung, dass Dr. Torben Kielmann bei Frida übernachtet hatte und einen fachkundigen Blick auf den Schädel werfen konnte. Wenn der so alt war, dass er noch vom Schwedisch-Polnischen Krieg stammte, konnten sie anschließend gemütlich den Sonntag ausklingen lassen. Haverkorn war dabei gewesen, die Obstbäume in seinem Garten zu verschneiden, als Wahlers Anruf ihn erreicht hatte. Er wollte gern damit fertig werden, bevor der erste Frost einsetzte.

Drüben an der Kaimauer hatte das Tochterboot der *Bürgermeister Weichmann*, eines Streifenbootes der Hamburger Wasserschutzpolizei, festgemacht. Das Mutterboot lag weiter draußen vor Anker, weil es die verschlickte Zufahrt zum Hafen nicht passieren konnte. Der Wasserstand war im Moment recht niedrig, sodass sie über die Metallleiter der Kaimauer nach unten aufs Boot klettern mussten.

Der Bootsführer hielt sich nicht lange mit Vorreden auf, als sie auf Deck waren. »Thomsen. Moin, Kollegen!«

Haverkorn drückte ihm die Hand und stellte Frida und Torben vor. »Dr. Kielmann wird sich das Fundstück gleich mal anschauen«, sagte er.

»Sie haben den Rechtsmediziner gleich mitgebracht?« Der Wasserschutzpolizist schien beeindruckt. Er gab einen kurzen Lagebericht. »Wir haben die Fundstelle drüben auf der Insel provisorisch abgesichert. Das junge Paar haben wir erst mal nach Hause geschickt. Die Kontaktdaten kann ich dir schicken.«

Das Boot legte unter den neugierigen Blicken der Kommunalarbeiter ab, die den Parkplatz reinigten. Der Bootsführer orientierte sich an den gesetzten Priggen, die für einen Laien wie Haverkorn aussahen wie im Wasser stehende umgedrehte Hexenbesen. Er erkundigte sich nach den seltsam anmutenden Reisigruten, und Thomsen erklärte ihm, dass die Priggen Fahrwasserkennzeichnungen waren. Hier hatten sie es mit Steuerbordpriggen zu tun, in den Grund gesteckten Stangen, an deren oberen Ende Zweige zusammengebunden worden waren, die unten auseinanderstanden. Umgangssprachlich nannte man sie auch »Tannen«. Sie kennzeichneten flaches Fahrwasser und halfen den Bootsleuten, die Fahrtrinne zu erkennen, um nicht im Schlick zu landen.

Immer wieder bildeten sich im Bereich der Binnenelbe Schlickberge, die in früheren Zeiten zur Landgewinnung durch Stacks, steinerne Leitwälle, gesichert und aufgeschlickt worden waren. Irgendwann war durch eine Landerhöhung ein Bewuchs der Schlickberge erreicht worden. Elbinseln wie Bargsand waren so entstanden und zum Anbau von Korbweiden oder Obstbäumen genutzt worden. Mittlerweile waren die Elbinseln Naturschutzgebiete, die von der Naturschutzvereinigung NAVE überwacht wurden.

Ein paar Minuten später kam Bargsand in Sicht. Ein dichter Schilfgürtel zog sich am Ufer entlang. Weiter nördlich konnten sie einen Sandstrand erkennen, auf den flache Wellen schlugen. Dahinter erhob sich ein dichter Wald.

»Früher sah das hier nicht so verwildert aus«, erklärte Thomsen. »Ich war ein paarmal mit meinen Kumpels in der Kneipe bei der alten Zieherin. Die hat uns das Geld aus der Tasche gezogen, deshalb hat alle Welt sie so genannt. Bei ihr konntest du nur Bier aus Flaschen trinken. Die Gläser waren so dreckig, da konntest du nicht mehr durchgucken.« Er lachte, und die Falten um seine Augen wurden tiefer. »Ich weiß nicht, wie wir hier weggekommen sind. Wir hatten alle mächtig die Lampen am Brennen.«

»Wie lange gab es diese Kneipe auf Bargsand?«, fragte Haverkorn.

»Bis Anfang der Zweitausender, denke ich«, antwortete Frida. »Mein Vater hat sie auch regelmäßig frequentiert, als er jung war. Die Geschichten, die er erzählt, willst du nicht hören. Dass hier draußen niemand im Suff ertrunken ist, ist nicht zu fassen. Die sind ja alle mit ihren Booten rübergekommen.«

†

Frida stand an der Reling des Polizeibootes und sah die Insel näher kommen. Ein etwa zweihundert Hektar großes

Stück Land, das dem Wasser abgerungen worden war, um es urbar zu machen. Der Obstanbau nach dem Krieg war nicht einfach gewesen. Sie hatte Geschichten von ihrem Vater gehört, wie mühsam es gewesen war, den Boden auf der Insel zu bestellen. Anfangs mit bloßen Händen, später mit einem Pferd, das von Frühjahr bis Herbst auf der Insel lebte, bevor ein kleiner Dieseltraktor dessen Job bei der Ernte übernahm.

Der Fahrtwind war kalt, aber er trieb den Rest Müdigkeit aus ihren Knochen. Torben lehnte neben ihr und hing seinen Gedanken nach. Das Boot scheuchte ein paar Stockenten auf, die schnatternd gen Festland flogen. Wassertropfen wurden vom Boot hochgeschleudert und klatschten Frida ins Gesicht. Sie schmeckten salzig.

Wann war sie zum letzten Mal auf Bargsand gewesen? Ewig her! Mit ihren zwei besten Freunden war sie in einem Sommer heimlich hier herübergerudert, obwohl ihre Eltern es ihnen verboten hatten. Doch der Reiz des Verbotenen war stärker gewesen. Sie hatten das Ruderboot vom alten Hinrich genommen, das kieloben am Deich gelegen hatte, und waren losgefahren. Wie alt waren sie da gewesen? Vielleicht zehn oder elf? Anfangs waren sie euphorisch gewesen, aber in der Mitte der Binnenelbe war die Strömung so stark, dass sie nicht mehr hatten gegenhalten können. Sie waren abgetrieben und am nördlichsten Landzipfel von Bargsand angelandet. Es war ihnen egal, Hauptsache, sie waren angekommen. Den ganzen Tag hatten sie im Wald der Insel Indianer gespielt. Sie hatten eine Hütte aus Ästen und Farn gebaut und Friedenspfeifen aus Holunderholz geschnitzt. Wo Biber an einem der Priele einen Stamm gefällt hatten, bauten sie ein Wehr und stauten das Wasser. Dort hatten sie einen jungen Hecht geangelt und am Lagerfeuer gegrillt. Das war ihr Reich gewesen, das sie gegen die Bleichgesichter verteidigt hatten, bis es dunkel wurde. Die Fahrt zurück war so lang wie gefährlich gewesen. Sie hatten kein Licht am Boot gehabt, waren wie die Blindfische in der Dunkelheit über den Strom gerudert und irgendwo an Land gekommen. Weitab von der Stelle, wo Hinrichs Boot gelegen hatte. Sie hatten zu Fuß ewig nach Hause gebraucht, wo es ein riesiges Donnerwetter gab. Um zwei Uhr nachts tauchten sie plötzlich auf und drucksten herum, wo sie gewesen waren. Nass und verdreckt, aber mit einem Grinsen im Gesicht. Fridtjof hatte Frida schließlich in die Wanne und ins Bett geschickt. Eine Woche Hausarrest hatte sie bekommen.

Immer, wenn sie später Hinrich im Dorf gesehen hatte, war sie kurz davor gewesen, ihm zu erzählen, warum sein Boot drei Kilometer stromabwärts gelegen hatte, als er es nach langer Suche endlich wiederfand. Aber irgendwann war er gestorben, und mit seinem Tod waren die Erinnerungen an dieses Inselabenteuer verblasst.

Als Jugendliche war sie nicht mehr auf Bargsand gewesen, war nie in der Kneipe auf der Insel eingekehrt. Es war ein seltsames Gefühl, nach so vielen Jahren wieder hierherzukommen.

Am Strand knatterte ein im Quadrat gespannter Streifen Flatterband im Wind. Sie waren am Fundort des Schädels angekommen.

»Wir können da drüben anlanden«, sagte Thomsen. Er zeigte auf eine Schneise im Schilf, von der aus sie offenbar gut an Land gehen konnten. Sie legten an und warfen die Planke aus. Frida folgte Torben und sprang in den Sand. Haverkorn verlor am Ende der Planke das Gleichgewicht und versuchte, mit einem großen Schritt an Land zu kommen, der jedoch zu kurz geriet. Er landete mit den Hosenbeinen im kalten Wasser, und Thomsen musste ihm mit Ersatzsocken und Gummistiefeln aushelfen, bevor sie weiterkonnten.

Hinter dem Schilfgürtel führte ein Trampelpfad zum Strand, wo ein Wasserschutzpolizist auf einem Anglerstuhl saß, um ein Auge auf das brisante Fundstück zu haben. Der Schädel steckte im Schlick fest. Ein Totenschädel hatte immer etwas Bedrohliches an sich. Die leeren Augenhöhlen, der Kiefer mit den grinsenden Zähnen.

Frida dachte an das junge Paar, das ihn hier gefunden hatte. Sicherlich keine angenehme Erfahrung. Ihr Blick ging zum Stirnbein, wanderte weiter zum Kiefer. Kein Überbiss, stellte sie fest. War das ein Mann oder eine Frau gewesen? War er oder sie hier auf der Insel gestorben? Wie lange war das her? Unbewusst rieb sie ihre Arme. Eine Welle rollte heran. Ihre Gischtfinger griffen nach dem Schädel, als wollten sie ihn mit sich ins Wasser ziehen, berührten ihn, zogen sich wieder zurück.

»Beeilt euch!«, riet Thomsen. »Das Wasser steigt weiter. Der Strand liegt bald wieder unter Wasser.« Er ließ ein paar große Trittplatten auslegen, damit der Rechtsmediziner an die menschlichen Überreste gelangen konnte. Torben hatte sich einen Overall angezogen, und Frida half ihm, die Latexhandschuhe überzustreifen. Er stellte sich neben den Schädel, dessen totes Grinsen immer wieder von anrollenden Wellen ausgelöscht wurde.

Torben machte zuerst mit seinem Smartphone ein paar Fotos von dem Schädel, bevor er sich hinhockte und ihn genauer betrachtete. Frida stand auf der Trittplatte hinter ihm. Sie blickte in die dunklen Augenhöhlen, den frei liegenden Kiefer, die Krater der fehlenden Zähne. Die Haare auf ihren Armen stellten sich auf. Seit wann lag der Schädel hier auf der Insel?

Torben legte vorsichtig mit den Händen den Schlick unterhalb des Schädels frei. Helle Halswirbel wurden sichtbar.

Frida starrte darauf. Noch mehr Knochen, nicht nur der Schädel?

Der Rechtsmediziner stand auf und zeigte nach unten.

Sie nickte zum Zeichen, dass sie es ebenfalls gesehen hatte.

Torben drehte sich in Richtung der Männer, die am Strand geblieben waren. »Hier liegt mehr im Schlick als lediglich der Schädel«, rief er ihnen zu. »Vielleicht das gesamte Skelett. Ich brauche Ausrüstung und einen meiner Kollegen, um alles freizulegen.«

Haverkorn balancierte mit Thomsen über die Trittplatten. Überraschte Gesichter.

»Wir sichern die Fundstelle, weil das Hochwasser den Strand überspülen wird«, sagte Thomsen. »Ihr könnt ihn frühestens heute Abend bei ablaufendem Wasser bergen.«

Torben stimmte zu und sah sich um. »Da, oberhalb der Grasnarbe, würde ich ein Zelt aufstellen. Wir werden Scheinwerfer brauchen.«

»Das organisieren wir.« Haverkorn blickte auf den Totenschädel. »Mann oder Frau?«, fragte er. »Kannst du schon was sagen?«

Torben wandte sich wieder dem Schädel zu, ging in die Hocke, sah einige Sekunden auf das Fundstück. »Die Stirn ist eher fliehend, ausgeprägte Augenwülste, kräftiger Unterkiefer, großer Warzenfortsatz. Sieht recht eindeutig nach einem Mann aus.«

»Wie alt war er?«, fragte Frida.

»Das ist nicht ganz so einfach.« Vorsichtig öffnete Torben die Kiefer und sah sich den Zahnstatus an. »Die Zahnentwicklung der verbliebenen Zähne deutet auf einen Erwachsenen hin. Auch wenn einige Zähne fehlen, war er noch kein Greis. Sie sind an der Kaufläche nur mäßig abgenutzt.« Er klappte die Kiefer wieder zusammen. »Und hier! Seht ihr? Die Fontanelle, also die Wachstumsfuge des Schädels, ist noch nicht endgültig verknöchert, dann hatte er das vierzigste Lebensjahr noch nicht überschritten. Reicht dir das erst mal?«

»Wenn du mir noch sagst, wie lange er hier im Schlick gelegen hat?«

Der Rechtsmediziner wirkte nachdenklich. »Die Liegezeit zu bestimmen hängt von einer Menge Faktoren ab. Es kommt auf die Bodenverhältnisse an und wie sehr die Knochen dem Wasser ausgesetzt waren. Je feuchter der Boden ist, desto länger dauert die Skelettierung. Das kann unter Umständen Jahrzehnte dauern. Was dich wahrscheinlich interessiert: Massive Kariesdefekte habe ich an den verbliebenen Zähnen nicht gesehen. Historisch ist der Fund also höchstwahrscheinlich nicht. Auf einen konkreten Zeitraum eingrenzen kann ich das alles erst, wenn ich die Knochen ausgegraben und in Hamburg auf dem Tisch habe.« Er schien zu merken, dass Haverkorn sich mehr erhofft hatte. »Geht schon mal davon aus, dass ihr eine neue Fallakte anlegen könnt.«

Frida ließ sich vom Wasserschutzboot am Hafen absetzen, von wo aus sie zum Hof ihrer Eltern fuhr, um wasserfeste Schuhe und Kleidung anzuziehen. Dass sie stundenlang in der nassen Kälte von Bargsand herumlaufen würden, darauf war sie nicht vorbereitet gewesen. Für ihre Schuhgröße gab es an Bord des Bootes der Wasserschutzpolizei keine Gummistiefel. Nur einen Regenmantel in Übergröße und einen verschlissenen Südwester. Sie hatte dankend abgelehnt.

Haverkorn hatte ihr den Job übertragen, sich um ein Notstromaggregat und die Versorgung der Mannschaft mit heißen Getränken und Essen zu kümmern. Wieder am Hafen parkte sie ihren altersschwachen Jeep vor dem Hafengebäude, das auf hohen Eichenpfählen erbaut worden war, um der Überflutung zu entgehen. Die in die Jahre gekommene Baracke, die Wind und Wetter getrotzt und auch einige Überschwemmungen erlebt hatte, diente als Büro-, Verwaltungs- und Lagerfläche für den Sportbootverein. An der Außenwand lehnte noch immer das Fahrrad. In einem der Räume brannte Licht. Peter Luers, der Vorsitzende des Vereins, saß in seinem Büro über ein paar Unterlagen gebeugt. Sie hatte ihn lange nicht mehr gesehen. Seine Haare am Hinterkopf waren noch lichter geworden, der Vollbart leicht ergraut.

»Moin, Peter!« Sie klopfte an den Türrahmen und ging hinein.

»Frida! Komm rein und mach die Tür zu, damit die Kälte nicht reinzieht.« Er stand auf und nahm einen Becher von einem Regal. Die Teekanne stand vor ihm auf einem Stövchen. Er goss ihr Tee ein und drückte ihr den Becher in die Hand.

Frida setzte sich an seinen Schreibtisch und nahm einen Schluck. »Danke dir. Ich merke jetzt erst, wie durchgefroren ich bin.«

»Was ist denn los da drüben auf Bargsand?« Er zupfte an seinem gestutzten Vollbart. »Die Jungs der Wasserschutzpolizei pendeln schon den ganzen Morgen vom Hafen nach drüben. Was'n da passiert?«

»Das muss erst mal unter uns bleiben.«

Luers nickte. Auf ihn war Verlass, das wusste Frida. Er würde keine Gerüchte im Dorf streuen.

»Am Strand wurde ein menschlicher Schädel gefunden.«

Peter Luers trank nachdenklich von seinem Tee. »Ein Schädel? Echt jetzt? Weiß man denn, seit wann er dort liegt?«

»Kann der Rechtsmediziner noch nicht sagen.« Frida behielt bewusst die Information zurück, dass sie es wahrscheinlich mit einem ganzen Skelett zu tun hatten. So genau musste es Luers nicht wissen. »Der Schädel wird heute Abend bei Niedrigwasser ausgegraben und danach in die Rechtsmedizin nach Hamburg gebracht. Da wird er untersucht.« Sie sah sich im Büro um, das aufgeräumt wirkte. An der Wand hing eine große Karte der Binnenelbe mit den Fahrtrouten der Gewässer. Bargsand war eine der größten Elbinseln, neben Füürsand, wo der gleichnamige Leuchtturm stand. »Ich hab eine Bitte.«

»Schieß los!«

»Wir brauchen ein starkes Notstromaggregat.«

Der Vereinsvorsitzende dachte nach. »Wie stark?«

»Stark genug für eine Pumpe und ein paar Scheinwerfer.«

Luers nickte nachdenklich, lehnte sich zurück und überkreuzte die Arme im Nacken. »Kriegen wir hin. Ich schick es euch mit dem Schlickrutscher rüber, sobald es hier ist.«

Frida wusste, dass der Schlickrutscher ein extraflaches Heck hatte. Dieses Boot konnte auch bei Niedrigwasser genutzt werden. Die verschlickten Priele im Bereich der Unterelbe waren nicht ungefährlich, schnell konnte sich ein zu tief liegendes Boot dort festfahren und musste auf das auflaufende Wasser warten.

»Die Kosten werden von unserer Dienststelle übernommen.«

»Okay!« Luers stand auf und nahm eine Telefonliste von einer Pinnwand. »Ich denke, das lässt sich einrichten. Ich rufe gleich Klaus an, das ist unser Kassenwart. Er hat ein Notstromaggregat zu Hause. Ich frag ihn mal.«

»Danke!« Frida trank den letzten Schluck Tee, ging nach draußen und sah hinaus aufs Wasser. Gern wäre sie bei der Ausgrabung dabei gewesen, aber ihr Job hier auf dem Festland hatte Priorität. Sie stieg in den Jeep, um sich um die Versorgung der Mannschaft zu kümmern. Ihre Mutter kochte gerade eine deftige Linsensuppe und machte belegte Brote fertig, die Frida später mit dem Pendelboot der Wasserschutzpolizei zur Insel bringen würde. Der Bäcker stellte eine Thermoskanne Tee und Kaffee zur Verfügung. Wenn in der Marsch Hilfe gebraucht wurde, musste man nicht lange fragen. Vor allem nicht, wenn man die Tochter von Fridtjof Paulsen war.

†

Haverkorn koordinierte den Einsatz auf Bargsand. Der Tatortfotograf, der mittlerweile eingetroffen war, nahm die ausführliche Dokumentation der Fundsituation vor. Horst Lüttje, der Leiter der Kriminaltechnik, und seine Männer untersuchten den Fundort nach verwertbaren Spuren. Sie arbeiteten auf Hochtouren, aber Lüttje schien unzufrieden, da fließendes Wasser neben Feuer der sicherste Spurenvernichter war. Erst am späten Nachmittag konnte Torben mit der Ausgrabung des Skeletts beginnen. Starke Scheinwerfer waren aufgestellt worden, was knifflig war, weil das Wasser irgendwann wieder steigen würde. Um den Fundort hatten Lüttjes Männer eine Verschalung gebaut, aus der eine keuchende Pumpe das Wasser absaugte. Dennoch standen Torben und seine Kollegin die ganze Zeit im Matsch und arbeiteten gegen Kälte und Regen an.

Mehrmals rief ihr Chef, Nick Wahler, an, der zwischen Umzugskartons und Kindergeschrei versuchte, die Nerven zu behalten.

»Wir haben alles im Griff«, beruhigte ihn Haverkorn. »Hier wird alles dokumentiert, und morgen im Büro setze ich dich umfassend in Kenntnis.«

»Danke! Ich komme hier nicht weg«, rief Wahler, um das Geräusch eines Akkuschraubers zu übertönen, »wenn wir heute Nacht nicht auf dem Boden schlafen wollen.«

Sie verabschiedeten sich, und Haverkorn steckte das Handy in die Tasche. Er trug noch immer die Socken und Gummistiefel des Wasserschutzpolizisten.

Lüttje hatte Torben das hölzerne Grab, in dem der Tote lag, überlassen. Der Rechtsmediziner arbeitete trotz der schwierigen Verhältnisse akribisch, unterstützt von einer jungen Kollegin aus dem Rechtsmedizinischen Institut. Er fotografierte, legte Knochen um Knochen frei, sicherte jeden von ihnen auf einer Plane und sprach seine Erkenntnisse ins Diktiergerät. In der Zwischenzeit bauten die Männer von der KTU tragbare Scheinwerfer und ein Zelt an einer Stelle oberhalb des Strandes auf, die von der Flut nicht betroffen war. Nicht nur das Wasser war eine Bedrohung, sondern auch Wind und Regen konnten ihnen zu schaffen machen.

»Bjarne!«, rief Torben. »Das musst du dir ansehen!«

Haverkorn stapfte über die Trittplatten, hockte sich neben ihn hin. Torben Kielmann hatte bereits Brustbein und Rippen des liegenden Skeletts freigelegt, die Beckenknochen waren nun sichtbar. Soeben hatte er das Kreuzbein vom Schlick befreit. Mit einem Spatel schob er vorsichtig den Schlick in der Höhe der Kniegelenke zur Seite, dann stieß er das Werkzeug tief ins Erdreich, wo Schien- und Wadenbeine liegen mussten. Haverkorn hielt die Luft an, aber er hörte kein knackendes Geräusch. Er stieß die Luft aus.

Torben lächelte, weil er seine Reaktion wohl erwartet hatte. »Verrückt, oder?«

»Keine Unterschenkelknochen?«

Der Rechtsmediziner runzelte die Stirn. »Entweder nicht da oder ...«, sagte er, während er begann, unterhalb des Kniegelenkes Schlick aus dem Boden zu heben, »... unser Knochenmann sitzt.« Er suchte den Schlick mit den Fingern ab und nickte. »Schien- und Wadenbeine stecken senkrecht im Schlick, wahrscheinlich auch die Füße.«

Der Kriminalhauptkommissar war überrascht. Ein sitzendes Skelett? In den meisten Fällen fanden sie Skelette liegend vor, eine sitzende Haltung war ungewöhnlich. Was bedeutete das für den Fall? War der Mann hier eingeschlafen und vom Wasser überrascht worden? »Was ist mit seiner Kleidung?«

»Bisher nichts gefunden!«

Haverkorn dachte nach. »Hast du schon Hinweise auf ein Fremdverschulden?«

Torben wies auf eine Stelle. Haverkorn konnte nicht erkennen, was der Rechtsmediziner ihm zeigte. Er stieg über den Rahmen der hölzernen Umrandung der Fundstelle, hockte sich neben Torben und sah auf die Armknochen, die über dem Schoß zusammenliefen. Die Handknochen waren überkreuzt.

Torben nahm eine Stablampe und leuchtete auf dunkle, beinahe schwarze Fasern. »Siehst du das?«

Haverkorn kniff die Augen zusammen, zog seine Lesebrille aus der Jackentasche und fixierte die Stelle, auf die Torben wies. »Was ist das?«

»Ich schätze, das war mal ein Hanf- oder Juteseil, das dem Toten um die Hände geschlungen war. Naturfasern.«

Haverkorn beugte sich vor und erkannte einzelne Fasern, die er mit viel Fantasie für ein Seil halten konnte.

Er setzte die Brille wieder ab und sah nachdenklich hinaus aufs Wasser. »Dann ist er hier im Schlick mit gefesselten Händen vergraben worden. Ich rufe Wahler an.«

# Kinderheim Erich Weinert, Magdeburg, 2. November 1982

Der Wasserhahn tropfte, erzeugte ein monotones Ploppen im Becken, während ihm die Kälte von den Füßen bis in den Oberkörper stieg. Er hatte es nicht mehr geschafft, seine Hausschuhe zu angeln, als der Erzieher »Rechte Seite raus!« geschrien hatte. Sie hatten während der Nachtruhe getuschelt und waren dafür bestraft worden. Vier Jungen, die im rechten Flügel des Schlafsaales untergebracht waren. Nun standen sie auf dem Flur nebeneinander, froren in ihren vergilbten Unterhemden.

Nach jeder Wäsche gab es andere abgetragene Kleidung, auch die Unterwäsche wechselte stetig. Er ekelte sich davor, aber jetzt wünschte er sich nichts so sehr wie Stoffhose und Oberhemd, vor allem aber Strümpfe und Schuhe. Er konzentrierte sich auf das Tropfen des Wasserhahns im Toilettenraum neben ihm, ignorierte die anderen drei Jungen.

Hier fror jeder für sich allein.

Die anderen trugen ihre Hausschuhe. Sie waren schnell genug gewesen, diese anzuziehen, nachdem sie aus den Betten gesprungen waren. Wie er sie darum beneidete! Er trat von einem Fuß auf den anderen, schlang die nackten Arme um seinen Körper und rieb die Hände über die Oberarme, um warm zu werden. Die Nacht konnte lang werden hier draußen in dem langen, düsteren Flur, das wusste er. Sie hatten sich vor der Toilette aufstellen müssen, weit weg vom Schlafsaal. Erst wenn der Erzieher sie wieder ins Bett schickte, durften sie sich von der Stelle bewegen und den fünfzig Meter langen Flur zurücklaufen. Aber schon um sechs Uhr würde die Trillerpfeife den gesamten Schlafsaal aufwecken. Morgen würde er kaum die Augen offen halten können, um dem Unterricht zu folgen. Wenn er müde oder unaufmerksam war, würde das weitere Strafmaßnahmen nach sich ziehen.

Der Hahn tropfte und tropfte. Die Kälte war unbarmherzig, schien ihm in jede Pore zu kriechen. Sein Körper fühlte sich steif an, beinahe bis zum Hals. Seine Zähne klapperten. Jetzt bloß kein Geräusch machen, das den Erzieher auf den Plan rief. Dann würde er den Rest der Nacht mit einer Zahnbürste den Lokus putzen.

Einmal hatte er das machen müssen. Vor Ekel hatte er die dünne Suppe vom Abendessen auf den geputzten Boden erbrochen. Auch den hatte er dann geschrubbt. Nie wieder wollte er das tun. Dann lieber hier in der Kälte stehen und frieren, bis sich der Erzieher erbarmte und sie endlich ins Bett schickte.

Die Füße und Beine spürte er kaum noch. Er bewegte sich vorsichtig, hüpfte zweimal auf und ab.

»Stillgestanden!«, brüllte eine schneidende Stimme neben ihm. Der Erzieher schien nur darauf gewartet zu haben, dass er aus der Reihe tanzte. »Mitkommen!« Er schrie auf, als er hart am Ohr gepackt und in den Toilettenraum gezerrt wurde. Er stolperte über seine eigenen Füße, fiel hin. »Hoch mit dir!«, schrie der Mann über ihm und schleifte ihn am Ohr weiter. Seine Schmerzensschreie gellten durch den nächtlichen Gang. Aber niemand würde ihm zu Hilfe kommen.

# Kapitel 3

Haverkorn öffnete die Gartentür in der Hecke aus Kirschlorbeer. Das Gebäude, auf das er zuging, war in beiden Etagen erleuchtet. Es war ein modernes Haus mit rot geklinkerten Wänden, Spitzdach und Doppelgarage in einer ruhigen Sackgassenlage. Wahler hatte es als langweilig, aber familientauglich beschrieben.

Der Kriminalhauptkommissar klingelte und hörte hinter der Tür einen Hund kläffen. Es dauerte einen Moment, und er schlug den Mantel zusammen. So durchgefroren wie an diesem Abend war er lange nicht mehr gewesen. Nach den eisigen Stunden auf der Elbinsel hatte auch die höchste Stufe der Sitzheizung ihn nicht aufwärmen können. Nick Wahler öffnete. Eine französische Dogge huschte ihm durch die Beine und bellte, bis der Leiter der Mordkommission den Hund am Halsband packte und in einen Raum neben der Diele sperrte.

»Komm rein und sieh dich nicht um!« Wahler machte eine einladende Handbewegung. Er war in Jeans und Pullover, und der Schlafmangel eines Umzugs mit zwei Kindern stand ihm im Gesicht. So leger hatte Haverkorn seinen Chef, der im Büro immer Hemd und Anzug trug, noch nie gesehen.

»Willst du ein Bier?«, fragte Wahler.

»Tee wäre mir lieber.«

»Muss mal schauen, ob Ellen den schon ausgepackt

hat.« Sein Chef schob mit dem Fuß eine Umzugskiste aus dem Weg und führte seinen Kollegen in einen Raum am Ende des Flurs. Eine nackte Glühbirne erhellte die Küche, die nach Wandfarbe roch. Die Möbel waren schon aufgebaut. »Ist alles noch sehr provisorisch, aber wir mussten in Lübeck aus der Wohnung raus, und der Vorbesitzer des Hauses hier hat einige Schäden hinterlassen. Die mussten erst beseitigt werden. Die Handwerker sind gestern fertig geworden, quasi fliegender Wechsel.« Er durchwühlte ein paar Kartons, die sich in einer Ecke stapelten, und fand schließlich eine Teepackung. »Kamille, was anderes kann ich dir nicht anbieten.«

»Nehme ich!« Haverkorn legte den Mantel ab und warf ihn über einen Kistenstapel. Dann hockte er sich auf einen der Barhocker vor dem Küchentresen, während sein Chef den Wasserkocher in Gang brachte und nach Tassen suchte. »Ich bleibe beim Bier, wenn das okay für dich ist?«

Haverkorn hatte Wahler bisher nur Kaffee und Wasser trinken sehen. Dieser Abend hielt einige Überraschungen für ihn bereit.

»Nick?« Eine Frau stand plötzlich in der Tür. Sie sah müde und blass aus. Ihre dunklen Haare waren mit schnellen Handgriffen zu einem Knoten gebunden worden. Das Karohemd, das sie über den Jeans trug, hatte sie auf der Hüfte verknotet, weil es ihr zu groß war. Dennoch wirkte sie strahlend schön in ihrer Natürlichkeit. Überrascht sah sie Haverkorn an. »Oh, ich wusste gar nicht, dass wir Besuch haben.«

»Das ist Bjarne Haverkorn, ein Kollege.« Wahler zog die Frau zu sich und legte einen Arm um ihre Schultern. »Das ist Ellen, meine Frau. Und der Grund, warum ich dieses Haus gekauft habe.«

Sie lachte, und der Raum erstrahlte. Erfreut gab sie Haverkorn die Hand. »Du übertreibst. Die Kinder brauchen Platz und einen Garten. Und du das Gefühl, dass du ohne schlechtes Gewissen Überstunden machen kannst. Nur deshalb hast du dieses Haus gekauft.«

Haverkorn fiel in ihr Lachen ein, und Ellen Wahler nahm sich eine Flasche Wasser aus dem Kühlschrank. »Ich will euch nicht stören, bin total platt. Die Kinder schlafen endlich. Ich nehme Emmi mit nach oben.« Sie gab Haverkorn die Hand und ging mit der Wasserflasche in die Diele. Bevor sie nach oben ging, erlöste sie den winselnden Hund aus dem Zimmer neben der Haustür.

Wahler trank einen Schluck Bier und setzte sich neben ihn auf einen Barhocker. »Also, was hast du für mich?«

Haverkorn zeigte ihm zuerst die Fotos, die er selbst mit seinem Smartphone vom Fundort des Skeletts auf Bargsand gemacht hatte. Er zoomte die überkreuzten Hände heran, deutete auf die zerfallenen Fasern. »Er war gefesselt. Das Seil muss laut Dr. Kielmann eine Naturfaser gewesen sein. Freiwillig ist der nicht im Schlick gelandet.«

Wahler wischte durch die Fotos auf dem Smartphone. »Wie lange liegt er schon da?«

»Das ist laut Kielmann wohl am schwersten zu beantworten. Grobe Schätzung zwischen zwanzig und dreißig Jahre.« Haverkorn wärmte seine Hände an der Teetasse, während er sprach. »Sie hatten den ›Knochenmann‹ ...«, er senkte die Stimme, »O-Ton Lüttje ... fast völlig aus dem Schlick, als ich gegangen bin.«

Wahler nickte nachdenklich. »Haben sie alles, was sie brauchen?«

»Frida hat ein Notstromaggregat, heiße Getränke und was zu essen organisiert. Ich denke, es fehlt an nichts.«

»Gut.« Wahler gähnte verhalten. »Die weitere Vorgehensweise klären wir morgen bei der Teambesprechung.«

»Da ist noch was.« Haverkorn zog einen Asservatenbeutel aus der Tasche und legte ihn auf den Tisch.

Wahler starrte auf ein ovales Metallblättchen mit einem Loch, das korrodiert war. »Was ist das?«

»Hm, ein Stück Aluminium. Sieht aus, als wäre es platt gewalzt und danach ein Loch reingestanzt worden, bevor es mit dem Wasser in Berührung kam. Die KTU schickt es ins Labor. Das Ding hatte der Tote in der Hand, als er auf der Insel vergraben wurde.«

†

Der Paulsenhof lag im Dunklen, als Frida von der Hauptstraße in die Toreinfahrt abbog. »Ich bin jetzt zu Hause«, sagte sie ins Smartphone, während sie den Jeep vor dem Wohnhaus ausrollen ließ. Sie stellte den Motor aus. »Ich bin hundemüde. Wie lange müsst ihr noch?«

Torben war noch auf Bargsand und verpackte das Skelett, um es mit der Wasserschutzpolizei nach Hamburg zu verschicken. »Geh ins Bett! Ich komme später nach.« Er klang angespannt. Die vielen Stunden im Dreck in gebückter Haltung setzten ihm zu. Frida hatte es geschafft, dass am Nachmittag eine mobile Gasheizung auf die Insel geschafft werden konnte, die zeitweise im Technikzelt betrieben wurde. Die Arbeit im feuchtkalten Wind auf der Insel war für Torben und seine Kollegin zunehmend zum Problem geworden. Zwar hatten sie sich gleich am Anfang der Arbeit mit Isolierdecken eingewickelt, um warm zu bleiben. Aber die Kälte war unbarmherzig. Mit klammen Fingern ließ sich kein Skelett ausgraben. In dem beheizten

Zelt konnten sie sich wenigstens kurzzeitig aufwärmen. Aber das auflaufende Wasser ließ keine langen Pausen zu.

»Dauert hier noch etwas«, sagte Torben und gähnte verhalten. Seine Stimme klang fremd durch die Müdigkeit.

»Okay, ruf mich an, wenn ich dich später am Hafen abholen soll.«

»Ach was, geh ins Bett! Einer der Kriminaltechniker nimmt mich mit. Sein Wagen steht am Hafen.«

»Okay!« Sie unterdrückte ein Gähnen. »Der Haustürschlüssel hängt im Versteck.«

Sie verabschiedeten sich, Frida steckte das Smartphone ein und stieg aus. Der Hof lag in völliger Dunkelheit. Eine steife Brise wehte ihr ein Kastanienblatt ins Gesicht. Im nächsten Moment setzte ein Schauer ein, und Frida lief los. Sie ahnte die Eingangstür mehr, als dass sie sie sah. Schon seit dem Sommer wollte sie hier Bewegungsmelder anbringen. Ihre Eltern sollten nicht im Dunklen über den Hof laufen, auch wenn beide behaupteten, sie könnten in der Nacht auf dem Hof nur mit der funzeligen Lampe bestens sehen. Nur weil sie es ihr Leben lang nicht anders gekannt hatten.

Frida ging zur Haustür, legte die Hand auf die Klinke, blieb jedoch stehen. Hetfield, ihr Hengst, wieherte unruhig im Stall. Kurz darauf schrie der Esel. Hatten die beiden sie gehört? Seit zwei Wallache in den Mietboxen neben ihm standen, war Cobain, ihr Esel, noch nervöser als sonst. Er musste sich erst an die Neuen im Stall gewöhnen.

Frida lief durch den Regen hinüber, tauchte in die Dunkelheit ein. Auch sie bewegte sich völlig sicher hier draußen. Wenn die Augen nichts sahen, waren die anderen Sinne viel schärfer. Den Geruch nach Leder und Stroh nahm sie schon auf der Hälfte des Weges wahr. Diesen kannte sie seit ihrer Kindheit, fünfundzwanzig Schritte vom Wohnhaus bis zur Stalltür. Zielsicher fand sie den Riegel, gleich rechts war der Lichtschalter. Noch bevor sie die Hand darauflegen konnte, spürte sie einen Lufthauch und einen festen Schlag gegen den Oberkörper. Sie knallte gegen die Stallwand. Jemand hatte sie grob zur Seite gestoßen.

Sofort stand sie in Grundstellung. Mit ihren Armen und Fäusten sicherte sie den Kopf. Jede Faser ihres Körpers war angespannt, reagierte instinktiv auf den Angriff.

Ihre Nerven vibrierten. Hetfield wieherte und schabte an der Wand. Die Wallache scheuten in der Box. Pferde waren Fluchttiere. Sie spürten es, wenn Gefahr drohte. Und es war jemand im Stall, der nicht hierhergehörte.

Scheiße! Was nun? Sollte sie um Hilfe rufen? Das würde ihm verraten, wo sie sich befand.

Nichts passierte, hinter ihr knarrte die offene Tür. War er längst herausgelaufen? Sie suchte in der Dunkelheit nach dem Schalter, und das Licht flammte auf. Im Stall war der Eindringling nicht.

Sie lief auf den Hof und horchte. »Wo bist du?«, rief sie und blieb stehen, konzentrierte sich. Aber sie hörte nichts außer dem Prasseln des fallenden Regens auf dem Stalldach. Vielleicht hatte er sich irgendwo in der Dunkelheit versteckt. Aber wenn sie ins Haus ging, um eine Taschenlampe zu holen, würde er verschwinden. Sie atmete tief durch und gab die Verfolgung auf. So schnell würde er sicher nicht zurückkommen.

Frida ging wieder in den Stall und lehnte sich an die Wand. Ihr Herz pumpte, die Hände zitterten. Sie atmete tief durch, immer auf der Hut, dass der Angreifer doch wieder zurückkam. Hetfield wieherte unruhig. Frida ging zu ihrem Hengst in die Box, lehnte sich an seinen warmen Körper. Er beruhigte sie, ihr Adrenalinspiegel sank. Danach ging sie zu den beiden Wallachen. Sie redete mit ihnen und gab ihnen etwas Kraftfutter. Auch Cobain schrie nach ihrer Aufmerksamkeit. Sie ging hinüber, kraulte den Esel hinter den Ohren. Er bekam ein Extraleckerli. Seine gelben Zähne zermahlten das Futter. Endlich war es ruhig im Stall.

Was hatte der Typ hier gemacht? Hatte er eines der Pferde stehlen wollen? Sie nahm sich vor, morgen mit ihrem Vater nicht nur ein paar Bewegungsmelder auf dem Hof zu installieren, sondern auch ein einbruchsicheres Schloss am Stall anzubringen.

Frida schrak auf, als ihr Vater hinter ihr im Pyjama durch die Stalltür geschlurft kam. »Was ist denn los?«, fragte er verschlafen. »Ich habe dich auf dem Hof rufen gehört.«

»Hier war jemand im Stall.« Sie erzählte ihm von dem Fremden, der sie gegen die Wand gestoßen hatte. »Er ist längst weg.« Gemeinsam suchten sie eine Kette und ein Vorhängeschloss in der Remise und sicherten damit provisorisch die Stalltür. Die Pferde hatten sich wieder beruhigt. Nur Cobain schrie nach Leckerlis aus Fridas Tasche.

Als sie endlich im Bett lag, grübelte sie, was der Fremde im Stall für einen Plan verfolgt hatte. Sie war noch wach, als Torben gegen Mitternacht zu ihr ins Bett kam. Sein Körper war eiskalt, und sein Haar roch nach Modder und Fisch. Er schmiegte sich an sie, und sie hielt Gestank und Kälte aus, die er mitbrachte, denn sie war froh, dass er endlich bei ihr war.

»Der Täter hat sein Opfer gefesselt«, flüsterte Torben plötzlich. »An den Händen und den Knöcheln. Dann hat er es zugeschüttet.«

Frida wollte das Bild vertreiben, das sich in ihrem Kopf verselbstständigte. »War er schon tot?«

Torben antwortete nicht sofort. »Kann ich nicht sagen. Aber ich hoffe, dass er da im Schlick nicht jämmerlich ertrunken ist.«

# Kapitel 4

Henni stand jeden Morgen mit Haverkorn auf, obwohl sie noch immer krankgeschrieben war. Bisher hatte sie sich von der Transplantation, die ihr nach einer Leberzirrhose das Leben gerettet hatte, nicht vollständig erholt. »Nächstes Jahr«, hatte sie ihr Hausarzt vertröstet. »Genießen Sie diese ruhigen Wochen, die Sie jetzt haben! Wenn Sie wieder arbeiten, werden Sie sich danach zurücksehnen.« Aber ausschlafen wollte Henni nicht, und Haverkorn mochte es, wenn er morgens ihre Schritte auf der Treppe hörte. Ihr tägliches Ritual, egal zu welcher Uhrzeit gemeinsam zu frühstücken, war ihm mittlerweile fast schon heilig. Sie waren beide keine großen Redner am Frühstückstisch, aber sie genossen es, den Tag zusammen zu beginnen. Haverkorn las die neuesten Nachrichten aus Politik und Kultur auf seinem Tablet vor und diskutierte mit Henni darüber. Solche Gespräche hatte er mit seiner geschiedenen Frau nie führen können. Sie hatte lieber in Frauenzeitschriften geblättert.

Der gemeinsame Hauskauf mit Henni war eine ziemlich spontane Entscheidung gewesen. Aber ihr Zusammenleben lief erstaunlich gut. Die Trennung der Wohnbereiche war wichtig für sie beide gewesen, denn sie waren Freigeister und brauchten ihren Wirkungsraum. Henni wohnte oben, er unten. Sie hatten es sich angewöhnt, beim anderen anzuklopfen, bevor sie eintraten. Nur die große Küche im Erdgeschoss benutzten sie beide. Und sie liebten diesen großzügigen Raum mit dem Eichenholztisch, von dem eine in die Jahre gekommene Flügeltür in den Obstgarten führte. Viele Wochen hatten sie draußen auf der Terrasse gefrühstückt, bis es im September morgens zu kalt gewesen war, um mehr als einen Kaffee im Garten zu trinken. Momo, ihr Kater, kam seit zwei Wochen in der Nacht ins Haus und schlief neben dem Kamin in Haverkorns Stube, bis dieser den eifrigen Mäusejäger morgens hinaus in die Marsch ließ.

Haverkorn hatte sich im Erdgeschoss ein gemütliches Lesezimmer mit Kamin eingerichtet. Zuerst hatte er sich Bücherregale gekauft, neben die er seinen geliebten Ledersessel stellte, den er als einziges Möbelstück aus der ehelichen Wohnung in Itzehoe mitgenommen hatte. Dort saß er Abend für Abend, bis er irgendwann eine Couch fand, die in diese kleine Stube passte und die eine Bettfunktion hatte.

Frida war sein erster Gast gewesen. Seine Kollegin hatte die Couch eingeweiht, nachdem sie zu einem ungarischen Gulasch, das Henni gekocht hatte, zu zweit anderthalb Flaschen Wein geleert und Haverkorn ihr verboten hatte, nach Hause zu laufen oder vielmehr zu schwanken. Der Hof ihrer Eltern lag nur einige Ecken weiter am Ortsrand, dennoch hatte er darauf bestanden, dass sie in ihrem beschwipsten Zustand über Nacht blieb. Zum Frühstück gab es Rollmops auf Toast und Aspirin. Frida hatte den Toast einfach weggelassen.

Heute Morgen fand Haverkorn seine Tochter in der Küche. Sie saß, vertieft in ein Buch, am Tisch und hatte die Espressokanne bereits auf den Gasherd gestellt, was sonst seine Aufgabe war.

»Morgen, mein Kind. Bist du schon lange wach?«, fragte er und begann, den Tisch zu decken.

Henni nickte als Antwort, ohne von der Buchseite aufzusehen. »War wieder spät bei dir gestern«, sagte sie plötzlich. »Ein neuer Fall?«

Er zog die gurgelnde Espressokanne vom Herd, goss zwei Tassen ein und kam zum Tisch. »Ja, draußen auf Bargsand wurde im Schlick ein Skelett gefunden.«

Endlich blickte sie auf.

»Bargsand, das ist doch ganz in der Nähe?«

»Eine der Elbinseln.«

»Hm.« Henni legte das Buch auf den Tisch und trank von ihrem Kaffee. »Wisst ihr schon mehr?«

»Das Skelett ist gestern Abend gehoben worden. Torben Kielmann sagt, es liegt da schon Jahre bis Jahrzehnte. Es wird nicht einfach sein, das Opfer zu identifizieren.«

Seine Tochter nahm das Buch wieder auf. Eine so alte Leiche war wohl weniger interessant als ihre Lektüre.

»Und du? Wie sieht dein Tag aus? Hast du wieder Physiotherapie?«

»Nö.« Sie schüttelte den Kopf, ohne ihn anzusehen.

Haverkorn spürte, dass Henni wieder eine ihrer Stimmungen hatte. Das Nichtstun fraß sie auf. Im Sommer hatte sie genug mit der Einrichtung ihrer Wohnung und des Gartens zu tun gehabt. Aber seit zwei Wochen saß sie herum, kochte, las und wartete, bis ihr arbeitender Vater wieder zu Hause war. Sie schien sich überflüssig zu fühlen und zu langweilen. Abends erzählte sie von ihren Tagen, in denen sie sich durch seine Bücherregale arbeitete, neue Rezepte ausprobierte und mit dem Hund der Nachbarin ausgedehnte Spaziergänge im Dorf machte. Aber sie sagte offen, dass ihr die Stadt fehlte, die Cafés und Kultur, ihre Unabhängigkeit. Auch wenn sie sich wohlfühlte in ihrem neuen Heim, wie sie beteuerte, ging Haverkorn davon aus, dass der Frieden nicht mehr halten würde, wenn Henni nicht endlich eine Aufgabe bekam.

»Was hältst du davon, mal im Schuppen ein bisschen Ordnung zu schaffen?«, schlug er vor. »Da steht noch allerhand Krimskrams von unserem Vorgänger drin.« Der alte Lehrer Baalke war ins Heim gekommen. Dass der Schuppen inklusive seines Inhalts übernommen worden war, hatte ihnen ermöglicht, schnell hier einziehen zu können.

»Wenn du meinst.« Begeisterung klang anders.

»Ich kann dich auch mal wieder mit nach Itzehoe nehmen. Vielleicht willst du eine Freundin besuchen?«

Henni klappte das Buch zu und ließ es lautstark auf den Tisch fallen. »Was wird das hier?«

Haverkorn bestrich eine Scheibe Toast mit Butter und Marmelade. »Das sind nur Vorschläge! Ich merke doch, dass du dich langweilst.«

»Ich brauche keine Tagesaufgaben, Papa. Ich will wieder arbeiten gehen, am Leben teilnehmen.« Sie stand auf, ging zum Kühlschrank und holte die Hafermilch heraus, die er vergessen hatte. Sie nahm sich Müsli und goss die Milch darüber. »Sorry, dass ich so ein Stinkstiefel bin. So schön unser Häuschen ist, mir fällt langsam die Decke auf den Kopf.« Henni schaute ihn an. »Kann ich dich nicht unterstützen? Vielleicht kann ich im Internet was für eure Ermittlungen recherchieren?«

Er deutete ein Kopfschütteln an.

»Ja, ich weiß. Dienstgeheimnis!« Lustlos begann sie zu kauen.

Haverkorn sah Henni an, sagte aber nichts. Wusste er wirklich, was in seiner Tochter vorging?

Sie frühstückten schweigend – wie so oft in letzter Zeit.

Er trank den Kaffee aus, stellte den Teller in den Geschirrspüler und blieb neben Henni stehen. »Ich muss los, die warten am Hafen auf mich.« Er berührte sanft ihre Schulter, als er hinausging. »Und denk mal über den Schuppen nach! Vielleicht findest du da noch ein paar Sachen für den Trödelmarkt, den die Schule nächste Woche veranstalten will.«

†

Den ersten Kaffee des Tages trank Frida immer in ihrem alten geschundenen Ledersessel, den sie von ihrem ersten Gehalt in der Polizeiausbildung gekauft hatte. Die Risse im Leder waren wie ihre eigenen Narben. Nicht schön, aber ein Abbild ihrer Vergangenheit. Und ein Zeichen, wie vergänglich alles war.

Ihre Schulter schmerzte, an der Stelle, wo sie in der Nacht im Stall gegen die Wand geprallt war. Heute wollte sie sich mit Fridtjof um ein paar Sicherheitsmaßnahmen kümmern. Was hieß: ein heller Strahler auf dem Hof, bessere Schlösser am Stall und ein paar Bewegungsmelder an strategisch günstigen Stellen. In den Marschdörfern hörte man immer wieder von Banden, die gezielt Häuser und Höfe auskundschafteten und dort einbrachen, wo es eine Gelegenheit für sie gab. Möglicherweise war das einer von diesen Einbrechern gewesen, der nachts ihren Hof ausspionieren wollte. Aber ihr Vater und sie waren sich einig gewesen, dass Fridtjof auch den Nachbarn von dem Vorfall berichten würde.

Noch war es dunkel draußen. Torben schlief, ohne sich zu rühren. Sie wollte ihn nicht wecken, aber die Alarmmelodie seines Smartphones holte ihn um sechs aus dem Schlaf. Frida ahnte, wie er sich nach der kurzen Nacht fühlte. Er setzte sich auf und brauchte einen Moment, um richtig wach zu werden. Dann hockte er sich auf den Boden und machte ein paar Liegestütze. »Wenn der Kreislauf in Gang kommt, ist man sofort wacher«, sagte er keuchend und machte ein paar Sit-ups. Endlich stand er auf und küsste sie. Frida stöhnte auf, als er sie in den Arm nehmen wollte. Er trat zurück. »Was ist los? Tut dir was weh?«

Frida erzählte ihm von dem nächtlichen Vorkommnis im Stall.

Torben sah sich die Schulter an, wo unter der Haut ein Hämatom entstanden war. »Du hättest die Polizei rufen sollen.«

Frida wehrte ab. »Wegen so einer Bagatelle? Was hätte ich ihnen denn sagen sollen? Dass ich den Typ gar nicht gesehen habe? Dass er nichts geklaut oder beschädigt hat?« Sie setzte sich im Schneidersitz auf ihren Sessel und blickte hinaus in die Dunkelheit. »Wir werden mit den Nachbarn reden, sodass sie gewarnt sind. Und Papa fährt zum Baumarkt, um ein richtiges Schloss, Bewegungsmelder und Strahler zu kaufen.«

»Euer Hoflicht ist wirklich eine Katastrophe«, sagte Torben. Er ging zu ihr. »Pass bitte das nächste Mal besser auf dich auf!« Er strich ihr sanft über die Wange. Sie konnte die Sorge in seinen Augen sehen und beugte sich nach vorn, um ihn zu küssen.

Während er duschte, ging sie nach unten und bereitete ihm in der Küche ihre Spezialmischung zu. Espresso mit frischem Ingwer und Cayennepfeffer. Schmeckte nicht, war aber ein Muntermacher.

»Guten Morgen, mein Kind.« Ihr Vater war der Erste.

Dann kamen Bruno und Arthur. Frida begrüßte die beiden Hunde und schenkte ihrem Vater eine Tasse Kaffee ein, während sie den Tisch deckte.

»Hat Torben hier geschlafen?«, fragte er und schnitt eine Jagdwurst auf, von der ein paar Stücke wie zufällig auf den Boden fielen. Die Hunde waren verrückt danach.

»Ja, lange geschlafen hat er nicht.«

Fridtjof kratzte sich über seinen Dreitagebart. »Ihr seid jung, da steckt man das weg.«

Marta kam in die Küche. An diesem Morgen hinkte sie wieder stark. Ihre Arthritis machte ihr seit Tagen zu schaffen. Ihr Gesicht war faltig geworden in den letzten Jahren, ihr Körper schwach. Das Alter und die schwere Arbeit auf dem Hof hatten ihre Spuren hinterlassen. Frida schob sie sanft auf die Bank. »Du setzt dich schon mal, der Tisch ist fast fertig gedeckt.«

Als Torben nach unten kam, frühstückten sie zusammen. Frida tischte ihrer Mutter eine Notlüge auf, um sie nicht aufzuregen. Ihr Herz war nicht mehr das stärkste. Frida erzählte ihr, sie habe sich in der Dunkelheit im Stall gestoßen. Beide Männer konnten Marta nicht ansehen, aber es war besser so. Ihre Mutter würde sich zu sehr aufregen, wenn sie von dem Fremden im Stall erfuhr. Sie würde sich sorgen, nächtelang kein Auge zubekommen und durch das Haus geistern.

Während Marta den Frühstückstisch abräumte, ging Frida mit Torben, ihrem Vater und den beiden Hunden zum Stall hinüber. Das provisorische Schloss war unangetastet, die Tiere ruhig. Bis auf Cobain, der Esel, der sofort zu schreien begann, als er sie an der Tür hörte. Bruno entwischte durch ihre Beine, als sie die Tür öffneten, und huschte ins Innere. Seine feine Nase nahm sofort den Geruch des Fremden wahr. Oder den Angstschweiß, den er und Frida in der Dunkelheit bei ihrem Zusammentreffen verströmt hatten. Arthur legte sich neben eine der Boxen und blieb liegen. Der Weg vom Haus bis hierher hatte ihn ermüdet.

Gemeinsam suchten sie den Stall ab, aber es schien alles in Ordnung zu sein. Nichts fehlte, die Tiere waren ruhiger als in der Nacht und machten sich über das Futter her, das Fridtjof ihnen zuteilte.

Frida ging zu Hetfield in die Box. Sie hatte den Hengst von ihrem Vater zu ihrem zwölften Geburtstag geschenkt bekommen. Er hatte schon erste Stichelhaare bekommen, und die Hufrehe, eine typische Pferdekrankheit, bei der die Huflederhaut entzündet war, machte ihm nach wie vor zu schaffen. Aber solange er Freude am Leben hatte, würde sie die Jahre mit ihm genießen, auch wenn sie ihn schon lange nicht mehr reiten konnte.

»Alles okay bei James?«, fragte Torben, der dem Esel in der Nachbarbox die Ohren kraulte. Er sprach Hetfield und Cobain zu gern mit James und Kurt an, um Frida aufzuziehen, die ihre Tiere nach den Idolen ihrer Jugend benannt hatte. Der Esel und er waren dicke Kumpel geworden. Wenn Torben den Stall betrat, flippte Cobain förmlich aus vor Freude. Frida zog ihn damit auf, dass sich zwei Esel untereinander immer erkannten. Torben lachte es weg.

»Er ist okay.« Sie sah sich im Stall um. Was konnte der Fremde in der Nacht hier gesucht haben? Vielleicht hatte er gedacht, dass sie im Stall wertvolle Technik stehen hatten? Aber jeder, der ihn betrat, roch schon an der Tür, dass hier Pferde standen. »Wenn das neue Schloss dran ist, werden wir weiterhin Augen und Ohren offen halten. Viel mehr können wir erst mal nicht tun.« Sie gab Hetfield eine Karotte aus dem Eimer und verließ die Box. Vielleicht konnte sie ihn am Abend endlich mal wieder ausgiebig striegeln. Sie hatte zu wenig Zeit für Hetfield. Eine helfende Hand im Stall wäre die Lösung. Sie würde mit ihrem Vater darüber sprechen, auch wenn die Besitzer der Wallache in den Mietboxen ihre Tiere selbst verpflegten. Sie wechselte sich mit ihrem Vater ab, denn Arbeit gab es im Stall immer genug. Doch beide waren voll berufstätig. Ihr Vater arbeitete mit einem jungen Bauern in einer Kooperation, und sie selbst war oft bis spät in der Nacht unterwegs. Frida wollte nicht, dass ihre arthritisgeplagte Mutter die Boxen ausmistete und die schweren Kraftfuttereimer schleppte, um Hetfield und Cobain zu füttern. Es wurde Zeit, sich Hilfe ins Haus zu holen. Doch wie sollte die aussehen?

»Wollen wir los?«, fragte Torben. »Ich setze dich am Hafen ab, würde gern noch mal kurz mit Bjarne reden.«

Frida verabschiedete sich von ihren Eltern und stieg zu Torben in den Volvo.

Sie standen am Hafen, während der Himmel von Anthrazit zu Grau wechselte. Das Licht kämpfte sich nur langsam durch den Nebel, der über dem Wasser schwebte wie Schwaden von Trockeneis. Er hüllte Schilf und Priggen in seinen dunstigen Umhang. Vom Wasser stieg der Geruch von grünem Hering auf, der schon ein paar Tage im Müll gelegen hatte. Ein paar Krickenten schnatterten im Schilf, dann war es wieder totenstill. Kurz darauf röhrte in der Ferne das Nebelhorn eines Schiffes, das auf der Elbe seine Position kenntlich machte. Torben gähnte verhalten. Frida lehnte sich an ihn. Er hatte eine lange Nacht hinter und einen noch längeren Tag vor sich. Manchmal hatten sie beide in ihrem Beruf einfach die Arschkarte.

Haverkorn stellte sich ein paar Minuten später neben sie ans Hafenbecken. Er war außer Puste, weil er die zwei Kilometer von seinem Haus zum Hafen gelaufen war.

»Morgen, ihr zwei.« Er atmete tief durch. »Herrlicher Tag, oder?« Er sah hinaus auf die Hafeneinfahrt. »Noch was gefunden heute Nacht?«, wandte er sich an den Rechtsmediziner.

»Die Fußknöchel waren auch gefesselt.« Torben hielt sich nie lange mit Nebensächlichkeiten auf. »Die gleichen Fasern.«

Der Kriminalhauptkommissar starrte in den Nebel. »Was ich mich die ganze Zeit frage: Wurde auf der Insel eine Leiche vergraben oder ein lebender Körper?«

»Kann ich nicht sagen. Ich untersuche die Knochen heute genauer. Aber ich mache dir nicht viel Hoffnung, darauf eine abschließende Antwort zu bekommen.«

Sie hörten ein Auto näher kommen, aber auch der Parkplatz war in Nebel gehüllt, sodass sie nicht sehen konnten, wer sich zu ihnen gesellte.

»Das wird Wahler sein«, sagte Haverkorn. »Er wollte sich die Fundstelle unbedingt selbst ansehen.«

Der Leiter der Mordkommission tauchte aus dem Nebel auf. »Morgen zusammen«, sagte er und drückte jedem die Hand. »Noch was Neues, Dr. Kielmann?«

»Was wissen Sie bisher?«, erkundigte sich der Rechtsmediziner, und Wahler erzählte, was ihm Haverkorn am Vorabend berichtet hatte. Der Rechtsmediziner setzte ihn über die Fußfessel ins Bild. Wahler schwieg einen Moment. Auch ihn schien diese Information nicht kaltzulassen. »Wo sind die Überreste jetzt?«, fragte er.

»Wurden heute Nacht noch zur Rechtsmedizin überführt. Erst mit dem Streifenboot der Wasserschutzpolizei, in Hamburg hat dann ein Sektionsassistent den Transport zum Universitätsklinikum Hamburg-Eppendorf übernommen.«

»Bleibt das Ihr Fall?«

»Natürlich!« Torben sah auf seine Uhr und verabschiedete sich. »Ich fahre jetzt los. Sobald ich was für euch habe, melde ich mich.« Er verschwand im Nebel, um sich im Rechtsmedizinischen Institut im UKE den menschlichen Überresten des Knochenmannes zu widmen. Jede weitere Information war wichtig, um das Opfer zu identifizieren. Ohne die Kenntnis, wer dieser Mann gewesen war, war es beinahe unmöglich, die Umstände seines Todes zu klären. Wenn es jemand schaffen konnte, ihn zu identifizieren, dann Dr. Kielmann.

Kurz darauf hörten sie auf dem Wasser einen Motor tuckern, und das Tochterboot der *WS2* glitt durch die Nebelschwaden. Die Wasserschutzpolizei würde sie auch heute wieder vom Festland zur Insel Bargsand bringen.

»Moin!«, grüßte Thomsen und nahm sie an Bord. Die Leiter am Hafenbecken war rutschig. Sie mussten aufmerksam sein, als sie nach unten stiegen. Vor allem Wahler, der keine Gummistiefel, sondern Slipper aus schwarzem Leder trug, hatte Probleme auf den glatten Metallstufen. Typisch, dachte Frida.

Seit er im Sommer das Team der Mordkommission in Itzehoe übernommen hatte, beharrte Wahler auf seiner Businessgarderobe, die einem Banker zur Ehre gereicht hätte. Er trug jeden Tag Anzüge und Designerschuhe, egal bei welchem Wetter. Selbst bei einem Einsatz auf der Elbe ließ er sie nicht im Schrank. Wenigstens hatte er eine Regenjacke über den Anzug gezogen, auch wenn sie teuer wirkte.

Wahler war unverbesserlich! Er zog eisern durch, was er sich in den Kopf gesetzt hatte. Aber hinter seiner perfektionistischen und spröden Art, seiner harten und überkorrekten Personalführung gab es dennoch Mitgefühl, an das man appellieren konnte. Die harte Schale brach in Augenblicken auf, in denen man es am wenigsten erwartete. Frida musste, auch wenn sie ihn anfangs für einen karrieregeilen Snob gehalten hatte, zugeben, dass sie ihn respektierte. Wahler forderte eine Menge von seinem Team, aber nur, weil er selbst bereit war, über seine Grenzen zu gehen, um jeden Fall aufzuklären. Er war ein harter Hund, aber nicht, weil er auf eine Beförderung hoffte, sondern weil das sein Charakter war. Wahler kannte keine Grautöne, sondern nur schwarz oder weiß. Wenn man das beachtete, konnte man mit ihm auskommen.

Der Nebel riss stellenweise auf. Dennoch fuhr das Tochterboot vorsichtig an den Priggen vorbei, um nicht irgendwo aufzusitzen. Sie streiften verkrautete Schlickberge und eine kleine Insel, von der nur die Schilfkante zu sehen war.

Niemand sprach bei der Überfahrt. Der Motor surrte gleichmäßig und schreckte ein paar Wasservögel auf. Endlich kam Bargsand in Sicht. Sie legten an, und Wahler ließ sich von Thomsen überreden, die Slipper gegen Gummistiefel einzutauschen, bevor sie an Land gingen.

»Elbwasser ruiniert alles, vor allem Leder«, sagte der erfahrene Wasserschutzpolizist, und sein grauer Seemannsbart verbarg ein Schmunzeln. »Ihre Treter können Sie dann nur noch als Hundespielzeug verwenden.« Wahler gab nach und ließ die Designerschuhe an Bord.

Im Gänsemarsch liefen sie zum Fundort. Große Wellen schlugen hinter dem Schilfgürtel an den Strand, wahrscheinlich hatte ein Containerschiff das Gebiet passiert. Frida hörte das Schmatzen der Gummistiefel im Matsch. Der Weg war schlammig von den vielen Füßen, die am Vortag zwischen dem Boot und dem Areal des Knochenfundes hin- und hergelaufen waren. Hinter ihnen im Wald krähte ein Fasan.

»Wann kommt die KTU?«, fragte Wahler.

»Lüttje wird mit seinen Jungs gleich hier sein. Sie wollen noch mal den Strand und anliegenden Wald durchkämmen. Thomsen holt sie am Hafen ab.«

»Beeilen wir uns!« Wahler zog das Tempo an.

Die Fundstelle des Skeletts lag abgesperrt, aber verlassen vor ihnen. Die Kriminaltechniker waren bis in die frühen Morgenstunden hier gewesen. Frida ging zum Notstromaggregat und warf es an. Tuckernd begann es zu arbeiten. Sie brachte einen der Scheinwerfer zum Strand und schaltete ihn ein.

Wahler stand mit Haverkorn neben der Verschalung, die sich in den letzten Stunden, in denen die Pumpe nicht gelaufen war, mit Wasser gefüllt hatte. Zwar lief es gerade ab, aber in dem künstlichen Rahmen, der um die Fundstelle errichtet worden war, stand die trübe Suppe bis zum Rand. Haverkorn erklärte seinem Vorgesetzten, wie das Skelett im Schlick gesessen hatte, und Frida hing ihren Gedanken nach. Der Geruch nach Brackwasser, der sie gedanklich wieder in ihre Kindheit katapultierte, stieg vom Strand auf. Die feuchte Morgenluft ließ sie frösteln, und sie zog den Reißverschluss der Lederjacke bis zum Hals hoch. Frida sah sich um. Einzelne Nebelschwaden hingen noch zwischen den Bäumen. Kein Laut drang aus dem Gehölz, das in den letzten Jahren wild gewachsen war. Das ideale Setting für einen Horrorfilm. Nur dass der Horror hier vor vielen Jahren sein Opfer gefunden hatte. War der unbekannte Mann hier lebendig vergraben worden? Wer war er gewesen, und warum hatte sein Mörder gedacht, dass er einen solchen Tod verdient hatte?

Nachdenklich sah sie ihren Kollegen zu, die versuchten, die Wasserpumpe in Gang zu bekommen, um sich die Grube ansehen zu können.

Im Wald knackte ein Ast. Frida fuhr herum und starrte in das dunkle Gesicht des Waldes. Sie fühlte sich beobachtet, aber der Gedanke war absurd. Niemand war hier draußen auf der Insel, niemand außer ihnen. Hier lebten etwas Wild und eine Menge Wasservögel. Seit Jahren schon war Bargsand unbewohnt.

Dennoch kroch ihr eine Gänsehaut über die Arme. Ihr Instinkt war schon immer gut gewesen. Etwas war dort drüben. Aber je länger sie zwischen die Bäume starrte, desto weniger konnte sie erkennen.

»Ich komme gleich wieder«, sagte sie.

Nein, ihre Angst würde sie nicht kleinkriegen. Dadrin hockte höchstens ein Reh oder ein Wildschwein. Und das hatte mehr Angst vor ihr als umgekehrt. Sie lief los, steuerte auf die Bäume zu, von deren Kronen welkes Laub herabwehte. Ihr Herz pochte laut, und sie biss die Zähne zusammen. Sie legte die Hand auf ihre Dienstwaffe. Wenigstens hatte sie diese bei sich, sollte ein Keiler auf sie losgehen. Der Wald war verwildert, dichtes Unterholz und heruntergebrochene Stämme machten ihr das Vorwärtskommen schwer. Frida blieb stehen. Sie sog die feuchte Morgenluft ein, den fauligen Atem des Waldes. Ganz stark spürte sie hier den Verfall und die Vergänglichkeit der Natur. Sie ging weiter, tauchte ins Halbdunkel ein.

Kein Geräusch mehr. Außer ihrem Herzschlag.

Plötzlich erkannte sie, dass jemand zwischen den Bäumen stand. Ganz ruhig. Wie ein Jäger, der das Wild beobachtete, bis es nahe genug war, um es zu erlegen.

Aber hier war sie das arglose Wild.

Und der andere hatte sie längst entdeckt.

# Kapitel 5

Der Nebel hatte sich verzogen, und dennoch blieb der Himmel grau und nichtssagend wie eine Bütte Waschbeton. Wenn sich im Herbst hier oben im Norden die Sonne einmal blicken ließ, dann gleich mit großem Auftritt. Doch an diesem Tag verbarg sie sich hinter der dichten Wolkendecke.

Wahler stand in dem verschalten Areal, aus dem die Pumpe das Wasser gezogen hatte. Nur ein paar schmutzige Pfützen waren am Grund des Lochs zurückgeblieben, aus dem der Rechtsmediziner am Vortag das Skelett geborgen hatte.

»Und dieser Metallchip, den der Tote in der Hand hatte? Was passiert damit?«, fragte der Leiter der Mordkommission schließlich.

»Den schickt Lüttje ans LKA zur Elektronenspektroskopie. Vielleicht kriegen die Kollegen raus, was das Fundstück früher mal war. Bevor es platt gewalzt wurde.«

Wahler schob unzufrieden das Kinn nach vorn. »Sonst haben wir nichts?«

»Das und die Reste der Naturfasern von den Fesseln. Auch die werden beim LKA analysiert.«

»Gut, dann soll die KTU den Strand noch mal gründlich absuchen. Vielleicht wurde gestern hier was übersehen.«

Er stieg aus der Verschalung, rutschte weg und fing sich

am Rahmen ab, ohne in den Schlamm zu stürzen. »Scheiße!«, zischte er und trat auf festen Untergrund.

Haverkorn musste sich ein Lachen verkneifen, denn Wahlers teure Hose hatte einige Schlammspritzer abbekommen.

»Wird Zeit, dass wir ins Trockene kommen«, maulte sein Vorgesetzter.

Haverkorn sah sich suchend um. »Wo ist denn Frida?«

Wahler zuckte die Schultern. »Keine Ahnung! Vielleicht mal für kleine Polizistinnen.«

Sie hörten Stimmen im Schilf, kurz darauf tauchten die Kriminaltechniker auf. Sie trugen Koffer, Anglerstühle und einen klappbaren Tisch, die sie im Zelt abstellten, das etwas höher lag als der Fundort. Lüttje und Wahler besprachen die nächsten Schritte. Haverkorn sah auf seine Uhr. Er hatte Frida sicherlich schon eine Viertelstunde nicht mehr gesehen. War sie zum Bootssteg zurückgegangen, um die Kollegen der KTU in Empfang zu nehmen?

Weit weg konnte sie nicht sein. Vielleicht sah sie sich auch ein wenig in der Umgebung um. Er machte sich keine Sorgen. Das hier war Fridas Heimat. Sie würde bestimmt gleich zurück sein.

†

Frida starrte auf die dunkle Gestalt, diese starrte zurück. Sie nahm nur Umrisse wahr. Ihr Herz klopfte laut. Ein Knacken hinter ihr, sie fuhr herum, sah aber nichts, was das Geräusch verursacht haben könnte. Sie blickte wieder zurück und versuchte, in dem Zwielicht etwas zu erkennen. Die Gestalt zwischen den Bäumen war verschwunden.

Sie konzentrierte sich auf ihren Atem, um sich zu beruhigen. Hatte sie sich die Gestalt nur eingebildet? Nein, gewiss nicht! Ihre Augen waren gut, und da hatte jemand gestanden und sie beobachtet. Sollte sie Haverkorn und Thomsen holen, um nach dem geheimnisvollen Fremden, der sich im Dunkel des Waldes verbarg, zu suchen?

Neben ihr brachen Zweige. Ihr Blick schnellte dorthin. Ihre Hand legte sich reflexartig auf das Holster ihrer Dienstwaffe.

Die Gestalt stand jetzt seitlich von ihr, verharrte einen Moment und setzte sich plötzlich in Bewegung, trat aus dem Halbschatten der Bäume. Ein Mann im grünen Parka steuerte leicht hinkend auf sie zu. »Bleiben Sie ganz ruhig stehen!«, sagte er.

Frida öffnete das Holster, legte die Hand an den Griff ihrer Waffe. »Wer sind Sie?«, fragte sie barsch, um ihre Unsicherheit zu überspielen.

Er hob abwehrend die Hände. »Bitte nicht so laut! Sie verschrecken sie noch.«

»Wen verschrecke ich?« Frida sah sich im Wald um, entdeckte keine andere Person. Von wem redete er? Der Fremde näherte sich zwischen dem Gehölz mit beinahe lautlosen Schritten, obwohl er merklich hinkte. Frida schätzte ihn auf Mitte vierzig. Er hatte einen dunklen Vollbart und trug eine Jägerkappe mit Schirm, am Hals baumelte ein Fernglas. Sie hatte ihn hier draußen in der Marsch noch nie gesehen. Er blieb neben ihr stehen und wies auf den Rand des Schilfstreifens in ihrem Rücken. »Dadrin sitzt eine Bekassine, auch Himmelsziege genannt.« Er zog das Fernglas vor die Augen, fixierte das Schilf. Die zusammengepressten Lippen ließen keinen Zweifel daran, dass er keinen Erfolg hatte. »Ich komme täglich her, weil ich sie immer wieder im Schilf höre. Aber zu Gesicht bekommen habe ich sie noch nicht. Unglaublich, dass sie um diese Zeit noch in unserer Region ist. Sie müsste längst in ihr Winterquartier gezogen sein.«

Frida sah ins Schilf, konnte aber nichts erkennen. Sie hatte schon von dem seltenen Vogel gehört, dessen Laute sich anhörten wie das Meckern einer Ziege. Die Himmelsziege war fast ausgestorben und stand unter Naturschutz. Sie selbst hatte bisher weder das Meckern dieses seltenen Vogels gehört noch ihn gesehen.

Der Mann ließ das Fernglas sinken und reichte ihr die Hand. »Entschuldigen Sie, ich sollte mich erst mal vorstellen. Trautmann Peters, ich bin Ornithologe.« Er wandte sich um, hob den Arm und zeigte in den Wald. »Auf der anderen Seite der Insel ist mein kleiner Beobachtungsposten.«

Frida nahm die Hand von der Waffe. »Paulsen, Kripo Itzehoe.«

»Dann stimmt es also?« Peters hatte automatisch die Stimme gesenkt.

»Was meinen Sie?« Sie war neugierig, was die Leute sich über den Fund hier draußen erzählten.

»Na, dass am Strand eine Leiche gefunden wurde.«

»Da haben Sie richtig gehört.« Von wem hatte er die Neuigkeit? Hatte Peter Luers gequatscht? War eigentlich nicht seine Art. Aber dass die Kollegen der Wasserschutzpolizei den ganzen Tag und die halbe Nacht nach Bargsand gependelt waren, hatte sich sicherlich wie ein Lauffeuer in der Gegend verbreitet. Sie sah Peters in die Augen, er wich ihr nicht aus. Sein Blick war durchdringend, was wohl an seinem Beruf lag. Beobachten, analysieren und einordnen. Ein Ornithologe brauchte gute Augen, aber offensichtlich keine gesunden Beine. Sollte sie ihn danach fragen?

»Wenn Sie in irgendeiner Form Hilfe brauchen …«, setzte er an, unterbrach dann aber, als er ihren Gesichtsausdruck sah. »Ich will mich nicht aufdrängen, aber kaum jemand kennt Bargsand so gut wie ich.« Er hob das Kinn. »Ich bin mindestens drei- bis viermal in der Woche auf der Insel, kenne jedes Stückchen Erde und beinahe jeden tierischen Bewohner. Hätte ich gewusst, dass hier ein Toter liegt …«

»Was hätten Sie dann getan?«, fragte Frida.

Peters' Blick ging hinüber zum Strand. Er schwieg betreten.

Frida war klar, dass sie Peters als Zeugen befragen mussten, weil er regelmäßig auf dieser Insel unterwegs war. Aber wahrscheinlich hatte er recht und wusste noch viel mehr zu berichten, was für die Ermittlungen von Bedeutung war.

»Kommen Sie«, sagte Frida spontan. »Ich mache Sie mit meinen Kollegen bekannt.«

†

Haverkorn sah auf seine Uhr. Frida war immer noch verschwunden. Wahler war schon zur Anlegestelle gegangen, weil er mit dem nächsten Boot zurück zum Hafen wollte. Er hatte Termine in Itzehoe, auch war durch seinen Umzug im Büro einiges liegen geblieben. Er hatte angewiesen, dass Haverkorn und Frida sich die Insel genauer ansehen sollten, um sich ein Gesamtbild von Bargsand machen zu können.

Haverkorn sah hinüber zu Lüttje, der den Tisch unter dem provisorischen Zelt in Beschlag genommen hatte und etwas in einem seiner Technikkoffer suchte.

»Sag mal, Horst …« Er ging hinüber, blieb am Tisch stehen. »Hat Frida euch am Boot abgeholt?«

Der Chef der Kriminaltechnik sah kurz auf, vertiefte sich dann wieder in seine Suche. »Frida hab ich heute noch gar nicht gesehen. War sie nicht bei dir?«

»War sie, ja …«, er zog die letzte Silbe nachdenklich lang. »… aber ich habe gar nicht mitbekommen, dass sie weggegangen ist.« Er sah sich um. Hinter ihm lag der Strand, links und rechts zog sich ein langer Schilfgürtel am Wasser entlang, dahinter war nur Wald. Wo war sie hingegangen? »Frida?«, rief er und drehte sich in die andere Richtung, rief lauter. »FRIDA!«

»Ich bin hier!« Die Stimme kam vom Rand des Waldes, wo seine Kollegin gerade auftauchte. Sie war nicht allein. Hinter ihr lief ein Mann im Jägeroutfit mit Fernglas, der ein wenig hinkte. Wo hatte sie den denn aufgegabelt?

»Bjarne, das ist Trautmann Peters«, stellte Frida ihren neuen Begleiter vor, als sie am Flatterband auftauchten. »Er ist Ornithologe und hat eine kleine Station drüben auf der anderen Seite.«

Der Mann drückte seine Hand.

»Haverkorn, moin, Herr Peters.« Er warf Frida einen schnellen Blick zu, hatte aber auch so verstanden. Dieser Mann kannte die Insel bestens. Er war ein wichtiger Zeuge. »Ich kann Ihnen leider keinen Stuhl anbieten, damit wir uns in Ruhe unterhalten können. Aber etwas Kaffee sollte noch in der Thermoskanne sein.«

Sie gingen in das Zelt, das Lüttje wieder verlassen hatte, um seine Männer zu begleiten, die mittlerweile am Strand und im Wald ausschwärmten. Keiner glaubte daran, dass hier noch etwas gefunden würde, aber diese Arbeit war wichtig, um auszuschließen, dass sie in der Nähe des Fundortes etwas übersehen hatten. Ob es sich hier auch um den Tatort handelte, musste nun Dr. Kielmann klären, sollte es nach all der Zeit überhaupt noch nachweisbar sein, woran der Tote gestorben war.

Haverkorn langte nach einem sauberen Becher und schenkte sich Kaffee ein. Er lud Trautmann Peters mit einer Handbewegung ein, sich selbst zu bedienen.

»Wie oft sind Sie denn hier auf Bargsand?«, eröffnete der Kriminalhauptkommissar das Gespräch.

»Drei-, viermal in der Woche.« Der Vogelkundler machte Frida Platz an der Thermoskanne und stellte sich neben Haverkorn an den Tisch. »Aber wenn ich etwas Besonderes entdecke, dann komme ich jeden Tag.«

»Wie die letzten Tage?«, fragte Frida.

»Genau, ich habe bei meinem Streifzug am Freitag den Ruf einer Bekassine im Schilf gehört.« Er sah Haverkorns fragenden Blick. »Der Vogel wird auch Himmelsziege genannt. Er ist äußerst selten und in unseren Breiten um diese Jahreszeit längst nicht mehr anzutreffen.«

»Aber zu Gesicht bekommen haben Sie die Himmelsziege nicht?«

»Leider nein, aber so schnell gebe ich nicht auf.« Er trank und sah die beiden Ermittler an. »Ist hier eine Leiche angespült worden?«, fragte er dann. »So genau konnte niemand sagen, was hier am Strand gefunden wurde. Es sind eine Menge Gerüchte im Umlauf.«

Frida war erleichtert, dass Luers, der Vorsitzende des Sportbootvereins, ihre vertraulichen Informationen nicht gestreut hatte. Sie sah Haverkorn an. Es war an ihm zu entscheiden, wie viel er Peters erzählen wollte.

»Nein, keine Wasserleiche. Die menschlichen Überreste waren schon älter. Sie wurden am Strand geborgen.« Er wies auf die Verschalung am Strand, und Peters schien zu verstehen. »Bitte behandeln Sie diese Informationen vorerst vertraulich.«

Der Ornithologe tippte an die Krempe seiner Kappe. »Natürlich!«

»Wie lange sind Sie als Ornithologe schon hier auf Bargsand?«, hakte Frida nach, die Peters genau beobachtete.

»Nächsten Sommer werden es zwanzig Jahre.«

Auch Haverkorn fixierte Peters, der sich an den Tisch gelehnt hatte, um sein versehrtes Bein zu entlasten. Der Ornithologe fing seinen Blick auf.

»Ein Fahrradunfall in meiner Kindheit. Ein Hüftschaden, der nie richtig behandelt wurde.«

»Entschuldigen Sie, ich wollte nicht …«

»Kein Problem. Ich kenne diesen Blick, daran gewöhnt man sich.«

Frida wollte nicht weiterbohren. »Außer Ihnen kommt sonst niemand auf die Insel?«, fragte sie. »Kollegen von der NAVE oder Sportangler?«

»Wenn ich im Urlaub oder krank bin, übernimmt meine Kollegin Sonhild Schenk die Station für ein paar Tage. Angler habe ich hier noch nie gesehen. Ab und zu landen mal ein paar Jugendliche an, die denken, dass hier noch immer der alte Zeltplatz existiert.«

Haverkorn spürte Fridas Blick. »Ein Zeltplatz? Ich denke, die Insel steht unter Naturschutz?«

Peters wies auf ein Schild, das am Schilfsaum stand. Die schwarze Eule auf gelbem Grund, die darauf hinwies, dass hier ein Naturschutzgebiet war. »Bevor die Insel unter Naturschutz der NAVE gestellt wurde, war hier alles möglich. Nach dem Krieg hat man hier Korbweiden angebaut für die Bandreißer, und …«

»Für wen?«, unterbrach ihn Haverkorn.

»Die Bandreißer. Die haben früher aus den Weidenzweigen Reifen für die Holzfässer hergestellt«, erklärte Peters. »Später hat man dann Apfelbäume gepflanzt. Als sich dieser Aufwand nicht mehr rentierte, hat die Kneipe auf dem alten Gehöft aufgemacht. Zu der Zeit ist auch der wilde Zeltplatz entstanden. Es war wohl besser, dass einige nicht mehr in ihre Boote gestiegen sind, nachdem sie bei der Zieherin waren. Man hat die Jugendlichen mit ihren Zelten hier geduldet, unter der Auflage, dass sie keine Randale machen. Lagerfeuer war strikt verboten, und sie mussten ihren Müll am nächsten Morgen wieder mitnehmen. Das hat ganz gut geklappt, bis …« Er brach ab und starrte in seine Tasse.

»Bis …?«, fragte Haverkorn.

»Bis hier eines Nachts ein Feuer gelegt wurde.« Peters zeigte auf den Wald hinter sich. »Da drüben sollen Bäume und Gesträuch in Brand geraten sein. Soweit ich weiß, konnten die Jugendlichen ihn selbst wieder löschen.«

»Hat doch jemand ein Lagerfeuer gemacht?«

Der Ornithologe zuckte die Schultern und stellte die leere Tasse ab. »Das ist bis heute ungeklärt. Zum Glück ist niemand zu Schaden gekommen.« Er veränderte seine Position und entlastete kurzzeitig sein gesundes Bein. »Danach hat die Gemeinde durchgegriffen und das Zelten strengstens untersagt.«

»Wie lange ist das her?«

Peters dachte nach. »Zehn, fünfzehn Jahre. Ich frage mal meine Kollegen, wenn Sie das genau wissen wollen. Vielleicht erinnert sich jemand an das Jahr.«

»Danke, das wäre hilfreich!« Haverkorn zog eine Visitenkarte aus seiner Tasche und gab sie ihm.

»Wo war dieser wilde Zeltplatz?«, fragte Frida.

Peters' Blick schweifte zum Strand hinunter, über das Flatterband und die Verschalung, gegen die schon wieder die Wellen schlugen, weil das Wasser gestiegen war. »Hier an diesem Strand. Genau hier, wo wir jetzt stehen, müssen die Zelte gestanden haben.«

## Komensky-Heim für Schwererziehbare, Altengottern, 16. März 1983

Der Klassenraum war überheizt. Die schweren Gussheizkörper strahlten unbarmherzig Hitze ab, in den Rohren plätscherte es leise. Hier, in der Schule, war es viel zu warm, dagegen war es in den Räumen des Kinderheims immer kalt. In den langen Gängen zog es, und wer im Schlafsaal sein Bett an der Außenmauer hatte, war den ganzen Winter über kränklich. Eine zusätzliche Decke gab es trotzdem nicht. »Sei nicht so zimperlich!«, hieß es dann. »Wenn du dich mehr bewegst, frierst du nicht. Du kannst gleich mal den Schlafsaal fegen.« Er hatte es einmal versucht, seinen zugigen Schlafplatz zu tauschen, danach nie wieder.

Die Luft war schlecht im Klassenzimmer. Knapp dreißig Kinder saßen hier unter den Argusaugen der Klassenlehrerin Frau Schubert, einer runden Matrone mit Mundgeruch. Wenn sie sich über ihn beugte, hielt er den Atem an. Manchmal spritzte auch ein Tröpfchen Spucke in sein Gesicht, wenn sie sich aufregte. Er ekelte sich vor dieser Frau. Und er hatte Angst vor ihr.

Er war müde und konnte sich nicht konzentrieren. Dennoch schrieb er, klebte Wort an Wort ins Heft, um ja nicht aufzufallen. Er saß in der zweiten Reihe, hier war es unmöglich, seine Gedanken schweifen zu lassen, zu träumen und durch die hohen Holzfenster nach draußen zu sehen, wo auf dem Hof bereits knallgelb die Forsythien den Frühling ankündigten.

Die Lehrerin an der Tafel diktierte einen Aufsatz und warf lange Blicke in die Klasse. Eifrig schrieben sie mit, beugten ihre Köpfe weit über die Diktathefte. Nur keinen Fehler machen, unbedingt in bester Schönschrift schreiben. Bloß nicht mit dem Füller klecksen, dann musste man nachsitzen und alles noch einmal abschreiben. Niemand wagte zu flüstern.

Er war noch nicht lange in der Klasse, versuchte, sich in ein Kollektiv einzufügen, das längst zusammengewachsen war. Er war ein Fremdkörper, ein Außenseiter, ein Versager, und alle ließen ihn das spüren. Aber als Heimkind war er es gewohnt, Einzelgänger in einer Gruppe zu sein. Freundschaften in Heimen waren selten, denn die Hackordnung funktionierte überall gleich: Der Starke erhob sich über den Schwachen. Zusammenhalt wurde von den Erziehern unterbunden. Auch wusste keiner von ihnen, wie lange er an einem Ort blieb, wann es weiterging in ein anderes Heim zur Umerziehung. Denn erst wenn die Erzieher zufrieden waren mit ihrem Werk, wenn sie eine sozialistische Persönlichkeit erzogen hatten, die dem Arbeiter- und Bauernstaat keine Schande bereiten würde, durften sie zurück nach Hause. Wenn es ein Zuhause überhaupt gab. Wer keines hatte, blieb in der Obhut der Jugendhilfe, bis er volljährig war.

Er dachte an seine Mutter und fragte sich, ob sie überhaupt noch an ihn dachte. Wie lange hatte sie ihn nicht mehr besucht? Er konnte sich kaum noch an ihr Gesicht erinnern. An ihre Umarmung, das Kitzeln ihrer Haare auf seinem Gesicht und die Abende, an denen sie zusammen auf der Couch gesessen hatten und sie ihm aus den *Mosaik*-Heften vorgelesen hatte. Er träumte von diesen Momenten. Die Erinnerungen daran waren wie ein wärmender Ort in seiner Seele.

Frau Schubert diktierte den nächsten Halbsatz und schlenderte mit dem Buch in der Hand an ihm vorbei zu den hinteren Plätzen. Er begann das Diktierte zu schreiben, als er einen heftigen Stoß von hinten erhielt. Sein Füller schrammte quer über das Blatt und hinterließ einen fetten Strich auf seinem Geschriebenen. Die Feder war verbogen und kleckste zusätzlich einen Fleck aufs Papier.

Wütend drehte er sich um. Die beiden Jungen hinter ihm schrieben, als sei nichts gewesen. Dann hob einer von ihnen den Kopf und grinste ihm frech ins Gesicht. Das war Erwin, der Rädelsführer hier in der Klasse. Alle Kinder scharten sich um ihn, keiner wagte es, ihm zu widersprechen oder sich gegen ihn zu wenden. Gebannt waren alle Augen auf ihn gerichtet. Die Lehrerin stand mit dem Rücken zu ihm, hatte nichts bemerkt.

Sein Aufsatz war futsch, die Wut fühlte sich an wie ein Feuerball in seiner Brust. Nein, er würde nicht kuschen. Auch nicht bei Erwin! Er sprang auf und warf sich auf den grinsenden Stänkerer, riss ihn vom Stuhl.

Die Lehrerin ging dazwischen, griff ihn hart am Arm und schleifte ihn aus dem Klassenzimmer. »Das Diktat wirst du nachschreiben!«, zischte sie, und die Spucke spritzte ihm ins Gesicht. Er rührte sich nicht. Ungerechtigkeit war im Heim an der Tagesordnung. »Und ich werde die Heimleitung informieren, dass du einen Jungen angegriffen hast. Du kommst in den Arrest! Dir werden wir schon noch Manieren beibringen.«

# Kapitel 6

Der Regenschauer trieb sie in den Wald. Sie folgten Trautmann Peters über einen Trampelpfad auf die andere Seite der Insel. Bald verstummte das Rauschen der Wellen hinter ihnen. Der Ornithologe hatte sie eingeladen, einen Blick in seine Station zu werfen, und sie waren einverstanden gewesen. Er hatte sie vom Strand zuerst ein Stück quer durch die Bäume geführt, bis zu der Stelle, wo er Frida getroffen hatte. Von dort schlug er einen Haken, um einem sumpfigen Bereich auszuweichen. Sie erreichten den schmalen Waldweg und folgten ihm nach Nordwesten. Keiner von ihnen sprach ein Wort, jeder hing seinen Gedanken nach.

Die Magie des Waldes nahm Frida gefangen. Sanft trommelte der Regen auf die Blätter, eine Sinfonie von Milliarden Wassertropfen. Dieses Gehölz war jahrzehntelang wild gewachsen, ohne den Einfluss des Menschen, der beinahe überall auf der Welt mehr oder weniger sinnvoll in Wachstum und Verfall der Natur eingriff. Das Unterholz wucherte bis zum Weg, der nur eine schmale Schneise bildete. Der Wald auf dieser Insel war ein Biotop für Wild, Kleintiere und Vögel. Zwischen den Laubbäumen lagen kleine und große Stämme, frisch gebrochen, teils von Moos überzogen oder schon fast zerfallen. Hier fanden noch ganz natürliche Zersetzungsprozesse statt. Lebende Organismen entstanden und verendeten. Kein Förster griff in den Kreislauf des Lebens ein.

Der Regen ließ nach. Frida zog die Kapuze vom Kopf und atmete tief durch. Krähen krakeelten über ihnen in den Baumkronen. Dies hier war ihr Reich, und sie schienen sie zu beschimpfen.

Peters blieb stehen, lauschte. »Schauen Sie mal!«

Sie folgten seinem Zeigefinger, der nach oben deutete.

»Ein Buchfink, da oben.«

Jetzt sahen sie ihn auch, den einsamen Singvogel, der auf dem Ast einer Rotbuche saß.

»Im Frühjahr würden wir jetzt seinen Regenruf hören. Andere Singvögel schweigen lieber, wenn's regnet, der Buchfink nicht.«

»Warum ist der noch hier? Ist das nicht auch ein Zugvogel?«, fragte Frida unsicher.

Der Ornithologe setzte sich wieder in Bewegung. »Das stimmt!«, sagte er über seine Schulter. »Aber hier in Mitteleuropa sind sie Teilzieher.«

»Und das heißt?« Frida stieg über eine Baumwurzel und achtete darauf, dass Haverkorn hinter ihr diese auch sah.

»Da zieht nur das Weibchen in den Süden, das Männchen bleibt am Brutort zurück.«

Es wurde wieder heller, der Wald schien sich dem Licht zu öffnen. Die Krähen waren verstummt oder hatten sich verzogen. Vor ihnen lag eine Lichtung. Frida und Haverkorn blieben überrascht stehen. Der schmale Pfad führte durch hohes Gras, in dem modernde Baumstämme lagen. Birken wuchsen hier, zeigten stolz ihre hellen, gesprenkelten Stämme. Im Sommer standen auf dieser Lichtung sicher blühende Wiesenblumen, schwirrten Insekten herum. Libellen und Schmetterlinge, die man sonst kaum zu Gesicht bekommt, dachte Frida. Was für ein schöner Flecken Erde, sogar im verregneten Herbst.

Auch Peters blieb stehen, lächelte über die Überraschung der Polizisten. »Es ist nicht mehr weit. Hinter der Lichtung, da drüben ist mein Häuschen.«

»So einen Arbeitsplatz wünsche ich mir auch«, sagte Haverkorn. »Wo legen Sie mit dem Boot an?«

»Hinter diesen Bäumen. Das ist der nordwestlichste Zipfel der Insel. Die NAVE hat nicht nur die Hütte, sondern auch einen Steg fürs Boot bauen lassen. Und Sie sollten erst mal das Plumpsklo sehen. Fünf Sterne, sag ich Ihnen.«

Sie lachten und setzten sich wieder in Bewegung. Frida musste zugeben, je länger sie mit Peters unterwegs war, desto mehr mochte sie ihn. Er war ein Naturbursche, der seinen Beruf liebte. Peters hatte eine ruhige Ausstrahlung, war ein guter Zuhörer, und wenn er etwas sagte, hatte es Hand und Fuß. Nichts hasste Frida mehr als eitle Schwätzer, die nichts zu sagen hatten, sich aber allzu gern reden hörten. Vielleicht würde sie ihn fragen, ob sie ihn einmal bei einem seiner Streifzüge begleiten konnte. Irgendwann, wenn sie den Fall um den Toten vom Strand aufgeklärt hatten.

Hinter der Lichtung tauchte das Dach eines Blockhauses zwischen zwei Birken auf. Die Dachschrägen waren kaum zu sehen, weil sie künstlich begrünt worden waren, das Holz der Wände wirkte verwittert, in die Jahre gekommen.

»Willkommen in meinem Reich!«, sagte Peters, als er die Tür zum Häuschen öffnete, und seine Augen strahlten.

Das Blockhaus umfasste nicht mehr als einen großen Raum mit einer winzigen Küchennische. Am Fenster stand ein Spektiv, ein Beobachtungsfernrohr auf einem hohen Stativ, daneben ein Schreibtisch, auf dem ein Netbook und eine Lederkladde lagen. Frida betrachtete die gut gefüllten Regale an der fensterlosen Wand, Bücher und eine Menge sortierte Ordner. An der Holzwand vor der Küchennische stand ein Feldbett mit Schlafsack, der offenbar kürzlich benutzt worden war.

»Sie übernachten auch hier draußen?«, fragte Frida überrascht und zeigte auf das Bett.

Peters nickte, ging zu der Liege und packte den Schlafsack zusammen. »Ja, entschuldigen Sie die Unordnung. Wenn es spät wird, bleibe ich manchmal hier. Ich mag es, morgens hier auf der Insel wach zu werden. Ich setze mich gern vor der Dämmerung mit meinem ersten Tee raus, wenn hier der Tag erwacht. Es gibt nichts Schöneres.«

Haverkorn trat zu dem Beobachtungsfernrohr, das vor dem Fenster auf den nordwestlichen Strand von Bargsand gerichtet war. »Darf ich mal?«

Der Ornithologe stellte sich neben ihn, nahm die Kappe des Objektivs ab, blickte kurz hindurch, justierte es und überließ dem Kriminalhauptkommissar das Gerät. »Bitte!«

Haverkorn sah durch die Linse, brauchte einen Moment, um sein Auge daran zu gewöhnen, und gab ein zufriedenes »Unglaublich!« von sich. Er bewegte das Rohr vorsichtig auf dem Stativ, bis er etwas erkennen konnte. »Ist das ein Kormoran?«

»Gut möglich. Dahinten ist eine Kolonie.«

»Sitzt ganz seltsam da, die Flügel ausgebreitet. Macht der Flugübungen im Sitzen?«

Peters lachte. »Wahrscheinlich trocknet er seine Federn nach einem Tauchgang. Der Kormoran kann sein Gefieder nicht einfetten wie die meisten Wasservögel. Die Bürzeldrüse funktioniert bei ihm nicht, deshalb muss er sich von Sonne oder Wind trocknen lassen.«

»Was beobachten Sie von hier aus?«, fragte Frida und ging zum Spektiv, als Haverkorn ihr Platz machte. Sie blickte hindurch und brauchte einen Moment, bis sie den Kormoran mit den ausgebreiteten Flügeln am Nordstrand entdeckte.

»Vor allem Wasservögel wie Enten, Gänse, Kormorane, Graureiher, immer wieder Eisvögel und wenn ich viel Glück habe, unsere Seeadler.«

»Tatsächlich, Sie haben hier Seeadler?«, fragte Haverkorn.

»Seit Mitte der Neunziger leben sie wieder in der Marsch. Seit 2014 brüten sie sogar bei uns. Wir warten jedes Jahr sehnlichst auf weiteren Nachwuchs. Im Februar beginnt die neue Brutsaison.«

»Spannender Job, aber auch sehr einsam, oder?«, fragte Haverkorn und sah sich in der Hütte um.

»Ich brauche nicht viel Gesellschaft.«

»Sind Sie nicht verheiratet?«

Peters winkte ab. »War ich, der größte Fehler meines Lebens. Die Vögel sind mir ein Leben lang treu, mit ihnen bin ich besser dran.«

»Das klingt traurig«, sagte Frida. Sie hatte das Gefühl, dass der Ornithologe öfter auf Bargsand übernachtete, als er einräumen wollte. In der Küchennische stand schmutziges Geschirr auf dem Tisch, die Regale waren mit Dosenmahlzeiten gefüllt. Neben der Spüle bemerkte Frida drei große Wasserkanister und zwei Gasflaschen.

»Nicht, wenn man sich mit der Natur einlässt«, erwiderte Peters.

»Wie kochen Sie hier? Gibt es Strom?«

Er ging in die Küche und hielt einen Gaskocher hoch. »Leider nicht. Das ist der einzige Wermutstropfen in diesem Fünf-Sterne-Etablissement. Es gibt keinen Strom und kein fließendes Wasser. Ich muss Trinkwasser und Gasflaschen mitbringen. Plumpsklo und Dusche sind draußen.«

»Wenigstens haben Sie ein festes Dach über dem Kopf.« Haverkorn hatte offenbar genug gesehen. Er setzte sein Frage-Antwort-Gesicht auf, das Frida nur zu gut kannte. »Herr Peters, gab es in den letzten Jahren Vorkommnisse auf Bargsand, die in dieses friedliche Ökosystem eingegriffen haben?«

Der Gefragte nickte nachdenklich. »Ich glaube, ich weiß, worauf Ihre Frage abzielt. Aber tatsächlich gab es hier nur natürliche Eingriffe. Einer der letzten Herbststürme hat einen Baum entwurzelt und mir hier aufs Dach gelegt. Mein Boot ist mal abgetrieben, und der letzte Sommer war viel zu trocken. Aber ansonsten gibt es nichts, was Sie interessieren dürfte. Bargsand ist wie eine vergessene Welt. Hier draußen ist es so ruhig, ich muss nicht mal die Hütte abschließen.«

Frida verstand Peters. Seine Welt war die Natur, waren die Vögel. Tage, die nur von Dämmerung bis Dämmerung dauerten, keine Uhr, kein fließendes Wasser.

»Haben Sie eine Vermutung, wer der Tote vom Strand sein könnte?«, bohrte Haverkorn weiter.

»Vielleicht einer der Jugendlichen vom Zeltplatz. Das wäre die einzige Erklärung für mich.«

»Sie meinen, nachdem sie den Wald in Brand gesteckt haben, haben sie beim nächsten Mal jemanden im Sand vergraben?«, fragte Frida skeptisch.

»Vielleicht ... Wenn sie betrunken sind, machen Jugendliche viel Blödsinn«, erwiderte Peters nachdenklich. »Vielleicht war es eine Mutprobe, oder ein Streich ist tödlich ausgegangen.«

Haverkorn zog die Augenbrauen zusammen. Er schien, so wie Frida auch, an die Fesseln und den Fremdkörper in der Hand des Toten zu denken »Das war ganz sicher kein Streich unter Jugendlichen.« Er ging zur Tür, wandte sich noch einmal um. »Das war ein geplanter Mord!«

†

Wind war aufgekommen, aber wenigstens hatte sich das Regengebiet verzogen. Haverkorn erhielt Lüttjes Anruf, als er gerade die ornithologische Station verlassen hatte.

»Das Wasser steigt wieder«, sagte der Leiter der Kriminaltechnik. »Wir müssen die Arbeiten bald abbrechen. Aber vorher solltest du dir noch was ansehen.«

»Wir müssen sofort zurück«, sagte Haverkorn zu Frida, die mit Peters über brütende Seeadler redete, und steckte sein Smartphone zurück in die Manteltasche.

Frida sah ihn fragend an, aber vor Peters, der sie nach draußen begleitet hatte, wollte er sich nicht erklären.

»Kommen Sie gern wieder, wenn Sie noch Fragen haben«, verabschiedete sie der Ornithologe. Er sah Frida an. »Auch gern zu einem Spaziergang über die Insel.« Er reichte ihr seine Karte. Eine Windböe riss sie ihm beinahe aus der Hand.

»Irgendwann gern!« Frida steckte die Visitenkarte in die Schutzhülle ihres Smartphones und drückte Peters die Hand. »Vielleicht bei besserem Wetter.«

»Wir sollten jetzt gehen«, drängte Haverkorn. Er war froh, dass es nicht mehr regnete. Wind störte ihn nicht, aber vom Regen hatte er für heute genug.

»Was ist los?«, fragte seine Kollegin, als sie außer Hörweite der Hütte waren.

»Das war Lüttje. Sie haben noch was am Strand gefunden.«

»Was denn?«

»Wollte er nicht sagen. Wir sollen uns beeilen, da das Hochwasser zurückkommt.«

Gemeinsam durchquerten sie den Wald. Von den Blättern tropfte noch immer das Regenwasser. Die Krähen krakeelten in einiger Entfernung des Weges, sonst war es still hier draußen. Haverkorn war unzufrieden. Der Ornithologe hatte sie länger als nötig aufgehalten. Sie hatten die Insel besichtigen wollen, nicht mal die Hälfte hatten sie gesehen. Das würden sie nachholen müssen.

Zurück am Strand sah Haverkorn, dass die Kriminaltechnik ein weiteres Flatterband gespannt hatte. Eine Zahlentafel stand verloren oberhalb des Strandes. Dort lag offenbar das neue Fundstück, über das Lüttje sich am Telefon ausgeschwiegen hatte. Das Wasser war gestiegen. Die Fundstelle des Skeletts war schon geflutet, und bald würde es bis zur Grasnarbe unterhalb des ehemaligen Zeltplatzes reichen, auf dem jetzt einsam ihr Technikzelt mit der Verpflegung der Mannschaft stand.

Was ist vor Jahren hier auf diesem Zeltplatz passiert, fragte sich Haverkorn. Hatte der Tote etwas mit den Jugendlichen zu tun, die hier wild gecampt hatten? Er wusste allerdings aus Erfahrung, dass das Offensichtlichste nicht selten eine Sackgasse war. Als Ermittler musste man objektiv bleiben und alle noch so abwegigen Konstellationen in Betracht ziehen. »Lass die Spuren sprechen!«, hatte sein früherer Ausbilder wie ein Mantra wiederholt. Aber wie viele Spuren hatte man, wenn ein Mensch Jahrzehnte im Schlick gelegen hatte? Bisher hatten sie lediglich das Aluminiumteil aus der Hand des Skelettes.

Vielleicht war Lüttje auf etwas gestoßen, was sie hier voranbrachte.

»Horst, was habt ihr?«, fragte Haverkorn und lief auf den gelegten Trittplatten zur Fundstelle. Frida blieb hinter ihm stehen. Er sah in das gegrabene Loch, konnte aber im Schlick nichts erkennen. Er zog Latexhandschuhe über, hockte sich hin und setzte die Lesebrille auf. Lange betrachtete er etwas, was wie verkohlte Stöcke aussah, bis er erkannte, um was es sich handelte. »Sind das Tierknochen?«

Frida versuchte, ihm über die Schulter zu schauen.

Lüttje, der hinter Frida stand, hob die Augenbrauen. »Kaninchen würde ich sagen. Darunter sieht man noch etwas verkohltes Holz.«

»Ein Grillplatz!«

Lüttje nickte. »Ich weiß nicht, ob das was mit dem Fall zu tun hat, aber offensichtlich ist dieser Strandabschnitt sehr beliebt, nicht nur zum Zelten.«

Haverkorn zog sein Smartphone heraus und fotografierte den Fund. »Habt ihr schon Aufnahmen gemacht?«

»Denkst du, wir sind Anfänger?« Lüttje schüttelte den Kopf. »Die Bilder sind im Kasten, die Knochen sacken wir jetzt noch ein, dann verschwinden wir hier. Das Wasser steigt schnell.«

Haverkorn stand wieder auf und blickte hinüber zur Fundstelle des Skeletts. Hatte der Tote mit diesem illegalen Grillplatz zu tun gehabt?

Lüttje balancierte über die Trittplatten. »Seid ihr fertig? Gleich werden hier die Hosen nass.«

»Ja, wir sind schon weg!« Haverkorn folgte Frida zurück zum Zelt. »Sonst war hier also nichts?«, hakte er unzufrieden nach.

Lüttje schüttelte den Kopf. »Der Diensthundeführer ist mit dem Leichenhund den Strand und ein großes Stück des Waldes abgegangen. Er hat lediglich diese Tierknochen gefunden. Und mit den Metalldetektoren sind wir auch nicht fündig geworden. Das Strandstück, wo das Skelett lag, haben wir noch mal genau abgesucht, Fehlanzeige. Wir tüten die Knochen ein und packen schnellstens zusammen.«

Haverkorn setzte wieder seine Lesebrille auf und sah sich das Foto auf dem Smartphone noch einmal genauer an. Auch diese Spur war nur ein winziges Puzzleteil im Ganzen.

†

Der Anruf von Torben erreichte Frida, als sie auf dem Weg zum Boot waren. Er bat sie, dringend zu ihm ins Universitätskrankenhaus nach Eppendorf zu kommen. Frida ließ sich von Lüttje die Beutel mit den Tierknochen aushändigen und fuhr sofort nach Hamburg zum UKE, wo sich das Rechtsmedizinische Institut befand. Sie parkte in der Nähe des Eingangs Butenfeld und betrat den flachen Sechzigerjahre-Bau mit den großen Fenstern. Torben holte sie am Empfang ab. Er sah blass und übernächtigt aus, aber seine Augen sprühten vor Eifer. »Komm! Wir gehen gleich runter in den Knochenkeller, das musst du sehen.«

»Ich habe dir auch was mitgebracht!« Sie überreichte ihm die Asservatenbeutel von Lüttje mit den Tierknochen. »Ein illegaler Grillplatz, nur ein paar Meter vom Fundort des Skeletts entfernt.«

Torben hielt einen der Beutel ins Licht. »Jetzt wollt ihr wissen, was für ein Tier das war?«

»Genau!«

Er sah sich die Knochen an und seufzte. »Ich würde sagen, Feldhase. Ich rufe einen Freund an, der ist Veterinär. Dann wissen wir es ganz genau. Aber erst mal musst du dir etwas anschauen.« Er führte sie durch lange Gänge, ohne etwas zu sagen. Wenn Torben arbeitete, war er immer hoch konzentriert.

Er grüßte ein paar Kollegen, die ihm begegneten, und auch Frida nickte ihnen zu. Mit dem einen oder anderen hatte sie schon zu tun gehabt.

»Wissen sie, dass wir zusammen sind?«, fragte sie, als sie wieder allein waren.

Torben sah sie fragend an. »Mein Privatleben breite ich hier nicht aus.« Die Lachfalten in seinen Augenwinkeln wurden tiefer. »Dann flirten ja die netten Kolleginnen nicht mehr mit mir.«

Frida gab ihm einen Stoß mit dem Ellenbogen. War das dumpfe Ziehen in der Magengegend Eifersucht? In den letzten Jahren waren eher die Männer, mit denen sie sich traf, eifersüchtig gewesen. Frida hatte sich dann schnell von ihnen getrennt, denn sie hasste es, wenn ein Mann sich aufführte, als wäre sie sein Besitz, nur weil sie ein paarmal mit ihm ins Bett gegangen war. Sie bemühte sich, das befremdliche Gefühl zu unterdrücken.

»Alles klar bei dir? Du schaust so ernst«, fragte er und öffnete ein Türschloss mit seiner Schlüsselkarte.

Sie betraten den nächsten Flur.

»Ich war nur in Gedanken.«

Sie erreichten einen Raum, in dem Torben die Knochen des Skeletts auf einem Tisch, der mit einem grünen OP-Tuch abgedeckt war, ausgebreitet hatte. Sie waren akribisch angeordnet, Torben hatte jeden Knochen wieder an der richtigen Stelle des Skeletts platziert.

»Warum sollte ich herkommen?«, fragte sie ungeduldig, während sie die geordneten Knochen betrachtete. »Fehlt was?«

Torben streifte Latexhandschuhe über und stellte sich vor den Knochenmann. »Nein, ganz im Gegenteil! Ich habe einen Fremdkörper gefunden.«

## Kapitel 7

Haverkorn nahm den Aufzug in den zehnten Stock der Bezirkskriminalinspektion, kurz BKI, und betrat die Räume der Mordkommission. Er ging den Flur hinunter. Der Geräuschpegel war hoch, in den Büros wurde gearbeitet. Alle Türen waren geöffnet, und er grüßte seine Kollegen flüchtig im Vorbeigehen. Nur Wahlers Tür war wie immer geschlossen.

»Bjarne!« Anja stand von ihrem Schreibtisch auf, als sie ihn bemerkte. »Was war los auf der Elbe? Wahler war ziemlich wortkarg, als er kam. Er sagte, wir sollen für weitere Infos auf dich warten.«

»Ruf bitte mal alle im Besprechungsraum zusammen, dann bringe ich euch auf Stand.« Sein Handy klingelte in der Manteltasche. Es war Frida. Er drückte es ans Ohr, hörte einen Moment zu, fragte einmal nach, um sicherzugehen, dass er richtig verstanden hatte, und verabschiedete sich von ihr. »Zehn Minuten, Anja! Frida ist in der Rechtsmedizin, und wir haben endlich einen Ansatz!«

Er klopfte bei Wahler und setzte ihn über die neuen Informationen ins Bild. Gemeinsam gingen sie in den Besprechungsraum, wo alle Kollegen schon um den Tisch saßen und Haverkorn gespannt ansahen, weil Wahler ihm sofort das Wort übergeben und sich gesetzt hatte.

Haverkorn sah in die Gesichter seiner Kollegen. Die letzten Sekunden, bevor sie von dem Skelett auf der Insel erfuhren, bevor eine neue Leichensache den Platz in dieser Abteilung fand, was bedeutete: viele Stunden Ermittlungsarbeit, Überstunden, gestrichene Wochenenden. Keiner, der hier arbeitete, machte nur Dienst nach Vorschrift. Jeder neue Fall hieß, sein Privatleben einzuschränken, seine Familie hintanzustellen. Hier zu arbeiten war eine Berufung, eine Aufopferung, die kein Gehalt aufwog. Es gab nicht viele, die so lange durchgehalten hatten wie Haverkorn. Und wer den Abstand zu den Toten nicht fand, musste früher oder später ebenfalls gehen.

Er räusperte sich und sah Wahler an. Sein Vorgesetzter nickte. Haverkorn gab ruhig und verständlich wieder, was in den letzten Stunden auf Bargsand passiert war. »Frida hat mich gerade aus der Rechtsmedizin angerufen«, schloss er seinen Bericht. »Dr. Kielmann hat etwas Entscheidendes entdeckt, was es uns hoffentlich ermöglicht, den Toten zu identifizieren.«

Noch immer sagte keiner etwas, für Fragen war später noch Zeit. Wahler hatte seiner Truppe beigebracht, ihn ausreden zu lassen. Bei seinem Vorgänger Andreas Vollmer hatten sie Fragen gestellt, bevor der überhaupt den abschließenden Satz hatte aussprechen können. Wahler hatte diese Unkultur des Reinquatschens sofort unterbunden, was nun auch Haverkorn zugutekam. Er konnte ausreden, womit sich sicherlich schon einige Fragen erübrigten. »Dr. Kielmann berichtete mir, dass bei dem Toten eine Osteosynthese stattgefunden hat.«

»Diese Fachbegriffe immer«, murrte einer der Kollegen, und Wahler strafte ihn mit einem langen Blick ab.

»... das heißt, dass ein Knochenbruch durch das Anbringen einer Metallplatte operativ versorgt wurde. Der Tote hatte eine solche Platte mit Verschraubungen am linken Wadenbein.« Er sah zu Wahler, der sich interessiert nach vorn gebeugt hatte.

»Diese Platte besitzt eine Seriennummer.«

»Und weiß er schon, wo diese OP durchgeführt wurde?«, fragte nun Anja, weil Haverkorn nichts mehr sagte.

»Leider nein. Denn es gibt da ein Problem. Die Seriennummer steht hinter ein paar kyrillischen Buchstaben.«

»Russisch?«, fragte Klaus Behrens. »Wir haben einen russischen Staatsbürger da draußen liegen?«

Plötzlich begann ein reges Gemurmel am Tisch, und Haverkorn hob beide Hände. »Das ist nicht gesagt. Es gibt eine Menge Staaten, in denen kyrillisch geschrieben wird: Ukraine, Weißrussland, Serbien, Bulgarien, Kasachstan und einige mehr.«

Wahler mischte sich ein. »Hat Dr. Kielmann eine Idee, wie er dieser Seriennummer auf den Grund gehen kann?«

Haverkorn nickte und unterdrückte ein Gähnen. Der Raum war wie immer überheizt. Und er spürte die Müdigkeit nach der kurzen Nacht. »Torben will sich mit seinem Gremium in der Rechtsmedizin beraten, danach wird er sich melden. Es ist kein leichter Weg zur Identifikation, aber immerhin haben wir einen gefunden.«

Haverkorn saß der Arbeitstag in den Knochen. Es war nass und windig, und das machte ihn wetterfühlig, sein Ischiasnerv meldete sich mit einem gelegentlichen Ziehen, was kein gutes Vorzeichen war. Er hatte zu wenig getrunken. Das hastig verzehrte Mittagessen am Imbissstand war zu fettig gewesen, den halben Nachmittag hatte er mit Sodbrennen gekämpft.

Es war nicht einfach, alt zu werden. Irgendwas schmerzte immer, damit hatte er sich längst abgefunden. Aber die

Aussichten darauf, dass der Bewegungsapparat immer mehr eingeschränkt wurde, wenn man sich wie er ungesund ernährte und zu wenig Sport trieb, waren alles andere als erstrebenswert. Er musste endlich etwas für seine Gesundheit tun! Immerhin hatte er das Rauchen aufgegeben und war abstinent geblieben.

Er parkte vor seinem Haus am Gartenzaun hinter einem BMW mit Nürnberger Kennzeichen. Das Fahrzeug hatte er hier noch nie gesehen. Vielleicht hatte einer der Nachbarn Besuch bekommen.

Henni saß wahrscheinlich längst vor dem Fernseher oder las oben in ihrer Wohnung ein Buch. So lange hatte sie wahrscheinlich nicht mit dem Abendessen auf ihn gewartet.

Schon als er das Haus betrat, hörte er leise Musik aus der Küche. Es roch nach orientalischen Gewürzen. Haverkorn zog seinen Mantel aus, hängte ihn an die Garderobe und freute sich auf ein neues Gericht seiner Tochter.

Überrascht blieb er in der Tür zur Küche stehen. Am Tisch saß ein fremder Mann. Er hatte ein Weinglas vor sich stehen, während Henni Tee trank. Sie waren ins Gespräch vertieft, als Haverkorn eintrat, und wirkten sehr vertraut.

Er klopfte an den Türrahmen, um auf sich aufmerksam zu machen. »Guten Abend!«

Fast schien es, als würde er stören. Aber wenn seine Tochter Privatsphäre gesucht hätte, wäre sie nach oben in ihre Wohnung gegangen.

Henni stand auf. »Papa! Darf ich dir einen alten Freund von mir vorstellen? Arno Veltins!«

Der Mann erhob sich ebenfalls. Er war beinahe einen halben Kopf größer als Haverkorn. Der Kriminalhauptkommissar schätzte ihn ein paar Jahre älter als Henni. Er sah gut aus, auch wenn er zu Geheimratsecken und dem Ansatz eines Bierbauches neigte.

»Hallo, Herr Haverkorn.« Sein Gegenüber hatte einen festen Händedruck.

»Herr Veltins, freut mich!«

»Nennen Sie mich gern Arno.«

»Arno.« Er wusste nicht, ob er sich an den Tisch setzen oder die beiden allein lassen sollte. Wo war er gerade hineingeplatzt? Waren sie wirklich nur zwei alte Freunde? Er entschied zu bleiben, bis Henni ihm ein Zeichen gab, dass er verschwinden solle.

»Setz dich doch, Papa. Ich habe noch etwas Süßkartoffelsuppe und indisches Naanbrot. Magst du?«

Haverkorn setzte sich an den Tisch. »Danke, ich hatte noch nichts heute Abend.« Er goss sich Wasser aus dem Krug ein.

»Arno und ich haben Ende der Neunziger im Krankenhaus zusammengearbeitet«, erklärte Henni. Sie redete, während sie ihm Suppe auftat. »Er kam frisch aus dem Osten, und ich habe ihm den Neuanfang erleichtert. Damals hat er auch in Itzehoe gewohnt.«

»Ihr wart also Kollegen?«, hakte Haverkorn nach.

»Eigentlich mehr als das«, mischte Veltins sich ein. »Wir waren gut befreundet, sind viel zusammen ausgegangen. Damals waren wir noch blutjung.« Er lachte und sah Henni an, die zurücklächelte.

»Wo im Osten sind Sie groß geworden?«, fragte Haverkorn interessiert.

»In Brandenburg. Nach der Wende bin ich aber schnell nach Berlin gezogen. In der ostdeutschen Provinz wäre ich sonst verkümmert.«

Henni wärmte das indische Brot in einer Pfanne auf.

»Arno und ich sind oft tanzen gegangen. Und Darts spielen. Weißt du noch, damals in der ›Mississippi Lady‹?« Sie sah ihren Gast an. »Da wollte keiner mehr mit uns an die Dartscheibe gehen. Die hatten alle Schiss vor den Champions!«

Sie lachten wie Menschen, die eine gemeinsame Vergangenheit verband. Erinnerungen, die sie an einem Abend wie diesem aus einer Schatzkiste kramten, die viele Jahre verstaubt und vergessen in der Ecke gestanden hatte.

Haverkorn löffelte schweigsam seine Suppe und fragte sich, mit wem er alte Erinnerungen austauschen konnte. Seine Jugend war Ewigkeiten her, seine Freunde in alle Himmelsrichtungen verteilt. Vielleicht wurde es Zeit, alte Freundschaften aufleben zu lassen.

Henni war kaum wiederzuerkennen. Noch am Morgen war sie die Schweigsame gewesen, die genörgelt und mit ihrem Kranksein gehadert hatte. Nun strahlte sie, hatte gerötete Wangen und sprühte vor guter Laune. Haverkorn freute sich, dass Arno Veltins ihr neuen Lebensmut einhauchte. Was ein paar verstaubte Geschichten in einem verzweifelten Menschen auslösen können, dachte er.

Oder war damals mehr gewesen zwischen den beiden?

Haverkorn beobachtete seine Tochter, während sie von einer durchtanzten Nacht erzählte, in der Arno sie vor einem zudringlichen Verehrer gerettet hatte. Er stutzte. Hatte sie heute Abend Make-up und Lippenstift aufgelegt?

Warum auch nicht, Arno Veltins war ein attraktiver Mann. Vielleicht würde ihr ein kleiner Flirt sogar guttun. Und was, wenn es mehr als ein Flirt war? Wenn sie eine neue Partnerschaft einging? Würde sie wieder ausziehen aus ihrem Haus? Ihr gemeinsames Leben, das gerade erst begonnen hatte, aufgeben?

»Papa, schmeckt dir die Suppe nicht?«

Konnte er seine Mimik so wenig beherrschen? Rasch löffelte er weiter. »Doch! Schmeckt sehr gut! Was sind das für Gewürze?«

»Kreuzkümmel und Koriander. Etwas Zimt. Magst du es?«

»Sehr!« Er biss vom Brot ab.

»Henni sagte, Sie arbeiten bei der Kripo?«, brachte Veltins das Gespräch in Gang.

»Stimmt, bei der Mordkommission. Was machen Sie?«

Ein kurzes Zögern, das Haverkorn genau registrierte. Folgte jetzt eine Lüge? Hatte Veltins etwas zu verbergen?

»Ich hab meinen letzten Job gekündigt, der war einfach zu stressig. Jetzt will ich ein paar Monate blaumachen, bevor ich ganz neu anfange.«

»Hier im Norden?«

Der Gast warf Henni einen langen Blick zu. »Vielleicht auch hier. Wir werden sehen.«

»In welcher Branche waren Sie tätig?«, fragte Haverkorn weiter.

»Papa, frag ihn doch nicht so aus!«, mischte Henni sich ein. Aber sie lächelte dabei. Sie war froh, dass die Männer ins Gespräch kamen.

»IT. Ich war viel im Außendienst unterwegs. Ein echter Knochenjob! Viele Monate im Hotel, genervte Kunden und ein Chef, der nie zufrieden war. Da hab ich letztendlich das Handtuch geworfen.«

»Das kann ich verstehen.« Haverkorn schob den leeren Teller weg, stand auf und nahm sich ein Weinglas aus dem Schrank. »Darf ich?«

»Aber gern doch! Allein trinken ist nicht sehr angenehm«, erwiderte Veltins.

Haverkorn hob die Flasche an, sie war fast leer. Er goss sich den Rest Rioja ein. »Oh, Entschuldigung. Möchten Sie noch? Ich hole uns Nachschub.« Da Veltins mit dem Auto hier war, ging er von einem Nein aus.

Aber der Freund seiner Tochter nickte. »Sehr gern!« Er trank sein Glas mit einem Schluck aus.

»Kann Arno auf deiner Gästecouch übernachten?«, fragte Henni. »Dann können wir morgen noch gemütlich hier frühstücken, bevor er weiterfährt.«

Haverkorn hatte nichts einzuwenden. Wenn Veltins unten in seiner Wohnung schlief, schien zwischen den beiden tatsächlich nichts zu laufen. Er fragte sich, als er die nächste Weinflasche öffnete, ob es egoistisch war, dass er sich darüber freute.

†

Vor dem Haus schlugen Autotüren, und das Geräusch weckte Frida. Der neue Tag löste die Dunkelheit vor dem Fenster auf, machte erste Konturen sichtbar. Wie spät war es? Bevor sie ihr Smartphone fand, wirbelten blaue Lichtkreise durch ihr Zimmer und verschwanden wieder.

Wer fuhr im Dorf um diese Zeit mit Sondersignalen? Polizei, Feuerwehr oder ein Rettungswagen? Unruhe erfasste sie, und sie stand auf, als es an der Haustür klingelte. Bruno begann im Erdgeschoss zu bellen.

Mit flinken Bewegungen zog sie sich an und lief nach unten. Ihre Mutter war schneller gewesen. Sie hielt Bruno am Halsband fest, der aufgeregt kläffte. In der Tür standen Peter Luers, der Vorsitzende des Wassersportvereins, und ein Mann, dessen Gesicht ihr vage bekannt vorkam.

»Moin, Marta. Wir brauchen deine Tochter.« Luers entdeckte Frida auf der Treppe. »Du musst sofort zum Hafen kommen.« So angespannt kannte sie Peter gar nicht.

Sie ging zu Luers und erkannte nun auch den zweiten Mann neben ihm. Claas Dürmann war einer der letzten Elbfischer im Ort. Sie hatte ihn viele Jahre nicht mehr gesehen, er war alt und grau geworden. Seine krumme Haltung zeugte von schwerer körperlicher Arbeit. Tiefe Falten durchzogen sein Gesicht wie mäandernde Flussläufe.

»Was ist passiert?«, fragte Frida und dachte an das Blaulicht.

Ihr Vater trat von draußen in die Diele. Er hatte wahrscheinlich die Tiere versorgt. Überrascht blieb er in der Tür stehen. »Was ist denn hier los? Brennt es irgendwo?«

»Nein, kein Brand.« Luers warf seinem Begleiter einen langen Blick zu. »Claas war heute Morgen schon draußen auf der Elbe. Drüben bei den Inseln. Eine Streife und ein Rettungswagen sind schon unterwegs, aber es ist besser, wenn du dazukommst. Herr Haverkorn ist auch schon informiert.«

Frida spürte das dumpfe Gefühl schlechter Nachrichten in der Magengegend. Was wollte Luers nicht aussprechen?

»Was ist passiert, Peter? Sag schon!«

»Ein Toter. Drüben auf Füürsand. Claas hat ihn heute Morgen entdeckt, als er die Netze kontrollierte.«

Frida brauchte einen Moment. »Wo genau?« Sie sah den Fischer an.

»An der Wasserkante, am Strand vor dem Leuchtturm.«

Fridas Gedanken rasten. Sie musste Haverkorn anrufen, vielleicht wusste er bereits mehr. Aber ihr Smartphone lag noch oben im Zimmer. »Wie konntest du ihn in der Dunkelheit sehen?«

Dürmann atmete stoßweise. »Mein Strahler vom Boot

hat ihn kurz gestreift.« Seine Stimme war rau wie die eines starken Rauchers. »Ich habe nicht gleich erkannt, was das da am Strand war. Ich dachte, es wäre was angespült worden. Deshalb hab ich den Strahler noch mal auf die Stelle gerichtet.«

Frida zog ihre Schuhe an. »Ist er denn angespült worden? Vielleicht ein Schiffsunfall.«

Schweigen. Dürmann knetete seine Mütze.

Luers nickte dem Fischer aufmunternd zu.

»Jetzt rede schon, Claas!«, fuhr sie ihn an. Dieses Herumstammeln ging ihr auf die Nerven.

»Nein, er …« Dürmann wurde von einem nervösen Raucherhusten unterbrochen. »… wurde nicht angespült. Der Tote steckt bis zur Brust im Schlick.« Dürmanns ruheloser Blick sprang von einem Gesicht zum anderen. »Das ablaufende Wasser hatte ihn gerade freigegeben.«

# Kapitel 8

Eine verdammte Filmkulisse war das hier! Frida starrte von der Reling des Alubootes auf den brachliegenden Leuchtturm Füürsand, hinter dem sich Schlechtwetterwolken auftürmten. Im Angesicht des Todes wirkte das Leuchtfeuer mit der runden Galerie wie die grotesk-romantische Idee eines überambitionierten Regisseurs. Der stramme Südwestwind peitschte Sträucher und Zweige auf der Insel und ließ die Wellen an den Strand schlagen, als wollten sie den Toten doch noch mit sich in die Fluten ziehen.

Am Fundort der Leiche musste sich Frida kurz sammeln. Der Anblick war schwer zu ertragen. Der Mann steckte bis zur Brust im Schlick. Seine Arme lagen vor ihm im Matsch. Die Handgelenke waren mit einem Seil zusammengeschnürt, weshalb sofort jedem klar gewesen war, dass es sich hierbei nicht um einen Unfall, sondern um eine Gewalttat handelte.

Frida sah es an Haverkorns Gesicht, dass er die gleichen Bilder vor Augen hatte. Bilder, wie der Tote vor ein paar Stunden hier am Strand einen grausamen Überlebenskampf geführt hatte, als das Wasser Zentimeter für Zentimeter gestiegen war. Der Mann hatte sicher versucht, sich aus dem Schlick zu befreien, hatte verzweifelt um Hilfe gerufen. Aber hier draußen auf der unbewohnten Insel hatte ihn in der Nacht, in der ein strammer Südwestwind geweht hatte, niemand gehört.

Frida erinnerte sich, dass vor vielen Jahren ein Landarbeiter beim Beladen eines Kahns im Schlick stecken geblieben war. Allein hatte er sich aus dem Sog des unverfestigten Untergrundes nicht mehr befreien können. Ein anderer Arbeiter hatte ihn rausziehen wollen, war ebenfalls eingesunken und stecken geblieben. Niemand war gekommen, um die beiden hilflosen Seelen zu befreien. Nur das Wasser, das sich immer nahm, was ihm ausgeliefert war, und das damals zwei Tote im Schlick zurückgelassen hatte.

So wie heute den Toten auf Füürsand.

Sein Ertrinken musste fürchterlich gewesen sein. Es war dem Mann sicherlich gelungen, einige Minuten die Luft anzuhalten, als die Wellen über ihm zusammenschlugen. Aber irgendwann hatte er unweigerlich nach Luft schnappen müssen, als seine Lungen nach dem lebensnotwendigen Sauerstoff verlangten, und er hatte Wasser eingeatmet. Der Kehlkopf hatte mit einem Hustenreiz reagiert. Dann hatten die Erstickungskrämpfe eingesetzt, irgendwann die Bewusstlosigkeit. Der Körper hatte noch einmal krampfhaft versucht, Sauerstoff einzuatmen. Irgendwann war es zu einem Atemstillstand gekommen, und der Sauerstoffmangel hatte zum Tod geführt.

Ein grausamer und langsamer Prozess des Sterbens.

Frida und Haverkorn standen auf einer Reihe Trittbretter, die Lüttjes Männer bereits verlegt hatten. Die Kriminaltechniker trugen die weißen Papieroveralls, an denen der Wind riss. Sie durften den Leichnam nicht untersuchen, bevor die kriminaltechnische Untersuchung am Fundort abgeschlossen war. Der Fotograf hockte vor ihnen und dokumentierte die Auffindesituation des Toten. Seine Spiegelreflexkamera klickte regelmäßig. Die Schneemänner, wie Frida die Kriminaltechniker im Stillen nannte, arbeiteten konzentriert, gaben Kommandos, öffneten Koffer, steckten Zahlentafeln in den Schlick.

Hinter ihnen, auf festem Boden, stellten die Techniker ein Einsatzzelt auf. Sie kämpften mit Zeltbahnen, Stangen und Seilen gegen den Wind, der mitnahm, was nicht niet- und nagelfest war.

»Kanntest du ihn?«, fragte Haverkorn plötzlich.

Frida hatte sich dieselbe Frage gestellt, seit sie hier angekommen waren. Die Gesichtshaut des Toten war bleich, aber er war nicht lange genug im Wasser gewesen, um die typische Waschhaut von Wasserleichen zu bilden. In den Mundwinkeln hingen Reste von Ertrinkungsschaum, den das ablaufende Wasser nicht ausgewaschen hatte. Die Augen waren geöffnet. Auf den dunklen Regenbogenhäuten lag ein grauer Schleier. »Ich glaube nicht.«

Der Mann war im mittleren Alter gewesen. Seine Haare klebten nass und verdreckt am Kopf. Dunkelblond bis mittelbraun, schätzte sie, mit ersten grauen Stellen an den Schläfen. Er trug eine dunkelblaue Regenjacke mit dem Schriftzug einer Sylter Marke, an der Algen und Schlamm anhafteten.

Das Seil an den Handgelenken sah neu und synthetisch aus. Dennoch drängte sich die Ähnlichkeit der Auffindesituation des Skeletts auf Bargsand geradezu auf. Verschnürte Handgelenke. Ob auch die Beine gefesselt worden waren, würde sich zeigen, wenn sie ihn ausgegraben hatten.

Frida sah hinaus aufs Wasser, wo Thomsen auf dem Streifenboot *Bürgermeister Weichmann* die Wasserseite der Insel absicherte. Flatterband war großräumig um den Leichenfund gespannt worden und kennzeichnete den Einsatzbereich auf der Insel. Wer sich dem Toten vom Wasser näherte, fiel in Thomsens Einsatzbereich. Bei einem solchen Leichenfund würde es sicher nicht lange dauern, bis die ersten Schaulustigen hier auftauchten. Oder Pressevertreter. Nicht auszudenken, wenn Bilder der Leiche vor dem Leuchtturm im Netz kursierten.

Frida rieb ihre Hände. Der strenge Wind ließ die Temperaturen noch kälter erscheinen.

»Komm, lassen wir Lüttjes Leute arbeiten! Wir fahren zurück, wärmen uns bei Peter Luers auf und reden noch mal mit dem Fischer. Vielleicht ist jetzt mehr aus ihm rauszukriegen.«

Sie gingen zur Stelle, an der das Aluminiumboot auf sie wartete. Der Bootsführer warf den Motor an. Heute Morgen war es nicht Thomsen gewesen, der für sie pendelte. Der Kollege war zwanzig Jahre jünger, aber nicht so redselig wie sein bärtiger Kollege. Frida war es nur recht, denn sie grübelte auf der Rückfahrt, ob es ein Zufall war, dass kurz nach der Hebung des Skeletts auf Bargsand erneut ein Toter auf den Inseln im Schlick steckte. Doch aus Erfahrung wusste sie, dass es solche Zufälle nicht gab.

†

Haverkorn setzte sich auf den Besucherstuhl, den Peter Luers aus einem anderen Raum geholt hatte und der unter seinem Gewicht ächzte, als gehörte er längst ausgemustert. Das Büro des Vereinsvorsitzenden wirkte wie dieser selbst: gemütlich und altmodisch. Nach dem kalten und windigen Aufenthalt auf Füürsand waren sie hier herzlich empfangen worden. Der Raum war warm, das Radio dudelte Musik von vorgestern, und vor ihnen stand eine Kanne Tee. Peter Luers teilte Zwieback aus, den Haverkorn und Frida dankbar annahmen, weil sie noch nicht gefrühstückt hatten.

»Ich habe Claas erst mal nach Hause geschickt«, erklärte Luers und fuhr sich beim Reden über seine Wampe unter den Hosenträgern. »Der war mit den Nerven fertig heute Morgen. Aber wenn ihr noch Fragen an ihn habt, gebe ich euch seine Adresse.«

Haverkorn ließ sich Dürmanns Anschrift aufschreiben, während Frida für einen Anruf vor die Tür ging.

»Claas, das arme Schwein!« Luers reichte ihm den Zettel über den Schreibtisch. »Das war ja nicht seine erste Leiche. Der hat damals auch die beiden Saisonarbeiter im Schlick entdeckt. Und eine Wasserleiche, die vor ein paar Jahren in der Elbe trieb. Er hat sie ans Boot gehängt und mit in den Hafen geschleppt. Er ist halt immer der Erste morgens auf dem Wasser.« Luers sah aus dem Fenster, durch das er ein Stück des Hafens sehen konnte. »Ein Scheißjob ist die Fischerei heutzutage. Und der Fang wird auch immer weniger. Der Stint geht zurück, wahrscheinlich stirbt der hier bald aus.«

Haverkorn mochte Stinte, die kleinen Elbfische, die Heintje Kuhn, der Gastwirt vom »Marschhus«, auch ab und an auf der Karte hatte. »Steht es wirklich so schlimm?«, fragte er und tauchte ein Stück Zwieback in den Tee.

»Vor zehn Jahren hat Claas in der Saison hier noch fünfhundert Kilo am Tag rausgeholt. Jetzt hat er Glück, wenn er fünfzig mit nach Hause bringt.« Luers legte die Daumen unter die Hosenträger und ließ sie knallen. »Und dafür macht er sich täglich krumm. Und dann kommen die Bagger und zerstören seine Lebensgrundlage.«

»Die Bagger?«, fragte Haverkorn, obwohl er ahnte, woher der Wind wehte.

»Diese verdammte Elbvertiefung!« Wütend ließ der Vereinsvorsitzende die Hosenträger los. »Seit über hundert

Jahren vertiefen die hier die Elbe. Anfangs haben sie den Schlick einfach auf die großen Inseln aufgespült, um den wachsenden Anforderungen der Schifffahrt zu entsprechen. Die Industrialisierung weitete sich aus, der Hamburger Hafen wurde größer, die Schiffe natürlich auch. Reeder, Hafenbehörde, Schiffseigner, alle wollten ein dickes Stück vom Kuchen. Wen interessierten da schon hier draußen die Bauern und Fischer? Die waren gestern wie heute gezwungen, sich dem Strukturwandel anzupassen. Ob es ihnen nun passt oder nicht.«

Haverkorn nickte. Er erinnerte sich, dass Frida ihm im Sommer von den Salzschäden an den Apfelbäumen in den Obstanlagen ihres Vaters nach dem Bewässern der Bäume erzählt hatte, weil die Elbe durch die ständigen Elbvertiefungen mehr salzhaltiges Wasser führte. Das Salz hinterließ verbrannte Blätter und braune Stellen auf den Äpfeln. Nun gingen auch die Fischbestände stetig zurück. Wenn die Zahlen, die Luers genannt hatte, stimmten, gab es hier bereits ein riesiges Umweltproblem. Gegen die letzte große Elbvertiefung hatte ein Aktionsbündnis aus mehreren Umweltschutzverbänden geklagt, was bis zu einem Planfeststellungsverfahren am Bundesverwaltungsgericht führte. Aber nun hatte es doch grünes Licht gegeben, wenn auch unter einigen Umweltauflagen. Haverkorn hatte darüber gelesen. Und die Arbeit der Schwimmbagger hatte längst begonnen. Da konnten sich Bauern, Fischer und Umweltschützer krummlegen, gegen die erneute Vertiefung der Fahrrinne angehen konnten sie nicht. Das Thema war ein Fass ohne Boden, und er wollte es besser beenden, weil er Luers' Aufmerksamkeit bei seinen Ermittlungen brauchte.

»Peter, kannst du dir das mal ansehen?« Er suchte in der Fotodatei seines Smartphones nach einem Bild, das er auf

Füürsand gemacht hatte. »Wir müssen wissen, ob der Tote jemand von hier war.«

»Na denn, zeig mal her!« Der passionierte Wassersportler nahm Haverkorns Smartphone, sah sich das Foto an. Er brauchte einen Moment. »Das arme Schwein!«, flüsterte er. »So zu sterben wünsche ich meinem ärgsten Feind nicht.« Er schüttelte den Kopf. »Nee, von hier kommt der nicht, aber warte mal ...« Er zog das Foto mit den Fingerspitzen größer. »Irgendwie kommt er mir bekannt vor.« Er blickte auf. »Vielleicht täusche ich mich, aber ist das nicht der Kirsten?«

Haverkorn sah ihn verständnislos an.

»Na, dieser Hamburger Baulöwe! Der war doch ständig in der Presse, weil er sich sehr medienpräsent für die neue Elbvertiefung eingesetzt hat. Seine Schwimmbagger liegen jetzt draußen und vertiefen die Fahrtrinne! Jörg, nein warte, Jochen! Jochen Kirsten!« Er reichte Haverkorn das Handy, rückte an seinen Computer und tippte mit zwei Fingern etwas auf der Tastatur, bis er sich zufrieden zurücklehnte. Er drehte den Monitor zu seinem Besucher.

Haverkorn sah einen Presseartikel, in dem das Bild eines dunkelhaarigen Mannes mit ergrauten Schläfen und dem Ansatz eines Doppelkinns abgebildet war, der mit verschränkten Armen in die Kamera blickte. Er trug ein Jackett über einem Hemd ohne Krawatte. Konnte das der Mann von der Insel sein? Haverkorn hielt das Foto des Toten daneben. Eine gewisse Ähnlichkeit bestand durchaus.

Frida kam herein. »Das ist er doch!«, sagte sie sofort und stellte sich vor den Monitor. »Das ist doch der Mann von der Insel!«

»Das ist ein Bauunternehmer aus Hamburg, Jochen

Kirsten«, erklärte Haverkorn und drehte den Monitor wieder zurück.

»Der Mann hatte hier in der Marsch einige Feinde!«, warf Luers ein. »Da gab es den einen oder anderen, der noch eine Rechnung mit ihm offen hatte!«

†

Kirstens Wohnadresse befand sich in einem Bürokomplex der HafenCity, einem weniger ansehnlichen als exzentrischen Bauwerk aus Glas, Metall und Waschbeton, das sicherlich eines von Kirstens Vorzeigeobjekten in Hamburg war. Die junge Frau am Empfang beantwortete nervös ihre Fragen, nachdem Frida und Haverkorn sich ausgewiesen hatten. Ja, Jochen Kirstens Büro und auch seine Wohnung befänden sich in diesem Gebäude. Er wäre leider nicht im Hause, werde jedoch bald zurück sein. Wenn sie warten wollten? Haverkorn kündigte sich in einer dringlichen Angelegenheit beim zweiten Geschäftsführer der COMPLEX Bau GmbH an, der im Büro saß, zog es jedoch vor, zuerst mit der Lebensgefährtin von Jochen Kirsten zu sprechen, die sich in der Wohnung befinden sollte. Die Frau griff zum Telefonhörer, meldete sie an und schaltete ihnen mit ihrem einstudierten Lächeln den Fahrstuhl hinauf ins Penthouse in der obersten Etage frei.

Frida, Haverkorn und Dr. Lisa Brauer, die Psychologin vom Kriseninterventionsteam, die sie bei der Überbringung der Todesnachricht an die Angehörigen begleitete, stiegen ein. Neben der Fahrstuhltaste mit der 4 war ein Schild der COMPLEX Bau GmbH angebracht, ihrer zweiten Anlaufstelle nach der Privatwohnung im Dachgeschoss. Sie erreichten die Ebene »P«. Das Bing des Fahrstuhls ertönte, die Tür öffnete sich und gab den Blick in eine weitläufige Wohnung frei. Weiße Wände, honigfarbener Parkettboden und das dezent eingesetzte Interieur vor riesigen Panoramascheiben zeugten von Geschmack und Geld. Wie auch die junge Frau im dunkelblauen Jumpsuit, die sie am Fahrstuhl erwartete. Sie war mindestens zwanzig Jahre jünger als Jochen Kirsten und hatte ein umwerfendes Lächeln. Ihr brünettes Haar war zu einem lockeren Knoten gebunden. Sie war ungeschminkt und lief hier in der Wohnung dank Fußbodenheizung barfuß herum. Eine Erscheinung wie aus einem Werbespot, dachte Frida, als die Frau einen kaffeebraunen Labrador rief, der sich auf das Kommando »Sitz« hin neben ihr niederließ.

»Frida Paulsen und Bjarne Haverkorn, Kripo Itzehoe«, sagte Frida und hielt ihren Dienstausweis hoch. Die Psychologin vom Kriseninterventionsteam hielt sich erst einmal im Hintergrund.

»Linda Kirsten.« Die Frau reichte ihnen die Hand. Der Labrador beobachtete sie genau und wartete auf ihr nächstes Kommando.

»Sind Sie die Ehefrau von Jochen Kirsten?«, fragte Frida unsicher, da die Empfangsdame von der Lebensgefährtin, jedoch nicht der Ehefrau gesprochen hatte.

Die Brünette wehrte ab. »Gott, nein! Ich bin seine Tochter. Mein Vater und meine Mutter sind seit Ewigkeiten geschieden. Sie wollen sicherlich zu Ulrike, seiner derzeitigen Partnerin.« Ihre Betonung auf dem Adjektiv ließ Frida vermuten, dass Kirsten es nie lange mit einer Frau ausgehalten hatte. »Sie ist auf den Malediven tauchen, kommt aber übermorgen zurück. Ich passe derweil auf Lea auf.« Sie wies auf die Hündin, die ihren Namen hörte und freundlich mit dem Schwanz wedelte.

Haverkorn sah Frida an. Sie hatten besprochen, dass sie die Todesnachricht überbringen würde.

»Was ist los?«, fragte Kirstens Tochter. »Geht es gar nicht um Ulrike?« Das Lächeln verschwand aus ihrem Gesicht. Sie schlang die Arme um ihren Körper. »Ist was mit meinem Vater?«

Fridas Rachen war trocken. Sie hätte gern nach einem Glas Wasser gefragt, was aber höchst unpassend war in diesem Moment. Dr. Brauer hatte ihr auf der Fahrt Tipps gegeben. Frida solle sich bitte klar und unmissverständlich ausdrücken, damit für die Angehörigen kein Zweifel bestand, dass es sich um eine Todesnachricht handele. Oft wollten sie es nicht wahrhaben, glaubten an eine Verwechslung oder errichteten eine Schutzmauer in diesem Schockmoment. Sie als Psychologin werde, wenn es notwendig war, danach übernehmen und den Angehörigen beistehen. Deshalb musste Frida als Polizistin die Botschafterin der Todesnachricht sein, das könne die Psychologin nicht selbst übernehmen, denn niemand würde sich von jemandem Trost zusprechen lassen, der ihm gerade den Boden unter den Füßen weggezogen hatte. Sie sah Dr. Brauer an, die ihre auffällige DRK-Jacke ausgezogen und an der Tür auf den Boden gelegt hatte. Diese signalisierte ihr mit einem Nicken, dass sie Linda Kirsten jetzt die Nachricht vom Tod ihres Vaters überbringen musste.

Frida konzentrierte sich. »Frau Kirsten, wir müssen Ihnen leider mitteilen, dass Ihr Vater heute Morgen tot aufgefunden wurde. Er wurde Opfer eines Gewaltverbrechens.« Sie hielt den Blickkontakt mit der jungen Frau, die von ihr zurückwich.

»Das glaube ich nicht! Ich habe doch noch mit ihm telefoniert!« Tränen schossen in ihre Augen.

»Ihr Vater ist bereits identifiziert worden, es gibt keinen Zweifel. Es tut mir sehr leid.« Sie warf einen hilfesuchenden Blick zu Lisa Brauer, die ihr zunickte.

»Können wir uns irgendwo hinsetzen?«, fragte Frida. »Wir haben noch ein paar Fragen. Meinen Sie, Sie können uns helfen?«

Die junge Frau wischte sich die Augen und wies auf eine Couchlandschaft vor dem Panoramafenster.

»Das ist Frau Dr. Brauer vom Kriseninterventionsteam.« Frida wies auf die Psychologin, der Linda Kirsten bisher keine Aufmerksamkeit geschenkt hatte.

Kirstens Tochter ging voraus und rief nach der Hündin, die neben ihr auf die Couch sprang, als sie sich gesetzt hatte. Sie vergrub ihr Gesicht in ihrem Fell und schluchzte auf.

Frida nahm auf dem Sessel neben Kirstens Tochter Platz. Dr. Brauer setzte sich zu der jungen Frau auf die Couch, um einen ersten Kontakt aufnehmen zu können. Haverkorn blieb abseits stehen.

»Wann hatten Sie zuletzt mit Ihrem Vater Kontakt?«, fragte Frida.

Es war kurz still, Linda Kirsten war wie erstarrt. Hatte sie die Frage überhaupt verstanden? Ihre Blicke trafen sich wieder.

»Gestern Abend, vielleicht gegen sechs.« Sie wischte die Tränen aus den Augen. »Er rief mich an und sagte, dass es spät wird bei ihm und dass ich ruhig ins Bett gehen soll.«

»Hat er gesagt, was er vorhatte?«

»Nein! Er sagte nur, dass er noch eine Verabredung hätte, mehr nicht.«

»Hat er einen Namen genannt?«

Sie dachte nach, schüttelte den Kopf.

»Oder ob seine Verabredung ein Mann oder eine Frau war?«

»Nein, er sagte nur, dass er verabredet wäre.« Sie schlug die Hände vor das Gesicht. »Warum habe ich ihn nicht danach gefragt?« Sie schluchzte auf, sah Frida wieder an. »Wie ist es passiert?«

»Ihr Vater ist heute in den Morgenstunden am Strand der Elbinsel Füürsand tot aufgefunden worden.«

Linda Kirsten wirkte mit dieser Auskunft überfordert. »Wo ist diese Insel?«

»Nordwestlich von Hamburg.«

»Was wollte er denn da?«, fragte Kirstens Tochter. Die Arme hatte sie um den Kopf der Hündin geschlungen, als müsse sie sich an ihr festhalten.

»Das wissen wir noch nicht.« Frida sah im Augenwinkel, dass Haverkorn sein Notizbuch in der Hand hielt.

»Wie heißt die Lebensgefährtin Ihres Vaters?«

»Ulrike Mannheimer.«

»Haben Sie eine Handynummer von ihr?«

Linda Kirsten weinte, schien die Frage gar nicht wahrgenommen zu haben, ihr Körper bebte.

Die Psychologin gab den Polizisten ein Zeichen, sie jetzt allein zu lassen. Sie legte Kirstens Tochter eine Hand auf den oberen Rücken. Die Hündin stand auf und begann zu winseln, weil sie spürte, dass zwischen diesen Menschen etwas ganz und gar nicht in Ordnung war. Aber sie wirkte nicht aggressiv, sondern legte sich in den Schoß der jungen Frau, die sich in ihrem Schmerz an das Tier presste.

»Wir möchten gern noch einmal mit Ihnen sprechen und kommen wieder, wenn es Ihnen besser geht. Sie können uns auch jederzeit anrufen, wenn Sie Fragen haben.« Frida stand auf und legte ihre Visitenkarte auf den Tisch, nickte Dr. Brauer zu und zog sich zurück. Die Psychologin redete leise auf die Trauernde ein, während sie die Wohnung verließen.

Haverkorn trat hinter Frida in den Fahrstuhl und drückte auf die Taste, neben der COMPLEX Bau stand. Frida war froh, als sich die Fahrstuhltür hinter ihnen schloss. Ihre Hände waren eiskalt, und erst jetzt merkte sie, dass sie unter den Armen schwitzte. Sie sah Haverkorn an, der ihr leicht die Hand auf die Schulter legte. Eine Todesnachricht zu überbringen war schlimmer, als einer Obduktion beizuwohnen. Denn der Schmerz der Lebenden war erschütternder als die Leichenschau der toten Körper.

Frida wartete in Torbens Büro im Rechtsmedizinischen Institut und trank den Tee, den sie sich eingeschenkt hatte. Das Gespräch mit dem zweiten Geschäftsführer der COMPLEX Bau GmbH, Dr. Udo Schönherr, hatte nichts Neues gebracht. Ein betretenes Gesicht, wiederholte Floskeln, wie schockiert er über das Ableben seines Geschäftspartners und guten Freundes sei, und schließlich der dezente Hinweis, dass ein wichtiger Termin anstände, den er leider nicht verschieben könne. Mit wem Jochen Kirsten sich am Vorabend hatte treffen wollen, wusste er nicht oder wollte es ihnen nicht sagen. Die Geschäfte liefen hervorragend, sie seien auf Jahre mit Aufträgen versorgt. Ihr Vorzeigeprojekt seien die Elbvertiefungsarbeiten. Ja, natürlich habe es hin und wieder per Mail und Telefon Drohungen gegen die Firma oder sogar persönlich gegen Jochen Kirsten gegeben, weil das Thema schon seit Jahren die Gemüter erregte. Aber nein, keine ernst zu nehmenden Morddrohungen! Höchstens die Aufforderung irgendwelcher Umweltspinner, die Arbeiten sofort einzustellen, die am nächsten Tag schon einen anderen Gegner bekämpften. Er würde natürlich die Mails heraussuchen, die vorsorglich abgespeichert worden waren. Bei weiteren Fragen immer gern, hatte Schönherr betont, doch bitte nach vorheriger Terminabsprache mit seiner Sekretärin. Er müsse die Firma ja nun durch schwierige Gewässer führen, Jochen Kirstens plötzlicher Tod reiße eine riesige Lücke.

Frida trank den Tee aus und stellte die Tasse auf den Tisch. Bis zur Obduktion des Toten von Füürsand, die Dr. Samuel, ein Kollege von Torben, durchführen würde, hatte sie noch eine halbe Stunde Zeit. Wenn sie hier in diesem gemütlichen Büro saß, fragte sie sich, warum der Mann, den sie liebte, ausgerechnet Rechtsmediziner geworden war und nicht die Arztpraxis seiner Eltern übernommen hatte. Oder warum er nicht Zahnarzt geworden war wie seine Schwester. Torben war ein Optimist und ein Mensch, der anderen Mitmenschen immer interessiert gegenübertrat. Er warf mit seinem Lachen um sich wie ein Welpe mit seinem Spielball, in der Hoffnung, dass ihn jemand fing und zurückwarf. Er war durchweg lebensbejahend. Warum hatte ein Mann wie er den Weg zu den toten Körpern gewählt, wenn er das Leben doch so liebte?

Und warum hatte sie selbst ausgerechnet zur Mordkommission gehen wollen? Konnte sie sich diese Frage denn außerhalb der üblichen Standardargumente beantworten? Ja, natürlich. Sie wollte Straftaten aufklären, Mordopfern und ihren Angehörigen zu ihrem Recht verhelfen und präventiv daran mitwirken, dass das Land sicherer wurde. Aber was genau bewog sie, sich Tag für Tag ausgerechnet mit dem Tod auseinanderzusetzen, den sie fürchtete, seit sie ein Kind war?

Frida, sah auf ihre Armbanduhr, stand auf und trat ans

Fenster. Der Wind schüttelte die Bäume am Parkplatz durch, hatte ihnen schon einige lichte Stellen im Blätterdach zugefügt. Bald würde das winterliche Schmuddelwetter über Hamburg hängen, die letzten Farben von Pflanzen und Blättern auswischen. Sie fröstelte plötzlich und schlang die Arme um sich.

Ein Summen holte sie zurück. Der Vibrationsalarm kam von Torbens Schreibtisch, der ordentlich und übersichtlich aussah. Sein Smartphone lag auf einem Aktenbündel. *Florence* stand auf dem Display. Ein Frauenname, den sie nicht kannte. Sie spürte einen Stich. Wer war die Frau, deren Vornamen er abgespeichert hatte? Die Anruferin gab auf, der Vibrationston erstarb, und das Display leuchtete noch einen Moment auf. Frida war überrascht, dass ihr eigenes Gesicht ihr vom Display entgegenlachte. Dieses Foto hatte Torben von ihr am Strand gemacht, als sie im September das erste Mal als Paar weggefahren waren und ein Wochenende in einem kleinen verschlafenen Hotel an der Ostsee verbracht hatten. Sie hatte gar nicht gewusst, dass er diese Aufnahme als Hintergrundbild auf sein Handy geladen hatte. Das Display erlosch, und Frida sah wieder hinaus auf den Parkplatz, wo sich eine Frau gegen eine Windböe stemmte, die ihren Schal hinter ihr herwehen ließ wie eine bunte Fahne.

Dachte sie wirklich, dass Torben zweigleisig fuhr? Nein, es gab keinen Anlass für Eifersucht. Warum war sie dann so unsicher? Die letzten Monate waren perfekt gewesen. Dennoch: Wohin würde das führen mit ihnen beiden? Jetzt, da sie getrennte Wohnungen hatten und sich jeden Tag auf ihr Wiedersehen freuten, war ihr Liebesleben ein bunter Strauß von Emotionen. Ihre Gefühlswelt war geprägt von Abschied und Wiedersehen, was aufregend war und dennoch Ängste in ihr schürte. Wie sicher konnte sie sein, dass Torben morgen wieder vor ihrer Tür stehen würde? Würde ihre Liebe den Alltag überdauern, wenn sie tatsächlich zusammenzogen, jeden Tag gemeinsam begannen, jede Nacht nebeneinanderlagen? Wäre das zu viel Nähe? Würde sie seiner irgendwann überdrüssig werden oder er ihrer?

Und wer war Florence?

Die Bürotür wurde geöffnet, und Torben kam herein. Er warf ihr sein Jungenlachen zu, das alle Zweifel ausradierte, und gab ihr einen flüchtigen Kuss.

»Entschuldige, ein Kollege hat mich aufgehalten.« Er ging zur Thermoskanne, die auf dem Sideboard stand, und schenkte sich eine Tasse Kaffee ein. »Möchtest du auch?«

»Danke, ich hatte gerade einen Tee.«

»Dr. Samuel sagte, du kannst dir Zeit lassen. Die Obduktion beginnt eine halbe Stunde später.«

»Okay, dann nehme ich doch einen.« Sie ging zum Sideboard und nahm ihm die Tasse aus der Hand, die er ihr hinhielt. »Übrigens, du hattest einen Anruf. Von Florence.« Sie trank und war gespannt auf seine Reaktion.

»Und? Was hat sie gesagt?« Er trank einen Schluck und sah sie fragend an.

Sie war kurz sprachlos, weil er wie selbstverständlich davon ausgegangen war, dass sie den Anruf auf seinem Handy angenommen hatte. »Ich bin nicht rangegangen.«

Torben ging zum Schreibtisch und nahm sein Smartphone in die Hand, sah auf das Display.

Er legte es zur Seite und nahm eine Mappe in die Hand. »Es gibt noch was Neues zum Knochenmann«, wechselte er das Thema und breitete ein paar Fotos auf dem Tisch aus. Frida stellte sich neben ihn. Sollte sie ihn auf Florence ansprechen? Im nächsten Moment kam es ihr albern vor.

Als würde sie ihm hinterherspionieren. Sie beugte sich über die Fotos und erkannte den Zahnstatus beider Kiefer.

»Die fehlenden Zähne wurden nicht im Schlick gefunden. Sie können natürlich weggespült worden sein«, sagte er und zog ein anderes Foto heraus, das eine Nahaufnahme einer Zahnlücke der Backenzähne zeigte. »Wahrscheinlich ist es nicht. Siehst du diese kleinen Kerben?«

Frida beugte sich darüber und nickte.

»Die hat ein Werkzeug verursacht, als dem Toten die Zähne entfernt wurden. Wahrscheinlich jene, die Füllungen oder Kronen aufwiesen.«

Sie verstand sofort, was er damit andeuten wollte. »Der Täter wollte nicht, dass der Tote zu schnell identifiziert wird, wenn er gefunden würde.«

»Genau! Dass er diese Metallplatte im Bein hatte, konnte er ja nicht wissen.«

»Seid ihr da schon weitergekommen?«

»Wir haben die Seriennummer an alle deutschen Krankenhäuser geschickt, die Osteosynthesen durchführen, weil wir hoffen, dass sie irgendwo gelistet wurde.« Er schob die Fotos wieder in die Akte. Die Falte auf seiner Stirn wurde tiefer. »Aber das Skelett ist nach unserer Analyse mehr als dreißig Jahre alt. Damals, als die OP am Bein durchgeführt wurde, wird es noch keine Computer und Onlinearchive gegeben haben. Wenn es Unterlagen gibt, dann liegen die in irgendwelchen verstaubten Akten in Archiven. Und die kyrillischen Buchstaben machen alles noch verzwickter. Ich denke an Ostkliniken. Aber wenn der Mann aus Osteuropa kam, haben wir ein Problem. Das ist eine Nadel im Heuhaufen, die wir hier suchen. Ich mache euch nicht allzu viel Hoffnung, dass wir tatsächlich einen Treffer haben werden. Nur eines ist sicher: Der Tote war zwischen zwanzig und dreißig Jahre alt und kaukasischer Abstammung.«

»Das hilft uns nicht wirklich weiter«, sagte Frida. »Und zur Todesursache kannst du auch nichts sagen?«

Er lehnte sich zurück und verschränkte die Arme hinter dem Kopf. »Nein, darüber gibt das Skelett keine Auskunft. Es gab keine Hinweise auf spitze oder stumpfe Gewalteinwirkung an den Knochen, bis auf die winzigen Kerben an beiden Kieferknochen. Ich kann dir leider nicht mehr sagen, als dass wir hier völlig im Dunklen tappen.«

## Jugendwerkhof, Hummelshain, 2. Juni 1987

Von außen wirkte der Jugendwerkhof in Hummelshain ziemlich in die Jahre gekommen. Er sah aus wie ein Märchenschloss mit vielen Türmchen, Balkonen, der Freitreppe und dem riesigen Park drum herum. Im Inneren jedoch befand sich eine der fortschrittlichsten Einrichtungen zur Umerziehung von Jugendlichen in der DDR, der ganze Stolz der Jugendhilfe. So und ähnlich hatte ihm ein Erzieher vor Antritt der Fahrt im Komensky-Heim in Altgottern vorgeschwärmt, als wäre seine Verlegung eine Auszeichnung. Aber er wusste, dass das Gegenteil der Fall war. Er wurde abgeschoben in einen Jugendwerkhof, weil er zu alt für das Kinderheim war.

Schon wieder war er der Neue. Seit drei Tagen war er hier, irgendwo in Thüringen. Er lag im Bett und starrte an die Decke. Der ekelhafte Geruch nach Kellerfäule und Bohnerwachs lag auch hier im Schlafsaal in der Luft. Er konnte nicht schlafen, dachte immer wieder an seine Jugendweihe. Er war nun vierzehn Jahre alt, hatte sogar einen eigenen Personalausweis erhalten. Das Fest, das seine Mutter an diesem Tag im Mai ausgerichtet hatte, war schön und verstörend zugleich gewesen. Endlich hatte er nach Hause fahren dürfen! Er hatte sein Glück kaum fassen können.

Mama hatte sich viel Mühe gegeben, hatte ihm von den paar Mark, die sie in der HO-Gaststätte verdiente, einen Anzug gekauft. Oma und Opa waren extra angereist, um mit ihrem Enkel diesen Schritt ins Erwachsenenalter zu feiern. Es hatte Schwarzwälder Kirschtorte und richtigen Bohnenkaffee gegeben. Aber er hatte sich nicht wohlgefühlt zu Hause. Ihm hatte sein strikter Heimalltag gefehlt, die festen Strukturen, die er kannte und an denen er sich Tag für Tag festhielt, die eiserne Rüstung für sein Überleben. Dieses Zuhause, seine Familie waren ihm in den letzten Jahren als Heimkind fremd geworden. Er konnte nicht umgehen mit ihrem lockeren Tagesablauf, hatte keinen Platz mehr in dieser Wohnung, die ihm in seinen Träumen jahrelang wie ein Paradies erschienen war. Er war froh gewesen, als er am Montag zum Bahnhof gebracht worden war, um zurück ins Heim zu fahren.

Ein paar Tage später hatten die Männer ihn schon wieder mit einem grauen Barkas abgeholt und nach Hummelshain gebracht. In einen Jugendwerkhof, er hatte nicht gewusst, wofür das stand.

Wenigstens gab es hier keine Gitter. Und in der Nacht gingen die meisten Erzieher nach Hause, nur ein paar Schließer blieben zurück. Die Hackordnung zwischen den Jugendlichen funktionierte jedoch auch an diesem Ort.

»Los! Raus aus dem Bett!« Plötzlich standen ein paar der älteren Jungs neben ihm. Einer zerrte ihn von der Pritsche. Sie stellten sich im Spalier auf. Das Licht der Straßenbeleuchtung vor dem Fenster fiel auf ihre verzerrten Gesichter.

»Los, geh durch, Spacko!«, verlangte der Kleinste.

Er zögerte, aber er wusste, dass es ihm nichts nützen würde. Also senkte er den Kopf und ging los. Es setzte Hiebe und Tritte. Er versuchte, mit den Armen seinen Kopf zu schützen, aber sie wurden ihm weggerissen. Die nächsten Schläge trafen seinen Mund, die Nase und die Wange.

Tränen schossen in seine Augen, aber kein Laut kam über seine Lippen. Er wollte nicht schreien, das würde es nur schlimmer machen. Und ihm würde sowieso niemand helfen. Die Erzieher waren heute Nacht zu Hause, und hier galt bis zum Morgengrauen das Gesetz des Stärkeren.

# Kapitel 9

Frida streifte im Umkleideraum den grünen OP-Kittel über, zog die Gummistiefel an und knotete den Mundschutz fest. Sie nahm ein Paar Latexhandschuhe aus der Packung, die sie erst überziehen würde, wenn sie hinüberging. Es war die vierte Obduktion, der sie beiwohnte, seit sie in der Mordkommission arbeitete. Sie hatte immer noch Respekt davor, auch wenn sie die ersten Male gut hinter sich gebracht hatte. Es war ihr möglich, den Anblick und die Geräusche der blutigen Prozedur zu ertragen, weil sie es schaffte, eine professionelle Distanz zu wahren. Die innere Leichenschau war ein wichtiger Teil der Ermittlungen. Oft nahm die Kripo schon an dieser Stelle wertvolle Informationen mit, die sonst erst im Obduktionsbericht standen. Jede Stunde zählte, nachdem eine Leiche aufgefunden worden war. Die Zeit arbeitete gegen sie.

Auch in diesem Fall. Sie brauchten schnellstens Informationen, wann und wie Jochen Kirsten zu Tode gekommen war. Dass es sich tatsächlich um den Hamburger Bauunternehmer handelte, war bereits zweifelsfrei anhand seines Personalausweisfotos abgeklärt worden. Seine Geldbörse mit Ausweis und Führerschein hatte in seiner Jackentasche gesteckt.

Dr. Samuel erschien in der Tür und nickte ihr zu. »Frau Paulsen?« Er hatte bereits seinen blauen OP-Kittel angezogen und den Mundschutz vor dem Gesicht. Frida folgte dem Rechtsmediziner durch eine Schiebetür in den Obduktionsraum, einen weiß gekachelten Bereich mit Edelstahlschränken, wo mittig der Obduktionstisch stand. Der Sektionsassistent bereitete den Körper des Toten vor. Bei der äußeren Leichenschau war Kirsten bereits entkleidet, vermessen und gewogen worden. Torben hatte ihr den Ablauf und jeden Schritt der Leichenschau genau erklärt.

»Ihr erstes Mal?«, fragte Dr. Samuel und nahm sich ein Diktiergerät vom Edelstahltisch. Seine Stimme hatte einen schleifenden Unterton.

»Nein.« Frida sah auf Jochen Kirsten, der nackt auf dem Edelstahltisch lag. Er war, wie sie bereits wusste, siebenundvierzig Jahre alt gewesen. Er war etwas übergewichtig, aber darüber hinaus äußerlich in gutem körperlichen Zustand. Ob dies auch Dr. Samuel nach der Obduktion so bestätigen würde, blieb abzuwarten. Es war seltsam, auf den nackten toten Körper zu sehen, der bereits ein paar Stunden in einem der Leichenfächer gelegen hatte. Diese waren auf vier Grad Celsius heruntergekühlt, hatte Torben ihr erklärt. Auch nach der Obduktion würde Jochen Kirstens Leichnam wieder in einem dieser Fächer verschwinden. Fünf bis sechs Tage verblieben die Toten im Institut für Rechtsmedizin, bis sie an einen Bestatter übergeben wurden. Außer es erfolgte eine Mordermittlung. Dann blieben sie häufig noch länger. Angehörige konnten sich im Verabschiedungsraum, der hier im Gebäude lag, von ihren Lieben verabschieden.

Frida hatte, während sie auf Torben gewartet hatte, verfügbare Presseartikel über Kirsten auf ihrem Smartphone gelesen. Dieser Mann war ein erfolgreicher Geschäftsmann gewesen und hatte kein Blatt vor den Mund genommen, was er von Leuten hielt, die nicht seiner Meinung waren.

Er hatte kräftig bei den Bauarbeiten in der HafenCity mitgemischt. Und auch die aktuelle Elbvertiefung war ein Projekt gewesen, dem er sich verschrieben hatte. Was kein Wunder war, da er an der Ausschreibung für die Baggerarbeiten teilgenommen und einen Großauftrag an Land gezogen hatte. Kirsten war ein Alphatier gewesen. Und ein Selbstdarsteller, der nicht verheimlichte, dass er Luxus liebte. Immer wieder ließ er sich in den Klamotten eines Sylter Outdoormode-Designers auf seiner Segeljacht fotografieren, was Neider geradezu anziehen musste. Dieser Mann hatte sich mit seinem ganzen Auftreten sicherlich Feinde gemacht. Sie mussten herausfinden, wen er sich zum Todfeind gemacht hatte.

Dr. Samuel trat an den Leichnam. Frida wusste, dass nun die Dreihöhlensektion folgte, die Öffnung von Schädelhöhle, Brust- und Bauchhöhle. Am schlimmsten würde die Öffnung des Schädels für sie werden. Schon das sirrende Geräusch der elektrischen Knochensäge ließ ihr das Blut in den Adern gefrieren. Kaum auszuhalten war es, wenn er mit Hammer und Meißel den oberen Teil des Kopfes bearbeitete. Aber sie war professionell genug, um diese Geruchs- und Geräuschkulisse zu ertragen, ohne ihren Mageninhalt auf dem Fliesenboden zu verteilen.

»Bereit?«, fragte Dr. Samuel und sah sie über seine Brille an. Er kannte sie bisher nicht und wollte keine unvorhergesehenen Zwischenfälle in seinem Refugium während der nächsten drei Stunden.

Frida atmete tief durch. Nein, ich bin nicht bereit, dachte sie und blickte auf Kirstens unversehrten Körper. Aber sie ließ sich nichts anmerken. »Ja, kann losgehen.«

†

Der Raum war klein, aber aus dem Fenster konnte Haverkorn das Wasser und ein paar schwankende Boote sehen. An der Wand stand ein verstaubter Schreibtisch. Zur weiteren Einrichtung gehörten ein abgesessener Bürostuhl und ein Regal mit ein paar vergessenen Ordnern, zwischen denen feine Spinnenfäden hingen. Ein Mitarbeiter der Naturschutzvereinigung hatte hier für einige Monate gesessen, bevor der neue NAVE-Stützpunkt am alten Hafen fertiggestellt worden war. Seitdem wurde der Raum nicht mehr gebraucht. Peter Luers hatte Haverkorn angeboten, das leere Büro zu nutzen, solange sie auf den Inseln ermitteln mussten. Der Wassersportler hatte ihm auch gleich die kleine Teeküche und die Sanitäranlagen gezeigt. »Klein, aber fein«, hatte er gesagt und zur Bestätigung mit den Hosenträgern geknallt. Der Kriminalhauptkommissar hatte kurz mit Wahler telefoniert, der einverstanden war, dass die Dienststelle für die nächsten zwei Wochen für die Miete aufkommen würde.

Es war eine gute Idee, dass sie direkt hier am Hafen von Deichgraben eine Anlaufstelle hatten, von der aus sie die Spurensicherung auf Füürsand und die laufenden Befragungen koordinieren konnten. Haverkorn freute sich darauf, dass er morgens einen kleinen Spaziergang zum Büro machen konnte, der ihm und seiner Kondition guttun würde. Dazu dieser bilderbuchhafte Ausblick, was wollte er mehr?

Er sah auf sein Handydisplay. Frida hatte sich noch nicht aus dem Institut für Rechtsmedizin gemeldet. Sie selbst hatte vorgeschlagen, zur Obduktion von Jochen Kirsten zu fahren, was er ihr hoch anrechnete. Er wusste, dass dies ein schwerer Gang war, gerade für eine junge Kollegin. Niemand riss sich um diesen Teil ihrer Arbeit, aber

Frida wollte wohl beweisen, dass sie schon lange nicht mehr der Frischling im Team war.

Er wischte den Schreibtisch mit einem Lappen ab, den er in der Küche gefunden hatte. Morgen würde er seinen Laptop mitbringen. Luers hatte ihm bereits das WLAN-Passwort des Vereins gegeben. Anja, Klaus und die anderen Kollegen führten seit ein paar Stunden Befragungen im Ort durch. Sie würden sich in zwei Stunden wieder hier im Vereinsgebäude der Wassersportler einfinden und eine Lagebesprechung abhalten, an der auch Wahler teilnehmen wollte. Viel gab es noch nicht zu berichten, aber Haverkorn wollte sich trotzdem darauf vorbereiten.

Luers hatte ihm vom Bootsverein ein Whiteboard zur Verfügung gestellt, das er sonst für Besprechungen oder Seminare nutzte. Haverkorn nahm einen schwarzen Marker und schrieb *Bargsand* und *Skelett* auf eine Seite. Darunter notierte er in Stichpunkten: *Liegezeit ca. 30 Jahre, Identität: unklar, Todeszeitpunkt: unklar, Todesursache: unklar, Handfessel (Spur Nr. 4), Fußfessel (Spur Nr. 5) aus Naturseil, Aluchip (Spur Nr. 25), Platte Osteosynthese (Spur Nr. 32).* Auf der rechten Seite schrieb er *Füürsand, Leichnam Jochen Kirsten, geboren am 11. 08. 1972 in Heidenau. Todeszeitpunkt: … Todesursache: …* Diese Daten würde er hoffentlich einfügen können, wenn Frida aus Hamburg zurückkam. *Handfessel: (Spur Nr. 2) aus Kunststoff, Fußfessel: keine.* Er blickte auf das Board. Was hatten diese beiden Toten gemeinsam, außer dass sie beide im Schlick steckend gefunden worden waren? Die Handfessel, ja. Aber schon das Material stimmte nicht überein. Und bei Kirsten hatten sie weder eine Fußfessel gefunden noch einen Aluchip in den Händen. Hatten sie es hier mit einem Nachahmer zu tun, der die Fesselung des Skeletts von Bargsand imitierte?

Haverkorn lehnte sich an den Schreibtisch und blickte auf seine Notizen auf dem Board. Wer hatte von der Fesselung der Hände gewusst? Hatte sich jemand aus seinem Team verquatscht? Unwahrscheinlich! Er vertraute seinen Leuten. Oder einer von der Wasserschutzpolizei? Er verwarf den Gedanken sofort wieder. Dienstgeheimnisse gab niemand leichtfertig heraus. Er würde Anja daransetzen herauszufinden, ob etwas über das Skelett im Netz kursierte.

Vielleicht würden sie nun endlich einen Schritt vorankommen, da wenigstens die Identität des zweiten Toten geklärt werden konnte. Er dachte daran, was Luers gesagt hatte. *Da gab es den einen oder anderen, der noch eine Rechnung mit ihm offenhatte!* Ging es hier um Kirstens Aktivitäten? Die Elbvertiefung hatte einigen Dreck aufgewirbelt. Hier in der Marsch hatten Berufsfischer, Umweltschützer und Bauern dagegen angekämpft, dass diese Vertiefung kam. Und Kirsten hatte nicht nur die Bagger geschickt, er hatte auch die Klappe weit aufgerissen, um dieses Projekt zu rechtfertigen. War einem der Betroffenen die Sicherung durchgebrannt? Nach einer Tat im Affekt sah diese Inszenierung auf der Insel jedoch nicht aus. Das war kein Amateur gewesen. Hier hatte jemand kaltblütig geplant, dass Jochen Kirsten jämmerlich bei Flut ersoff. Er musste sich gut mit den Gezeiten ausgekannt haben. Mit ziemlicher Wahrscheinlichkeit ein Mann, schwer auszudenken bei der körperlichen Statur von Kirsten, dass sie nach einer Täterin suchten. Außer, dachte Haverkorn, es waren mehrere Frauen.

Wenn es Spuren gegeben hatte, waren sie vom Wasser weggespült worden. Lüttje, der Leiter der Kriminaltechnik, hatte resigniert mit den Schultern gezuckt. Sie hatten so gut wie nichts. Außer der Leiche und dem Synthetikseil.

Es bestand eine geringe Hoffnung, dass sie im Labor auf den künstlichen Fasern noch etwas fanden. Lüttjes Männer waren dran.

Haverkorn ging in die kleine Teeküche und nahm sich einen Kaffee. Er spürte sein Hungergefühl, hatte am Mittag nichts gegessen. Schade, dass der Imbisswagen draußen schon dichtgemacht hatte. Ein Fischbrötchen wäre jetzt genau das Richtige gewesen.

Er hörte die Tür, kurz darauf stand Frida in der Küche. Sie war blass, schien jedoch gefasst zu sein.

»Wie ist es gelaufen?«, fragte er und rührte Milch in den Kaffee.

»Ganz okay.« Sie nahm sich ein Glas, füllte es mit Wasser aus der Leitung und trank es leer. »Die Todesursache war eindeutig Ertrinken. Dr. Samuel hat Wasser in der Lunge gefunden, es wird natürlich noch analysiert. Ansonsten gab es nichts Auffälliges. Die chemisch-toxikologischen Untersuchungsergebnisse stehen noch aus. Todeszeitpunkt zwischen zwanzig und zweiundzwanzig Uhr. Ich denke, der Tidekalender wird es uns genauer sagen. Kirsten starb, als das steigende Elbwasser sein Gesicht überspülte.«

Haverkorn hatte nichts anderes erwartet. »Der Täter hat ihn gefesselt, im Schlick eingegraben und ertrinken lassen.«

Frida lehnte an der Spüle. »Er hatte keine Chance.« Sie schwiegen einen Moment. »Vielleicht ist es derselbe Täter wie damals.«

»Du denkst, er hat wieder zugeschlagen, weil wir das Skelett gefunden haben?«

Sie sagte nichts, drehte das leere Glas in ihren Händen. »Der Zeitpunkt ist natürlich auffällig. Zwei Tage, nachdem das Skelett ausgegraben wird, steckt der nächste Tote im

Schlick.« Eine kleine Falte bildete sich über ihrer Nasenwurzel. »Wenn es der gleiche Täter war, warum wurde das Skelett erst nach dreißig Jahren gefunden, Kirsten aber gleich am nächsten Morgen?«

Haverkorn sah sie nachdenklich an. »Eine gute Frage, die wir in der Besprechung aufgreifen sollten.«

»Wir müssen endlich den Toten von Bargsand identifizieren! Torben ist dran, aber er sagt, Rückschlüsse über die Seriennummer der Metallplatte sind fast unmöglich. Es ist die Nadel im Heuhaufen, reine Glückssache!« Sie sah sich suchend um, zog eine Schublade auf, schloss sie wieder, öffnete die nächste und nahm zwei Gabeln heraus. »Wir können besser denken, wenn wir was im Magen haben. Ich habe Bratnudeln vom Asia-Imbiss mitgebracht.«

Haverkorn konnte nicht fassen, dass sie nach der Obduktion an Essen gedacht hatte.

Sie schien seine Gedanken zu erraten. »Den Trick hat mir Torben beigebracht. Eine Meditationstechnik, die nur ein paar Minuten dauert und Wunder wirkt. Klappt meistens auch bei mir.« Sie zuckte die Schultern. »Jetzt brauche ich was zu essen.«

†

Frida saß neben Haverkorn am Fenster. Wahler hatte sich auf eine Kante des Schreibtisches gehockt, wo Haverkorns aufgeklappter Laptop stand. Der Rest des Teams, Anja, Klaus, Henning, Udo und Ricarda, hatten sich von Luers Stühle geben lassen. Der Raum war rappelvoll, aber die Tür ging noch zu.

Wahler hatte das Wort ergriffen. Sein Anzug saß wie immer perfekt auf Taille. Aber heute trug er dazu Outdoor-

Stiefel. Ein Stilbruch, der Frida überraschte. Vielleicht war ihr Chef doch lernfähig.

»Vorerst ermitteln wir beide Leichensachen gemeinsam in einem Team, da wir davon ausgehen müssen, dass sie zusammenhängen«, sagte Wahler. Er sah Anjas zweifelndes Gesicht. »Bist du anderer Ansicht?«, fragte er sie direkt.

»Es gibt schon gewisse Ähnlichkeiten«, erwiderte Anja. »Aber ganz ehrlich, es gibt auch genügend Unterschiede! Selbst wenn wir davon ausgehen, dass beide Männer vorsätzlich im Schlick eingegraben wurden, damit das Hochwasser sie ertränkt, warum hat man den Ersten so tief vergraben, dass er erst heute, nach gut dreißig Jahren, durch Zufall aufgetaucht ist? Kirstens Tod dagegen wirkte beinahe inszeniert. Er sollte so gefunden werden! Für mich sieht das eher wie ein Trittbrettfahrer aus, der sich den Umstand, dass wir das Skelett auf Bargsand gefesselt gefunden haben, zunutze gemacht hat.«

Klaus und Henning nickten und raunten ihre Zustimmung in den Raum. Der Rest wartete ab, was Anja noch zu sagen hatte.

»Ich sollte ja mal das Internet checken, ob ich was zu unserem Knochenmann finde. Und tatsächlich! …« Sie stand auf, öffnete auf Fridas Laptop einen Film auf dem Videoportal Videocam und drehte ihn so, dass alle daraufschauen konnten.

Der Film startete. Die Fundstelle auf Bargsand war zu sehen, der Schädel ragte aus dem Schlick. Die nächsten Szenen schienen mit einer Nachtkamera gedreht worden zu sein. Dr. Kielmann reichte seiner Kollegin einzelne Knochen, die diese in das Einsatzzelt brachte. In der nächsten Einstellung sah man den Rechtsmediziner im Gespräch mit Haverkorn. Er stand auf und überkreuzte seine Hände, erklärte etwas. »Jemand hat die Hebung des Skeletts gefilmt und ins Netz gestellt«, erklärte Anja.

»Weiß man, wer das war?«

»Nein, das Konto ist anonym, meine Anfrage bei den Betreibern von Videocam läuft. Aber das wird Wochen dauern, bevor wir da Daten bekommen. Wenn überhaupt.«

»Derjenige muss auf dem Wasser in einem Boot gewesen sein«, sagte Klaus, der den Film noch einmal abgespielt hatte. »Wahrscheinlich ist die Wackelbewegung der Kamera später bearbeitet worden.«

»Die Kollegen von der Wasserschutzpolizei hätten doch sicher eingegriffen, wenn neben der Fundstelle ein Boot gewesen wäre«, gab Udo zu bedenken.

»Vielleicht auch nicht! Thomsens Männer hatten genug mit der Pendelei unserer Leute zu tun«, sagte Frida. »Aber seht ihr den Winkel der Aufnahmen? Das Material könnte auch mit einer Drohne gefilmt worden sein.«

»Ihr seht, die Möglichkeit eines Trittbrettfahrers scheidet nicht von vornherein aus«, schloss Anja.

»Woher soll er denn gewusst haben, dass das Skelett an den Händen gefesselt war? Das sieht doch keiner in diesem Film«, warf Henning ein.

»Torbens Handbewegung«, sagte Frida, spulte den Film zurück und stoppte an der Stelle, wo Torben die Hände überkreuzte. »Die ist ziemlich eindeutig. Lediglich welche Art der Handfessel dabei im Spiel war, konnte er nicht sehen. Deshalb benutzte er kein Seil aus Naturfasern.«

»Was, wenn der Täter den Film eingestellt hat?«, fragte Henning.

Kurzzeitig war Ruhe im Raum.

»Anja, wir brauchen die Daten dieses Kontoinhabers auf Videocam. Wenn die nicht reagieren, besorge ich dir einen richterlichen Beschluss.« Wahler klappte den Laptop zu. »Wir behalten beide Szenarien im Blick. Einmal die Variante, dass beide Morde und somit auch die Opfer zusammenhängen. Und Variante zwei: Der Mörder von Kirsten wollte es so aussehen lassen, als würde hier eine Verbindung zum Toten von Bargsand bestehen.« Er überlegte kurz und sah in unzufriedene Gesichter. »Anja, du gehst mit Klaus weiterhin Variante zwei nach! Versucht bitte, den anonymen Filmer zu finden. Und suche nach weiteren Spuren, die deine These stützen!«

»Okay!«

»Alle anderen behandeln die Leichensachen erst einmal im Zusammenhang. Wir trennen die Fälle erst, wenn unumstößlich feststeht, dass Kirsten nichts mit dem Skelett zu tun hatte und wir hier von mehreren Tätern reden. Ich unterrichte den Staatsanwalt über unsere Vorgehensweise, aber ich denke, er wird einverstanden sein.« Er checkte sein Smartphone, konzentrierte sich wieder. »Die Kriminaltechnik hat sich noch nicht wegen des Seils gemeldet. Wenn wir Glück haben, finden wir darauf verwertbare Spuren, vielleicht sogar Täter-DNA. Aber darauf sollten wir uns nicht verlassen.«

»Was für ein Knoten wurde benutzt bei Kirsten?«, fragte Frida.

Wahler nickte und blätterte im Bericht der KTU. »Das habe ich irgendwo gelesen.« Er vertiefte sich in den Bericht. »… das Seil war dreifach um die Hände des Toten geschlungen und mit einem festen Basisknoten fixiert …« Er blickte wieder auf, kratzte sich unter dem Auge. Die Enttäuschung war ihm anzusehen.

Frida zuckte die Schultern. »Einen Basisknoten hätte quasi jeder machen können. Schade, kein Seemannsknoten.«

Wahler sah zum Whiteboard, auf dem Haverkorn die fehlenden Informationen von Kirstens Obduktion ergänzt hatte. Die Spuren waren mehr als mager. »Morgen geht ihr raus und sprecht mit den Leuten! Ich will wissen, wer nachts Richtung Füürsand unterwegs war. Kirsten war ein großer Mann, der über neunzig Kilo schwer war. Ist er freiwillig in ein Boot gestiegen, oder wurde er geschleppt? Dann muss er bewusstlos gewesen sein. Bleibt das hier draußen unbemerkt, wenn ein Körper in ein Boot verfrachtet wird?« Er sah Frida an. »Sonst sehen die Leute doch auch immer alles, was sie nichts angeht!« Er sah auf seine Uhr. »Ich bin erst mal durch. Bjarne, willst du noch etwas ergänzen?«

»Ja, eins noch. Nicht jeder Einwohner hat hier ein Boot, nur weil er an der Elbe lebt. Wir sollten alle Bootsbesitzer ausfindig machen und ihre Boote mit einem Spürhund überprüfen.«

Wahlers Miene hellte sich auf. »Gute Idee! Organisierst du das?«

»Mach ich.«

»Was ist mit den Vermisstenmeldungen aus den Achtzigern und Neunzigern? Gibt es da schon was?«

»Die werte ich noch aus«, sagte Ricarda. »Aber bisher passt keiner zu unserem Knochenmann!«

»Bleib dran, ja?« Wahler stand vom Schreibtisch auf. »Wir sehen uns morgen um die gleiche Zeit wieder hier. Ich bin jederzeit zu erreichen.«

»Was ist eigentlich mit dem Aluchip, den der Knochenmann in der Hand hatte? Hast du da schon eine Info?«, fragte Frida.

Wahler checkte erneut seine Mails auf dem Smartphone. »Bisher nichts, ich heize dem LKA noch mal ein, dass wir dazu dringend eine Aussage brauchen.« Er sah in die Gesichter seiner Mannschaft. »Wir haben zwei Tote und keine Ahnung, was da draußen für eine Geschichte gelaufen ist. Was haben die Inseln damit zu tun? Warum Tod durch Ertränken? Was ging im Kopf des Täters vor? Denkt mal drüber nach! Und jetzt ab nach Hause! Wir sehen uns morgen früh.«

Die Kollegen standen auf. Haverkorn öffnete das Fenster, um den Raum zu lüften. Frida hörte Möwen schreien. Es war längst dunkel geworden. Sie sah hinaus zum Wasser, auf dem die Hafenlampen hüpfende Lichtkleckse verteilten, hörte das Klirren der Takelage eines Segelboots und das dumpfe Klatschen des Wassers an den Schiffsrümpfen. So idyllisch die Elbe und ihre Inseln waren, für zwei Männer waren sie zur tödlichen Falle geworden.

# Kapitel 10

Der Wagen mit dem Nürnberger Kennzeichen stand immer noch vor ihrem Haus. Haverkorn hoffte, dass Henni mit Arno ausgegangen war. Er freute sich auf ein paar belegte Brote, Rotwein und die Biografie von Stefan Zweig, die er am Wochenende begonnen hatte. Der Tag war lang gewesen, und die ergebnislose Besprechung beschäftigte ihn immer noch.

Er betrat das Haus und hörte Henni lachen. Sie und ihr Übernachtungsgast saßen auch heute wieder in der Küche. Es roch nach Pizza, und Haverkorn spürte seinen Hunger. Nun gut, er würde sich kurz mit in die Küche setzen, ein Stück Pizza essen und dann in seiner Stube verschwinden. Im nächsten Moment dachte er daran, dass dort die Gästecouch stand, die Veltins übernommen hatte wie ein Kapitän ein fremdes Schiff. Sein Wohnzimmer stand jetzt unter fremder Flagge.

Er legte seinen Mantel ab und klopfte an den Türrahmen zur Küche. Hennis Beine lagen auf Arnos, und er massierte ihre Füße. Haverkorn ärgerte sich, dass er in diesen intimen Moment hineinplatzte. Aber es war zu spät. »'N Abend!«, grüßte er.

Henni zog ihre Beine herunter. »Papa, komm, setz dich zu uns!«

Haverkorn sah, dass einer seiner Rotweine auf dem Tisch stand und die Flasche höchstens noch ein Glas enthielt.

Die Pizzakartons standen hochkant neben dem Mülleimer. Seine Laune schlug um, aber er lächelte. »Nein, heute nicht. Ich bin geschafft! Werde gleich schlafen gehen.«

Arno stand auf und nahm ein Weinglas aus dem Schrank. »Kommen Sie! Einen Schluck zum Feierabend. Der Merlot ist hervorragend!« Er bewegte sich, als wäre er hier zu Hause und hätte gerade einen Gast in der Tür stehen.

Haverkorn bemerkte, dass Henni Arno ganz angetan beobachtete. Es gefiel ihr, dass er den Gastgeber mimte. Haverkorn rang mit sich, nickte in Arnos Richtung und setzte sich an den Tisch. Immerhin waren noch ein paar Salzstangen in der Tüte. Er nahm sich ein paar heraus und schob sie in den Mund.

»Wie war dein Tag?«, fragte Henni. »Seid ihr weitergekommen mit dem Skelett?«

Richtig, Henni wusste noch gar nichts von dem zweiten Toten, aber er wollte in Anwesenheit dieses Fremden sicher nicht über seinen Job reden. »Nein, leider nicht.« Er trank einen Schluck von seinem Wein. Er war gut. Davon würde er noch ein paar Flaschen kaufen, wenn Veltins abgereist war.

Arno hatte ihm das letzte Glas eingeschenkt und war dabei, eine neue Flasche zu öffnen. Ganz selbstverständlich hatte er sie aus dem Regal neben der Küchentür gezogen, wo Haverkorns Weinvorräte lagerten. Er schluckte die Bemerkung, die ihm auf der Zunge lag, herunter, denn Henni schien glücklich darüber zu sein, wie einträchtig ihr Vater und ihr alter Bekannter miteinander umgingen.

»Und wie war's bei euch? Was habt ihr heute so gemacht?«, fragte Haverkorn und trank.

»MINIATURWUNDERLAND!«, sagten beide gleichzeitig und lachten.

Arno gab per Handzeichen zu verstehen, dass er Henni erzählen lassen wollte, und goss sich selbst ein Glas aus der zweiten Flasche ein. Haverkorn verschluckte sich fast, als er das Etikett erkannte. Es war der 2014er Sagrantino di Montefalco, den er sich für einen ganz besonderen Anlass weggelegt hatte. Die Flasche kostete fünfzig Euro, und Veltins stürzte ihn hinunter wie Wasser.

»Arno hat mich nach Hamburg entführt. Ich war noch nie im Miniaturwunderland in der Speicherstadt. Es war großartig!« Sie begann zu schwärmen von den unzähligen Modellen auf den knapp tausendfünfhundert Quadratmetern und den so liebevoll gestalteten Details der einzelnen Abschnitte. »Wie echt das teilweise wirkt!«, sagte sie. »Und die vielen Geschichten, die da durch die Figuren in Szene gesetzt werden. Einfach toll!« Sie strahlte. »Wir sind heute durch Miniatur-Italien, -Österreich, -Deutschland, -Skandinavien und -Amerika gelaufen. Da müssen wir mal zusammen hin, Papa. Das musst du dir ansehen!«

»Vielleicht im Winter«, sagte er und trank einen Schluck Merlot, nahm sich noch ein paar Salzstangen.

»Dann waren wir in der Kaffeerösterei, haben einen Kopi Luwak getrunken«, führte Arno weiter aus und schwenkte das Weinglas.

»Einen was …?«, fragte Haverkorn.

»Kopi Luwak, den Katzenkaffee, einen der teuersten Kaffees der Welt«, erklärte Henni, während Arno sie lächelnd beobachtete. »Schleichkatzen in Indonesien fressen die Kaffeekirschen und scheiden sie wieder aus. Dann werden sie gesammelt und geröstet und bekommen ihren ganz eigenen Geschmack.«

Schon die Vorstellung, dass er einen Kaffee trinken

sollte, der durch den Darm eines Tieres gewandert war, war unvorstellbar. »Und wie schmeckt dieser Kaffee?«

Sie verzog den Mund. »Eher erdig, etwas muffig.«

»Den feinen und besonderen Geschmack erkennst du erst, wenn du ihn ein paarmal getrunken hast«, schaltete sich Arno ein. Er redete, als würde er das Gesöff täglich trinken.

Haverkorn hatte genug gehört. Arno mochte Henni mit seinem weltmännischen Getue beeindrucken, ihn jedoch nicht. Er trank den Wein aus, der ihm schon zu Kopf stieg, goss sich ein Glas des Sagrantino ein und stand auf. »Ich geh schlafen. Gute Nacht!«

»Gute Nacht!«, wünschte Arno und schenkte sich nach.

Haverkorn nahm sein Glas und ging hinaus.

»Papa!« Henni stand auf und folgte ihm in die Diele. »Kann Arno noch ein paar Nächte auf deiner Couch schlafen? Er will mit mir morgen nach Glückstadt und vielleicht auch einen Tag an die Nordsee.«

Haverkorn hatte Henni lange nicht so ausgelassen erlebt. Auch wenn er gern sein Wohnzimmer zurückgehabt hätte, freute er sich, dass seine Tochter so aufblühte. Was auch immer Arno da tat, er tat das Richtige. »Natürlich!« Er küsste Henni auf die Stirn. »Habt Spaß, ihr zwei! Aber pass auf, dass er nicht meine gesamten Weinvorräte auf einmal trinkt.« Haverkorn wollte ihr seine Sorge nicht aufdrängen, aber er hatte während seiner Dienstjahre genug Alkoholiker getroffen, und ihm war klar, dass Veltins nicht nur ein Gelegenheitstrinker war.

†

Der Paulsenhof lag in der Dunkelheit des Oktoberabends. Der Wind war abgeflaut und hatte dem Regen den Vortritt gelassen. Der Schein der Straßenlaternen spiegelte sich in den Pfützen des Radweges, den Frida überquerte, bevor sie durch die Toreinfahrt fuhr. Plötzlich flammte Licht auf, und sie trat automatisch auf die Bremse. Zwei Scheinwerfer waren offensichtlich durch Bewegungsmelder ausgelöst worden. Sie hatte ganz vergessen, dass ihr Vater angekündigt hatte, dass er sie installieren wollte. Beinahe unheimlich, diese Lichtkulisse, wenn man aus der Dunkelheit kommend davon überrascht wurde.

Frida fuhr weiter und parkte den Jeep vor dem Haus. Die Besprechung im Büro des Bootssportvereins hatte ewig gedauert. Sie wollte nur noch ein Brot essen, mit Torben telefonieren und ins Bett. Morgen würde der Wecker sehr früh klingeln.

Frida parkte, schloss den Jeep ab und ging wie jeden Abend zuerst hinüber zum Stall, um nach Hetfield und Cobain zu sehen. In den Boxen der Tiere konnte sie am besten abschalten. Sie gab dem Hengst und dem Esel etwas Extrafutter. Cobain zeigte dankbar seine großen Zähne und scheuerte seinen Kopf an ihrem Arm, bis sie ihm die Ohren kraulte. Der Esel brauchte Streicheleinheiten wie ein Kind, benahm sich im nächsten Moment aber schon wieder wie ein störrischer Teenager. Hetfield dagegen war der Senior im Stall, ausgeglichen und altersweise. Ihn brachte so schnell nichts aus der Ruhe. Frida sah auch in die Boxen der Wallache. Sie waren versorgt und erkannten sie schon an ihrem Schritt. Frida redete ein paar Worte mit ihnen und verschloss den Stall sorgfältig, bevor sie zum Haus ging.

Erst jetzt bemerkte sie, dass Jespers Pick-up neben einer der Hallen stand. Der Jungbauer, mit dem sie aufgewachsen und zur Schule gegangen war und der seit Sommer der neue Geschäftspartner ihres Vaters war, saß sicherlich mit Fridtjof zusammen, um ihre Projekte zu besprechen. Seit die beiden Obstbauern im Sommer eine Kooperation gebildet hatten, waren die finanziellen Nöte ihres Vaters Geschichte. Er war in den letzten Wochen aufgeblüht, weil er sich endlich ohne Geldsorgen um den Hof und das Geschäft kümmern konnte. Zusammen mit Jesper war er als alteingesessener Apfelbauer ins Dachkirschengeschäft, bei dem die Früchte unter einem Foliendach reiften, eingestiegen. Natürlich gab es hier und da immer mal wieder Meinungsverschiedenheiten, wenn ihr Vater mit seiner Lebenserfahrung gegen die modernen Ideen des Jungbauern in Stellung ging. Aber sie fanden immer eine Lösung, mit der sie beide zufrieden waren und worauf sie mit einem Bier anstoßen konnten.

Frida betrat die Küche und wurde von Bruno begrüßt, der einen Hundekeks aus der Dose bekam. Arthur, der alte Hütehund, hob lediglich den Kopf unter dem Tisch und klopfte kurz mit dem Schwanz. Er schlief sofort weiter.

»Frida!« Jesper stand auf und umarmte sie. Die Männer waren allein in der Küche. Marta saß wahrscheinlich in der Stube vor dem Fernseher und konnte endlich das Programm sehen, das sie ausgewählt hatte.

»Hast du schon was gegessen?«, fragte Fridtjof. »Es ist noch Rindereintopf da!«

Frida bediente sich und setzte sich mit dem Teller zu ihnen an den Tisch. Weil sie ein Getränk vergessen hatte, nahm sie kurzerhand einen Schluck aus Jespers Bierflasche. »Ich bin echt geschafft, will gleich ins Bett.«

»Was war denn los drüben auf Füürsand?«, fragte ihr Vater.

Frida berichtete, was sie weitergeben durfte, ohne Dienstgeheimnisse auszuplaudern.

»Zwei Tote innerhalb weniger Tage«, sagte Jesper nachdenklich. »Der Schlick hat schon einige gute Leute das Leben gekostet.«

»Ist ein schlimmer Tod – zu ersaufen. Wir hatten viel Glück sechsundsiebzig, als bei der Sturmflut der Deich gebrochen ist und die Marsch überschwemmt wurde. Da ist einiges an Vieh ersoffen, aber zum Glück ist kein Mensch zu Schaden gekommen.« Fridtjof trank einen Schluck Bier. »Die ganzen Wildtiere in den Apfelhöfen, die nicht mehr weggekommen sind, hingen noch in den Zäunen. Wir kamen die Tage danach gar nicht nach, die ganzen Kadaver zu beseitigen, bevor sie stanken. Furchtbar war das! Rehe, Hasen und Füchse saßen plötzlich gefangen in den eingezäunten Anlagen fest, als das Wasser kam. Die hatten keine Chance zu entkommen.«

Frida und Jesper sahen sich betreten an, unterbrachen ihn jedoch nicht.

»Der Deich war auf einer Länge von vierhundertachtzig Metern gebrochen. Wir wurden von hinten überflutet. Das Wasser stand sechs Meter vierundzwanzig über Normalnull. Aber wir waren besser vorbereitet als zweiundsechzig, deshalb ist niemand ums Leben gekommen … außer den vielen Tieren.«

»Seid ihr damals evakuiert worden?«, fragte Frida.

»Natürlich haben sie evakuiert, vor allem die Frauen und Kinder. In der Grundschule ist ein Katastrophenstab eingerichtet worden, es sind Busse gependelt, um die Einwohner der betroffenen Marschdörfer rauszubringen. Aber Mutter und ich sind geblieben. Wir wollten das Haus nicht allein lassen. Wir haben uns nach oben zurückgezogen und da ausgeharrt. Man musste ja immer damit rechnen, dass Plünderer die Gunst der Stunde nutzen.« Sein Gesichtsausdruck wurde ernst. »Und tatsächlich, kurz vor Mitternacht haben wir Geräusche unten an der Haustür gehört.« Fridtjof nahm einen Schluck Bier.

»Und weiter?«, hakte Frida nach.

»Mutter wollte nicht, dass ich runtergehe, sie hatte Angst, aber ich wollte nachsehen, wer sich an unserer Tür zu schaffen macht. Ich habe mir die Büchse geschnappt und bin die Treppe runter und rein ins Wasser. Mit dem Gewehr über dem Kopf bin ich zur Tür gewatet. Draußen hörte ich immer wieder dieses dumpfe Schlagen. Ich rief: Wer ist da? Keine Antwort. Also habe ich mutig die Tür aufgerissen und den Lauf der Waffe in die Dunkelheit gehalten.«

Er sah Frida an, dann Jesper. »Das hat den Baumstamm nicht beeindruckt, der vom Hochwasser immer wieder gegen unsere Tür gedrückt wurde.« Er lehnte sich zurück.

Jesper lachte. »Claas hat drüben bei Bernd Mahlmann einen fetten Hecht in der Wohnstube gefangen. Wie der mit dem Wasser ins Haus gekommen ist, fragen sie sich heute noch.«

Fridtjof schmunzelte. »Vielleicht war ein Kellerfenster offen.«

Frida entspannte sich und löffelte ihre Suppe, während die Männer sich noch ein paar Schenkelklopfer erzählten. Auch schlimme Zeiten boten manchmal Anlass für Witze. Selbst nach dem Deichbruch konnten die Erlebnisse von den Beteiligten mit Humor genommen werden. Der Mensch ist fähig zu lachen, ein Geschenk der Natur, dachte Frida. Leider vergessen wir es allzu oft.

»Kennt ihr Claas Dürmann näher?«, fragte sie die Männer, als deren Vorrat an lustigen Geschichten erschöpft war.

»Viel hab ich nicht mit ihm zu tun«, sagte Fridtjof. »Wenn er mal einen guten Fang hat, bekomme ich schon mal ein paar Fische von ihm. Er räuchert selbst hinterm Haus. Im Tausch nimmt er im Herbst gern ein paar Kisten Elstar von mir ab.«

»Er war heute Morgen ganz schön fertig mit den Nerven«, sagte sie. »Peter Luers hat mir erzählt, dass Claas schon einige Leichen in der Elbe gefunden hat, aber der Tote heute Morgen, der hat ihm arg zugesetzt. Er stand ziemlich unter Schock. Seine Befragung mussten wir auf morgen verschieben.«

»Der Claas steckt das schon weg«, sagte Jesper. »Der ist ein harter Knochen!« Er wirkte nachdenklich. »Wo hat Claas den Toten gefunden? Vor Füürsand?«

Frida bestätigte es.

»Was hat er denn so früh am Morgen am Leuchtturm gemacht? Seine Netze liegen doch viel weiter nördlich.«

Frida horchte auf. »Bist du sicher?«

»Ich kann mich auch irren, aber Claas hat mit dem anderen Fischer hier in Deichgraben, Jan Carstens, das Gebiet aufgeteilt. Jan ist Mitte dreißig und sitzt in meiner Skatrunde, der hat mir das mal erzählt. Es gab wohl anfangs viel Streit, weil Claas die besten Fangplätze belegt hatte. Er hat auf dem Recht des Alteingesessenen beharrt. Jan hat ihm dann eine Ansage gemacht, dass es so nicht gehe, dass die Elbe ihm nicht gehöre. Den Streit musste der Bürgermeister schlichten, erst da haben sie sich vertragen. Jan hat seine Netze vor Füürsand bis zum südlichen Teil von Bargsand, Claas fischt nördlich von Bargsand. So kommen sie sich nicht mehr in die Quere.«

»Und was hatte Claas heute Morgen vor Füürsand zu schaffen? Die Route vom Hafen nach Bargsand bin ich die letzten Tage mehrfach gefahren. Am Leuchtturm sind wir nicht vorbeigekommen.«

»Dafür kann es verschiedene Gründe geben«, sagte Fridtjof. »Vielleicht hat er mit Jan doch wieder die Fangplätze getauscht.«

»Dennoch müssen wir das abklären.« Sie ging in die Diele und rief Haverkorn an.

»Frida, was gibt es?«, fragte der Kriminalhauptkommissar. Seine Stimme übertrug seine Müdigkeit.

»Claas Dürmann hat gesagt, dass er am Morgen in der Nähe gefischt hat.«

»Richtig!«

»Gerade erfahre ich, dass seine Fangplätze viel nördlicher liegen. Vor Füürsand hatte er eigentlich nichts zu suchen. Was, wenn er Jochen Kirsten gar nicht zufällig entdeckt hat?«

# Jena, Lobeda-Ost, 23. April 1988

Er erkannte den Flachbau der HO-Gaststätte Lugoj schon von Weitem. Die modernen Plattenbauten daneben ragten in den blauen Aprilhimmel. In den Blumenrabatten blühten Narzissen, wiegten ihre gelben Köpfe im Wind. Wie schön es hier war. Er war erst einmal hier gewesen, seit seine Mutter mit ihrem neuen Mann in die Genossenschaftswohnung in Lobeda-Ost gezogen war. An Weihnachten hatte er sie für zwei Tage besuchen dürfen. Da war ihr Bauch schon richtig rund gewesen. Er freute sich auf seinen kleinen Baby-Bruder, den er noch nie gesehen hatte. Ob er das Haus wiederfand? Wenn er sich richtig erinnerte, musste er noch einmal um die Ecke, dann wäre er da.

Er hatte es nicht mehr ausgehalten im Heim. Nach dem Abendessen war er abgehauen und zum nächsten Bahnhof gelaufen. Von dort war er bis Jena schwarzgefahren und zum Glück nicht erwischt worden. Am Bahnhof war er in die Straßenbahn gestiegen und nach Lobeda-Ost gefahren. Er war eine Haltestelle zu früh ausgestiegen, hatte sich durchfragen müssen. Seine Mutter würde große Augen machen, wenn er plötzlich vor der Tür stand.

Er war fünfzehn Jahre alt und lebte seit beinahe acht Jahren im Heim. Er wollte raus aus diesem Drill, wo Erzieher ihm sagten, was er anziehen, wann er essen oder schlafen sollte, und wo Tritte, Schläge und übergriffige Heiminsassen an der Tagesordnung waren. Er wollte endlich erwachsen sein, selbst Entscheidungen treffen und einen Beruf erlernen. Schule brauchte er nicht. Er war geschickt mit seinen Händen. Vielleicht hatten sie Verwendung für ihn im Carl-Zeiss-Kombinat, wo auch der neue Mann seiner Mutter arbeitete. Wenn er sein Lehrlingsgeld nach Hause brachte, würden sie ihn vielleicht bei sich wohnen lassen.

Eine Schlange stand vor dem Lugoj. Es war Mittagszeit, und die Tische in der HO-Gaststätte waren gefragt. Ob er es sich irgendwann leisten könnte, dort mit seiner Mutter essen zu gehen? Von seinem eigenen Geld? Eine fabelhafte Idee! Er hatte die Bilder im Kopf, wie er seine Mutter unterhakte und an der Schlange vorbeiging. Die Bedienung winkte ihn zu einem Tisch, der mit einer weißen Tischdecke gedeckt war. Blumen standen darauf. Nur für ihn, den Arbeiter des Carl-Zeiss-Kombinats, der seinen Teil beitrug, um den sozialistischen Arbeiter- und Bauernstaat aufzubauen. Sie hatten es ihnen im Jugendwerkhof eingetrichtert, wie bedeutungsvoll es war, sich zu einer fleißigen sozialistischen Persönlichkeit zu entwickeln und Gehorsam gegenüber den Genossen der Partei zu üben, die für die Werktätigen der Republik nur das Beste wollten. Er wollte sich eingliedern und einen Beruf lernen, der ihn gut versorgen und seine Mutter stolz machen würde. Er wollte allen beweisen, dass er das Zeug dazu hatte!

Er wartete, bis der Moskwitsch vorbeigefahren war, dann überquerte er die Straße. Genau, da drüben war es. Der Hauseingang mit der Sonne aus Keramiksteinen. Er schlüpfte durch die Tür, die ein Ehepaar offen gelassen hatte, das in seinen guten Sonntagssachen in einen Trabant einstieg. So einen würde er sich auch irgendwann kaufen. In Himmelblau.

Er stieg in den Fahrstuhl, fuhr hoch in die fünfte Etage.

Vor der Wohnungstür, an der nun ein fremder Name stand, verharrte er einen Moment. Dann wagte er es zu klingeln. Der neue Mann öffnete die Tür und starrte ihn wütend an. Im Hintergrund brüllte das Baby. Sein Bruder war im Januar geboren worden. Er wusste nicht einmal seinen Namen. Seine Mutter erschien mit dem Kleinen auf dem Arm in der Tür. Ihre Augen schimmerten feucht. Hinter ihr trat ein Volkspolizist in grüner Uniform in den Flur.

Verdammt! Sie hatten ihn hier erwartet.

Er wollte zurückweichen, die Treppe hinunter. Weglaufen, nur weg. Nie wieder wollte er dorthin zurück, von wo er am Abend abgehauen war. Aber er spürte plötzlich, wie sich von hinten eine Hand auf seine Schulter legte. Ein zweiter Polizist stand hinter ihm im Treppenhaus.

Seine Mutter schluchzte auf, das Baby schrie noch lauter. Der Mann zog beide in die Wohnung und schob die Tür zu.

Er wischte seine Tränen weg, wollte nicht heulen wie ein Kind. Die Uniformierten legten ihm Handschellen an und führten ihn nach unten, wo der grün-weiße Barkas mit den blauen Rundumleuchten schon auf ihn, den Ausreißer, wartete. Er setzte sich neben den Mann in der mausgrauen Jacke und senkte den Kopf, verbarg seine Tränen.

# Kapitel 11

Es war noch dunkel, als Frida hinunter in die Küche ging. Sie hatte unruhig geschlafen, hatte Torben neben sich vermisst, der zurzeit Überstunden in Hamburg machte und nicht aufs Land kommen konnte. Sie hatte am Vorabend mit ihm telefoniert, aber sie waren beide zu müde gewesen, um lange zu reden.

Frida begrüßte die Hunde, ging in die Küche und schnitt Brot auf. Ihre Mutter war im Bad, während Fridtjof schon draußen Hetfield und Cobain versorgte und die Boxen ausmistete. Marta kam herein und deckte den Tisch. Bruno wuselte zwischen ihr und Frida hin und her. Arthur schlief schon wieder unter dem Tisch.

»Wann erzählst du mir, was wirklich im Stall passiert ist?«, fragte Marta neben ihr.

»Dir kann man nichts vormachen, Mama.« Frida schob sich ein Stück Apfel in den Mund.

»Ich bin deine Mutter!« Das musste wohl als Erklärung reichen.

Frida berichtete vom Angriff im Stall, und Marta stellte mit einem lauten Geräusch die Tassen auf den Tisch. »Gut, dass es nun raus ist. Lügen haben kurze Beine, das weißt du!« Damit war das Thema Geschichte.

Fridtjof kam herein, stellte sich neben Frida und sagte leise: »Kommst du mal kurz? Ich habe was im Stall gefunden.«

»Mama weiß Bescheid«, sagte Frida.

Ihr Vater sah zu Marta, die den Kaffee vorbereitete. »Glaubt ihr wirklich, ihr könnt mich für dumm verkaufen?«, fragte sie.

»Wir wollten dich nicht beunruhigen«, erwiderte ihr Mann.

»Ich bin doch kein Kleinkind, das man in Watte packen muss!«

Frida verstand, dass sie verärgert war. Sie ging zu ihrer Mutter und umarmte sie. »Wird nicht wieder vorkommen, versprochen! Was auf dem Hof passiert, geht uns alle an!«

Sie setzten sich an den Tisch. Frida hatte noch eine halbe Stunde Zeit, bis sie am Hafen sein musste.

»Was hast du denn gefunden?«, fragte sie und strich Leberwurst auf eine Scheibe Brot.

Fridtjof zog etwas aus seiner Hosentasche und legte es auf den Tisch. Ein Smartphone.

»Das lag im Stall?«, fragte sie überrascht.

»Bei Hetfield. Ich habe es gerade beim Ausmisten gefunden.«

Frida stand auf, holte ein Stück Küchenrolle und nahm das Smartphone in die Hand. Durch das Papier presste sie eine Taste. Das Display leuchtete auf, aber ohne den Sperrcode kam sie nicht weiter. Die Akkuleistung zeigte nur noch elf Prozent an.

»Dreh es mal um!«, verlangte ihr Vater.

Frida sah sich die Rückseite an. Darauf klebten ein Werbeaufkleber des Wacken-Festivals und die Hand mit dem Teufelsgruß. »Du meinst, das hat der Angreifer verloren?«

»Wer sonst? Hetfield wird es nicht gehören. Auch wenn er gut nach Wacken passen würde.«

Sie musste lachen, weil Fridtjof den Namen des Hengstes, den sie nach James Hetfield, dem Sänger von Metallica, benannt hatte, immer als kindische Albernheit abgetan hatte. »Der Typ wird sein Handy sicher vermissen.«

»Tja, aber der Stall ist jetzt verschlossen.« Fridtjof biss vom Brot ab, das er dick mit Salami belegt hatte. »Und nun?«, fragte er kauend.

»Wir sollten unsere Wildkamera vor dem Stall platzieren, falls er wiederkommt, um es zu suchen.«

Ihr Vater schob seinen Teller weg und erhob sich vom Tisch. »Gute Idee!« Er nahm seine Stulle in die Hand. »Ich suche die Kamera und bringe sie in der Nähe der Stalltür an. Schauen wir mal, ob uns der Vogel ins Netz geht.«

†

Die Fischerkate lag am alten Hafen, der durch den Bau des neuen Deiches seine Bestimmung verloren hatte, weil keine Zufahrt mehr zum offenen Wasser der Elbe bestand. Aber seinen Charme hatte dieser Ort nicht eingebüßt. Möwen kreischten und stemmten sich gegen den auffrischenden Südwestwind. Im Garten von Claas Dürmann waren wie früher Fischernetze zwischen langen Holzpfosten zum Trocknen aufgehängt worden. Am Zaun stand ein kleines Holzhäuschen, was wahrscheinlich die Räucherbude war, von der ihr Vater erzählt hatte. Das Reetdachhaus hatte seine besten Tage hinter sich. Das Dach war grün von Moos, das Mauerwerk ausgelaugt, und die Türen und Fenster wirkten, als würde sie der nächste Wintersturm eindrücken können. Hier fehlte es an Geld, und Frida erinnerte sich zu gut daran, dass ihr Elternhaus im letzten Jahr noch ein ähnliches Bild abgegeben hatte. Weil sie ein Darlehen aufgenommen und das Nötigste hatte sanieren lassen, war das Wohnhaus der Paulsens mittlerweile wieder ein Schmuckstück im Dorf.

Die krumme Kate des Fischers lag idyllisch vor dem alten Deich. Ein paar Stufen führten zwischen verwilderten Buschrosen hinauf auf die Deichkrone. Von da oben hatte man vermutlich einen guten Blick auf die Binnenelbe zwischen altem und neuem Deich. Auf dem ausgeblichenen Türschild aus Messing stand *Gerlinde & Claas Dürmann*. Verziert war das Schild mit einem geprägten Anker.

Haverkorn nickte, und Frida zog die Türglocke, eine Schiffsglocke aus Messing, die einen satten Ton von sich gab.

Es dauert nicht lange, da wurde die Tür aufgezogen, und eine Frau in den Sechzigern mit grauem Zopf stand vor ihnen. Sie trug eine bunte Tunika, Flipflops und wirkte wie ein in die Jahre gekommenes Hippiemädchen. »Die Polizei?«

Frida tauschte einen Blick mit Haverkorn. Er nickte, um ihr zu signalisieren, dass sie die Gesprächsführung übernehmen sollte. Es war nie gut, wenn zwei Polizisten gleichzeitig Fragen stellten.

»Guten Morgen, wir möchten gern mit Ihrem Mann sprechen«, sagte Frida.

Die Frau sah sie an, als habe sie eine Zeugin Jehovas vor sich, die ihr soeben den Untergang der Welt verkündet hatte.

»Frau Dürmann?«, hakte Haverkorn nach. »Ist Ihr Mann zu Hause?«

Sie musste sich kurz sammeln. »Er ist draußen! Auf dem Wasser«, sagte sie und schlang die Arme um sich. »Er ist längst überfällig!« Dürmanns Ehefrau machte die Tür frei. »Bitte, kommen Sie doch rein. Mir ist kalt hier draußen.«

Haverkorn und Frida folgten ihr in eine gemütliche Stube, wo eine Katze auf der Ofenbank lag und schlief.

»Bitte!« Gerlinde Dürmann setzte sich an den Esstisch, auf dem ein Becher Tee stand, der nicht angerührt war. »Er ist sonst immer gegen acht zurück für sein zweites Frühstück.« Ihr Blick wirkte unstet. Die Aufregung übertrug sich auf Frida. Warum war Dürmanns Frau so angespannt? Was wusste sie über ihren Mann?

»Dann kommt er bestimmt bald!«, sagte Frida, als sie sich gesetzt hatten.

Die Sorge um ihren Mann stand Gerlinde Dürmann ins Gesicht geschrieben. »Er war so seltsam in den letzten Tagen, so verschlossen. Claas ist mit den Nerven am Ende!« Sie wischte sich die Augen.

»Warum ist er so aufgewühlt?«, hakte Frida nach.

»Die Bank will sein Boot pfänden. Er konnte wohl schon einige Monate die Raten nicht mehr zahlen.« Sie schüttelte den Kopf. »Ich habe ihm damals gesagt, dass er das neue Boot nicht kaufen soll, dass das alte völlig ausreicht. Aber nein, er musste unbedingt einen Kredit aufnehmen und nun das …« Sie sah einen Moment aus dem Fenster. »Die Fischerei ist sein Leben. Wie soll es denn nun weitergehen ohne Boot?« Tränen glitzerten zwischen ihren Wimpern.

Frida legte behutsam eine Hand auf ihren Arm, der auf dem Tisch lag, und spürte ihr Zittern. »Wie alt ist denn Ihr Mann?«, fragte sie.

Haverkorn reichte ein Papiertaschentuch über den Tisch. Gerlinde Dürmann nickte dankbar und schnäuzte hinein. »Er wird bald siebenundsechzig!«

»Könnte er da nicht sowieso in Rente gehen?«, fragte Frida weiter.

Dürmanns Frau war ihre Resignation anzusehen. »Natürlich! Ich hatte gehofft, dass er aufs Altenteil geht, aber er hat in den letzten Jahren kaum etwas einzahlen können in die Rentenkasse. Da bleibt nicht viel über, wenn er aufhört zu fischen. Wenn ich nächstes Jahr in Rente gehe, reicht es nicht für uns beide, wenn nicht einer weiterhin arbeitet. Für ihn war immer klar, dass er das sein wird.«

Dem wusste Frida nichts entgegenzusetzen.

Haverkorn sah unauffällig auf seine Armbanduhr. Bald neun, Claas Dürmann war seit einer Stunde überfällig.

»Vielleicht können Sie gegen den Pfändungsbescheid vorgehen. Haben Sie einen Anwalt?«, fragte er.

Dürmanns Frau starrte aus dem Fenster, als habe sie ihn gar nicht gehört. »Nein, den können wir uns gar nicht leisten. Claas redet nicht mit mir darüber. Er hat längst aufgegeben.« Sie sah Frida an. »Für einen Berufsfischer ist hier kein Auskommen mehr. Letztes Jahr hat er weniger gefangen als im Jahr zuvor. Und das war schon katastrophal!« Ihre Hände zitterten leicht, als sie sich die Nase schnäuzte. »Die Fischerei ist hier an der Elbe höchstens noch ein Zubrot, ein Nebenerwerb. Die anderen Fischer haben alle einen Hauptjob. Keiner kann mehr von der Fischerei allein leben. Aber Claas wollte nie etwas anderes machen. Er ist Fischer durch und durch wie sein Vater und sein Großvater. Unseren Lebensunterhalt haben wir in den letzten Jahren von meinem Gehalt als Arzthelferin bestritten, aber wenigstens konnte er noch die Raten für sein Boot bezahlen. Hat er jedenfalls gesagt. Bis dieser Pfändungsbescheid ins Haus flatterte.« Sie drückte das Taschentuch an ihre Augen. »Vorgestern kam der Brief von der Bank. Claas hat ihn gelesen und ist einfach rausgegangen.« Sie machte eine hilflose Geste mit den Händen. »Und dann musste er gestern auch noch diesen Toten finden.« Sie sah Frida an. »Deshalb sind Sie ja sicherlich da, oder?«

»Wir wollten ihn noch einmal dazu befragen«, sagte Frida.

»Ausgerechnet die Leiche vom Kirsten musste er finden, von diesem … Verbrecher!« Sie schlug mit der flachen Hand auf den Tisch. »Er und seine verdammten Bagger machen in der Elbe die Fangplätze kaputt. Deshalb gehen die Fischbestände drastisch zurück. Er hat uns ruiniert!«

»Frau Dürmann, hat Ihr Mann ein Handy bei sich?«, fragte Haverkorn.

Sie schüttelte den Kopf. »Von diesen neumodischen Dingern hält er nichts.«

Haverkorn stand auf. »Dann informieren wir jetzt unsere Kollegen von der Wasserschutzpolizei. Die sind hier im Bereich der Unterelbe unterwegs. Wir finden Ihren Mann!« Er zog sein Smartphone aus der Tasche und ging hinaus, um zu telefonieren.

Frida musste noch eine wichtige Frage stellen. »Können Sie mir sagen, warum Ihr Mann gestern Morgen mit dem Boot vor Füürsand lag, obwohl seine Fangplätze elbabwärts liegen?«

Ihr Blick machte Frida eine Gänsehaut. »Oh mein Gott! Er war am Leuchtturm?« Ihr Kinn zitterte.

Frida sah Gerlinde Dürmann an. Erst jetzt fielen ihr die tiefen Falten an den Augen und auf der Stirn und die zusammengepressten Lippen auf, Zeugnis ihrer inneren Qualen. Das in die Jahre gekommene Hippiemädchen, das sie an der Tür empfangen hatte, war verschwunden. Am Tisch saß eine verzweifelte Frau, deren Sorgen Frida beinahe körperlich spüren konnte.

Die Frau des Fischers schien zu bemerken, dass Frida

noch immer auf eine Antwort wartete. »Das kann nur eines bedeuten: Claas hat sich verabschiedet!«

Ein dumpfes Gefühl in Fridas Magen. »Was meinen Sie damit?«

Ihre Stimme klang ruhig, als sie weitersprach. »Seine Fangplätze sind längst nicht mehr dort. Dass Claas nach Füürsand gefahren ist, kann nur eines bedeuten …« Sie knetete das Taschentuch in den Händen. »Er wollte sich gestern Morgen von seinen Lieblingsplätzen verabschieden, deshalb ist er zum Leuchtturm gefahren. Aber dann hat ihn dieser Tote am Strand davon abgehalten!«

»Wovon abgehalten?«, fragte Frida.

Gerlinde Dürmanns Körper bebte. Winzige Tränen hingen an ihren Wimpern. »Ich glaube, Claas ist heute Morgen rausgefahren, um sich etwas anzutun.«

Frida stand auf dem Aluminiumboot der Wasserschutzpolizei neben Thomsen, der wieder im Einsatz war und das Steuer übernommen hatte. Der Fahrtwind war kalt, aber er belebte sie. Die Hoffnungslosigkeit hatte im Haus der Dürmanns geschwebt wie kalter Zigarettenrauch.

Nur eine Frage beschäftigte sie, seit sie die Kate am alten Hafen verlassen hatten: Wo war Claas Dürmann?

Sein Boot hatte nicht am Hafen gelegen. Also war er noch draußen auf dem Wasser. »Seine Fangplätze liegen nördlich von Bargsand!«, rief Frida gegen den Wind.

Thomsen nickte und gab Gas. Haverkorn saß hinten am Heck und starrte auf den Horizont. Er schien nicht seetauglich zu sein bei dieser Geschwindigkeit. Frida dagegen liebte es, über das Wasser zu rasen. Je schneller, desto besser.

Sie erreichten Bargsand und folgten der Insel zur Nordspitze, streiften die Fundstelle des Skeletts, wo noch immer Flatterband im Wind wehte. Frida musste plötzlich an Trautmann Peters denken. Ob er gerade auf der Insel in seiner Vogelschutzhütte war?

»Da drüben!«, rief Thomsen, der durch einen Feldstecher das gegenüberliegende Ufer abgesucht hatte.

Fridas Blick folgte seinem ausgestreckten Arm. Am Ostufer der Elbe war im Schilf ein Boot zu sehen. Thomsen steuerte darauf zu. Als sie es erreicht hatten, war klar, dass das Boot unbemannt war.

Jetzt stand auch Haverkorn auf und stellte sich zu ihnen. Sein Gesicht war kalkweiß, aber er konnte nicht mehr im Heck sitzen bleiben. »Wo ist er?«, fragte er und inspizierte den Schilfgürtel neben dem Boot.

Thomsen steuerte sie näher an das Fischerboot heran, das offenbar ins Schilf abgetrieben war.

»Claas!«, rief Frida. »Wo sind Sie?«

Nur ein paar Enten stiegen schnatternd in die Luft. Danach war es ruhig.

Der Bootsführer steuerte tiefer ins Schilf, aber bald wirbelte die Schiffsschraube Schlamm auf. Wenn Thomsen nicht aufpasste, würde das Boot im Schlick stecken bleiben. Der erfahrene Wasserschutzpolizist legte den Rückwärtsgang ein und brachte sie wieder in tieferes Gewässer. Er hob den Feldstecher an seine Augen und suchte das Ufer ab, während er langsam den Schilfgürtel abfuhr.

»So kommen wir nicht weiter. Wir brauchen mehr Boote hier draußen! Er kann überall sein«, sagte Haverkorn.

Sein Handy klingelte, und er setzte sich wieder auf die Bank im Heck, nahm das Gespräch an. »Wo genau?«, fragte er. »Wir sind in der Nähe! Warten Sie da auf uns!« Er stand erneut auf und stellte sich neben Thomsen.

»Trautmann Peters hat vor Bargsand einen Körper im Wasser gesichtet. Ganz in der Nähe seiner Vogelschutzhütte.«

Frida erklärte Thomsen, dass sich die Hütte an der nordwestlichen Seite der Insel befand. Der Wasserschutzpolizist gab Gas, und die Gischt spritzte am Bug hoch. Haverkorn klammerte sich an der Reling fest.

Sie erreichten Bargsand, und Thomsen steuerte das Ufer an. Der Mann im dunkelgrünen Parka hatte sie entdeckt und wedelte mit den Armen. Sie erkannte Trautmann Peters, der auf ein Bündel im Wasser nahe dem Strand wies.

Frida warf Haverkorn einen Blick zu, der den Kopf schüttelte. Sie kamen zu spät.

Der Körper schwamm am Schilfrand im flachen Wasser. Frida sah einen grauen Haarschopf, das Gesicht der Person war unter Wasser. Sie erkannte Dürmanns grüne Wathose mit Trägern, die er gestern getragen hatte. Frida fragte sich, warum sein toter Körper nicht durch die Wellen an den Strand gespült worden war. Dann wurde ihr klar, dass seine Beine noch immer im Schlick feststeckten.

Lähmende Sprachlosigkeit herrschte in ihrem provisorischen Büro am Hafen, als Claas Dürmanns Leiche abtransportiert worden war. Das Team war vollständig, nur Wahler fehlte, der dem Staatsanwalt Bericht erstattete. Haverkorn leitete die Teambesprechung und hatte soeben die Ereignisse des Morgens zusammengefasst.

»Der Brief, den Claas Dürmann auf seinem Boot zurückgelassen hat, ist eindeutig!«, sagte er. »Er hat sich von seiner Frau verabschiedet und den Verlust seines Bootes und somit seiner Lebensgrundlage als Grund aufgeführt. Seine Frau sei besser dran ohne ihn als Klotz am Bein.«

»Aber vor seinem Freitod hat er seinen Erzfeind umgebracht. Er ging ja offensichtlich davon aus, dass Jochen Kirsten ihn in diese ausweglose Situation gebracht hat«, sagte Henning und schob seinen übergewichtigen Körper auf dem unbequemen Stuhl in eine andere Position. »Sein Suizid ist ein klares Schuldeingeständnis! Seht ihr das auch so?«

Ein zustimmendes Raunen im Raum. Nickende Köpfe.

»Warum hat er mit seinem Selbstmord nach Kirstens Tod noch einen Tag gewartet?«, mischte sich Ricarda ein, die sich in Besprechungen meist im Hintergrund hielt und erst einmal andere reden ließ. »Warum hat er sich nicht gleich danach das Leben genommen?«

Ihr Einwand erschien Frida berechtigt. Auch Anja stimmte zu.

»Vielleicht wollte er noch abwarten, wie die Todesnachricht von Kirsten in der Marsch aufgenommen wird«, mutmaßte Henning, »... und den Triumph über seinen Widersacher auskosten.«

»Oder er hat nach dem Mord an Kirsten gar nicht vorgehabt, sich das Leben zu nehmen«, überlegte Klaus laut. »Erst als seine Schuldgefühle zu groß wurden, ist er ins Wasser ge...«

»So kommen wir nicht weiter«, unterbrach ihn Haverkorn, der nicht gut aussah. Tiefe Schatten unter den Augen ließen ihn müde und überarbeitet wirken. »Wir brauchen mehr als Mutmaßungen. Klare Fakten! Ihr macht hier draußen mit den Befragungen weiter! Zieht den Kreis um Dürmann enger! Befragt die anderen Fischer, seine Freunde und Nachbarn. Ich will alles über ihn wissen. Seine Frau ist in der Betreuung des Kriseninterventionsteams. Aber auch sie werden wir noch mal befragen.«

Er sah auf das Whiteboard, wo Claas Dürmann einen zentralen Platz bekommen hatte. Haverkorn hatte seinen Namen unterstrichen. Von diesem führten Pfeile mit Fragezeichen zu den beiden anderen Opfern. Wie er zu dem Skelett zu Bargsand passen sollte, war bisher schleierhaft.

»Wir wissen, dass Jochen Kirsten und Claas Dürmann auf zwei verschiedenen Seiten standen, was das Thema Elbvertiefung anging. Dürmann hat sich ein Feindbild aufgebaut. Er hat den Bauunternehmer persönlich für seine finanzielle Notlage und die Pfändung seines Bootes verantwortlich gemacht und seine Wut und Verzweiflung auf ihn projiziert. Wahrscheinlich, weil er Kirstens Schwimmbagger auf der Elbe täglich vor Augen hatte. Der Fischer hatte ein starkes Motiv und auch die Gelegenheit, Kirsten umzubringen. Selbst die Inszenierung deutet sehr auf einen Täter hin, der wie Dürmann einen starken Bezug zur Elbe hat. Er ist zu diesem Zeitpunkt unser Hauptverdächtiger. Aber solange wir nicht eindeutige Beweise dafür haben, dass er Kirsten tatsächlich umgebracht hat, ermitteln wir in alle Richtungen weiter. Jochen Kirsten hatte noch andere Feinde. Wie wir wissen, war er hier draußen die Persona non grata.«

»Hast du schon einen Namen von Videocam bekommen, was den Film am Fundort des Skeletts angeht?«, fragte Frida und sah Anja an, die nahe der Tür saß. »Bisher nicht. Sie sperren sich. Wir werden wohl an einem richterlichen Beschluss nicht vorbeikommen.«

»Wo haben die ihren Sitz?«, fragte Frida.

»In L.A., aber die deutsche Tochter hat eine Niederlassung in Hamburg«, erklärte Anja. »Mit denen bin ich in Kontakt. Sie schützen ihre Kunden, haben mir jedoch gesagt, dass sie kooperieren, wenn es einen richterlichen

Beschluss zur Offenlegung des Klarnamens von besagtem Videocam-Kontobetreiber gibt.«

»Wie oft wurde das Video bereits angeklickt?«, fragte Haverkorn.

»Bis heute Morgen waren es zweihundertdreiundzwanzig Zugriffe, Tendenz steigend. Die Kommentare darunter sind harmlos. Nichts, was unsere Ermittlungen betrifft.«

»Gut! Wir …« Haverkorns Smartphone unterbrach ihn. »Die Rechtsmedizin, einen Moment!« Er nahm das Gespräch an und hörte aufmerksam zu. »Sind Sie da sicher?« Die tiefe Falte über seinem Nasenrücken signalisierte Skepsis. »Gut, schicken Sie mir den Bericht bitte gleich rüber. Vielen Dank, Dr. Samuel!« Er drückte das Gespräch weg und sah nachdenklich aus dem Fenster.

Frida und ihre Kollegen wurden unruhig. »Was ist los?«, fragte sie.

»Die chemisch-toxikologische Untersuchung von Kirsten war negativ. Er hatte keine Spuren eines Betäubungsmittels im Blut. Auffällig war dagegen die Untersuchung der Wasserprobe aus Kirstens Lunge.« Er wischte sich mit der Hand über die Augen. »Darin befand sich Wasser mit einem Salzgehalt von eins.«

»Eins? Von welcher Einheit sprechen wir?«, fragte Frida.

»Der Salzgehalt ist heute einheitenlos. Süßwasser hat einen Salzgehalt von eins.«

»Ah, okay!«

»Das Elbewasser hat hier durch die Anbindung zur Nordsee einen Salzgehalt von über zweihundert.«

»Er hatte also Süßwasser in der Lunge?«, hakte Klaus nach. Auch die Stimmen der anderen gerieten durcheinander.

Haverkorn hob die Hände, und es kehrte wieder Ruhe ein. »Ja, Süßwasser! Es gibt keinen Zweifel! In Kirstens Lunge befand sich kein Elbwasser. Sie haben den Test verfeinert. Demzufolge war es kein Trink-, sondern Regenwasser, das einen leichten Algenanteil aufwies. Dieses Wasser muss sich einige Zeit in einem Behältnis im Außenbereich befunden haben, wo es Algen ansetzen konnte. Denkbar wären Gartenteiche, Regentonnen, sogar Tümpel und Straßenpfützen. Was wir jetzt sicher wissen: Jochen Kirsten ist nicht vor Füürsand durch das Hochwasser ertrunken. Er war schon tot, als er auf der Insel im Schlick eingegraben wurde.«

Fridas Eltern hatten das Abendessen schon beendet, als sie nach Hause kam. Ein Teller mit zwei belegten Broten stand noch einsam auf dem Tisch. Sie setzte sich zu Fridtjof und Marta und schlang hungrig ihr Abendbrot herunter.

»Es ist schon rum im Dorf«, brachte Marta die Sprache auf den toten Fischer. »Das Wasser hat ihn auch geholt. Wie seinen Großvater damals.«

»Hör auf mit diesen uralten Geschichten! Am Ende sagst du noch, dass seine Familie verflucht ist«, schimpfte Fridtjof.

»Du Dösbaddel!«, schimpfte Marta, stand auf und räumte den Teller in die Spüle. Bruno folgte ihr, um einen letzten Happen zu erbetteln.

»Ich darf euch nichts erzählen, das wisst ihr«, sagte Frida. »Aber in diesem Fall ist so vieles unklar, dass wir selbst nicht wissen, was passiert ist. Wir müssen erst mal die Testergebnisse abwarten.«

»Mir tut Gerlinde leid«, sagte ihre Mutter. »Sie hatten keine Kinder. Nun ist sie ganz allein.« Sie kam mit einem

Lappen zum Tisch und wischte ihn ab. »Ich werde morgen mal mit den Nachbarinnen zu ihr gehen.«

»Das ist eine gute Idee!« Frida stand auf, nahm sich eine Schorle aus dem Kühlschrank und setzte sich wieder an den Tisch. »Sie wird eure Hilfe brauchen.«

Fridtjof griff hinter sich und legte die Wildkamera auf den Tisch. »Ich habe was für dich! Letzte Nacht wollte jemand in den Stall einbrechen.« Er schaltete das Display an und suchte nach einer bestimmten Aufnahme. »Hier!« Er drehte das Display zu Frida. Die Einstellung zeigte die Stalltür in der Nacht. Die Aufnahme wirkte wie ein überbelichtetes Schwarz-Weiß-Foto. Eine helle Gestalt mit einem Rucksack auf dem Rücken war auf dem Weg zur Tür und versuchte, sie zu öffnen. Aber das neue Schloss hielt. Dann drehte sich die Person um, kam auf die Kamera zugelaufen und verschwand aus dem Blickwinkel der Kamera.

Frida sah überrascht auf. »Eine Frau?«

»Wohl eher ein Mädchen«, sagte Fridtjof. Er spulte die Aufnahme zurück, und sie sahen sich die letzten Sekunden noch einmal an.

Der Statur nach zu urteilen, hatten sie es mit einem Mädchen oder einer sehr jungen Frau zu tun. Frida erkannte dunkle Hosen, eine Windjacke und einen Rucksack mit einem Querriemen. Konnte dieses Mädchen sie in der Nacht im Stall angegriffen haben? »Vielleicht hat sie im Stall übernachtet, und ich habe sie da überrascht.« Sie hatte offensichtlich fliehen wollen und Frida gegen die Stallwand gestoßen, um durch die Tür ins Freie zu gelangen. Und nun suchte sie nach ihrem Smartphone, das noch immer oben in Fridas Zimmer lag. Sie wusste, was das Smartphone Jugendlichen bedeutete: Fotos, Videos, Chatverläufe, Mails. Darauf war ihr halbes Leben. Wenn man es verlor, setzte man alles in Bewegung, um es zurückzubekommen. »Papa, bring die Kamera bitte wieder an der Stalltür an.«

Fridtjof drehte sich um. »Du denkst, sie kommt noch mal zurück?«

Frida stand auf. »Ganz sicher! Aber dann wird sie Werkzeug oder Verstärkung dabeihaben, um die Tür aufzubrechen. Wir sollten vorbereitet sein!«

# Kapitel 12

Ein dumpfes Geräusch weckte Haverkorn. Er horchte einen Moment in die Dunkelheit, aber es blieb ruhig. Vielleicht hatte er sich getäuscht. Er drehte sich auf die andere Seite, konnte aber nicht mehr einschlafen.

Die Gedanken, die ihn schon beschäftigt hatten, als er zu Bett ging, hielten ihn wach. Er wusste, dass sie etwas Entscheidendes bei den Ermittlungen übersahen, aber er konnte dieses Gefühl nicht sachlich untermauern. Warum hatte er ein so lähmendes Gefühl? Was stimmte nicht?

Kirsten war an Land ertränkt worden, das stand zweifelsfrei fest. Aber warum war er nach Füürsand gebracht worden? Warum diese Inszenierung? Warum war der Täter dieses Risiko eingegangen?

Wäre Dürmann dazu fähig gewesen? Körperlich wie mental?

Er hoffte, dass sie morgen einen entscheidenden Schritt weiterkommen würden. Nach der Besprechung waren sie mit einem Kriminaltechniker der Spurensicherung zum Haus der Dürmanns gefahren und hatten Wasserproben von der Regentonne im Garten und einer Schubkarre genommen, in der sich Regenwasser angesammelt hatte. Die Proben waren nun im Labor und würden ihnen hoffentlich schnell Ergebnisse liefern.

Selbst wenn Claas Dürmann etwas mit dem Tod des Bauunternehmers zu tun hatte, was verband ihn mit dem

Skelett von Bargsand? Wer war der Unbekannte, der beinahe dreißig Jahre auf der Insel gelegen hatte?

Der Kriminalhauptkommissar drehte sich auf die andere Seite und versuchte, an etwas anderes zu denken. Er brauchte dringend Schlaf, um morgen fit zu sein. Henni hatte ihm geraten, sich bei Einschlafproblemen das Meer vorzustellen. Er versuchte es, konzentrierte sich darauf, dachte an das Auf und Ab von Wellen, ihr meditatives Rauschen, und schlief irgendwann ein.

Ein lautes Geräusch riss ihn erneut aus dem Schlaf. Dieses Mal war er sicher, dass es aus dem Haus gekommen war. Haverkorn stand auf und ging in die Diele. Wieder ein Poltern. Das hatte geklungen, als wären Bücher aus dem Regal im Wohnzimmer gefegt worden, wo Arno Veltins die dritte Nacht auf der Gästecouch schlief. Noch während Haverkorn überlegte, ob er anklopfen sollte, hörte er ein Krachen im Wohnzimmer. Er zog kurzerhand die Tür auf und schaltete das Licht an.

Veltins lag vor dem Kamin. Er war über den niedrigen Couchtisch gefallen, der neben dem Lesesessel stand. Hinter ihm lagen Bücher auf dem Boden, daneben lag ein Laptop. Was war hier passiert?

Haverkorn hockte sich neben den Gast, der leise stöhnte. »Arno? Kommen Sie hoch! Ich helfe Ihnen!« Er packte den Mann am Arm, doch er ließ sich nicht hochziehen, war schwer wie ein Sack und roch nach Alkohol.

Veltins sagte etwas, aber Haverkorn verstand nichts. »Was?«

Der Körper des Mannes lag bewegungslos am Boden.

»Stehen Sie auf!« Das brachte nichts, Veltins schien ihn nicht zu hören. Und er lallte unverständliches Zeug. Hennis Bekannter war sturzbetrunken.

Haverkorn sah sich um und entdeckte die Flasche Korn neben der Couch. Sie war fast leer. Das machte ihn wütend. »Los jetzt! Steh auf, Arno!« Er packte Veltins am rechten Arm, zerrte ihn hoch und brachte ihn dazu, mit ihm ins Bad zu wanken. Dort setzte er den Mann in die Dusche und drehte das kalte Wasser über ihm auf.

Veltins stöhnte auf, wollte weg, aber Haverkorn baute sich vor der Dusche auf, bis der Betrunkene klitschnass und zitternd vor ihm saß.

Langsam kam er zu sich. »Scheiße«, jammerte Veltins. »Ich bin so ein Idiot!« Er wischte sich Wasser vom Gesicht. »Sie sind so nett zu mir, und ich …«

Haverkorn griff nach einem Handtuch und hielt es Veltins hin. Dessen Augen waren rot geädert. Was hatte ihn dazu gebracht, sich so maßlos zu betrinken?

Veltins rubbelte sich die Haare, hielt inne, sah Haverkorn an wie ein Hundewelpe, der die besten Schuhe zerkaut hatte. »Mein Leben ist eine Katastrophe! Meine Freundin hat mich rausgeschmissen, und den Job bin ich auch los.« Er reichte Haverkorn das Handtuch und versuchte aufzustehen, rutschte weg, blieb kraftlos sitzen. »Ich bin ein verdammter Loser!«, jammerte er.

Haverkorn hatte genug gehört. »Stehen Sie auf und trocknen Sie sich ab!«

Veltins kam mit seiner Hilfe auf die Füße und stieg langsam aus der Dusche. »Es tut mir so leid! Ich weiß gar nicht …«

»Ich bringe Ihnen einen trockenen Pyjama«, unterbrach er Veltins. »… und dann gehen Sie erst mal schlafen.«

»Was ist mit Henni?« Veltins stützte sich am Waschbecken auf.

Haverkorn hielt inne. Am liebsten hätte er seine Tochter geweckt, um ihr zu zeigen, was für eine jämmerliche Figur ihr weltgewandter Arno gerade abgab. Aber diesen Anblick wollte er ihr ersparen. »Sie muss es nicht erfahren«, sagte er und ging hinaus.

†

Frida starrte in die Dunkelheit. Es war fast zwei Uhr morgens, aber an Schlaf war nicht zu denken. Immer wieder drängte sich ein Bild in ihre Gedanken: der schaukelnde Körper von Claas Dürmann vor Bargsand. Warum ging ihr ausgerechnet sein Tod so nahe? Der Anblick, wie Jochen Kirsten mit gefesselten Händen im Schlick gesessen hatte, war schlimmer gewesen. Dennoch konnte sie das Bild des toten Fischers nicht loswerden. Sie hatte ihn gekannt, wenn auch nur flüchtig. Natürlich rührte sie sein Schicksal an. Dass sein Suizid eine Verzweiflungstat gewesen war, lag auf der Hand. Aber sollte er wirklich den Hamburger Bauunternehmer ermordet, auf sein Boot geschafft und am Strand von Füürsand im Schlick eingegraben haben? Der Gedanke widerstrebte ihr, obwohl bisher alles darauf hindeutete.

Sie hatten Dürmanns Fischerboot von der Wasserschutzpolizei in den Hafen schleppen und von der KTU auf Spuren von Jochen Kirsten untersuchen lassen – auf DNA, Haare und Fasern. Aber die Auswertung dieser Tests dauerte ein paar Tage. Haverkorn erhoffte sich mehr von den Wasseruntersuchungen aus Dürmanns Garten. War Jochen Kirsten dort ertränkt worden?

Frida richtete sich auf und tastete nach ihrem Smartphone. Kurz nach halb drei. Sie knipste das Licht an. Wenn sie nicht schlafen konnte, würde sie eben arbeiten.

Sie holte ihren Laptop und ging ins Netz. Auf Videocam

sah sie sich noch einmal den Film vom Fundort des Skeletts auf Bargsand an. Mittlerweile hatte er über fünfhundert Aufrufe. Wer hatte die Bergungsarbeiten gefilmt, ohne sich erwischen zu lassen? Sicherlich nicht Claas Dürmann. Er hatte noch nicht einmal ein Handy. Absurd, dass er eine Kamera mit Nachtmodus besessen haben sollte.

Wer dann?

Frida hatte eine Idee. In der Suchfunktion im Internet gab sie den Namen *Jochen Kirsten Hamburg* ein und hatte gleich mehrere Treffer. Sie öffnete und las ein paar Pressenotizen und fand sogar einige Videofetzen anlässlich des ersten Spatenstichs auf Kirstens Baustelle in der HafenCity. Er lachte neben dem Bürgermeister in die Kamera. Sie klickte auf eine Verlinkung zu Videocam. Ein Kontonutzer mit dem Nickname Avenger666 hatte dort unter dem Hashtag #jochenkirsten einige Filme eingestellt. Frida sah sich einen nach dem anderen an und griff zum Handy, um Haverkorn anzurufen. Gerade noch rechtzeitig fiel ihr ein, dass es drei Uhr morgens war. Was sie entdeckt hatte, musste bis morgen früh warten.

Sie klickte nochmals einen der Filme an. Ein Mann im Hoodie, getarnt mit Kapuze und Sonnenbrille, stieß Drohungen gegen den Hamburger Bauunternehmer aus. Der Hintergrund war abgedunkelt, Frida konnte vage Konturen eines Zimmers erkennen. »Dieses Schwein ist nur am großen Geld interessiert!«, sagte der Mann wütend in die Kamera. »Für ihn zählen Menschen nichts. Er beutet sie aus und wirft sie weg. Und wenn sie draufgehen, verhöhnt er ihre Familien. Dieses Arschloch hat es nicht verdient, zu leben wie die Made im Speck.« Er zögerte einen Moment. »Er verdient es überhaupt nicht zu leben!« Zornig hob er die Hand und ballte die Faust. Der Monitor wurde schwarz, ein paar Sekunden später startete der nächste Film. Wieder schimpfte der Fremde, der sich Avenger666 nannte, gegen Kirstens Aktivitäten. Wieder trug er Kapuze und Sonnenbrille. »Die Arbeitsschutzmaßnahmen auf seinen Baustellen sind ein Witz! Schlimmer als in der Dritten Welt! Dieses Schwein geht über Leichen …«

Frida hatte genug gesehen. Ihr Herz klopfte. Sie stand auf, ging zum Fenster, sah sich im spiegelnden Glas und in ihrem Gesicht die Erkenntnis, dass Claas Dürmann ein Opfer, aber kein Täter gewesen war.

Sie legte sich wieder ins Bett, schlief endlich ein und wachte noch vor dem Weckton auf. Bevor sie ins Bad ging, nahm sie ihr Smartphone und wählte Haverkorns Nummer.

»Ja?« Er ging sofort ran, war ebenfalls früh auf den Beinen.

»Ich habe was Wichtiges entdeckt. Kann ich vorbeikommen?«

»Hast du schon gefrühstückt?«, fragte er.

»Nein.«

»Fährst du kurz beim Bäcker vorbei und holst uns Brötchen? Und komm hinten durch den Garten, ich sitze in der Küche.«

†

Haverkorn deckte den Frühstückstisch und schob die Espressokanne auf die Gasflamme. Seine Nacht war kurz gewesen. Als Veltins endlich auf der Gästecouch lag, um seinen Rausch auszuschlafen, war er wieder ins Bett gegangen und hatte sich lange hin- und hergewälzt, bevor er für ein paar Stunden in einen unruhigen Schlaf gefallen war. Er hatte von Henni geträumt. Sie hatte mit Veltins in ihrer Küche gesessen, auf dem Tisch hatten Wein- und Schnapsflaschen gestanden. Henni hatte ihm zugeprostet und gelacht. Doch dann war sie aufgestanden, hatte geschwankt und Blut gespuckt. Da war er aus dem Traum aufgeschreckt.

Haverkorn sorgte sich um Henni und um ihre Verfassung. Sie hatte die Lebertransplantation gut überstanden. Aber Alkohol war für sie tabu. Musste er ihr nicht berichten, was heute Nacht hier vorgefallen war?

Haverkorn fuhr herum. Es hatte an der Scheibe der Terrassentür geklopft. Frida stand draußen. Er ließ sie herein. Der Kater nutzte die Gelegenheit und sprang von seiner Hängematte neben der Heizung. Er streckte sich und schlüpfte durch die offene Tür.

»Morgen!« Frida legte eine Brötchentüte auf den Tisch, zog ihre Jacke aus und setzte sich, sah ihn prüfend an. »Du sahst gestern schon fertig aus, aber heute …?« Ein Kopfschütteln.

»Ach, frag nicht!«

Er nahm die blubbernde Espressokanne vom Herd und goss ihnen ein, setzte sich an den Tisch. »Henni hat einen alten Freund zu Besuch. Er ist … etwas speziell.« Er wies auf die leeren Weinflaschen neben der Spüle.

Frida zog eine Augenbraue hoch. »Dein neuer Schwiegersohn?«, fragte sie und lachte.

Haverkorn hielt die Luft an, wollte etwas dagegen sagen, blieb aber stumm.

Sie stand auf und holte Milch aus dem Kühlschrank, wechselte zum Glück das Thema. »Ich habe heute Nacht noch etwas im Netz recherchiert. Es gibt jemanden, der richtig wütend auf Jochen Kirsten war.« Sie erzählte von Videos. »Ich glaube, den sollten wir uns unbedingt ansehen.« Sie legte ihr Smartphone auf den Tisch und spielte einen Film ab.

Haverkorn sah den Vermummten, hörte seinen Anfeindungen gegen Kirsten zu. »Dieser Mann hat kein Gewissen«, sagte der Mann entschlossen. »Er erhebt sich über uns und beutet die Armen aus. Für ihn bedeutet ein Menschenleben nichts, er scheffelt nur noch mehr Geld. So einer wie er verdient es nicht zu leben.« Er hielt die erhobene Faust in die Kamera. Der Film endete.

»Davon gibt's noch etliche mehr«, sagte Frida und schloss die App.

»Seiner Stimme nach scheint er nicht sehr alt zu sein«, sagte Haverkorn. »Mitte bis Ende zwanzig, schätze ich. Wir brauchen den Klarnamen von ihm. Kümmerst du dich heute mit Anja darum? Sie hat ja Kontakt zu den Videocam-Leuten.«

Frida stimmte zu. »Mir geht der Fischer nicht aus dem Kopf. Hätte dieser alte Mann es geschafft, Kirsten zu ertränken, auf ein Boot zu wuchten und im Schlick einzugraben?«

»Er kann Hilfe gehabt haben. Vielleicht ein anderer Fischer. Sogar seine Frau wäre denkbar. Es wäre nicht unmöglich gewesen.«

»Ja, er war verzweifelt!« Sie hob ihre Stimme. »Aber seine Bank wollte ihm das Boot wegnehmen, nicht Kirsten!«

»Du hast seine Frau gehört. Kirsten war sein ganz persönlicher Feind! Seine Bagger haben die Fische vertrieben, weshalb er nicht mehr genug verdient hat, um die Raten für sein Boot zu bezahlen. Er hatte ein starkes Motiv für den Mord.«

»Ich glaube das einfach nicht! Er …«

»Frida …«, unterbrach sie Haverkorn, während er ein Brötchen aufschnitt. »Ich weiß, was du meinst. Aber ein Gefühl reicht nicht aus, wir brauchen Tatsachen, um ihn zu be- oder entlasten.« Er sah sie an und war innerlich stolz, dass sein Schützling nicht aufgab. »Du verfolgst die Spur dieses Vermummten im Internet weiter! Ich kläre das mit Wahler ab.« Haverkorn hob die Hand, weil Frida ihm ins Wort fallen wollte. »Wir müssen offenbleiben für alle Optionen. Nichts ist fataler bei einer Mordermittlung, als sich zu früh auf ein Szenario festzulegen.«

# Kapitel 13

Es regnete, als Frida bei Haverkorn losfuhr. Die Bäume hatten in den letzten Tagen einen Großteil ihrer Blätter verloren. Der goldene Oktober war ausgeblieben. Das windige und nasse Wetter würde sich – bis auf ein paar einzelne Sonnentage – bis in den März ziehen. Aber wer in der Marsch lebte, hatte sich an das norddeutsche Schietwetter gewöhnt. Nur die Zugezogenen klagten über etwas, was niemand ändern konnte.

Der Schauer wurde stärker. Sie sah nichts mehr und stellte die Scheibenwischer an. In einer halben Stunde würde sie Anja im Hafenbüro treffen, um mit ihr den Klarnamen des Vermummten auf Videocam zu recherchieren. Aber weil sie ihren Laptop zu Hause vergessen hatte, machte sie diesen Umweg zum Hof ihrer Eltern, um ihn zu holen. Aus dem Auto rief sie Torben an.

»Guten Morgen!« Der Klang seiner Stimme machte ihre Sehnsucht noch größer. »Bist du schon lange wach?«

»Seit zwei Stunden. Und du?« Sie ließ an der Kreuzung einem Kleintransporter die Vorfahrt und bog ab.

»Bin gleich im Institut. Wir müssen später telefonieren. Ich bin spät dran.« Sie hörte seine hallenden Schritte im Flur. »Es gibt auch Neuigkeiten zu eurem Skelett. Ich melde mich gleich nach unserer Morgenbesprechung. Okay?«

»Keine Andeutung?«, hakte sie nach.

»Wir sind ein großes Stück weitergekommen, was die Platte im Bein angeht.« Sie hörte Geräusche im Hintergrund. Er senkte die Stimme. »Ich erzähle es dir später, ich melde mich bei dir. Tschüss!« Er drückte sie weg.

Kurz bevor sie den Hof erreichte, sah sie eine schlanke weibliche Gestalt neben der Straße laufen. Die Person hatte die Kapuze über dem Kopf, trug einen Rucksack auf dem Rücken. Als Frida an ihr vorbeifuhr, bemerkte sie die Hand mit dem Teufelsgruß auf einem Emblem, das auf den Rucksack genäht worden war. Frida bremste und stieg aus.

Die Fremde näherte sich, sah sie kurz an, senkte den Kopf wieder. Aber sie hatte eine gewisse Ähnlichkeit mit der Gestalt, die sie auf der Wildkamera gesehen hatte.

»Moin!«, grüßte Frida und versperrte ihr den Weg.

Die junge Frau erwiderte nichts, wollte an ihr vorbeigehen, sah sie nicht an.

»Warte mal! Hast du vielleicht dein Handy verloren?«

Das Mädchen blieb stehen, drehte sich zu Frida um. Sie sagte nichts, ihre Augen lauerten unter der Kapuze.

»Da drüben auf dem Hof im Stall? Ein weißes Smartphone.« Sie ahmte mit der Hand den Teufelsgruß der Metal-Fans nach.

»Und wenn?« Das Mädchen verschränkte die Arme. »Was interessiert's dich?«

»Ich wohne da drüben.« Ihre Blicke trafen sich. »Das Handy liegt in meinem Zimmer. Ich würde es dir zurückgeben.«

»Na dann, gib's mir wieder!«

»Sagst du mir erst mal, wie du heißt?«

Ein Funkeln in den dunklen Augen. »Tut das was zur Sache?«

Frida lachte. Sie war auch mal so gewesen. Immer sofort

auf Krawall gebürstet, wenn jemand blöde Fragen stellte. »Vielleicht übergebe ich es auch der Polizei. Neulich nachts hat nämlich jemand versucht, mich im Stall umzuhauen.« Sie verschränkte die Arme.

Das Mädchen verdrehte die Augen. »Ich hab nur einen Schlafplatz gesucht. Als nachts jemand reinkam, hab ich Panik geschoben. Ich wollte nur noch weg.«

»Das war ich.« Frida ging zum Jeep. »Na komm! Hast du heute Morgen schon was gegessen?«

Keine Antwort, was so viel hieß wie: nein.

»Du bekommst ein Frühstück und dein Handy.«

Die junge Frau überlegte nicht lange. Sie ging zur Beifahrertür, nahm ihren Rucksack von der Schulter, stieg zu Frida in den Jeep und sah sich im Wagen um. »Du fährst 'ne ganz schöne Schrottkarre! Gefällt mir!«

Fridas Mutter briet Rühreier und Speck. Sie freute sich immer über Besuch, vor allem, wenn er hungrig war. Die Hunde hatten die Fremde neugierig beschnuppert, bis Frida Arthur und Bruno unter den Tisch schickte. Endlich erfuhren sie, dass sie Katharina hieß, aber jeder sie einfach Cat nannte.

Frida deckte den Tisch, während Cat sich im Bad frisch machte. Ihren Rucksack hatte sie mitgenommen. Offenbar traute sie niemandem außer sich selbst. Kurz darauf stand sie in der Küche und packte mit an, trug zum Tisch, was Frida ihr in die Hand drückte. Marta strahlte. Ihr gefiel das Mädchen.

Fridtjof kam herein und blieb überrascht in der Tür stehen. »Wen haben wir denn da?«

Frida schnitt Brot auf. »Das ist Cat, sie möchte sich gern ihr Handy bei uns abholen.«

»Sieh an!« Der Bauer ging zu dem Mädchen. »Was hattest du hier nachts auf dem Hof zu suchen? Hast du kein Zuhause?«

Die Besucherin sah den Hausherrn mit kecker Miene an. »Ich hab nur einen Schlafplatz gesucht. Aber ganz ehrlich, der Esel ist laut und nervt ganz schön. Ich hab kein Auge zugemacht.«

Fridtjof lachte und setzte sich an den Tisch. »Warum bist du in den Stall? Du magst wohl Tiere?«

»Na klar! Ich hab schon im Tierheim gearbeitet.«

Sie setzte sich zu Fridtjof auf die Bank, während Marta ihr den Teller mit dem Rührei hinstellte. Frida goss sich einen Kaffee ein, sah auf ihre Armbanduhr und setzte sich dazu. Zehn Minuten hatte sie noch.

Cat war ausgehungert und langte ordentlich zu.

»Nun schling doch nicht so!«, sagte Marta. »Es ist genug da.«

Das Mädchen stopfte sich eine volle Gabel in den Mund.

»Wie alt bist du?«, fragte Frida.

»Nächstes Jahr werd ich achtzehn.«

»Was ist mit Schule oder Lehre?«, fragte Fridtjof.

»Da hab ich keinen Bock drauf«, sagte sie mit vollem Mund. »Ich will die Welt sehen.«

Frida konnte sie gut verstehen. Bevor sie die Ausbildung zur Polizistin gemacht hatte, war sie mit dem Rucksack ein Jahr durch die Welt gereist. »Wie lange bist du denn schon unterwegs?«

»Seit August. Meine Mutter hat gesagt, entweder ich geh arbeiten und bring ein bisschen Geld nach Hause, oder ich soll mich verpissen.« Sie zuckte die Schultern.

Marta holte tief Luft. »Hat deine Mutter nicht nach dir gesucht?«

»Die war sicher froh, dass ich weg war. Meine kleinen Geschwister machen genug Arbeit.« Cat steckte sich Speck in den Mund und wischte sich das Fett mit der Hand von den Lippen.

»Was ist mit deinem Vater?«, fragte Fridtjof und warf den Hunden etwas Speck unter den Tisch. Der tadelnde Blick seiner Frau kümmerte ihn nicht.

»Den kenn ich gar nicht«, sagte das Mädchen kauend. »Der war schon weg, bevor ich auf die Welt kam.«

»Und der Vater deiner jüngeren Geschwister?«, fragte Frida weiter.

»Der hat 'ne neue Familie gegründet.« Cat schaufelte sich aus der Bratpfanne mehr Rührei auf den Teller. »Aber immerhin zahlt der Unterhalt. Im Gegensatz zu meinem Alten.«

»Wovon lebst du auf deiner Reise?«, fragte Marta. »Du brauchst doch Geld.«

»Geld wird überschätzt. Ich schlafe in Ställen oder Schuppen, hab meinen Schlafsack dabei. Manchmal geben mir die Leute was zu essen, wenn ich klingele. Manchmal haben sie kleine Arbeiten für mich, bei denen ich mir was verdienen kann. Im Supermarkt frage ich einfach die Filialleiter. Da bekomme ich meistens auch was zu essen.«

Frida sah ihren Eltern an, dass sie einerseits fasziniert waren von der Herumtreiberin, andererseits entsetzt von ihrem Vagabundenleben.

»Du kannst hierbleiben, wenn du willst, und heute Nacht in der Kammer schlafen«, sagte Fridtjof. »Morgen brauche ich Hilfe auf dem Hof. Die Großkisten müssen sortiert und repariert werden. Acht Euro die Stunde, cash auf die Hand. Kost und Logis frei.«

Frida schmunzelte, weil sie wusste, dass das Mädchen

ihrem Vater imponierte. Die Großkisten, die hier noch herumstanden, hatte er längst ausrangiert. Er wollte ihr helfen. Und er wollte, dass sie blieb.

Cat schob ihren Teller weg und sah sich in der Küche um. »Ist ja ganz nett bei euch!« Sie sah den Bauern an. »Also gut, ich bleib hier! Aber nur, wenn ich mein Handy zurückkriege.«

Die Türklingel schrillte. Bruno bellte und stürmte durch die Diele zur Tür. Frida folgte ihm und war überrascht, dass Milan, ihr Boxtrainer, draußen stand. Dieses Mal war er allein. Jo war nicht dabei.

»Moin zusammen!«, sagte er in die Runde, nachdem er Frida begrüßt hatte. »Entschuldigt die frühe Störung! Ich hab mich entschieden, und ich wollte euch sofort Bescheid geben.«

»Setz dich! Willst du einen Kaffee?«, fragte ihr Vater.

»Gerne!« Milan zog seinen Parka aus, hängte ihn über die Lehne der Bank und setzte sich zu ihnen. Frida stellte Cat und Milan gegenseitig vor, und Fridtjof drückte dem Boxtrainer eine Tasse in die Hand. Es war ihm anzusehen, dass er sich über den überraschenden Gast freute.

»Ich wollte es dir persönlich sagen.« Milan zeigte seine Grübchen und hob die Tasse. »Wir mieten deine Scheune für das Boxstudio!«

†

Die Tür zu Wahlers Büro war immer geschlossen. Egal ob er anwesend war oder nicht. Haverkorn wollte schon anklopfen, hielt jedoch inne, als er Stimmen hörte. Er konnte nicht verstehen, was gesprochen wurde, aber es ging hitzig zu dadrinnen. Sollte er zurückkommen, wenn Wahlers

Besuch sein Büro verlassen hatte? Jetzt erkannte er die Basstonlage von Helge Blumthal, mit dem er in den vielen Jahren als Ermittler immer gut ausgekommen war. Der Staatsanwalt wurde selten laut. Und wenn, dann hatte er gute Gründe dafür. Und diese konnten momentan nur mit ihren Ermittlungen zu tun haben. Haverkorn war neugierig, was ihn persönlich hergeführt hatte. Er klopfte an. Was er in der Akte bei sich hatte, würde Wahler und Blumthal interessieren.

Die Stimmen in Wahlers Büro verstummten.

»Ja?«, rief der Leiter der Mordkommission.

Haverkorn trat ein, blieb jedoch im Türrahmen stehen. »Störe ich?«

»Bjarne! Gut, dass du kommst!« Wahler hatte gerötete Wangen vom heftigen Disput mit dem Staatsanwalt. Er wies ihm den zweiten Besuchersessel zu. »Setz dich!«

Haverkorn nahm neben dem grauhaarigen Staatsanwalt mit den Pausbacken Platz, der ihm schweigend die Hand schüttelte. Ohne seine schwarze Robe wirkte er wie ein gutmütiger Hobbygärtner, den nichts aus der Ruhe brachte. Haverkorn hatte ihn schon mehrfach vor Gericht erlebt und wusste, dass man ihn lieber nicht unterschätzen sollte.

»Helge ist der Ansicht, dass wir beide Fälle sofort trennen müssen«, begann Wahler und setzte vorsichtig einen rhetorischen Schritt vor den anderen. »Einerseits sei es besser, zwei Teams mit jeweils einem Fall zu betrauen, um fokussierter arbeiten zu können. Außerdem will er endlich den Verdacht abschütteln, dass wir es hier mit einem Serientäter zu tun haben.«

Blumthal mischte sich ein. »Die dritte Leiche ist eine Leiche zu viel!« Sein Blick ruhte auf Haverkorn. »Ich habe heute Morgen mehrere Anrufe von Pressevertretern bekommen, die eine große Story wittern. Den Zahn habe ich ihnen gleich wieder gezogen. Zum Glück hat dieser …«, er blätterte im Rotband, der Ermittlungsakte der Staatsanwaltschaft, und zog einen handschriftlichen Zettel heraus, »… Claas Dürmann sich selbst das Leben genommen. Sein Abschiedsbrief ist verifiziert?«

»Seine Frau hat seine Schrift identifiziert, es gibt keinen Zweifel daran, dass es ein Suizid war.«

»Dennoch ist unklar, ob die anderen beiden Fälle zusammenhängen!«, versuchte es Wahler noch einmal. »Die Fälle jetzt zu trennen wäre fatal! Wenn wir es mit ein und demselben Täter zu tun haben, müssen die Ermittlungen engmaschig verlaufen.«

»Ich weiß ja, was du meinst«, fiel ihm Blumthal ins Wort. »Dann müsst ihr euch eben täglich austauschen. Es muss doch möglich sein, nach außen an zwei voneinander unabhängigen Fällen zu ermitteln, aber intern die Informationen wie bisher zu bündeln und auszuwerten.«

Stille legte sich über die Debattierenden. Sie sahen Haverkorn an, der hier das Zünglein an der Waage spielen sollte und dessen Meinung beide wertschätzten. Aber er wusste, egal auf wessen Seite er sich jetzt schlagen würde, er konnte nur verlieren. Weder mit Wahler noch mit dem Staatsanwalt wollte er es sich verscherzen. Er entschied, diplomatisch zu verfahren.

»Vielleicht hilft uns die Information vom LKA weiter, die ich soeben erhalten habe. Es ist die Auswertung der Elektronenspektroskopie.« Er legte ein Dokument auf den Tisch, auf dem Buchstaben und Zahlen zu sehen waren.

»Was ist das?«, fragte Blumthal mit zusammengezogenen Augenbrauen.

Wahler hatte sich über das Blatt gebeugt und sah ebenfalls überfragt aus.

»Das stand auf dem Aluchip unseres Skeletts, bevor er plattgewalzt wurde«, sagte Haverkorn und legte ein Foto, das er aus dem Internet gezogen hatte, auf den Tisch. Darauf war eine ovale Aluplakette abgebildet, auf der die Buchstaben *DDR* und eine Zahlenfolge aus zwölf Ziffern eingeprägt waren. Oben und unten waren zwei Löcher sowie mittig schmale Schlitze ins Metall gestanzt, unter denen die drei Buchstaben und zwölf Zahlen noch einmal auf dem Kopf standen. »Das hier ist ein gleichwertiges Gegenstück. Es handelt sich um eine Erkennungsmarke der NVA. Diese hätte im Kriegsfall vom Soldaten an einem Band oder einer Kette um den Hals getragen werden müssen. Dafür waren die Löcher vorgesehen.«

»Eine NVA-Marke?«, fragte Wahler überrascht.

»Genau! Das LKA konnte Buchstaben und Ziffern kenntlich machen. Auch die Löcher und Schlitze hat die Elektronenspektroskopie wieder sichtbar gemacht. Es besteht kein Zweifel.«

Blumthal rutschte auf die Sesselkante, nahm beide Ausdrucke in die Hand. »Hat das LKA auch schon einen Hinweis auf den Namen geliefert? Wem gehörte das Ding?«

Haverkorn schürzte die Lippen. »Nein, so weit sind wir noch lange nicht. Das wird nicht ganz einfach werden. Die Nationale Volksarmee wurde am 3. Oktober '90 aufgelöst. Die ehemaligen Truppen wurden dem Bundesverteidigungsminister unterstellt und in die Bundeswehr integriert. Viele DDR-Berufssoldaten wurden übernommen, die meisten nach Hause geschickt. Bei der Bundeswehr wurden sicherlich auch die alten NVA-Namensregister mit den Nummern der Erkennungsmarken archiviert.«

»Weiß man wo?«, hakte Wahler nach.

»Die NVA-Unterlagen werden beim Bundesverwaltungsamt in Strausberg bei Berlin aufbewahrt. Ich habe schon eine schriftliche Anfrage gestellt.« Haverkorn sah Blumthal an, der nachdenklich auf die sichtbar gemachte Zahlenkolonne starrte.

»Gut, warten wir das Ergebnis ab«, sagte der Staatsanwalt schließlich. »Was bedeuten diese Ziffern?«

Haverkorn zog einen anderen Ausdruck hervor, den er gemacht hatte. »Es handelt sich um die Personenkennzahl des Soldaten. Die ersten sechs Ziffern sind das Geburtsdatum des Armeeangehörigen, danach kommt das Geschlecht. Die Vier steht für ›männlich, nach 1900 geboren‹, danach folgt die Schlüsselnummer des eintragenden Melderegisters.«

»Und die gespiegelten Buchstaben in der Zahlenfolge?

»Die standen auf der Rückseite der Plakette, sind schwer zu lesen. Ich habe meine Lupe benutzt. A Rh pos. Die Blutgruppe des Soldaten. Lebenswichtig bei einer Verletzung im Feld.«

Der Staatsanwalt schlug auf den Tisch. »Dann wissen wir jetzt, dass unser Toter am 6. Juni 1948 geboren wurde, und kennen seine Blutgruppe. Und …«, er hob den Zeigefinger, »… wir haben seine DDR-Personennummer! Damit sollten wir ihn doch schnellstens identifizieren können.«

»Vorsicht!«, warnte Haverkorn. »Es ist nicht gesagt, dass es seine eigene Marke war. Der Täter könnte sie ihm in die Hand gelegt haben, bevor er sein Opfer im Schlick vergraben hat.«

Blumthal hatte seine gute Laune wiedergefunden. »Trotzdem! Es ist ein wichtiger Hinweis. Wir haben eine heiße Spur zum Toten von Bargsand!« Er sah Wahler an, der in Gedanken versunken war. »Russische Metallteile im Bein, eine NVA-Erkennungsplakette in der Hand.« Blumthal wusste, dass dieser Punkt an ihn gehen würde. »Nick, ganz ehrlich! Was sollte ein Ostdeutscher mit dem Hamburger Unternehmer Jochen Kirsten zu tun haben? Oder ist er vielleicht im Osten geboren?«

»Nein, in Heidenau, drüben in Niedersachsen«, antwortete Haverkorn.

Der Staatsanwalt sah sich offensichtlich in seiner Vermutung bestätigt, denn er lehnte sich zurück und wartete auf Wahlers Entscheidung.

Der Leiter der Mordkommission atmete tief durch und gab sich geschlagen. »In Ordnung. Wir trennen die Fälle! Heute Nachmittag rufe ich das Team zusammen und teile die Mannschaft auf.« Er wirkte nicht glücklich über diese Entscheidung. Sein Blick suchte den Haverkorns. »Übernimmst du mit Frida und Anja den Fall des Skeletts, Bjarne?«

Haverkorn nickte, das sollte ihm recht sein. Er zog einen weiteren Ausdruck aus seiner Mappe. »Es gibt noch mehr Neuigkeiten! Das sind die Ergebnisse der Wasserproben von Claas Dürmanns Grundstück.«

Wahler sah ihn hoffnungsvoll an. »Und?«

»Kein Treffer. Da ist Jochen Kirsten nicht ertränkt worden. Auch auf Dürmanns Boot gab es weder Haare noch Fasern von Kirsten. Das hat mir Horst Lüttje gerade am Telefon bestätigt. Die Auswertung der DNA-Proben dauert noch ein paar Tage, aber ich denke, wir wissen, wie sie ausfallen wird. Wir müssen davon ausgehen, dass der Fischer nichts mit Kirstens Tod zu tun hatte.«

## Geschlossener Jugendwerkhof, Torgau, 26. April 1988

Der graue Barkas hielt vor einem riesigen Stahltor. Torgau war für alle »der Schreckensort«. Im Heim hatten die furchtbarsten Erzählungen darüber kursiert. Und er war im Begriff, an diesem Ort abgeliefert zu werden.

Die beiden Erzieher, die ihn nach Torgau brachten, schienen den Ablauf genau zu kennen. Einer drückte auf der linken Seite einen Klingelknopf, das Tor öffnete sich quietschend über Rollen am Boden. Sie fuhren mit dem Barkas in einen kleinen Hof, wo ein weiteres Rolltor ihre Fahrt stoppte. Erst als sich das erste hinter ihnen geschlossen hatte, öffnete sich das nächste. Rechts ragte eine hohe Mauer auf, links ein riesiges Gebäude mit Gittern an den Fenstern. Dort hielten sie vor einer kleinen Tür an.

Ihm war schlecht. Er zitterte am ganzen Körper. Aber die Männer beachteten es nicht, zerrten ihn aus dem Wagen und stießen ihn die kleine Treppe hinauf und durch die Tür in ein Zimmer auf der rechten Seite. Sie übergaben einem Mann in Zivil die Papiere und gingen nach draußen, ohne sich von ihrem ehemaligen Schützling zu verabschieden.

Sein Herz klopfte bis zum Hals, er spürte eiskalten Schweiß am Körper, hatte das Gefühl, sich übergeben zu müssen.

»Mit dem Gesicht zur Wand!«, brüllte der Erzieher.

Er gehorchte.

Der Mann stand ganz dicht hinter ihm. »GRUNDSTELLUNG!«

Diese kannte er schon aus Hummelshain, straffe Haltung, Augen geradeaus, die Hände komplett geöffnet. Nur keine Bewegung, dann gab es Bestrafungen oder Schläge. Er stand ewig dort, gefühlte Stunden, bis der Erzieher wieder zurückkam. Er war ein kleiner, untersetzter Mann mit Halbglatze und Brille. Jedes Wort wurde hier geschrien. »Mitkommen! Im Laufschritt!«

Er folgte dem Erzieher in eine Kleiderkammer, wo es nach ungewaschener Kleidung und nassem Keller roch.

»Ausziehen! Und zwar alles, loooooos! Das geht schneller!« Ein Befehl jagte den nächsten.

Er legte sein Hemd, Hose, Schuhe und Socken ab. Stellte sich in Grundstellung.

»ALLES AUSZIEHEN, HABE ICH GESAGT!«

Er zog auch die Unterhose aus, stand nackt und beschämt vor dem fremden Mann. Der Boden war eiskalt, er zitterte vor Angst und fror erbärmlich.

Der Mann kam näher. »Bücken!«, verlangte er als Nächstes und zog Gummihandschuhe über.

Er zögerte einen Moment, dann beugte er sich nach vorn und spürte den Finger des Mannes in seinem After, der offenbar überprüfte, ob er einen verbotenen Gegenstand hereinschmuggelte. Noch nie hatte er sich so gedemütigt gefühlt wie in diesem Moment. Er biss sich auf die Lippen, um nicht loszuheulen wie ein Kind. Der Mann zog den Handschuh aus und schaute in seinen Mund. Er vermaß seine Größe, notierte Haarfarbe und das Muttermal auf seinem Rücken.

»Nehmen Sie Grundstellung ein!«

Er stellte sich aufrecht hin, starrte auf die Wand.

»Vorwärts, im Laufschritt, marsch!«

Es ging zu einem Raum mit kleinen gelben Fliesen, an dessen Decke offene Rohre angebracht waren. Abflüsse waren im Boden eingelassen. Ein Duschraum.

Der Erzieher reichte ihm *Delitex*-Desinfektionspaste, mit der er sich überall einschmieren musste. Sie brannte auf der Haut, vor allem unter den Armen und zwischen den Beinen. Eiskaltes Wasser schoss aus einem Rohr, er spülte das Zeug so gut wie möglich ab. Dennoch brannte seine Haut weiterhin wie Feuer.

Es ging zurück zur Kleiderkammer. Dort wurde er mit Klamotten ausgestattet, Unterwäsche, Arbeitsoverall, Sportkleidung, Pullover aus Selastik und schweren Armeestiefeln ohne Schnürsenkel, in die er die eiskalten Füße schob.

»Hinsetzen!«, befahl der Erzieher, dessen Namen er noch nicht einmal kannte.

Bevor er begriff, was passierte, hörte er das metallische Klacken einer Schere an seinem Kopf. Er traute sich nicht, sich zu bewegen. Als der Mann mit ihm fertig war und sich von ihm wegdrehte, griff er sich an den Kopf. Er spürte nur noch Haarstoppeln wie ein Sträfling.

Von der Kleiderkammer ging es im Laufschritt zu einer Zelle.

»Einrücken!« Der Erzieher drückte ihm zwei Papierblätter in die Hand. *Hausordnung* und *Arrestbelehrung*. »Auswendig lernen!«, schnarrte die Stimme, dann flog die Tür hinter ihm ins Schloss.

Er sah sich um. In dem kargen Raum standen ein Holzhocker und ein Eimer mit Deckel, aus dem es furchtbar nach Chlor stank. Hier musste er seine Notdurft verrichten. An der Wand war eine Pritsche hochgeklappt, die ans

Mauerwerk gekettet war. Ein kleines Fenster mit Milchglas ging zum Hof hinaus, um den hohe Mauern aufragten. Er sah an den Ecken Türme mit Scheinwerfern und eine Sturmbahn, die er schon aus Hummelshain kannte, hörte Befehle über den Platz hallen.

Die Zellenwand war halbhoch mit einem graugrünen Lack gestrichen und mit Kalk getüncht worden. Diese war vollgeschrieben mit Sprüchen. Er hockte sich davor und las einige von ihnen.

*Mama, bitte hol mich hier raus.*

*Hier drin bin ich kein Mensch, sondern ein Stück Vieh.*

*Nichts ist schlimmer, als noch länger in diesem Knast zu bleiben.*

*Bitte, lasst mich einfach sterben!*

Er sackte auf die Knie, und die Tränen schossen ihm in die Augen. Ein metallisches Scharren kam von der Tür. Wie elektrisiert schnellte er hoch und ging in Grundstellung. Ein Auge starrte ihn durch einen Spion an. Dann verschwand es wieder. Er war allein mit seinem Entsetzen.

## Kapitel 14

Die Lifttür zum Penthouse öffnete sich, und Frida sah als Erstes den riesigen Rollkoffer, den Ulrike Mannheimer mitten im Raum stehen gelassen hatte. Die Lebensgefährtin von Jochen Kirsten kam ihnen mit einem offenen Lächeln entgegen. Schon im Gehen streckte sie ihre Hand nach Frida aus, wie man es oft bei Geschäftsmeetings beobachten konnte, wenn Fremde sich so überschwänglich begrüßten, als würden sie sich ewig kennen, obwohl es belanglose Begegnungen gewesen waren.

Frida warf Anja, die sie zu dieser Befragung begleitete, einen Blick zu. Sie schien ebenso überrascht zu sein über diese herzliche Begrüßung. Trauer sah anders aus.

»Danke, dass Sie sich die Zeit für uns nehmen.« Frida stellte sich und ihre Kollegin namentlich vor. Beide zeigten ihre Dienstausweise, aber die Lebensgefährtin von Jochen Kirsten sah gar nicht hin. Sie hatte sich selbst telefonisch bei der Polizei gemeldet, als sie in Hamburg gelandet war, und darum gebeten, sie sofort im Penthouse in der HafenCity aufzusuchen. Nein, psychologische Hilfe brauche sie nicht. Sie könnten bedenkenlos allein kommen, sie wolle es nur schnell hinter sich bringen.

Ulrike Mannheimer mochte Ende vierzig sein, schätzte Frida. Sie tat augenscheinlich viel dafür, jünger zu wirken, aber die Falten an den Augen wirkten in dem gebräunten Gesicht wie feine helle Risse in der perfekt geschminkten

Fassade. Sie hatte eine sportliche Figur und von den Malediven die Art von gesunder Urlaubsbräune mitgebracht, durch die ihre langen Beine, die in hellen Shorts steckten, noch attraktiver wirkten. »Jochens Tochter schrieb mir, dass Sie mich schnellstens sprechen möchten. Wie kann ich Ihnen weiterhelfen?«

»Können wir uns kurz setzen?«, fragte Frida.

»Natürlich!« Kirstens Lebensgefährtin führte sie zur Couchlandschaft, auf der sie schon mit Linda Kirsten gesessen hatten. Frida sah sich um und suchte die Labradorhündin. Lea hatte sie heute nicht an der Tür begrüßt, Kirstens Tochter hatte die Hündin wahrscheinlich mitgenommen.

»Möchten Sie etwas trinken?«, fragte die Gastgeberin und deutete auf ein Wasserglas, was vor ihr stand.

Beide verneinten.

»Zuallererst möchten wir Ihnen unser Beileid aussprechen.« Frida redete, Anja hatte ein Notizbuch aufgeschlagen und übernahm das Protokoll.

»Danke!« Ulrike Mannheimers Strahlen verschwand. Sie schlug die Beine übereinander und schien nicht zu wissen, wohin mit ihren Händen, schob sie schließlich ineinander, als müsse sie sie wärmen. »Sein Tod hat mich natürlich getroffen, aber …«, sie atmete tief durch, »… unsere Wege hätten sich jetzt sowieso getrennt. Wir hatten abgesprochen, dass ich nach meinem Urlaub ausziehe.«

»Sie waren getrennt?«, hakte Frida nach.

»Ja! Ich habe nach einem heftigen Streit vor zwei Wochen kurzerhand die Koffer gepackt und bin auf die Malediven geflogen, um nachzudenken. Dort wurde mir schnell klar, dass ich unter diese Beziehung einen Schlussstrich ziehen werde, was ich Jochen auch am Telefon gesagt habe.« Ihr trauriges Lächeln wirkte authentischer als jenes, was sie zur Begrüßung an der Tür aufgelegt hatte. »Er schien es nicht eine Sekunde zu bedauern.«

»Worum ging es in Ihrem Streit?«

»Um andere Frauen, wie immer. Jochen war kein Kind von Traurigkeit. Er genoss die weibliche Aufmerksamkeit, immer und jederzeit. Ich habe seine Fehltritte nicht mehr ertragen.« Sie starrte durch die Panoramascheibe nach draußen, schien den Faden verloren zu haben, fasste sich wieder. »Er hatte sicher längst Ersatz für mich gefunden.«

Frida sah, dass Anja sich eine Frage notierte.

*Kirsten: neue Freundin?* Das würden sie später recherchieren müssen.

»Heute werde ich den Mietvertrag für meine Wohnung unterzeichnen. Dann kann mein neues Leben beginnen.«

Frida konzentrierte sich. »Was war er privat für ein Mensch?

Die Frau straffte ihre Schultern, überlegte einen Moment. »Er war eine starke Persönlichkeit, das hat mich anfangs auch angezogen. Er war weltgewandt und vielseitig interessiert. Ob Segeln, Golf, Oper oder Theater, es wurde nie langweilig mit ihm.« Ihr Gesicht bekam einen wehmütigen Ausdruck. »Jochen kochte leidenschaftlich gern und verwöhnte mich öfter mal mit einem neuen Gericht.« Sie starrte wieder nach draußen, wirkte verletzt und verloren. »Aber er war ein gefühlskalter und bindungsunfähiger Mensch, ein Narzisst, wie er im Buche steht. Er wollte ständig gelobt und bewundert werden. Wer das nicht tat, wurde gnadenlos bekämpft, bis er umschwenkte und sich den Lobhudeleien der anderen anschloss. Jochen stand immer im Mittelpunkt. Er nahm sich das vom Leben, was er wollte, und ging dabei über Leichen.«

»Meinen Sie das rhetorisch?«, hakte Frida nach.

Ulrike Mannheimer schwieg einen Moment, zuckte dann die Schultern. »Wer weiß schon, was an den Vorwürfen gegen ihn dran war.«

Anjas Stift glitt über das Papier, Frida fragte weiter.

»Hatte Jochen Kirsten Feinde oder hat er in letzter Zeit Drohungen erhalten?«

Kirstens Exfreundin wickelte nachdenklich eine blonde Strähne um einen Finger. »Natürlich! Es gab immer Spinner, die Jochen geschrieben haben. Meistens gingen die Mails oder Briefe an die Firma, aber ab und zu lag einer dieser Hassbriefe auch hier in der Post.«

»Haben Sie sie gelesen?«

»Manchmal hat er sie mir gezeigt.«

»Was stand drin?«

»Beschimpfungen und Drohungen. Er solle die Hände von gewissen Grundstücken lassen, nicht an Ausschreibungen teilnehmen, seine Arbeiter besser bezahlen ... so was halt. Einmal ging es um Schadenersatzforderungen, die aber gerichtlich nie durchgesetzt wurden. Die meisten haben ihn einfach wild beschimpft. Er war ein Hassobjekt.«

»Waren Drohungen dabei, die er ernst genommen hat?«

Sie sah Frida in die Augen. »Wohl eher nicht! Er hat darüber gelacht. Es war wie ein Sport für ihn. Einen Brief hat er mit auf die Terrasse genommen und draufgepinkelt. Meistens landeten sie im Papiermüll.« Sie schwieg einen Moment, und plötzlich war doch eine Spur Trauer auf ihrem Gesicht zu erkennen. »Ich habe mir mehr Gedanken gemacht als er. Einige Drohungen waren heftig, sie machten mir Angst.«

»Sind Sie darin auch angegriffen worden?«

»Nein, nie!«

»Waren Todesdrohungen dabei?«

Ulrike Mannheimer nickte langsam. »Bei einem dieser Schreiben.«

»Von wem kam es?«

»Moment, ich hole es.« Sie stand auf.

»Es existiert noch?«, fragte Frida überrascht.

»Der Brief kam kurz vor meinem Urlaub. Ich habe ihn Jochen gar nicht gezeigt, weil wir vorher zu streiten begonnen hatten. Warten Sie, ich hole ihn aus dem Schlafzimmer.« Sie stand auf und ging an der offenen Küche vorbei zu einer Tür, hinter der sie verschwand. Kurz darauf legte sie einen Umschlag auf den Tisch, der nicht beschriftet war. Deshalb hatte ihn Kirstens Partnerin sicherlich auch geöffnet. Frida nahm ein paar Latexhandschuhe aus ihrer Tasche und zog sie an. Sie berührte den Umschlag vorsichtig an der Ecke und zog das Schreiben heraus. Keine Anrede, keine Unterschrift.

*Kirsten, du verdammtes Arschloch, du Schwein! Wenn es auf dieser Welt Gerechtigkeit gäbe, würdest du schon seit Jahren im Knast sitzen oder in der Erde verrotten. Noch lachst du – aber es wird der Tag kommen, an dem du darum betteln wirst, nie geboren worden zu sein. Deine Galgenfrist ist abgelaufen. Der Avenger naht. Du wirst verrecken, weil du den Tod verdient hast. Stirb, du Drecksack! Tick tack! Tick tack!*

»Können wir den Brief mitnehmen?«, fragte Frida.

»Natürlich! Ich bin froh, wenn er weg ist.«

Anja reichte Frida einen Asservatenbeutel, in den sie den Brief steckte. »Gut, danke. Haben Sie eine Vermutung, wer ihn geschickt haben könnte?«

Sie atmete tief durch. »Ich könnte mir vorstellen, dass es dieser Rudloff war.«

Anja blickte fragend auf.

»Rudloff? Geht es genauer?«, hakte Frida nach.

»Jan, nein, warten Sie ... Jakob Rudloff! Sein Vater hat auf einer von Jochens Baustellen gearbeitet. Er ist letztes Jahr von einem Baukran in den Tod gestürzt. Der Junge machte Jochen persönlich dafür verantwortlich, obwohl dieser Unfall nach Feierabend passiert ist.« Sie schüttelte leicht den Kopf. »Jochen sagte, da wäre Alkohol im Spiel gewesen, was natürlich auf all seinen Baustellen strengstens verboten ist. Aber Rudloffs Sohn sieht das anders. Er hat überall Krawall gegen Jochen gemacht und ihm unterstellt, dass die Arbeitsschutzmaßnahmen auf seinen Baustellen nicht besser sind als in der Dritten Welt.«

Frida horchte auf, Anja schrieb eifrig.

»Wissen Sie, ob Jakob Rudloff Filme ins Internet stellt?«

»Filme habe ich nicht gesehen. Vielleicht auf Jochens Laptop?«

»Den überprüfen wir bereits.« Frida warf Anja einen Blick zu. Sie schien zu verstehen, notierte: *Kirsten, Laptop!* »Haben Sie mit Herrn Kirsten vor seinem Tod noch einmal telefoniert?«

»Ja, sogar am Abend, bevor er ...« Sie schluckte, trank einen Schluck Wasser. »Bei ihm war es aufgrund der Zeitverschiebung am späten Nachmittag, als er mich anrief. Er war gut gelaunt und bot mir an, dass ich nach meinem Urlaub hier in der Wohnung bleiben kann, bis ich eine neue gefunden habe. Er wollte in der Zwischenzeit bei einem Freund unterkommen.«

»Bei welchem Freund?«

Sie zuckte mit den Schultern. »Das hat er nicht gesagt.

Aber ich kann Ihnen gern die Namen seiner zwei besten Freunde aufschreiben. Vielleicht weiß einer von ihnen Bescheid.«

»Danke, das würde uns sehr helfen.«

Anja schob ihr einen Zettel und den Stift über den Tisch, Ulrike Mannheimer schrieb die Namen auf. »Die Telefonnummern habe ich nicht. Zu oft kamen und gingen Frauen in Jochens Leben, da hat keiner seiner Freunde einen engeren Kontakt gesucht.« Sie stieß desillusioniert den Atem aus. »Meistens bemerkt man das Offensichtliche erst, wenn es zu spät ist.«

Die Frau tat Frida leid, aber sie versuchte, professionelle Distanz zu wahren. »Wissen Sie, mit wem er sich an dem Abend treffen wollte?«

Die Gefragte deutete ein Kopfschütteln an. »Einen Namen hat er nicht genannt.« Sie dachte nach, drehte das Wasserglas in den Händen. »Ich glaube, er redete von einem alten Bekannten, den er kürzlich wiedergetroffen hatte. Ich habe auch nicht nachgefragt, es interessierte mich nicht mehr.« Sie sah auf ihre Armbanduhr. »War es das? Gleich kommt die Maklerin vorbei, um mich abzuholen.«

Frida sah Anja an, die den Kopf schüttelte, stand auf und drückte Ulrike Mannheimer die Hand. Sie war eiskalt. »Vielen Dank für Ihre Zeit! Wir melden uns, wenn wir noch Fragen haben.«

»Natürlich. Sie haben ja meine Nummer.« Kirstens Lebensgefährtin stand auf und geleitete sie zum Fahrstuhl. »Auch wenn das gerade nicht so klang, hatte ich anfangs eine schöne Zeit mit Jochen. Er war ein Mensch mit vielen Verletzungen, da bin ich mir sicher. Vielleicht finden Sie mehr über seine Kindheit heraus. Über sein Elternhaus und seine Jugendjahre wollte er nie sprechen, wurde sogar wütend, wenn ich nachhakte.« Sie stellte sich neben ihren Rollkoffer, legte die Hand auf den Griff. »Aber seine Tochter hat er wie seinen Augapfel gehütet. Sie war die wichtigste Frau in seinem Leben. Und die Einzige, die er wahrscheinlich je geliebt hat.« Sie sagte es ohne Vorwurf in der Stimme, aber das traurige Lächeln auf ihren Lippen zeigte die tiefe Enttäuschung. Ihre Augen schimmerten feucht. Sie war noch lange nicht über den Mann hinweg, der gestorben war, während sie sich im Trennungsurlaub befand. Frida nickte ihr ein letztes Mal zu, dann schloss sich die Fahrstuhltür, und Frida hatte das dringende Bedürfnis, Torbens Stimme zu hören.

Der silberne Golf 7, das Poolfahrzeug der Mordkommission, parkte auf der anderen Straßenseite vor einem Wohn- und Geschäftshaus im Parkverbot. Anja hatte beim Aussteigen das Fahrtenbuch auf den Sitz gelegt. Dadurch wusste jeder Hamburger Kollege, dass dies ein Einsatzfahrzeug in Zivil war.

Frida sah sich um. Der Bürgersteig war wie leer gefegt. Die HafenCity war eine tote Ecke in der Großstadt, weil hier größtenteils Büro- und Gewerbeflächen gebaut worden waren. Laufpublikum gab es kaum. Genauso wie Parkplätze.

Die Sonne kam hinter einer Wolke hervor und spiegelte sich in der riesigen Glasfläche vor ihnen. Frida blinzelte, als sie Torbens Telefonnummer wählte. Sie erreichte ihn, als sie mit Anja ins Auto stieg. Seine Stimme klang schon wieder hektisch.

»Sorry! Ich hab's noch nicht geschafft, dich anzurufen. Ein Kollege ist krank, ich musste einspringen!«

»Kein Problem! Kannst du mir nur kurz erzählen, was

du heute Morgen angedeutet hast? Dass ihr Infos habt, was unser Skelett betrifft?«

»Viel ist es nicht, aber besser als nichts.« Frida hörte schnelle Schritte, Torben klang atemlos. »Nur ganz schnell! Ich habe vor zwei Tagen eine Rundmail an ein Kollegengremium geschickt. Ich habe nachgefragt, ob jemand weiß, ob in Deutschland in den Achtziger- oder Neunzigerjahren Implantate für eine Osteosynthese mit russischen Fabrikaten eingesetzt wurden.«

Fridas Herz begann schneller zu pumpen. »Und?«

»Ein Kollege aus Leipzig hat mich angerufen. Er sei nicht ganz sicher, aber er hatte mal von einem befreundeten Arztkollegen gehört, dass zu Ostzeiten in einem Haftkrankenhaus russisches OP-Material getestet worden sei.«

»In Leipzig?« Frida nickt Anja zu, die ihr gespannt zuhörte.

»Genau! In der DDR gab es damals nur zwei Haftkrankenhäuser. In Berlin und in Leipzig. Vielleicht wurden da Implantate aus russischen Beständen verwendet.«

»Kannst du mir den Kontakt zu deinem Kollegen in Leipzig herstellen?«

»Viel besser. Er versucht gerade, den Kollegen zu erreichen, der damals im HKH in Leipzig gearbeitet hat. Dann ruft er dich an, wenn er mehr weiß. Deine Nummer habe ich ihm gegeben.«

»Super, danke dir!«

Er senkte die Stimme. »Du, ich muss wieder rein. Wollen wir uns heute Abend sehen?«

Sie warf Anja einen Blick zu, die gerade selbst telefonierte und etwas ins Notizbuch schrieb. »Gerne!« Sie spürte, dass ihre Wangen glühten.

»Kommst du zu mir? Ich koche uns was.« Er flüsterte

beinahe. Sie sehnte sich so sehr nach Torben, dass ihr Körper schon beim Klang seiner Stimme auf ihn reagierte. Ihr Herz klopfte bis zum Hals.

»Na klar. Gegen acht?« Sie warf einen Blick auf Anja. Sie redete noch und beachtete sie nicht. Frida war erleichtert. Ihre aufgewühlte Verfassung wäre ihr vor ihrer Kollegin peinlich gewesen.

»Ich freu mich. Bis dann!« Torben legte auf.

»Alles klar, habe ich. Danke dir!« Anja beendete das Telefonat und legte ihr Smartphone in die Mittelkonsole. »Ich habe die Adresse von Jakob Rudloff. Ist nur ein paar Minuten von hier entfernt, auf St. Pauli.«

»Dann los. Schauen wir mal, ob Rudloff unser Avenger666 ist!«

Sie fanden die Adresse in einem Hinterhaus der Bernhard-Nocht-Straße. Vor der Tür standen ein paar verrostete Fahrräder, die an ein Metallgeländer angeschlossen waren. In einer Wohnung im zweiten Stock dröhnte laute Musik und beschallte durch ein geöffnetes Fenster den gesamten Hinterhof. Studentenbuden, dachte Frida. So hatte sie anfangs auch gewohnt, als sie mit der Polizeiausbildung begonnen hatte. Es schien eine Ewigkeit her zu sein, und plötzlich verspürte sie einen Anflug von Wehmut, als sie an die ersten Jahre hier auf St. Pauli dachte.

Anja blieb vor der schweren Haustür stehen und prüfte die Klingelschilder, die mehrfach überklebt waren. *Holtzer, Rudloff, Jost* stand in krakeliger Schrift auf einem Pappschild, das zum dritten Stock links gehörte. Sie klingelten nicht, da die Haustür nicht abgeschlossen war. Im Flur herrschte Zwielicht, und es roch nach feuchtem Keller. Auch hier standen Fahrräder an der Wand, die den typischen Graffiti-Schick von St.-Pauli-Treppenhäusern hatte.

Vor der linken Wohnung im dritten Stock standen ausgetretene Sneakers. In der Etage unter ihnen wummerte Deutsch-Rap durch die Wände. Dadurch war es unmöglich zu hören, ob in der Wohnung vor ihnen jemand sprach.

Anja sah Frida an, die nickte. Ihre Kollegin drückte den Klingelknopf. Der kreischende Ton durchbrach kurzzeitig die Bässe unter ihnen. Nichts passierte. Anja klingelte nochmals, die Tür wurde aufgerissen.

Ein blonder Mittzwanziger mit gestutztem Hipsterbart stand in Shorts und T-Shirt vor ihnen, als sei er gerade aus dem Bett gestiegen. »Ja?«

»Jakob Rudloff?«, fragte Frida.

»Wer will das wissen?« Der Blonde verschränkte die Arme und lehnte sich an die Tür.

»Paulsen und Schlüte, Kripo Itzehoe.« Sie hielten ihre Dienstausweise hoch.

Er zog eine seiner perfekt gezupften Augenbrauen nach oben. »Jakob ist nicht da.«

»Wie heißen Sie?«, fragte Anja und warf einen Blick in die Wohnung.

»Erik Holtzer. Ich bin ein Mitbewohner von Jakob.«

»Können wir kurz reinkommen?« Frida setzte ihr gewinnendes Lächeln auf. »Wir möchten mit Ihnen sprechen, aber nicht hier im Treppenhaus. Das müssen die Nachbarn nicht mitbekommen.«

»Kommen Sie rein!« Holtzer ging voraus und führte sie über den Flur, von dem drei Zimmertüren abgingen, in die Küche. Frida erkannte sofort den süßen Geruch von Hasch. Die Jungs hatten hier kürzlich Joints geraucht. Aber ein Blick zu Anja bestätigte ihr, dass sie heute beide Augen zudrücken würden, um an Informationen über Rudloff zu kommen. Das hatte Priorität.

Holtzer öffnete das Küchenfenster, um den Raum zu lüften. »Ist spät geworden gestern«, sagte er, lehnte sich an die Arbeitsplatte und ließ eine Folientüte in der Tasche verschwinden, deren Inhalt aussah wie getrocknete Küchenkräuter.

Frida stellte sich neben ihn. Er wich zurück und verschränkte die Arme. Ein Tattoo auf seinem Trizeps wurde sichtbar. Das Konterfei von Che Guevara.

»Wohnen Sie hier zu zweit?«, fragte Frida und sah sich um. In der Spüle stapelte sich schmutziges Geschirr, neben dem Kühlschrank stand ein Kasten mit leeren Astra-Flaschen. Aber sonst war die Küche erstaunlich aufgeräumt und sauber. Da hatte ihre Küche damals ganz anders ausgesehen. Die Zeiten änderten sich.

»Zu dritt! Jakob, Tibor und ich.«

Anja öffnete das Notizbuch. »Tibor und weiter …?«

Der Hipster ließ die Muskeln der Oberarme spielen. »Jost.«

»Ist er auch hier?«

»Nö, an der Uni. Er wollte zur Vorlesung, ich lieber auspennen.«

»Und Jakob?«

Der Mitbewohner kratzte seinen Bart. »Keine Ahnung! Der ist vorgestern nach Hause gekommen und hat seine Tasche gepackt. Hat gesagt, dass er paar Tage weg ist.«

Frida sah Anja an, die aufmerksam zuhörte. »Wo wollte er hin?«

»Hat er nicht gesagt. Und ich hab ihn nicht gefragt. Hier macht jeder sein Ding. Wir hocken nicht ständig aufeinander.«

Nur, wenn ihr zusammen kifft, dachte Frida, sparte sich jedoch die Bemerkung. »Hat er Angehörige in Hamburg?«

Holtzer dachte nach. »Ja, seine Mutter!« Er ging zur Pinnwand neben dem Kühlschrank und zeigte auf eine Telefonnummer. »Angela Rudloff. Sie wohnt in Altona.«

Frida zog ihr Smartphone aus der Tasche. »Darf ich?«

Der Student nickte.

Sie machte ein Foto der gesamten Pinnwand. Wer weiß, was für Infos sie davon noch brauchen konnten. »Hat er Geschwister?«

»Warum wollen Sie das alles wissen?«, erkundigte sich Holtzer und gähnte.

»Das dürfen wir Ihnen nicht sagen. Haben Sie eine Handynummer von Jakob?«

»Sein Handy ist aus, seit er weg ist.«

»Geben Sie sie mir trotzdem?« Anja hatte den Stift schon auf dem Blatt.

Er atmete genervt aus, zog sein Smartphone aus der Tasche und las die Telefonnummer vor. »War's das?«

»Können wir noch einen Blick in Jakobs Zimmer werfen?«, versuchte Frida ihr Glück.

»Nee, bestimmt nicht!« Das Lachen zeigte ein Jungengesicht, das durch den Bart erwachsen wirken sollte. »Oder haben Sie einen Durchsuchungsbefehl?«

Frida ging zum Küchentisch und fummelte den Rest eines Joints aus dem Aschenbecher. Sie hielt ihn hoch und roch daran.

»Okay, okay! Aber nur einen kurzen Blick von der Tür aus.«

Rudloffs Zimmer war spartanisch eingerichtet. Bett, Kleiderschrank, Schreibtisch und drei Umzugskartons an der Wand, neben der zwei Hanteln lagen. Alles war akribisch aufgeräumt, das Bett gemacht. Auf dem Schreibtisch stand ein gerahmtes Bild. Ein Junge mit einem großen Karpfen auf dem Arm, daneben ein Mann mit einer Angel. Sie lachten in die Kamera.

»Ist das Jakob mit seinem Vater?«, fragte Frida und zeigte auf das Foto.

»Kann schon sein! Er hat seinen Alten vergöttert.« Holtzer lehnte hinter ihnen an der Wand. »Seit er tot ist, ist Jacky nicht mehr derselbe. Er hat sein Studium geschmissen, hängt nachts nur noch vor dem Laptop, redet kaum noch.«

»Sagt Ihnen der Name Jochen Kirsten etwas?«

»Na klar! Das ist der Baulöwe, der Jackys Vater auf dem Gewissen hat. Der ist vom Baukran gestürzt, weil der nicht richtig gewartet war. Dafür hat Kirsten kein Geld ausgegeben, meinte Jacky.«

»Wissen Sie, ob er Kirsten gedroht hat?«

Der Student drückte sich um eine Antwort, das konnte Frida sehen. »Kann sein, er war halt wütend auf den. Kann man ja auch verstehen. Wenn der für die Sicherheit seiner Leute gesorgt hätte, würde sein Vater noch leben.«

»Wissen Sie, ob Jakob bei Videocam Filme hochgeladen hat?«

Er zögerte. »Nee, glaube ich nicht.«

»Sagt Ihnen der Nickname Avenger666 etwas?«

Er wich Fridas Blick aus. »Nee, wer soll das sein?«

Holtzer log. Das war offensichtlich. Aber das würden sie auch ohne ihn herausfinden.

»Danke erst mal, wir melden uns, wenn wir noch Fragen haben.« Sie gingen zur Tür. »Und …« Frida drehte sich zu dem Studenten um, der die Hand in der Hosentasche hatte, wo er die Haschtüte hatte verschwinden lassen. »Das war mehr als nur ein Tütchen für den Eigenbedarf. Beim nächsten Mal nehmen wir Sie mit auf die Wache wegen Verstoßes gegen das Betäubungsmittelgesetz.« Sie stellte sich so nah vor ihn, dass sie seinen Alkohol- und Kiffer-Atem riechen konnte. Offenbar war er wirklich gerade erst aufgestanden. »Ist das angekommen?«

Holtzer konnte ihr nicht in die Augen sehen, als er nickte. »Klar!«

»Und wenn Jakob sich bei Ihnen meldet oder wieder nach Hause kommt, rufen Sie mich an!« Sie steckte ihre Visitenkarte in den Rahmen eines Bildes, das neben der Tür hing. Darauf winkte der junge Fidel Castro seinen Anhängern zu. War das heute wieder hip, den alten Revolutionsführern zu huldigen? Oder hatten die Jungs in dieser WG linksextremistische Ambitionen? Sie dachte an die blutigen Krawalle zum G-20-Gipfel 2017, als Gewalttäter der linksextremistischen Szene das Schanzenviertel in ein Schlachtfeld verwandelt hatten. Frida sah Holtzer an, der weder aggressiv noch politisch aktiv wirkte, und tendierte zur ersten Option. Ein Hipster wie er war sicher kein Anhänger der linken Szene, der Abgesandte des »Polizeistaates« ohne Durchsuchungsanordnung gar nicht erst in die Wohnung gelassen hätte. Bei Rudloff war sie sich da nicht sicher. War er ein Gewalttäter oder riss er nur das Maul auf, um seine Trauer zu bewältigen?

Als sie die Treppe nach unten liefen, war Anja schon am Telefon, um mit Wahler zu telefonieren, der gerade mit dem ermittelnden Staatsanwalt zusammensaß. Rudloff hatte zwei Tage Vorsprung, konnte schon längst im Ausland untergetaucht sein. Vielleicht wusste seine Mutter, wohin er verreist war.

»Blumthal sagt, wir haben nicht genug für einen Haftbefehl«, sagte Anja. Ihre Zuversicht war verschwunden. »Und noch etwas. Wahler hat mir gerade gesagt, dass die beiden

Fälle getrennt werden. Wir sollen noch Rudloffs Mutter vernehmen, weil wir in der Nähe sind. Ab morgen sind wir zwei und Bjarne nur noch für das Skelett zuständig.«

Das Skelett war der Restposten, das war Frida klar. Genau das stachelte sie an, bei diesem Altfall schnellstens Resultate zu erzielen. Leipzig, dachte sie. Das war die erste heiße Spur seit Tagen. War das Opfer aus der ehemaligen DDR gekommen? Oder der Täter? Oder hatte dieser ihnen einen Köder hingeworfen, den sie gerade bereitwillig schluckten?

## Geschlossener Jugendwerkhof, Torgau, 28. April 1988

»Jugendlicher Werner zu mir!« Die Stimme war höher und leiser als die der anderen Erzieher.

Dennoch nahm er sich in Acht, denn der Mann hatte kalte Augen.

»Nehmen Sie Haltung an!«

Er stellte sich in Grundstellung, ohne dem Mann ins Gesicht zu sehen.

»Ich bin Herr Heidrich, der Leiter dieser Einrichtung.«

Er schwieg.

Heidrich verschränkte die Hände hinter dem Rücken. »Ich und meine Kollegen werden Ihnen dabei helfen, ein vollwertiges Mitglied unserer sozialistischen Gesellschaft zu werden. Haben Sie das verstanden?«

»Ja«, rief er laut.

Die Stimme wurde noch höher. »Jawohl, Herr Heidrich heißt das!«

»JAWOHL, HERR HEIDRICH!«

»Sie haben sich jederzeit mit Ihrem Namen, Ihrem Stammjugendwerkhof und dem Grund der Einweisung hier in Torgau zu melden. Los, Meldung!«

»Jawohl, Herr Heidrich! Jugendlicher Werner, Stammjugendwerkhof Hummelshain, wegen Flucht in Torgau.«

»Wegen Flucht nach Torgau verlegt!«, verbesserte der Direktor.

»Jawohl, Herr Heidrich! Jugendlicher Werner, Stammjugendwerkhof Hummelshain, wegen Flucht nach Torgau verlegt!«

»Mitkommen!« Der Mann ging voraus auf den Hof und zur Sturmbahn. »Liegestütze!«

Schon stand er im Liegestütz und drückte immer wieder die Arme durch. Er begann zu japsen. Das lasche Marmeladenbrot vom Morgen lieferte nur wenig Energie. Als er kaum noch die Arme hochdrücken konnte, befahl der Leiter des Jugendwerkhofes Strecksprünge und Kniebeugen.

Seine Kräfte ließen mit jeder Bewegung nach, aber er sprang hoch und beugte die Knie. Wieder und wieder, er keuchte vor Anstrengung. Als er kaum noch die Knie durchdrücken konnte, schien Heidrich genug zu haben.

Fehlanzeige.

»Jetzt an die Sturmbahn!«, befahl der Direktor.

Er schleppte sich zur Bahn und lief los. Bald hatte er kleine Steinchen vom Schotter in den Schuhen, die in seine Fußsohlen schnitten. Winzige Nadelstiche bei jedem Schritt. Mühsam überwand er die Wand und rannte weiter. Er konnte kaum noch atmen, aber er setzte einen Fuß vor den anderen. Bald spürte er die Schmerzen im Schuh nicht mehr, lief wie automatisiert. Seine Lungen rasselten, er glaubte, ersticken zu müssen. Auf der nächsten Runde verließen ihn seine Kräfte. Er hing wie ein schwerer Sack an der Wand, fiel in den Dreck, japste nach Luft, hustete.

Es war nicht Heidrich, der plötzlich neben ihm stand, sondern der Erzieher, der ihm am ersten Tag in Torgau den Finger in den After geschoben hatte. »Werner, aufstehen! Weiterlaufen!«

Er versuchte, sich aufzurichten, aber seine Beine versagten.

»Hoch mit Ihnen, Werner!« Der Erzieher hob beide Arme und ließ etwas auf seine Schulter niedersausen.

Er schrie auf. Ein mörderischer Schmerz fuhr durch seinen Körper, ihm wurde schwarz vor Augen. Er versuchte, sich aufzurichten. Brach wieder zusammen.

»AUFSTEHEN, WERNER!« Der Erzieher hielt den Schlagstock drohend in der Hand. In seiner Miene stand kein Mitleid.

# Kapitel 15

Haverkorn vertiefte sich in die Ausführungen der Liste, die er soeben von Peter Luers erhalten hatte. Hier waren alle Namen von Sportbootführern, die in der Sommersaison einen der Liegeplätze des Hafens gemietet hatten, zusammengefasst. Morgen erwartete er zwei Diensthundeführer mit ihren Tieren. Diese sollten die Boote am Hafen beziehungsweise auf den Grundstücken der Eigner, wenn sie diese schon aus dem Wasser gezogen hatten, auf DNA-Spuren von Jochen Kirsten untersuchen.

Es klopfte an der Tür, der Vorsitzende des Sportbootsvereins ließ vor der Tür die Hosenträger knallen. »Auch einen Kaffee?«, fragte er, kam jedoch nicht herein. Es war mit ihm vereinbart worden, dass dieser Raum ausschließlich von Haverkorns Leuten betreten werden durfte.

»Gerne!«

»Wie trinkst du ihn?«

»Mit Milch!« Haverkorn trat an den Kopierer, den sie mittlerweile hier aufgebaut hatten und kopierte die Namens- und Adressliste. Er musste diese gleich abtelefonieren, da sie ohne richterlichen Beschluss die Boote und Grundstücke nicht betreten durften. Sisyphusarbeit, wie so oft. Es war wichtig, den Kollegen von der Diensthundestaffel am nächsten Tag einen reibungslosen Ablauf zu garantieren.

Frida und Anja waren noch in Hamburg unterwegs. Sobald sie hier eintrafen, würden sie sich zusammensetzen und besprechen, wie sie bei den weiteren Ermittlungen im Fall des Skeletts vorgehen würden.

Er schaute auf, und sein Blick blieb auf dem kleinen Stück Wasser hängen, das er von hier aus durch das Fenster sehen konnte. Schon den ganzen Tag hatte er Bilder von dem betrunkenen Arno Veltins im Kopf. Er war mit Frida aus dem Haus gegangen, bevor Arno und Henni aufgestanden waren, hatte ihnen aus dem Weg gehen wollen.

Sollte er Henni von der letzten Nacht erzählen? Er hatte Veltins zugesagt, es nicht zu tun. Aber wie groß war dessen Einfluss auf seine Tochter? Er hatte sie erlebt gestern Abend. War sie dabei, sich in ihren alten Freund zu verlieben? Wenn ja, was dann? Durfte er als Vater in Hennis Leben reinquatschen?

»Kommst du?«

Luers riss ihn aus seinen Gedanken. Er legte die Kopien auf den Tisch, ging aus dem Büro und schloss die Tür hinter sich. In der Mannschaftsküche standen zwei Kaffeebecher. Luers verteilte Kuchen auf zwei Teller. »Der weltbeste Apfelkuchen … von meiner Frau.« Er tätschelte seine Wampe. »Da sind mindestens schon hundert Stück drin.«

Haverkorn nahm den Teller und lachte. »Na dann, her damit!« Er ließ sich von Luers mit dem neuesten Klatsch versorgen. Als Vereinsvorsitzender schien er seine Ohren und Augen überall zu haben.

»Wir werden am Samstag für Claas Dürmann eine Gedenkstunde hier am Hafen ausrichten.« Luers rührte nachdenklich in der Tasse. »Er war einer der letzten Elbfischer hier, eine Institution.«

»Wir kommen!«, entschied Haverkorn und band Frida in seine Entscheidung ein, da er davon ausging, dass sie ihn begleiten würde.

»Claas hat hier abends mal bei mir im Büro gestanden«, erzählte Luers weiter. »Er war tief verzweifelt und hat mich gefragt, ob ich ihm ein Boot leihen könnte.« Er konnte Haverkorn nicht ansehen. »Ich hatte keins, was er für den gewerblichen Fischfang benutzen konnte. Hätte ich gewusst, dass an seinem Boot schon der Kuckuck klebte, hätte ich alle Hebel in Bewegung gesetzt.«

»Es ist nicht deine Schuld«, sagte Haverkorn. »Es war seine eigene Entscheidung, ins Wasser zu gehen. Er hatte aufgegeben. Da hätte auch ein Leihboot nichts geändert, glaub mir. Der Fischfang ist schon seit Jahren rückläufig.«

Peter Luers stellte den Teller weg. »Denkst du, er hat Kirsten was angetan?«

Haverkorn antwortete nicht. Diese Frage hatte er sich selbst immer wieder gestellt. Dürmann war kleiner und schwächer gewesen als Jochen Kirsten, aber er wusste aus Erfahrung, dass starke Emotionen wie Hass, Wut, Enttäuschung und auch Liebe Kräfte bei Menschen mobilisierten, die niemand für möglich gehalten hätte. Hatten Dürmann und Kirsten sich zufällig getroffen? Waren sie in Streit geraten? Hatte Kirsten den alten Fischer beleidigt, und war diesem eine Sicherung durchgebrannt, sodass er Kirsten irgendwo im Freien den Kopf unter Wasser gedrückt hatte? Dagegen sprach, wie kaltblütig der Täter Kirstens Leiche nach Füürsand transportiert und dort vor dem Leuchtturm eingegraben hatte. Das war riskant und geplant gewesen, definitiv keine Tat im Affekt.

»Schon klar, du darfst nichts sagen«, riss Luers ihn aus seinen Gedanken.

»Wir stecken mitten in den Ermittlungen.« Haverkorn sah, dass Luers mit diesem Satz zufrieden war, drehte sich mit dem leeren Teller zur Spüle und wusch ihn ab.

Es klopfte am Türrahmen. »Störe ich?« Trautmann Peters stand in der Tür.

»Komm rein, alter Vogelflüsterer. Willst du einen Kaffee?«, fragte Luers.

»Gerne beim nächsten Mal. Ich würde Sie gern sprechen!« Er sah Haverkorn an, der sich die Hände abtrocknete.

»Natürlich!«

Luers klopfte dem Vogelkundler kumpelhaft auf die Schulter, als er die Küche verließ. Peters reagierte nicht darauf, stand reglos in der Tür.

»Gehen wir rüber!« Haverkorn lotste ihn ins Büro, wo er seinem Gast einen Stuhl anbot.

»Danke!« Peters setzte sich ihm gegenüber und sah sich neugierig um. Das Whiteboard mit den Ermittlungsnotizen hatte Haverkorn wohlweislich zur Wand gedreht.

»Was kann ich für Sie tun?«, fragte er.

»Ist Frau Paulsen auch da?«, fragte der Ornithologe, statt ihm zu antworten.

»Sie ist unterwegs.« Haverkorn lehnte sich zurück. »Worum geht's?«

»In der letzten Nacht habe ich in der Hütte auf Bargsand übernachtet. Ich bin im Dunkeln noch mal über die Insel gelaufen, um eine Waldohreule zu beobachten, die auf der Insel ihren Überwinterungsplatz sucht.« Er zögerte, sah Haverkorn an.

»Ja?«

»In der Mitte der Insel ist die Ruine einer alten Kneipe.«

»Davon habe ich gehört.«

»Dort war jemand mit einer Taschenlampe zugange.«

Jetzt wurde es interessant. »In der Ruine?«

»Ja.«

»Was hat derjenige da gemacht?«

Peters massierte seine Hände, schien unschlüssig. »So genau konnte ich das nicht sehen. Ich habe die Person offenbar gestört, denn sie ist zügig rüber zum Strand gelaufen und mit einem Motorboot weggefahren.«

»Mann oder Frau?«

»Der Größe nach zu urteilen eher ein Mann, aber wer weiß das schon genau.« Sein Gegenüber zuckte die Schultern.

Haverkorn überlegte, ob das interessant für den Fall sein könnte. »Haben Sie sich die Ruine heute Morgen noch mal angesehen?«

»Das wollte ich Ihnen überlassen.« Ein schiefes Lächeln. »Nicht dass ich noch wegen Behinderung der Ermittlungen belangt werde.«

Haverkorn nickte nachdenklich, sagte jedoch nichts. Vielleicht war es ganz gut, dass der Ornithologe gekommen war. Er sah auf die Liste, die vor ihm lag. Diese würde ihn noch einige Stunden hier im Büro festhalten. »Meine Kollegin müsste bald zurück sein. Sie kann Sie begleiten. Haben Sie Ihr Boot hier?«

Trautmann Peters nickte. »Liegt gleich da drüben am Pier.« Er zeigte aus dem Fenster.

»Haben Sie hier im Ort noch etwas zu erledigen, oder soll ich Peter Luers bitten, meine Kollegin zu Ihnen rüberzubringen?«

Peters wehrte ab. »Nicht nötig! Ich will eh noch ein paar Einkäufe machen und neue Gasflaschen besorgen. Rufen Sie mich einfach an, wenn Frau Paulsen wieder hier ist. Ich hole sie ab.«

†

Die Wohnung in Altona war so grau wie die Frau, die vor ihnen im Sessel saß. Angela Rudloff war noch immer gezeichnet von der Trauer um ihren Mann. Ihre dunkle Kleidung war zerknittert. Die Sorgenfalte auf ihrer Stirn würde sich nie wieder glätten, weil der Unfall ihr nicht nur den Mann genommen hatte, sondern auch ihr Sohn durch den Tod seines Vaters von Hass zerfressen war.

»Der Tod von Martin hat Jakob völlig aus der Bahn geworfen. Sein Vater war sein Held«, sagte die Frau, deren Haare mehr graue als brünette Strähnen aufwiesen. »Sie standen sich sehr nah. Da fühlte ich mich als Mutter schon mal außen vor.« Ihr Lächeln war traurig, als sei es nur eine Erinnerung und keine wahre Gefühlsregung. »Nach dem Schmerz kam die Wut. Erst hat er in der Wohnung Dinge herumgeworfen, dann draußen randaliert und auch fremdes Eigentum zerstört.« Angela Rudloffs Blick verlor sich, als sie aus dem Fenster blickte.

»Ist Jakob gegen Sie handgreiflich geworden?«, wollte Frida wissen.

»Nein! Um Gottes willen, nein!« Die Vehemenz ihrer Zurückweisung schürte Zweifel bei Frida. Die Frau konnte ihr nicht in die Augen sehen. Zu oft hatte sie damals, als sie in Hamburg Streife gelaufen war, Frauen getroffen, die Hämatome im Gesicht oder an den Armen hatten, jedoch felsenfest behaupteten, sich gestoßen zu haben. Häusliche Gewalt gegen Frauen nahm immer mehr zu. Hatte Jakob Rudloff die Wut an seiner Mutter ausgelassen?

»Nimmt Ihr Sohn Drogen?«, fragte Anja plötzlich, die wieder das Notizbuch auf den Knien hatte.

»Nein! Natürlich nicht. Das hätte ich sicherlich bemerkt.« Sie verschränkte die Arme.

Frida sah Anja an, ihr Blick sagte alles. Wahrscheinlich wollte die Mutter nicht bemerken, was ihr Sohn trieb.

»Wo ist Jakob jetzt? Wir müssen dringend mit ihm sprechen.«

Angela Rudloffs Abwehrhaltung versteifte sich. »Er ist verreist, zu einem Freund.«

»Wie heißt der Freund, und wo wohnt er?«

»Mein Sohn ist erwachsen. Er muss mir gegenüber nicht mehr Rechenschaft ablegen.«

»Sie wissen also nicht, wo sich Ihr Sohn gerade aufhält?«

Jakob Rudloffs Mutter verzog die Lippen, was ihrem Gesicht einen gelangweilten Ausdruck verlieh. »Vielleicht bei einem Studienfreund in Hamburg.«

Frida hatte das Gefühl, dass die Frau mehr wusste, als sie zugab. Eine Mutter wollte ihren Sohn beschützen, was verständlich war. Wie konnte Frida ihr Vertrauen gewinnen? Sie sah sich im Wohnzimmer um. Auf einem Sideboard standen viele Bilderrahmen mit Familienfotos. Ein Porträtfoto von Jakob, einem dunkelhaarigen jungen Mann mit einem Grübchen im Kinn, der sie an den jungen Ricky Martin erinnerte. Auf den meisten von ihnen waren nur Vater und Sohn zu sehen. Sie lachten in die Kamera, sonnengebräunt und glücklich, und strahlten eine innige Verbindung aus. Auch Martin Rudloff war sehr attraktiv gewesen, im Gegensatz zu seiner Frau, die auch vor dem Tod ihres Mannes eine graue und wenig auffällige Erscheinung gewesen war. Wenn Angela Rudloff mit auf dem Foto war, wirkte sie beinahe wie ein Fremdkörper. Jakobs Arm lag immer um den Vater, nie um die Mutter. Zwischen ihm und seiner Mutter schien es weder Vertrautheit noch Nähe zu geben.

Eines der Bilder erregte Fridas Aufmerksamkeit. Sie stand auf und trat näher. Vater und Sohn standen vor einer

Gartenhütte und hielten einen riesigen Aal in die Kamera. »Wo ist das hier?«, fragte sie und zeigte darauf.

Das Gesicht der Frau verlor die letzte Farbe. Sie sah Frida an, als sei sie ertappt worden »Die Anglerhütte«, flüsterte sie, nestelte an einer Falte ihrer Hose. »Die beiden haben da so viel Zeit verbracht. Letzten Sommer waren sie beinahe jedes Wochenende draußen, bevor Martin …«

Frida wollte die Wunde nicht weiter aufreißen. Aber sie musste diese Frage stellen. »Wo ist diese Hütte, Frau Rudloff? Könnte sich Jakob dort aufhalten?«

Schweigen.

Sie hockte sich vor Jakobs Mutter. »Wenn wir ihn in die Fahndung geben, wird es sehr unangenehm für Sie beide, das ist Ihnen doch klar, oder?«

Fridas Appell zeigte nach einiger Zeit des Schweigens Wirkung. »Die Hütte steht an einem Nebenarm der Elbe.«

Frida warf Anja einen Blick zu. »Geht es genauer?«

Innerlich wehrte sich die Witwe, die Informationen preiszugeben, das war offensichtlich. Aber sie schien eingesehen zu haben, dass sie es schlimmer machte, wenn sie ihren Sohn weiterhin schützte. »Der Ort heißt Klevendeich.«

Frida durchzuckte es. Sie kannte dieses Dorf. Es lag nur wenige Kilometer von Deichgraben entfernt. Dann hatte Jakob Rudloff einen Bezug zur Binnenelbe und zu den Inseln, kannte sich in der Gegend bestens aus. Sie hatten endlich eine heiße Spur.

»Der Vater meines Mannes lebt dort, in seinem Garten steht die ehemalige Anglerhütte von Martin.« Frau Rudloff stand auf, zum Zeichen, dass die Polizistinnen sie nun allein lassen sollten. »Jakob ist bei seinem Großvater.«

†

Hinnerk Rudloff lebte in der Nähe des Deiches hinter der Klevendeicher Drehbrücke. Das Häuschen erinnerte Haverkorn an seine eigene Reetdachkate. Es war ein flaches Backsteingemäuer, an dem Buschrosen neben kleinen Fenstern mit Fensterkreuzen wucherten. Die Haustür war wie die seiner Kate grün-weiß gestrichen, was typisch für diesen Landstrich war. Lediglich das Reetdach schien hier irgendwann durch Schindeln ersetzt worden zu sein. Es war heutzutage eine Kostenfrage für die Hauseigentümer, ob sie sich eine Reetbedachung leisten konnten, deren Erhaltung Unsummen verschlang. Hinnerk Rudloff hatte sich wohl irgendwann für die kostengünstigere Variante entschieden.

Fridas Anruf hatte Haverkorn nun doch veranlasst, sich von der Liste der Bootseigentümer loszureißen. Da es zu lange dauern würde, bis Frida von Hamburg wieder in der Marsch war, hatte er es übernommen, Jakob Rudloff bei seinem Großvater zu suchen. Haverkorn hatte Klaus Behrens angerufen, der in der näheren Umgebung noch immer Befragungen durchführte, und war mit ihm nach Klevendeich gefahren. Er hatte einen Moment überlegt, Blumthal anzurufen, um mit ihm über einen Haftbefehl zu reden, hatte dies aber sofort verworfen. Dafür war ihre Spurenlage viel zu dünn. Er wusste, dass der Staatsanwalt mit den wenigen Informationen und Mutmaßungen über Jakob Rudloff keinen Haftrichter aufsuchen würde. Also setzte er alle Hoffnung darauf, dass Rudloff mit ihnen kooperieren würde, sollte er sich wirklich hier befinden.

Haverkorn hatte seine Dienstwaffe mitgenommen, die er unter seinem Mantel im Holster trug. Er wollte keine Überraschungen erleben, wenn sie es tatsächlich mit einem gewaltbereiten Mann zu tun hatten.

Klaus folgte ihm über den schmalen Kiesweg zum Haus.

Der Garten zog sich vom Haus bis zur Pinnau, einem Marschengewässer, das in die Elbe mündete. Dort stand sicherlich auch die Anglerhütte von Martin Rudloff, von der Frida ihm berichtet hatte.

Der Kriminalhauptkommissar klingelte, und sofort begann ein Hund zu bellen. Der Tonhöhe nach eher Sofa- als Kettenhund. Die Tür wurde geöffnet, und ein weißhaariger Mann mit Schiffermütze stand im Eingang. Der Rauhaardackel, der neben ihm auftauchte, reagierte auf ein kurzes »Fredo, Platz!« und verstummte.

»Moin, Herr Rudloff!«, grüßte Haverkorn und hob seinen Dienstausweis hoch. »Bjarne Haverkorn und Klaus Behrens, Kriminalpolizei Itzehoe.«

Der Mann nickte, als habe er sie erwartet. »Na, denn kommen Sie mal rein!« Er schob die Tür auf und führte sie in die Wohnstube, wo der Dackel sich sofort auf die Hundedecke legte. »Sie wollen wahrscheinlich zu Jakob«, eröffnete er das Gespräch und blieb mitten im Raum stehen.

Haverkorn sah sich verstohlen um. Der Raum wirkte altmodisch, aber gemütlich. Eine abgesessene Couch mit maritimem Bezug, blau-weiß gestreift, davor ein niedriger Nussbaumtisch. Gerahmte Bilder mit Booten und Fischen an den Wänden.

Klaus Behrens bewegte sein Kinn in Richtung des Esstisches, auf dem ein Laptop mit dem Aufkleber von St. Pauli stand, der nicht in diese Einrichtung passte. Die Wanduhr in der Ecke taktete das kurze Schweigen.

»Ist er hier?«, fragte Haverkorn, obwohl er die Antwort kannte. Ohne seinen Laptop wäre Jakob sicherlich nicht abgereist.

»Drüben in der Hütte. Er spult eine neue Angelschnur auf.«

Haverkorn dachte nach, ob sie zuerst mit dem Großvater sprechen sollten. Aber es konnte heikel werden, wenn der Enkel mitbekam, dass Polizei im Haus war. »Können Sie uns zu ihm bringen?«

Hinnerk Rudloff kratzte sich unter der Mütze an der Stirn. »Ich wusste, dass es irgendwann so weit kommt«, schüttete er sein Herz aus. »Der Junge redet ja nicht viel, aber er hat sich verändert seit Martins Tod.« Er stockte. »Sie wissen davon?«

Haverkorn nickte, ließ ihn weiterreden, behielt jedoch das Fenster im Blick, das in den Garten führte.

»Früher war er ein fröhlicher Junge. Martin und Jakob sind durch dick und dünn gegangen. Sie waren am Wochenende oft hier draußen, sind mit dem Boot raus auf die Elbe oder haben gleich hinter der Hütte die Angeln ausgeworfen. Abends haben wir den Fang gegrillt.« Er atmete schwer, schien in Gedanken in der Vergangenheit festzuhängen, während die Wanduhr die Sekunden zählte. »Dann geschah das Unglück, das uns alle gezeichnet hat. Aber Jakob hat der Tod seines Vaters am schwersten getroffen. Er wurde einsilbig, dann kam niemand mehr an ihn heran. Er hörte nur noch diese Brüll-Musik, blieb nachts ewig auf, schlief den halben Tag und fing an, mich anzupöbeln und Sachen herumzuwerfen.« Seine Hände formten eine entschuldigende Geste. »Ich war machtlos und habe ihn irgendwann aufgefordert zu gehen.«

»Wann war das?«

»Das ist ewig her.« Er schluckte. »Jakob blieb weg und ging auch nicht ans Telefon. Erst kürzlich ist er wieder bei mir aufgetaucht. Mir war klar, dass in Hamburg etwas vorgefallen sein muss, weshalb er sich hier einquartiert hat.«

»Wir müssen mit ihm reden. Wo ist die Anglerhütte?«

Der alte Mann führte sie zu einer Hintertür, entriegelte sie. »Gehen Sie einfach bis zum Ende des Weges.« Er drehte sich um und ließ sie in der Diele stehen. Haverkorn fiel erst jetzt auf, wie gebeugt er sich bewegte, als läge eine schwere Last auf seinen Schultern, die ihn niederdrückte.

Die Hütte war ein Gartenhaus aus Holz. Hinter den Fenstern hingen Fischernetze anstelle von Gardinen. Haverkorn klopfte an und trat ein. Auf dem Tisch lagen mehrere Angeln, Spulen und Blinker. Daneben stand eine geöffnete Flasche Bier. In der Ecke war eine Klappliege, auf der ein Rucksack lag. Sonst war die Hütte leer.

»Bjarne!« Klaus zeigte aus dem Fenster, das zur Pinnau zeigte. Dort hatte er offenbar eine Bewegung bemerkt. Haverkorn folgte seinem Blick und sah den Mann, der soeben ein Boot bestieg. Schon liefen sie hinaus, um Jakob Rudloff davon abzubringen, mit dem Boot zu flüchten. Zu spät. Als sie am Wasser waren, hatte der Student den Bordmotor angeworfen und setzte sich ans Heck.

»Stopp!«, rief Haverkorn. »Kommen Sie zurück!«

Rudloff sah sie an und machte lachend ein Victory-Zeichen mit der Hand. Dann zog er das Gas hoch. Das Boot schoss davon.

»Scheiße!«, fluchte Klaus Behrens. »Wenn er es auf die Elbe schafft, ist er weg.«

Haverkorn hatte schon das Handy am Ohr, um die Kollegen der Wasserschutzpolizei anzufordern, die Rudloff bei der Einfahrt in die Elbe stoppen sollten. Aber Thomsen und seine Männer waren gut zwanzig Minuten entfernt. Das dauerte zu lange. Da war Jakob Rudloff längst in dem unübersichtlichen Gebiet verschwunden. Haverkorn bat Thomsen, nach dem Flüchtigen zu suchen. Er gab ihm eine

Beschreibung des jungen Mannes und des Bootes. Vielleicht hatten sie Glück und erwischten ihn.

»Lass uns noch mal mit dem Großvater reden.« Er folgte Klaus Behrens zurück zum Haus. Regen setzte ein, und sie waren froh, ins Trockene zu kommen. Immerhin hatten sie noch einen Joker, den sie ausspielen konnten. Seinen Laptop, der auf dem Tisch im Wohnzimmer stand, würde Jakob Rudloff sicherlich wiederhaben wollen.

# Kapitel 16

Frida und Trautmann Peters legten mit dem NAVE-Boot an der nordwestlichen Spitze von Bargsand an, in der Nähe der ornithologischen Station, nur wenige Meter von der Stelle entfernt, wo Claas Dürmann ins Wasser gegangen war. Trautmann Peters bot ihr einen Kaffee an, aber sie wollte zuerst Haverkorns Auftrag ausführen und das Areal der ehemaligen Kneipe absuchen. Ihr Kollege hatte ihr von Jakob Rudloffs Flucht erzählt und dass sie zunächst abwarten mussten, ob die Wasserschutzpolizei ihn aufspüren konnte. Frida glaubte nicht daran. Jetzt, da der Student wusste, dass die Polizei ihn suchte, würde er irgendwo untertauchen. Ohne Haftbefehl hatten sie keine Chance, ihn in die Fahndung zu geben. Die Chance war vertan.

Frida folgte Peters durch den Wald zur Inselmitte. Mit seinem leicht hinkenden Gang legte er dennoch ein Tempo vor, dem sie nur mit Mühe folgen konnte. Sie hatte die Kapuze ihres Hoodies über den Kopf gezogen. Warum regnete es ständig, wenn sie hier auf Bargsand war? Das Trommeln der Tropfen auf dem Blätterdach der Bäume war wie ein Sound, den diese Insel für sie anzustimmen schien. Sie würde gern mit Torben noch einmal herkommen und einen privaten Streifzug durch dieses einsame Biotop machen, vielleicht im Frühjahr, wenn hier alles anfing zu blühen.

»Da drüben ist es!« Trautmann Peters war stehen geblieben und wies auf eine leichte Erhöhung, auf der sich die gesuchte Gebäuderuine im Dickicht versteckte. Zwei Außenmauern standen noch, der Rest war von Büschen, Farn und Efeu überwuchert.

»Wie kann ein Haus in zwanzig Jahren so verfallen?«, fragte Frida, als sie vor den Überresten der Inselkneipe stehen geblieben waren.

»Da hat die alte Besitzerin nachgeholfen. Als die Insel zum Naturschutzgebiet erklärt wurde und ihr das Ordnungsamt die Schankerlaubnis entzogen hat, zündete sie das Haus an. Sie wollte nicht, dass ihr ärgster Feind, die NAVE, hier einzieht.«

»Konsequent war sie ja, die alte Zieherin.«

»Sind Sie mal bei ihr eingekehrt?«, fragte Peters und warf ihr einen verstohlenen Blick zu.

»Nein, als ich hier weg bin, war ich gerade mal dreizehn. Ich bin letztes Jahr erst wieder zurück in die Marsch gekommen und hängen geblieben.«

»Ich bin auch erst hergezogen, als die Kneipe schon geschlossen war. Schade eigentlich.« Die Krähenfüße an seinen Augen wurden tiefer, als er lachte. »Ich hätte hier gern mal ein Bier nach Feierabend mit Ihnen getrunken.«

Frida ging nicht auf den Flirtversuch des Ornithologen ein, den sie als sympathisch und nicht übergriffig empfand. »Hatte der Brand der Kneipe was mit dem Feuer in der Nähe des Zeltplatzes zu tun?«

Peters strich die Segel und zwinkerte die Verlegenheit weg. »Nein, das war viel später. Da gab es die Kneipe schon einige Jahre nicht mehr.«

Frida sah sich um, nahm den Spirit dieses vergangenen Treffpunkts auf. Wie viele junge Menschen waren hier ein- und ausgegangen? Welche zwischenmenschlichen Beziehungen hatten hier begonnen?

Peters entfernte sich von ihr, schritt das Areal der Ruine ab, die Augen auf den Boden gerichtet. Sie glaubte nicht, dass sie hier etwas finden würden. Was sollte der Unbekannte am letzten Abend an diesem Ort gesucht haben? Hier war nichts außer Bäumen, Gebüsch und Steinen. Und einer Menge alter Erinnerungen, die mit jedem Jahr mehr in Vergessenheit gerieten.

Etwas bewegte sich zwischen den Bäumen. Fridas Blick huschte hinüber, konnte nichts erkennen. Ihr Herz begann zu pumpen. Sie stand ganz still da, horchte, entspannte sich, als alles ruhig blieb.

Plötzlich begann ein Film in ihrem Kopf zu laufen. Sie sah die Lichter der Kneipe, hörte Jugendliche lachen, die aus der Tür schwankten. Sie mussten durch den Wald zum Strand laufen, wo der Zeltplatz lag. Eine Kabbelei begann. Dann plötzlich änderte sich die Stimmung. Die Worte wurden roher. Jemand wurde geschubst, stürzte zu Boden. Pfiffe gellten, die Meute wollte Blut sehen. Der Junge am Boden rappelte sich auf und lief los, die anderen hinterher. Die Meute hetzte ihn wie ein Wildtier durch den Wald. Frida konnte seine Angst spüren und die Jagdlust der Verfolger, die der Alkohol enthemmte. Der Gejagte erkämpfte sich einen Vorsprung, kauerte sich hinter einen Baum, versuchte, sich kleinzumachen und zu Atem zu kommen. Hörte sie näher kommen. Und lief wieder los. Er lief um sein Leben, doch am Strand kam er nicht weiter …

War es so gewesen? Hatte der Streit nach einem Kneipenbesuch in einer Nacht vor dreißig Jahren tödlich geendet?

»Da vorn ist was«, holte Peters sie aus ihren Gedanken.

Sie folgte ihm zu einer der Wände, die noch aus dem Dickicht ragte. Er wies auf eine Stelle im Boden. Das Laub war dort weggekratzt und Erde ausgehoben und wieder hineingeworfen worden. Die Grube schien frisch zu sein, es hatte sich noch kein Regenwasser darin gesammelt.

Sie sah Peters an. »Was hat er hier gesucht?«

»Wenn ich das wüsste! Wahrscheinlich habe ich ihn dabei gestört. Sonst wäre die Stelle wieder mit Laub bedeckt worden.«

Frida hockte sich hin, begann im Erdreich zu wühlen, hob den Boden mit den Händen heraus und warf ihn zur Seite. Ihre Finger berührten einen harten Gegenstand. Sie sah hoch zu Peters. »Hier ist was.« Sie grub weiter, bekam eine Kante zu fassen. »Helfen Sie mir mal?«

Der Ornithologe kniete sich neben sie. Gemeinsam wuchteten sie eine Plastikbox aus dem Boden. Frida wischte den Rest Erde ab, öffnete die Verschlüsse und klappte den Deckel hoch. Sie brauchte einen Moment, bis sie erkannte, was sie gefunden hatte.

†

Das Prasseln der Regentropfen auf der Scheibe vermischte sich mit dem klirrenden Geräusch des Löffels am Tassenrand. Seelenruhig rührte Klaus Behrens den Zucker in den Kaffee, den Hinnerk Rudloff ihnen vorgesetzt hatte. Der Großvater hatte ihnen den Laptop von Jakob ausgehändigt. Ihm schien klar zu sein, dass sein Enkel sich stellen musste, wenn er Schlimmeres verhindern wollte.

»Es ist bis heute nicht erwiesen, wie es zu dem Unfall kam.« Der Weißhaarige hatte die Schiffermütze abgesetzt und an einen Haken in der Diele gehängt. Haverkorn hatte mehr wissen wollen über den Unfall auf Kirstens Baustelle, bei dem Jakobs Vater tödlich verletzt wurde. »Martin hat nicht getrunken, das ist völliger Unsinn. Aber so hat es Jochen Kirsten hingestellt. Als sei mein Sohn angetrunken vom Baukran gestürzt.«

»Was ist dran an den Vorwürfen von Jakob, dass die Sicherheitsmaßnahmen auf Kirstens Baustelle zu wünschen übrig ließen?«

Hinnerk Rudloff wiegte seinen Kopf, als suche er selbst seit damals eine Antwort darauf. »Keiner weiß das. Diese Baukräne hat doch der TÜV überprüft und abgenommen. Ich glaube nicht, dass es Sicherheitslücken gab, dann wäre Jochen Kirsten sicherlich zur Verantwortung gezogen worden. Eine Untersuchung hat es ja gegeben.«

»Was denken Sie, was passiert ist?«, fragte Haverkorn, dem die ruhige und besonnene Art seines Gastgebers gefiel. Er trauerte auf andere Weise als sein Enkel. Hinnerk Rudloff hatte offenbar im Lauf seines Lebens erfahren, dass Hass und Wut schlechte Ratgeber waren.

»Es wird ein Unfall gewesen sein. Vielleicht war Martin unachtsam oder gestresst, vielleicht in Gedanken längst woanders. Wir werden es wohl nie erfahren. Und selbst wenn, würde es meinen Sohn nicht mehr lebendig machen.«

Der Regen hatte nachgelassen. Die Wanduhr tickte und gab den Rhythmus in diesem Haus vor. Der Dackel schnarchte auf seiner Hundedecke.

»Wo könnte Jakob unterkommen?«, hakte Haverkorn nach. »Kennen Sie seine Freunde?«

Der Großvater des Gesuchten nahm sich Zeit für seine Antwort. »Ich glaube nicht, dass Jakob enge Freunde hat. Dafür war er einfach zu sprunghaft. Aber er hatte ein Mädchen, das war mal hier und hat nach ihm gefragt.«

»Wissen Sie noch, wie sie hieß?«

Er seufzte leise. »Lassen Sie mir einen Moment Zeit. Meine grauen Zellen arbeiten in letzter Zeit nicht mehr so richtig.« Er stand auf und trat ans Fenster, von wo aus er auf die Straße blickte, als könne er sie dort stehen sehen. »Sie war bildschön! Hätte die Tochter von Sophia Loren sein können.« Ein leichtes Kopfschütteln. »Ein Hund saß in ihrem Wagen, ein brauner Labrador.« Er hob seine Stimme. »Lea! Die Hündin hieß Lea!« Er drehte sich zu ihnen um. »Und das Mädchen Linda. Wie Linda Evans. Mögen Sie den Denver Clan, Herr Haverkorn?«

†

»Was ist das?«, fragte Peters und schien nicht zu wissen, warum Frida plötzlich so angespannt war. »Klamotten? Wer vergräbt so was hier im Wald?«

Frida fummelte Einweghandschuhe aus ihrer Tasche, zog sie über und durchsuchte vorsichtig den Inhalt der Kiste. Darin lagen eine stonewashed Jeans mit passender Jeansjacke, ein Gürtel, blaue Knöchelturnschuhe zum Schnüren mit einem weißen Kunststoffpunkt auf der Schuhseite, Marke Germina, ein ehemals weißes T-Shirt mit Gelbstich und großen rostbraunen Flecken, die wie getrocknetes Blut aussahen. Als Frida die Hosentaschen untersuchte, zog sie eine schwere silberne Kette heraus, der eine dicke Schicht Patina anhaftete und deren Verschluss kaputt war, als habe man diese jemandem vom Hals gerissen.

Bekleidung im typischen Neunzigerjahre-Schick und Turnschuhe, die sie in Reportagen über die DDR gesehen hatte.

Ihr Atem beschleunigte vor Aufregung. Sie tastete die Jacke ab. Eine Innentasche war ausgebeult, sie zog ein Portemonnaie aus Kunstleder heraus, darin lag altes Geld. Mehrere D-Mark-Scheine und Kleingeld: Markstücke, ein Fünfmarkstück und Pfennigmünzen. Sie öffnete eine Seitentasche, sah den kunststofflaminierten Personalausweis, den es in Deutschland bis 2010 gegeben hatte. Ihr Herz pumpte vor Aufregung. Sie zog den Ausweis heraus, versuchte etwas darauf zu erkennen. Aber unter den Bäumen war es zu dunkel.

Trautmann Peters nestelte eine kleine Taschenlampe aus der Jackentasche und gab sie Frida.

»Was haben Sie sonst noch dabei? OP-Besteck?«, fragte sie dankbar und schaltete sie an.

Ein Lachen in seinem bärtigen Gesicht. »Alles, was man hier draußen braucht. Messer, Feuerzeug, Taschenlampe. Und meistens auch das Fernglas.«

Frida richtete das Licht der Lampe auf den Ausweis. Sie überflog die groß gedruckten Daten.

*JÄHNIG*
*HOLGER*
*03.08.73*
*DRESDEN*
*DEUTSCH*
*12.11.1991*

Ihr Herz pumpte. Unglaublich! Warum lagen diese Sachen hier im Wald? Und wer hatte sie neben der Kneipe vergraben? Der Täter? War er letzte Nacht wieder hier gewesen? Oder hatte er die Kiste erst gestern im Boden versenkt? Sie riss sich zusammen. Peters sollte als Außenstehender nicht wissen, wie wichtig dieser Fund für ihre Ermittlungen war. Sie stand auf und klopfte sich die Erde von den Knien, gab sich gelassen. »Wir lassen alles so liegen«, sagte sie. »Hier muss die Spurensicherung ran.«

»Was ist denn los?« Der Ornithologe nahm ihr die Taschenlampe ab, steckte sie ein.

»Kann ich nicht sagen. Vielleicht ist das alles völlig unbedeutend«, wiegelte sie ab. »Aber es ist gut, dass Sie uns Bescheid gegeben haben.«

»Hat der Fund was mit dem Toten vom Strand zu tun?«

Peters stellte zu viele Fragen. »Das kann ich Ihnen nicht beantworten. Aber bitte, versuchen Sie sich zu erinnern, wie die Person aussah, die Sie gestern Abend beobachtet haben.«

Bedauern auf seinem Gesicht. »Ich habe den wirklich nicht gesehen, es war einfach zu dunkel.« Er starrte hinüber in den Wald. »Da rüber ist er gelaufen, als ich kam. Er bewegte sich so schnell durch den Wald, als würde er sich hier auskennen. Mehr weiß ich nicht, tut mir leid!«

»Und das Boot?«

»Ich habe es nur wegfahren gehört. Ein Außenbordmotor, schätzungsweise fünf bis sechs PS. So ein Ding kann quasi jeder steuern.«

Frida zog die Handschuhe von den Fingern, knüllte sie zusammen und steckte sie ein. Sie atmete tief durch, um ihren rasenden Puls zu beruhigen. Dann ging sie ein paar Meter in den Wald und rief Haverkorn an. »Bjarne, du wirst es nicht glauben!« Sie erzählte ihm aufgeregt, was sie entdeckt hatte.

»Mach ein paar Fotos und schick sie mir! Ich informiere Wahler und Lüttje. Bleib dort, bis die KTU da ist.« Seine Stimme klang angespannt. »Und schick Peters nach Hause!«

»Okay!« Ihr schien eine Last von den Schultern genommen. »Bjarne, wahrscheinlich wissen wir jetzt, wer der Tote am Strand war.«

Sie spürte, dass er lächelte. »Präg dir diesen Moment gut ein! Er nennt sich ›Durchbruch in den Ermittlungen‹.«

## Kapitel 17

So schön der Hamburger Stadtteil Eimsbüttel mit seinen Villenvierteln und gediegenen Altbauten, Grünflächen, Kneipen und seiner ansehnlichen Stadtteilkultur war, so nervtötend war die Parkplatzsuche am Abend. Frida drehte ein paar Runden in der Umgebung von Torbens Wohnung am Eimsbütteler Park, aber kurz vor neun war hier alles dicht. Schließlich parkte sie mit einem Rad auf einem Sandhaufen, der neben einer Baustelle abgekippt, aber nicht abgesperrt worden war. Morgen musste sie ohnehin sehr früh los und würde den Bauarbeitern nur noch ihre Reifenprofile hinterlassen.

Sie war müde, hungrig und völlig verdreckt. Ihre Jeans würde sie sofort bei Torben in die Waschmaschine stecken. Zum Glück hatte sie bei ihm ein paar Wechselklamotten deponiert. Vielleicht konnte sie mit ihm ein Bad nehmen. Dazu ein Glas Wein, Musik von Zaz und endlich wieder Zweisamkeit und Sex.

Es war immer noch komisch, seine Wohnung zu betreten, ohne vorher zu klingeln. Aber Torben bestand darauf, dass sie sich bei ihm wie zu Hause fühlte. Sie schloss die Tür, legte den Schlüssel ab und hielt in der Bewegung inne.

Die dunkle Stimme von Jessica Gall wehte ihr aus dem Wohnzimmer entgegen. Aber nicht die Musik verwirrte Frida, sondern das Gelächter, was diese übertönte. Torbens Lachen, dann das einer Frau.

Frida blieb stehen, zog ihr Smartphone aus der Tasche, aber Torben hatte auf ihre Nachricht, dass sie sich verspätete, nicht geantwortet. Nein, er hatte sie noch nicht einmal gelesen. Wer saß dort in seinem Wohnzimmer? Das Lachen wurde lauter, perlte warm und sinnlich über den Dielenboden zu ihr an die Tür. Es war ein vertrautes Lachen, wie es Menschen nur teilten, wenn sie sich nahestanden.

Sollte sie einfach wieder gehen? Niemand hatte bemerkt, dass sie gekommen war. Sie würgte ihren Ärger herunter. Schwachsinnig, ja gerade kindisch, sich davonzustehlen.

Aber wollte sie wirklich so verschwitzt, nass und dreckig ins Wohnzimmer gehen? Sie straffte die Schultern und fuhr sich mit den Fingern durch die Haare. Ganz sicher musste sie sich nicht dafür entschuldigen, wie sie nach einem Tag im Wald aussah.

Jessica Gall sang von brechenden Wellen, als Frida mit dem Handknöchel an den Türrahmen klopfte. Torben und eine blonde Frau saßen auf der Couch und beugten sich über ein Buch, in dem sie blätterte. Er hatte seinen Arm auf ihrem Rücken liegen. Sie kugelten sich vor Lachen.

Eifersucht schnitt wie ein scharfes Messerblatt in ihre Eingeweide. Frida wich zurück, aber Torben hatte sie gesehen. Sie rannte zur Tür, wo ihre Schuhe lagen. Tränen schossen in ihre Augen, sie wischte sie weg, bevor er sie sehen konnte. Sie versuchte, einen Schuh anzuziehen, als er bei ihr war.

»Wo willst du hin?« Er griff nach ihrem Arm, sie schüttelte ihn wütend ab. Am liebsten hätte sie den Schuh in den hohen Spiegel neben ihr geworfen, damit der Schmerz in ihrem Inneren sich endlich neutralisierte. Die Tränen kamen, und sie hörte selbst, dass ihre Tonlage verrutschte, als sie ihn anblaffte. »Hier störe ich ja wohl!«

Torben setzte seinen verletzlichen Welpenblick auf. Seine Augen schienen die Härte ihrer Worte nicht zu verstehen. »Warum denn?«

Frida konnte nichts mehr sagen. Sie wollte nur noch weg und ihm nicht offen ins Gesicht flennen. Aber dieser verdammte Schuh wollte einfach nicht an ihren Fuß!

»Was ist denn los?« Sanft zog er ihren Oberkörper hoch.

Sie ließ es geschehen, konnte ihm nicht in die Augen sehen. Tränen und Rotz liefen über ihr Gesicht, sie wischte sie mit dem Ärmel ihrer Jacke weg. Die Bewegung, die sie mit dem Augenwinkel registrierte, ließ sie erstarren. Die fremde Frau stand plötzlich in der Tür, und Frida bekam keine Luft mehr. »Lass ... mich los«, flüsterte sie.

Er lockerte seinen Griff nicht. »Das ist Anni, meine kleine Schwester!«

Zeitverzögert kam das letzte Wort bei Frida an. *Schwester*. Wie ein Schwall eiskalten Wassers spülte es den Schmerz weg, tauschte diesen aus mit der Scham, die hochkam, weil sie Torben so eine Szene machte. Sie fand keine Worte, sich zu erklären. Ihre Tränen machten sich selbstständig.

»Sie wollte mich heute Abend überraschen! Von ihr kam auch der Anruf, als du bei mir im Büro warst.«

Frida stockte. »Aber der Anruf war von einer Florence!«, erwiderte sie eine Spur zu scharf.

Er lachte, als habe er diesen Einwand erwartet. »Das stimmt, aber Anni ist ein glühender Bauhaus-Fan, vor allem von Florence Henri, der Fotografin. So nenne ich sie meistens und habe sie unter *Florence* abgespeichert.« Er zog Frida an sich und ließ sie weinen, bis sie sich beruhigt hatte. Dann gab er ihr einen Kuss auf die Stirn und ging zurück zum Wohnzimmer zu seiner Schwester. »Wir warten auf dich. Nimm dir Zeit. Du hattest einen langen Tag.«

Frida verschwand im Bad, duschte lange und spülte Dreck und Scham in den Abfluss. Sie putzte sich die Zähne, zog frische Klamotten an und ging in die Küche, wo sie die Reste des Abendessens aus dem Topf kratzte. Torben hatte Steinpilz-Risotto gekocht. Für sie, nicht für seine Schwester. Wie hatte sie überhaupt denken können, dass er sie hinterging? Vor allem an einem Abend, an dem sie ihm ihr Kommen angekündigt hatte?

Wie hatten ihr so die Sicherungen durchbrennen können?

Sie stützte sich auf die Arbeitsplatte und atmete tief durch. Sich jetzt zu den beiden zu gesellen, war eine große Herausforderung. Sie schämte sich für ihren Auftritt im Flur. Frida nahm sich ein Weinglas aus dem Schrank und ging ins Wohnzimmer.

Anni stand auf. Sie hatte ein warmes Lachen und begrüßte Frida, als hätte es diese peinliche Szene im Flur nicht gegeben.

»Es tut mir furchtbar leid! Ich hatte einen langen Tag. Mir sind irgendwie die Nerven durchgegangen.«

»Du musst dich doch nicht entschuldigen! Jedem brennen mal die Sicherungen durch. Vergessen wir's!« Anni winkte ab. »Ich habe schon so viel von dir gehört. Ich habe meinen Bruder noch nie so verliebt erlebt.«

Frida blieben die Worte im Hals stecken. Sie sah Torben an, der seine Verlegenheit weglachte.

»Entschuldige, dass ich so spontan an eurem Abend hereingeschneit bin«, redete Anni weiter. »Komm, setz dich zu uns. Wir sehen uns gerade alte Fotos an.«

Frida war in das Schwelgen in gemeinsamen Erinnerungen geplatzt. Deshalb hatten die beiden so vertraut beieinandergesessen. Sie hatten über Familienfotos gelacht.

Sie fühlte sich noch schlechter, goss sich Wein ein und trank zwei große Schlucke. Der Alkohol tat ihr gut. Ihre Beklemmung löste sich auf, als Torben sie neben sich auf die Couch zog, wo sie zu dritt das Fotoalbum noch einmal durchblätterten. Frida entdeckte ein Foto von Torben, der sie als Vorschulkind in riesigen Gummistiefeln und mit Zahnlücke angrinste. Zu dritt bogen sie sich vor Lachen. Endlich war der Bann gebrochen.

Frida verpasste Haverkorns Anruf, der ihr auf die Mailbox sprach, dass Jakob Rudloff sich am Abend in Begleitung seines Großvaters in der BKI gestellt hatte.

†

Jakob und Hinnerk Rudloff saßen bereits im Besprechungsraum, als Haverkorn ankam. Er begrüßte sie und legte den Mantel ab. Rudloff senior drückte seine Hand einen Moment länger als gewöhnlich. Er schien damit sagen zu wollen, dass er froh war, dass Haverkorn die Befragung führte. Oder auch, dass er erleichtert war, dass sein Enkel sich endlich entschieden hatte, mit der Polizei zu kooperieren.

Der Kriminalhauptkommissar brachte Wasser und Gläser zum Tisch, stellte das kleine Diktiergerät in die Mitte und schaltete es ein. Dennoch legte er zusätzlich sein Notizbuch auf den Tisch. Das machte den Eindruck, dass alles, was hier gesagt wurde, einen offiziellen Charakter hatte. Es war nicht so schwierig, bei einer Befragung in diesem Raum zu lügen, aber diese Lügen dokumentieren zu lassen, diese Courage hatten die wenigsten.

Haverkorn belehrte Jakob Rudloff als Zeugen und fragte seine persönlichen Daten ab, die der Befragte stockend zu Protokoll gab.

Haverkorn lehnte sich zurück und sah den jungen Mann an. Er war sehr attraktiv, groß und schlank. Er hatte kurze Haare und trug einen Dreitagebart. Der Student war nervlich sehr angespannt, was an seinem ganzen Körper abzulesen war. Er knetete seine Hände, die auf dem Tisch lagen. Das Bein wippte nervös. Sein Großvater legte ihm irgendwann die Hand auf den Oberschenkel. Das Bein stand still, dann begann es wieder, sich zu bewegen.

»Wie war Ihr Verhältnis zu Jochen Kirsten?«, fiel Haverkorn direkt mit der Tür ins Haus. Warum lange um den heißen Brei herumreden?

Ein Schnaufen, das Bein wippte schneller. »Dieses Arschloch hat meinen Vater auf dem Gewissen. Wie soll schon mein Verhältnis zu dem sein?«, rotzte Jakob hin.

»Sie haben ihm Briefe geschrieben.« Haverkorn formulierte es nicht als Frage.

»Na und? Ist das verboten?«

»Das nicht, aber ihm mit dem Tod zu drohen, schon!«

»Mann! Ich wollte, dass Kirsten Angst bekommt. Aber ich wollte ihm doch nichts antun. Echt nicht! Bin ich ein Mörder?«

»Sagen *Sie* es mir!« Haverkorn glaubte nicht mehr daran. Seine Intuition hatte ihn nur selten getrogen. Und er wurde den Verdacht nicht los, dass Rudloff eine weitere Sackgasse ihrer Ermittlungen war. Ein Strohhalm, nach dem sie bereitwillig gegriffen hatten.

»Nein! Ich wollte ihn mit Worten fertigmachen, mehr nicht.«

Haverkorn sah ihn an, erwiderte jedoch nichts. Er wusste, dass sein Schweigen den Studenten verunsichern würde. Nicht selten trug das dazu bei, einem Zeugen ein paar wichtige Informationen zu entlocken.

Die kurze Pause machte Jakob Rudloff sichtlich zu schaffen. Sein Großvater legte ihm erneut die Hand auf den Oberschenkel. Kurzzeitig saß der junge Mann ruhig da. »Ich habe nichts mit Kirstens Tod zu tun!«

Haverkorn glaubte ihm tatsächlich. »Sind Sie Jochen Kirsten je persönlich begegnet?«, fragte er weiter und lehnte sich zurück. Den Stift behielt er in der Hand.

»Nö! An den kam doch keiner ran, der nicht irgendwo eine Jacht liegen hat.«

Das klang nach Kirsten. Er war kein Mann des Volkes gewesen, so viel stand fest.

»Wo waren Sie am Montagabend, das heißt am 18. Oktober?«

»Montagabend?« Jakobs Blick ging zur Decke. »Bei meiner Freundin.«

»Wie heißt Ihre Freundin?«

Ein kurzes Zögern, ein Blick zu seinem Großvater, dann nannte der Student den Namen. »Linda Kirsten.«

»Aber ihrem Vater sind Sie nie begegnet?«, hakte Haverkorn nach.

»Linda wollte das nicht. Ihr Vater hat sie gedrängt, dass sie so einen Schnösel der Sylter Society datet. Er hätte keinen armen Studi von ihrer Uni akzeptiert.«

Vor allem nicht den Mann, der ihn bedroht hatte, dachte Haverkorn. »Sie haben Linda an der Universität kennengelernt? War das ein Zufall?«

Der Student verschränkte die Arme. »Ich habe es darauf angelegt, Linda kennenzulernen, als ich erfahren habe, dass sie Kirstens Tochter ist.«

Immerhin war er ehrlich. Haverkorn warf Hinnerk Rudloff einen Blick zu. Dieser schien genauso überrascht zu sein wie er selbst. »Warum wollten Sie das?«

»Keine Ahnung, Mann!« Er beugte sich nach vorn und warf die Unterarme auf den Tisch. »Weil ich Kirsten auch Schmerz zufügen wollte. Ich dachte, wenn ich seinem kleinen Liebling das Herz breche …«

»Aber es kam ganz anders, oder?« Haverkorn sah ihm direkt in die Augen.

Rudloff schaute weg, sein Gesicht wirkte plötzlich weicher. Beinahe verletzlich. »Sie ist nicht wie er. Sie ist klug, empathisch und einfach …« Er knetete auf dem Tisch seine Hände. »Sie ist das tollste Mädchen, das ich je getroffen habe.« Er sah Haverkorn in die Augen. »Wegen ihr habe ich mit diesem ganzen Mist auch aufgehört. Ich meine die Drohbriefe und die Filme.«

Haverkorn konnte ein Zucken seiner Lippen nicht unterdrücken. »Sie haben sich in sie verliebt?«

Schweigen. Betreten sah er auf den Tisch, nickte. »Mit ihr zusammen zu sein war mir wichtiger, als es ihrem Vater heimzuzahlen.«

Haverkorn atmete durch. »Kann Linda Kirsten bezeugen, dass Sie am Abend des achtzehnten Oktobers mit ihr zusammen waren?« Wenn sie das tat, war Jakob Rudloff aus dem Schneider. Er glaubte ihm auch ohne dieses Alibi, aber für Wahler und das Team war es besser, wenn er eines hatte. Ausgerechnet von der Tochter des Opfers. Das war Haverkorn in seiner Laufbahn auch noch nicht passiert.

»Ich habe viel Scheiße gebaut in den letzten Monaten, das weiß ich. Und ich werde alles tun, damit ich Linda nicht verliere.«

»Das beantwortet nicht meine Frage.«

»Fragen Sie sie doch einfach. Ich war den ganzen Abend bei Linda. Sie hat mich in dieses völlig überteuerte Loft ihres Vaters eingeladen, weil der verabredet war. Das wird sie ihnen auch bestätigen.«

»War der Hund da?«

»Lea, ja klar!«

Haverkorn glaubte dem Studenten, würde aber das Alibi überprüfen müssen.

»Aber bitte …«, Jakob Rudloff sah ihn an, »… erzählen Sie ihr nicht von den Briefen und den Filmen. Sie würde mich dafür hassen.«

Das Team war vollständig im Konferenzraum der Mordkommission anwesend, nur Frida fehlte noch. Sie steckte auf der Autobahn im Stau, würde aber jeden Moment hier sein. Haverkorn hatte Wahler über ihren Anruf informiert und blickte auf die Notizen, die er sich für die Morgenbesprechung gemacht hatte.

Nick Wahler sah auf seine Uhr und stand auf, um mit der Besprechung zu beginnen, als die Tür geöffnet wurde und Frida sich mit einem stummen »Sorry« auf den Lippen den letzten freien Stuhl schnappte. Wahler tippte auf seine Armbanduhr. Frida nickte zerknirscht. Sie wusste, dass ihr Chef es hasste, wenn sich jemand verspätete. Er würde ihr sicher später noch eine Standpauke halten.

»Gut, jetzt sind wir ja vollzählig«, sagte der Leiter der Mordkommission. »Fangen wir an, es gibt eine Menge zu besprechen.« Wahler suchte in ein paar losen Ausdrucken, die vor ihm lagen, den richtigen heraus.

Er blickte auf, sah in die gespannten Gesichter. »Wer es noch nicht vom Flurfunk erfahren hat: Jakob Rudloff hat sich gestern bei uns gestellt. Bjarne hat die Befragung geführt, bitte!« Wahler übergab ihm das Wort und setzte sich.

Haverkorn blickte in die Runde. »Kurz gesagt, Rudloff

bestreitet alle Anschuldigungen, die wir gegen ihn erheben. Er gab jedoch zu, Jochen Kirsten angefeindet und in Briefen wie auch Videoaufnahmen bedroht zu haben. Aber er habe ihn lediglich einschüchtern wollen, weil er ihn dafür verantwortlich macht, dass sein Vater auf einer Baustelle in den Tod gestürzt ist. Er habe nie daran gedacht, seine Drohungen in die Tat umzusetzen.«

»Das kaufen wir ihm doch nicht ab, oder?«, rief Klaus dazwischen.

Haverkorn ließ sich nicht aus der Ruhe bringen. »Sein Alibi habe ich bereits überprüft. Die Zeugin ist Linda Kirsten. Sie sagt, Jakob Rudloff war den ganzen Abend mit ihr zusammen.«

Ein zögerliches Murmeln erhob sich zwischen den Ermittlern, Haverkorn sah ihre unzufriedenen Gesichter. Er wusste, dass dies ein erneuter Rückschlag war. Aber damit mussten sie umgehen können.

Wahler hob die Hände. Die Gespräche verstummten. »Nächster Punkt! Ich hatte gestern eine längere Unterredung mit Staatsanwalt Blumthal.« Kurzes Zwischenatmen. »Wir haben uns entschieden, die beiden Fälle erst einmal zu trennen.«

Das war die nächste schlechte Nachricht für das Team. »Und wenn wir es mit einem einzigen Täter zu tun haben?«, warf Klaus ärgerlich ein, auch wenn er wusste, dass Wahler es nicht ausstehen konnte, wenn jemand dazwischenredete.

»Bisher deutet nichts darauf hin. Vielmehr sieht es so aus, als ob wir es bei Kirstens Tod mit einem Trittbrettfahrer zu tun haben, der uns verwirren will, weil er die Fesselungsmethode übernommen hat.« Er spulte Blumthals Argumente für die Trennung ab, die bei einem Teil des Teams auf taube Ohren stießen. Ihre Gesichter sprachen Bände, aber Wahler hatte eine Entscheidung getroffen, die nicht zu diskutieren war. Eine Häuptlingsentscheidung, die Indianer wurden nur informiert. »Wir teilen das Team auf. Bjarne, Anja und Frida bleiben am Skelett von Bargsand dran, der Rest übernimmt den Fall Kirsten.« Er nahm sein Smartphone, überprüfte etwas und tippte aufs Display. Der Drucker in der Ecke sprang an. »Ihr habt schon von der Kiste gehört, die Frida gestern auf Bargsand nahe der ehemaligen Kneipe entdeckt hat. Die Spusi hat eine Nachtschicht eingelegt, und ich habe soeben von Lüttje den Spurenbericht bekommen.« Er ging zum Drucker, nahm zwei Seiten heraus und begann, sie zu lesen. Auf dem Weg zu seinem Platz blieb er stehen, sah auf und blickte ungläubig in die Runde. Nochmals las er, schien es plötzlich eilig zu haben und drückte Haverkorn die beiden Blätter in die Hand. »Mach du hier weiter! Ich muss mit dem Staatsanwalt telefonieren.« Wahler verließ den Konferenzraum. Was hatte ihren Chef dermaßen aus der Bahn geworfen, dass er seine eigene Besprechung platzen ließ?

Haverkorn überflog den Bericht. Darin waren die in der Kiste gefundenen Dinge aufgelistet. Sie waren auf Haare, Fasern, Fingerspuren und DNA untersucht worden. Die genetische Auswertung lief noch, das dauerte immer am längsten. Die Blutflecke auf dem T-Shirt waren analysiert worden. Im Ergebnis waren zwei Blutgruppen aufgeführt, AB positiv und 0 negativ. War es das, was Wahler so in Aufruhr versetzt hatte? Dass sie vielleicht Blut vom Opfer und vom Täter hatten? Nein, sicher nicht. Haverkorn las weiter.

Die KTU hatte mehrere Fingerabdrücke auf dem Gürtel gefunden. Ebenfalls von zwei verschiedenen Personen. Dem Fingerabdruckidentifizierungsprogramm AFIS war nur eine davon bekannt. Haverkorns Puls begann zu rasen. Er las den Namen und das Geburtsdatum, blickte auf. Las ihn nochmals, musste sich überzeugen, dass er wirklich auf dem Papier stand. »Die Spusi hat Fingerabdrücke auf dem Gürtel gesichert. Der unbekannte Fingerprint ist höchstwahrscheinlich vom Opfer, dem auch die Klamotten gehörten, Holger Jähnig. Der Zweite stammt …«, er rüstete sich innerlich, »… von Jochen Kirsten.«

Ein Donnerschlag, dem ein kurzes Schweigen folgte. Dann quatschten alle durcheinander. Die Blätter wurden ihm aus den Fingern gezogen. Köpfe beugten sich darüber.

Haverkorn hob eine Hand. »Konzentriert euch bitte!« Es kehrte wieder Ruhe ein. »Wer hat den Obduktionsbericht von Kirsten?«

Ricarda meldete sich, begann bereits darin zu blättern, fand die gesuchte Information. »Kirstens Blutgruppe war 0 negativ!«

»Dann könnte auch Blut von ihm auf dem gefundenen T-Shirt anhaften. Selbst wenn die DNA-Analyse uns erst zu hundert Prozent Gewissheit bringen wird, haben wir endlich die Verbindung, nach der wir so lange gesucht haben«, sagte Haverkorn. »Beide Opfer kannten sich! Jetzt müssen wir nur noch herausfinden, woher.«

## Kapitel 18

»Ich habe die Verbindung!« Anja kam ins Büro und legte einen Ausdruck auf Haverkorns Schreibtisch. Frida rollte auf ihrem Bürostuhl um den Tisch, damit sie mitlesen konnte.

»Wie konnten wir das die ganze Zeit übersehen?« Anjas Stimme klang aufgeregt.

Frida sah, dass ihre Kollegin eine Kopie des Personalausweises von Jochen Kirsten mitgebracht hatte. »Was ist damit?«, fragte sie, weil sie nicht dahinterstieg, was Anja meinte. Diese Kopie hatten sie alle viele Male in der Hand gehabt.

Auch Haverkorn schien nicht zu wissen, worauf Anja anspielte. Er lehnte sich abwartend zurück.

»Kirsten wurde laut Ausweis 1972 in Heidenau geboren«, führte die Kollegin aus. Sie rahmte den Geburtsort mit einem Bleistift ein.

Frida nickte. Worauf wollte sie hinaus?

»Aber nicht in Heidenau hier im Norden in Niedersachsen, wie wir bisher angenommen haben, sondern in Heidenau in Sachsen!« Anja zog einen Ausdruck unter dem anderen hervor, auf dem sie Daten vom Einwohnermeldeamt ausgedruckt hatte. »Mir ist die fremde Postleitzahl aufgefallen: 01809. Da hat es bei mir klick gemacht.«

»Scheiße!«, fluchte Frida leise. »Kirsten ist auch in Ostdeutschland geboren?«

Haverkorns Miene hellte sich auf. »Wo liegt dieses Heidenau?«

»In der Nähe von Dresden, Richtung Pirna, Sächsische Schweiz.« Anja blätterte weiter, und nun blickten sie auf den Ausdruck einer sächsischen Landkarte. »Kirsten stammte aus Heidenau.« Sie tippte auf den Ort in der Sächsischen Schweiz. »Jähnig aus Dresden. Luftlinie dreizehn Kilometer. Die Orte liegen nur etwa zwanzig Autominuten auseinander. Sie könnten sich von früher gekannt haben. Da müssen wir ihre Verbindung suchen.«

»Sehr gut!« Haverkorn stand auf und trat ans Fenster. »Wenn Holger Jähnig in den Achtziger- oder Neunzigerjahren aus Dresden verschwunden ist, muss es eine Vermisstenakte geben.« Er drehte sich zu den beiden Frauen um. »Ich stelle ein Amtshilfeersuchen bei der Sächsischen Polizei in Dresden. Na ja, vielleicht geht es auch auf dem kurzen Dienstweg. Ich rufe gleich mal an. Ich habe mal einen Dresdner Kollegen auf einer Fortbildung kennengelernt. Möglicherweise gibt es auch noch Verwandte, die uns etwas über die Umstände von Jähnigs Verschwinden erzählen können.«

Anja schob die Ausdrucke zusammen. »Auch Kirsten könnte noch Verwandte in Heidenau haben. Wir müssen rausfinden, wo sich diese beiden getroffen haben. Sie sind quasi ein Jahrgang. Jähnig wurde im August ’73 geboren, Kirsten im Oktober ’72. Das riecht geradezu nach einer gemeinsamen Vergangenheit!«

Frida tippte auf ihrer Tastatur herum und druckte eine Namensliste aus. »Es gibt ein paar Kirstens im sächsischen Heidenau. Die telefoniere ich schon mal ab. Vielleicht ist Verwandtschaft dabei.«

»Sicher weiß auch Kirstens Tochter, ob im Osten noch

Großeltern et cetera wohnen«, gab Haverkorn zu bedenken.

»Linda Kirsten übernehme ich!«, sagte Anja. »Sind wir durch?«

»Ich denke schon!« Haverkorn sah fragend Frida an, sie nickte.

Anja ließ ihre Ausdrucke auf dem Schreibtisch liegen und ging zurück in ihr Büro.

»Wie konnten wir das übersehen?«, fragte Haverkorn. »Eine schnöde Ortsdoppelung, und wir checken das nicht. Das ist ein Anfängerfehler.«

»Fehler passieren«, sagte Frida und griff nach dem Smartphone, das auf ihrem Tisch vibrierte. Auf dem Display wurde eine Festnetznummer angezeigt. Die Vorwahl kannte sie nicht. »Paulsen!«

»Hallo, Dr. Schurich hier.«

»Ja?«

»Ein Kollege hat mir Ihre Nummer gegeben.«

Der fremde Dialekt des Anrufers ließ bei Frida den Groschen fallen. Das war der Kontakt, der über Torbens Rundfrage in einem Ärztegremium entstanden war. Sie griff nach ihrem Stift.

»Er hat mir eine Anfrage aus dem Rechtsmedizinischen Institut in Hamburg weitergeleitet. Er sagte, Sie brauchen eine Information, ob zu Ostzeiten im Haftkrankenhaus in Leipzig russische Implantate für Osteosynthesen verwendet wurden.«

»Ja, genau! Das ist sehr wichtig in einer Mordermittlung, Dr. Schurich.«

»Ich war damals als junger Assistenzarzt im HKH. Daher weiß ich, dass 1990 tatsächlich einigen Häftlingen Implantate aus der damaligen Sowjetunion eingesetzt wurden.

Diese waren kurz vor der Wende durch eine sozialistische Kooperation mit der UdSSR eingeführt worden und sollten erst einmal an Haftinsassen getestet werden. Aber im selben Jahr ist dieses Programm dann meines Wissens wieder gestoppt worden, weil nach der Wende Implantate aus Deutschland und der Schweiz verfügbar waren.«

»Gibt es irgendwo eine Liste der Häftlinge, denen diese russischen Implantate damals eingesetzt wurden?«

Er atmete nachdenklich in den Hörer. »Vielleicht schon. So genau kann ich Ihnen das nicht sagen. Da müssten Sie mit den Strafvollzugsbehörden in Leipzig Kontakt aufnehmen. Ich bin ja schon viele Jahre weg aus Leipzig.«

»Okay, das mache ich. Vielen Dank, Dr. Schurich! Ich notiere mir Ihre Nummer.« Sie kritzelte die Festnetznummer auf ihre Schreibtischunterlage. »Wenn ich noch Fragen habe, melde ich mich wieder bei Ihnen.«

»Sehr gerne! Ich freue mich, wenn ich helfen konnte! Auf Wiederhören!« Er legte auf.

Frida berichtete Haverkorn, was sie erfahren hatte. »Wir müssen rausfinden, ob Holger Jähnig 1990 im Haftkrankenhaus in Leipzig einsaß. Vielleicht hat auch Kirsten eine Zeit im Knast gesessen, und sie kennen sich von dort.«

»Kümmerst du dich darum?«, bat Haverkorn.

»Okay!«

»Gute Arbeit!«, sagte Haverkorn anerkennend zu Frida.

»Das ist Torbens Verdienst. Er hatte die Idee, seine Kollegen deutschlandweit zu befragen.«

»Dann sag ihm, dass er brillant ist.«

Frida lachte und griff zum Telefonhörer, um die erste Nummer ihrer Namensliste aus Heidenau anzurufen.

†

Am Nachmittag fanden sie sich wieder im Büro zusammen. Anja rollte einen Stuhl herein und ließ sich neben Frida nieder. Haverkorn stand auf und stellte das Fenster auf Kipp. Regenschauer hüllten die Turmspitze der Stadtkirche St. Laurentii ein. Am Abend sollte es endlich wieder trocken sein. Dann würde der Wind auf Nordwest drehen.

Das wechselnde Wetter bekam ihm nicht. Vor allem sein Ischiasnerv machte ihm wieder zu schaffen. Er musste endlich mit den Rückenübungen anfangen, die Henni ihm gezeigt hatte. »Jeden Morgen zehn Minuten, und du springst wie ein junges Reh«, hatte sie gesagt. Wenn es so einfach wäre, dem Alter zu entkommen. Aber schaden konnte es ganz sicher nicht. Wenn der unliebsame Gast endlich aus dem Haus war, würde er sich von seiner Tochter bei den Rückenübungen anleiten lassen.

Langsam setzte er sich an den Schreibtisch und streckte das linke Bein aus. Anja und Frida warteten, dass er die Besprechung eröffnete.

»Ich habe mit meinem Kollegen in Dresden telefoniert.« Haverkorn veränderte seine Sitzposition, der Schmerz wanderte mit. Während er weitersprach, zog er eine Schublade des Rollschranks auf, holte die Ibuprofen-Tabletten heraus und drückte eine davon aus dem Blister. Er spülte sie mit Wasser herunter. »Er hat mir auf dem kurzen Dienstweg eine Kopie der Vermisstenakte von Holger Jähnig gemailt. Demnach ist unser Knochenmann im Juli 1994 zu einer Radtour Richtung Nordsee aufgebrochen, wo er ein Pensionszimmer gebucht hatte. Da ist er aber nie angekommen. Zuletzt gesehen wurde er von der Wirtin in einer Pension in Wedel, wo er am Morgen des 29. Juli wegfuhr. Das war ein Freitag. Danach verliert sich Jähnigs Spur.«

»Er wollte mit dem Fahrrad von Dresden an die Nordsee?«, fragte Frida ungläubig.

»Ja, über den Elberadweg. Dauert ungefähr eine Woche. Ein Bekannter von mir hat das schon gemacht.«

Frida war nicht überzeugt. »Jähnig hatte ein Implantat im Bein, was wahrscheinlich nach einem Bruch eingesetzt wurde. Damit wollte er Hunderte von Kilometern mit dem Fahrrad zurücklegen?«

»Vielleicht war der Bruch ausgeheilt, das Implantat aber nicht entfernt worden«, mutmaßte Anja.

Frida trommelte mit dem Stift auf ihren Block. »Wie auch immer. Er ist ja bis in den Norden gekommen, nur das zählt.«

»Was hast du noch?«, fragte Anja.

»Ich habe aus Dresden auch noch einige Infos unter der Hand bekommen. Konrad Wolf, der Kollege aus der K11 in Dresden, hatte ein paar Infos über Jähnig, die sie bei ihrer Ermittlung zusammengetragen haben.« Er zog seine Notizen zurate und las ab, was er mitgeschrieben hatte. »Sein Vater, Volker Jähnig, wurde am sechsten Juni '48 geboren. Das ist das Datum, das auf der platt gewalzten NVA-Erkennungsmarke stand. Ich habe mit dem Bundesverwaltungsamt in Strausberg telefoniert. Die Marke stammte eindeutig von Volker Jähnig. Er starb bei einem Arbeitsunfall in einem Metallbaubetrieb, als sein Sohn acht war.« Haverkorn überflog die Notizen. »Holger Jähnig hatte eine schwierige Kindheit und Jugend in der DDR. Er wuchs bei seiner alleinerziehenden Mutter auf. Weil sie in einer HO-Warenkette länger arbeiten musste, als er in der Schule betreut wurde, lungerte er allein herum und wurde sehr früh ein Fall für die Jugendhilfe. Diese entschied, Jähnig 1980 ins Heim zu schicken, dann in eine psychiatrische Anstalt, danach wieder ins Heim. Mit vierzehn kam er in den Jugendwerkhof in Wittenberg.«

»Was ist denn ein Jugendwerkhof?«, fragte Frida.

»Jugendwerkhöfe waren Erziehungsheime in der DDR für Jugendliche zwischen vierzehn und achtzehn Jahren. Die Jugendlichen galten als schwer erziehbar oder passten nicht in die sozialistische Gesellschaft.«

»Und warum ›Werkhof‹?«, hakte Anja nach.

»Die Jugendlichen haben da gearbeitet und konnten auch Ausbildungen machen. Eigentlich eine gute Sache …« Er hob die Hände. »… aber wie ich gelesen habe, waren diese Jugendwerkhöfe eher so etwas wie Arbeitslager. Die Insassen mussten schwere körperliche Arbeit leisten.«

Die Frauen schwiegen.

Haverkorn nahm den Faden wieder auf. »Also, Jähnig kam in einen Jugendwerkhof in Wittenberg. Weil er offensichtlich mit anderen Jugendlichen einen Fluchtplan geschmiedet hatte, wurde er 1987 nach Torgau verlegt.« Er schaute auf, blickte in zwei betretene Gesichter. »Ich habe über Torgau recherchiert. Das war der einzige geschlossene Jugendwerkhof in der DDR, und was man darüber im Internet liest, ist übel. Man nannte ihn ›Margots Kinder-KZ‹ oder ›Grüne Hölle‹. Er unterstand direkt dem Ministerium für Volksbildung. Der Vorgang jedes Jugendlichen, der dorthin kam, lief über den Schreibtisch von Margot Honecker.«

»Die lila Hexe«, sagte Anja.

»Genau. Erich Honeckers Frau.« Haverkorn atmete durch. »Die Jugendlichen wurden systematisch gequält, gefoltert und sogar sexuell missbraucht.« Er las seine Notizen ab. »Dort herrschte militärischer Drill. Die Jugendlichen wurden ideologisch ›geschult‹, sollten zu vorzeigbaren Individuen des Sozialismus geformt werden. Und das mit psychischer und physischer Gewalt. Ich habe gelesen, dass einer der Erzieher früher als Polizist arbeitete. Er musste wegen seiner gewalttätigen Vernehmungen den Polizeidienst verlassen, bevor er im Jugendwerkhof in Torgau anfing. Dafür war er wohl genau der Richtige.«

Fridas Gesicht sprach Bände.

»Viele haben diese Gewalt nicht ausgehalten. Es gab Selbstverstümmelungen bei den Jugendlichen. Und einige haben sich umgebracht.«

»Kein Wunder!«, sagte Anja. »Das waren Hilfeschreie!«

Haverkorn vertiefte sich wieder in seine Notizen. »Als Jähnig nach Torgau kam, starb einige Monate später seine Mutter an Krebs. Er durfte sie nicht mehr besuchen. Laut einer Tante kam Jähnig im Sommer 1988 raus. Er war traumatisiert, fand sich im Leben nicht mehr zurecht. Heute würde man PTBS dazu sagen, posttraumatische Belastungsstörung. Ich habe gelesen, dass die meisten der Insassen von damals auch heute noch damit zu kämpfen haben, was ihnen dort angetan wurde.«

Frida griff zum Wasserglas. Er selbst hatte einen Kloß im Hals gehabt, als er all das im Internet gelesen hatte. »Ich habe mit Jähnigs Tante in Dresden telefoniert. Sie sagte mir, ihr Neffe sei der typische Wendeverlierer gewesen. Er hat nie eine richtige Ausbildung gemacht, schlug sich mit Gelegenheitsjobs durch, verfiel dem Alkohol. Bei einer Massenprügelei in einer Kneipe wurde er verhaftet und ging für zwei Jahre in den Knast. Als er rauskam, fand er in einem Werkstoffhof einen Job als Lagerarbeiter, wo er bis 1994 blieb. Jähnig erzählte seiner Tante, dass er im Sommerurlaub eine Reise an die Nordsee machen wolle, wohin er im

Juli ’94 mit dem Rad aufbrach. Sie hat danach nie wieder etwas von ihm gehört.«

Ihr Schweigen wurde durch die Glocken der St. Laurentii-Kirche verlängert. Sie begannen wie jeden Abend achtzehn Uhr zu läuten. Aber jetzt war es, als hätte Haverkorn sie für diesen nachdenklichen Moment bestellt.

»Jähnig, der Wendeverlierer, und Kirsten, der strahlende Selfmade-Millionär«, sagte Anja schließlich. »Unterschiedlicher geht's gar nicht. Was verband diese beiden?«

»Es muss ihre Vergangenheit sein!«, sagte Frida.

Haverkorn nickte, war ganz ihrer Meinung. Dort lag ihre Verbindung, und sie mussten sie finden!

Anja blickte auf ihre Notizen. »Ich habe mit Linda Kirsten telefoniert. Sie sagte mir, dass ihr Großvater in Heidenau lebt. Er heißt Gerd Kirsten. Ich habe ihn angerufen, aber er ist ein alter Mann, der denkt, dass ich eine Betrügerin bin, weil ich mich auf seine Enkelin bezogen habe, um mit ihm ins Gespräch zu kommen.«

Frida musste unfreiwillig lachen. »Endlich einer, der nicht auf den Enkeltrick reinfällt.«

Dadurch lockerte sich die Stimmung zwischen ihnen auf, aber so schnell wurde man den dunklen Ort nicht mehr los, wenn man einmal die Tür zu ihm geöffnet hatte. Haverkorn trank einige Schlucke Wasser. »Vielleicht können die Dresdner Kollegen mit ihm reden.« Er notierte, dass er Konrad Wolf noch mal anrufen musste.

»Ich habe mit dem Haftkrankenhaus in Leipzig telefoniert«, fuhr Frida fort. »Sie wollten meine Anfrage zu Holger Jähnig gern schriftlich haben.« Sie zog die ausgedruckte Antwort des HKH aus einer Klarsichthülle. »Jähnig saß wegen schwerer Körperverletzung nach Paragraf 116 des Strafgesetzbuches der DDR für zwei Jahre und drei Monate in der JVA in Leipzig ein. Von Juli 1989 bis November 1991.« Sie blätterte zur Anlage. »Im Februar 1990 kam es während des Hofganges zu einer Schlägerei. Ein Mitinsasse hat Holger Jähnig so heftig gegen das Bein getreten, dass es zu einer Fraktur des linken Wadenbeins führte. Daraufhin wurde er ins Haftkrankenhaus verlegt, wo eine Osteosynthese durchgeführt wurde, mit ebenjenem russischen Implantat. Während der Haftzeit wurde es nicht mehr entfernt.« Sie blickte auf.

»Was ist mit Kirsten?«, fragte Haverkorn.

Frida schüttelte den Kopf. »Nein, Kirstens Name war ihnen nicht bekannt. Aus Leipzig können sie sich also nicht kennen.«

Haverkorn stand wieder auf, humpelte zur Tür und zurück. Dieser verdammte Schmerz!

Anja zog eine Augenbraue hoch. »Schon wieder dein Ischias?«

Er zuckte die Schultern. »Komm du erst mal in mein Alter.«

»Besser nicht!« Anja schmunzelte. »Vielleicht solltest du mal mit Wahler reden, ob er dir einen Stehtisch spendiert. Der soll bei Rückenleiden Wunder wirken.«

»Ich frage ihn, wenn er mal wieder die Spendierhosen anhat.« Haverkorn blieb am Fenster stehen und dachte über die neuen Informationen nach. Dann traf er eine Entscheidung. Er drehte sich zu Frida und Anja um. »Ihr beide fahrt morgen früh nach Heidenau und sprecht persönlich mit Gerd Kirsten. Wenn er Informationen über die Vergangenheit seines Sohnes hat, geht ihr diesen nach. Es ist besser, wenn ihr vor Ort seid. Ich kläre eure Dienstfahrt mit Nick Wahler ab.« Er ging zur Tür. »Sucht schon mal nach einem Hotel. Und meldet bei Udo an, dass ihr den Golf für ein paar Tage braucht. Ich informiere meinen Dresdner Kollegen, dass ihr vor Ort ermittelt. Er wird euch sicherlich unterstützen.«

## Geschlossener Jugendwerkhof, Torgau, 30. April 1988

Die Riegel wurden zurückgezogen, die Tür geöffnet. Er sprang in die Mitte des Raumes und legte die Arme an. »Jugendlicher Werner, raustreten!«, rief ein Erzieher, der eine Halbglatze hatte und Brillengläser so dick wie Aschenbecher.

Er tat, wie ihm geheißen, und verließ die Arrestzelle. Draußen stand er erneut stramm.

»Hier, nehmen Sie!« Der Erzieher drückte ihm seine Schnürsenkel in die Hand. »Mitkommen!«

Im Laufschritt folgte er dem Mann über einen strahlend weißen Gang. Sie liefen Stufen hinauf, durchquerten Gittertüren, die auf- und wieder zugeschlossen wurden. Ihr Ziel war der Gruppenraum, vor dem sich sieben Jungen in Sportklamotten nebeneinander aufgereiht hatten. Keiner bewegte sich oder sagte etwas. Einer von ihnen spulte die Meldung ab. »Schlafraumverantwortlicher Jugendlicher Jähnig meldet Gruppe zwei, Schlafraum eins fertig zum Frühsport!«

Gruppe zwei war jetzt seine Gruppe. Nach drei Tagen und Nächten in Einzelarrest war er endlich nicht mehr allein. Er folgte den Jungen auf den Hof, wo der Größte von ihnen das Kommando übernahm. Er hieß Kirsten und war der Sportfunktionär der Gruppe, ließ sie antreten und begann den Frühsport mit zehn Runden Dauerlauf. Werner spürte bei jedem Schritt die Schmerzen in seiner Schulter von den Schlägen mit dem Gummiknüppel, aber er biss die Zähne zusammen und schaffte es als Vorletzter ins Ziel. »Das geht schneller, Werner!«, bellte Kirsten, bevor er anwies, fünfzigmal den ›Torgauer Dreier‹ auszuführen. Was das bedeutete, lernte er schnell: fünfzig Liegestütze, Hockstrecksprünge und Kniebeugen. Bei den ersten Liegestützen rebellierte seine Schulter heftig, aber er kämpfte und blendete die Schmerzen irgendwann aus. Danach ging es wieder für zehn Runden zum Dauerlauf, auf den vierzig Torgauer Dreier folgten. Werner arbeitete wie eine Maschine, ging an seine Leistungsgrenze, und irgendwann war sein Körper wie taub. Er spürte ihn kaum noch. Aber schlimmer traf es einen schmächtigen Kerl, der aussah, als würde er in der nächsten Runde zusammenbrechen. Werner hörte ihn hinter sich stöhnen und schnaufen, aber er wagte es nicht, sich umzudrehen. Bis er einen dumpfen Aufprall vernahm. Er warf einen schnellen Blick über seine Schulter. Der Schmächtige lag zusammengekrümmt auf der Bahn. Kirsten und ein anderer Junge machten kehrt.

»Weiter, Werner!«, fuhr Kirsten ihn schroff an.

Er lief weiter, drehte sich ein paar Meter weiter jedoch um und sah, wie die beiden Jungen den Schmächtigen an den Fußgelenken gepackt hatten und wie einen toten Kadaver über die Bahn schleiften.

»Augen nach vorn!«, schrie Kirsten.

Werner gehorchte und legte einen Zahn zu. Der feine Splitt unter seinen Schuhen knirschte. Wie mochte es sich anfühlen, mit Kopf und Schultern darübergeschleift zu werden?

Nach dem Sport rückten sie in den Waschraum ein. Die Wunden des Schmächtigen wurden nicht verarztet. Er bewegte sich wie ein Zombie zwischen ihnen, aber keiner half ihm, das Sporthemd auszuziehen, das blutdurchtränkt war. Werner versuchte, ihn nicht anzusehen, sondern am Wasserhahn seinen brennenden Durst zu stillen.

»Hör auf damit!«, zischte einer der Jungen. »Wir dürfen hier nicht trinken!«

»Aber ich habe Durst!«, flüsterte er zurück.

»Jugendlicher Werner, gibt es ein Problem?« Der Erzieher mit der Halbglatze trat zu ihm. Er war einen halben Kopf kleiner als er selbst, aber der Gummiknüppel an seinem Gürtel flößte ihm Respekt ein.

Er stand stramm. »Jugendlicher Werner meldet, kein Problem!« Seine Kehle war ausgetrocknet. Aber er traute sich nicht, nach Wasser zu fragen, weil keiner es wagte.

Die stundenlange monotone Arbeit an der Drehbank, die auf das Sportprogramm folgte, war beinahe eine Erlösung.

# Kapitel 19

Frida gingen Haverkorns Ausführungen zur Vergangenheit von Holger Jähnig nicht mehr aus dem Kopf. So früh schon als Heimkind der Jugendhilfe ausgeliefert und schließlich Insasse im berüchtigten Kinderknast in Torgau, dachte sie, während sie mit ihrem Jeep über die Autobahn Richtung Marsch fuhr. Was hatte er dort erlebt? Für ihn war es ein Vollabsturz gewesen nach der Wende. Er war nie wieder richtig auf die Beine gekommen. Aushilfsjobber, Alkoholiker und schließlich Mordopfer. Ein Schicksal, das Frida naheging.

Sie mussten den Täter finden, damit Holger Jähnig wenigstens post mortem Gerechtigkeit widerfuhr. Wer auch immer ihn auf dieser Insel im Sand eingegraben hatte, musste zur Verantwortung gezogen werden!

Sie fuhr durch die abendliche Marsch, vorbei an Koppeln und weiten Obstanlagen, und endlich konnte sie wieder atmen, ohne einen Druck auf der Brust zu spüren. Sie würde heute Abend ihre Sachen packen und dann früh schlafen gehen. Morgen musste sie sehr zeitig nach Itzehoe fahren, um Anja in der BKI zu treffen und das Poolfahrzeug abzuholen.

Auf dem Hof stand Milans Bulli. Frida parkte daneben und freute sich auf ihren Boxtrainer. Ob Jo auch mitgekommen war?

Großartig, dass die Boxhalle hier entstehen sollte. Endlich würde wieder richtiges Leben auf dem Hof einkehren. Seitdem hier keine Saisonarbeiter mehr untergebracht waren, war es sehr ruhig geworden. Ihre Eltern brauchten ein wenig Trubel. Marta war froh, wenn der Küchentisch voll war und sie Gäste bewirten konnte. Fridtjof, wenn er jemanden für einen abendlichen Schnack vor dem Haus fand. Milan war genau seine Kragenweite.

Frida freute sich darauf, wieder mehr Zeit mit Jo verbringen zu können. Seit ihr Boxclub in Hamburg geschlossen worden war, sahen sie sich nur noch selten. Frida war immer mal auf ein Bier in Jos Stammkneipe gefahren, um sie nicht ganz aus den Augen zu verlieren. Aber sie hatte in den letzten Wochen mehr Zeit mit Torben in seiner Wohnung verbracht als in der Kiezkneipe mit ihrer Freundin. Nun bekamen sie eine neue Chance.

Frida ging hinüber zur Scheune, vor der ihr Vater mit Milan in ein Gespräch vertieft war. Sie begrüßte beide und täuschte vor Milan einen Jab an. Er riss sofort seine Fäuste hoch und ging in Grundstellung. Sein grimmiger Blick wich einem Lachen. Sie touchierten die Fäuste zum Gruß.

»Wird echt Zeit, dass du eröffnest!«, sagte Frida. »Mir fehlt das Training. Meine Kondition geht auch langsam flöten.«

Milan drehte sich in Richtung seiner neuen Boxhalle. »Bald wird hier ausgebaut. Ich denke, wenn alles glatt läuft, können wir Anfang des Jahres aufmachen.«

»Wenn du die Umbaugenehmigung so schnell bekommst, sollte es klappen«, sagte Fridtjof. Er wies auf die Scheune. »Die Bausubstanz ist gut. Nur drinnen muss allerlei ausgebaut werden.«

Die Männer begannen wieder zu fachsimpeln, und Frida entdeckte in der Halle Jo, die dem Neuzugang auf dem

Paulsenhof erklärte, was hier geplant war. Frida gesellte sich zu ihnen und sah Cats strahlende Augen.

»Ein Boxstudio, echt jetzt?«, fragte das Mädchen. Ihre Augen hingen an Jos Lippen. Die Detektivin hatte wohl einen neuen Fan gefunden.

Jo zwinkerte Frida zur Begrüßung zu und sprach weiter. »Ja, hier drüben kommt der Boxring hin.« Sie machte eine ausladende Geste mit den Armen. Dann wies sie auf eine Wand daneben. »Und da die Sandsäcke.« Sie drehte sich um. »In der Ecke könnte eine kleine Fitnessecke eingerichtet werden.«

»Wie cool! Bringst du mir dann das Boxen bei?« Cat stellte ein Bein zurück und nahm die Fäuste hoch. Frida musste lachen, weil dieses zierliche Mädchen es offensichtlich ernst meinte.

Jo lachte. »Abgemacht!« Sie klatschten ab. Die Kleine gefiel ihrer Freundin. Vielleicht erkannte Jo sich selbst in ihr wieder. Rebellisch, unangepasst, vorlaut.

Frida sah sich in der leeren Halle um. Ohne die Technik und die Großkisten, die hier zuletzt gestanden hatten, wirkte sie riesig. »Und wo sind die Umkleideräume geplant?«, fragte sie.

Jo ging ein paar Schritte zum Hallenende. Ihre Stimme hallte, als sie ihnen zurief: »Hier ziehen wir eine Trockenwand ein. Dahinter sollen die Dusch- und Umkleideräume entstehen.« Sie kam zurück. »Und direkt neben dem großen Schiebetor in der rechten Ecke wird es ein Büro geben, daneben eine gemütliche Sitzecke mit einer Kaffeebar. Platz für das alles ist hier ja genug.«

»Ich kann es kaum erwarten, mit dir das erste Sparring zu machen«, sagte Frida und bemerkte, dass Jo mit einem Mal nachdenklich wirkte.

»Hauptsache, es kommen genug Kunden. In Hamburg hätte ich mir da keine Gedanken gemacht. Dort hätten wir die Hälfte der alten Mannschaft sofort an Bord gehabt. Aber hier …«

»Auch hier draußen gibt es eine Menge Typen mit zu viel Testosteron, glaub mir. Und ein paar von unseren alten Sparringspartnern werden wir die Landluft schon schmackhaft machen.«

Jo wirkte wenig überzeugt. Ihr Blick wanderte durch den Raum. »Wir müssen uns ganz schön ins Zeug legen, damit uns die Kosten nicht über den Kopf wachsen.«

Frida hatte Bilder im Kopf, wie das Boxstudio einmal aussehen würde. »Ich helfe euch, keine Frage. Wir schaffen das schon gemeinsam.« Sie sah das Mädchen an, das an Jos Absatz klebte.

»Ich auch! Ich kann echt mit anpacken!« Cats Begeisterung war echt. Aber wie lange würde sie hierbleiben, bevor sie weiterzog?

Fridtjof und Milan standen plötzlich hinter ihnen.

»Heißt das, dass du länger bei uns auf dem Hof bleiben willst?«, fragte Fridas Vater.

Sie zuckte die Schultern. »Klar, warum nicht? Du brauchst doch meine Hilfe mit den Pferden. Und bei der Ernte kann ich euch auch unterstützen.«

Fridtjof lachte. »Da drüben finden wir sicher ein Zimmer für dich.« Er wies auf die dunkle Arbeiterunterkunft, die nicht mehr genutzt wurde, weil alle Saisonarbeiter auf Jespers Hof untergebracht waren.

Cat druckste herum. »Ach, so luxuriös brauch ich es gar nicht.« Sie stellte sich vor Fridtjof. »Was sagst du dazu, wenn ich in den alten Bauwagen ziehe, der hinten neben der Koppel steht?«

Der Bauer wirkte wenig überzeugt. Seine Stirnfalte wurde tief. »Das olle Ding? Eigentlich wollte ich den längst entsorgt haben. Da haben früher die Saisonarbeiter drin gewohnt, bevor die Arbeiterunterkunft hier ausgebaut war. Ich weiß gar nicht, ob das Dach noch dicht ist.«

»Das kann ich doch alles wieder aufmöbeln!« Das Mädchen strahlte.

Fridtjof blieb skeptisch. »Und die Nächte werden kühler. Wie soll das im Winter funktionieren? Da ist keine Heizung drin.«

»Aber ein Bollerofen. Ich hab mir das alles längst angesehen. Der ist perfekt! Wenn der Ofen noch funktioniert, ist doch alles geritzt.« Cat wollte Fridtjof überzeugen, und sie wusste genau, wie sie vorgehen musste. »Ich mache den Wagen nach Feierabend wieder flott. Das Geld, das ich bei dir verdiene, stecke ich in das Baumaterial. Das wertet den Bauwagen auf. Der ist doch viel zu schade für den Schrottplatz!« Sie warf Fridtjof einen Bambi-Blick zu, dem er nicht widerstehen konnte.

Er schmunzelte. »Okay, wenn der Ofen funktioniert, kannst du ja mal ein paar Nächte dadrin übernachten.«

Nur zwei Tage hier auf dem Hof, und das Mädchen hat bereits die ganze Familie um den Finger gewickelt, dachte Frida.

»Was ist das für ein Bauwagen?«, fragte Milan interessiert. »Mit einer oder zwei Achsen?«

»Gibt's hier eine Taschenlampe?«, fragte Cat.

Milan drückte ihr eine Stablampe in die Hand. Sie führte ihn aus der Halle hinüber zur Pferdekoppel. Frida, Jo und Fridtjof folgten ihnen. Neben dem Koppelzaun stand der zweiachsige Bauwagen aus Holz, der in Gras und Buschwerk eingewachsen war. Cat hob die Lampe und holte den verwitterten Wagen aus der Dunkelheit. Die Farbe der Holzverschalung war abgeblättert und kaum noch erkennbar. Durch die halb blinden Fensterscheiben konnte man nicht mehr ins Innere schauen. Cat ging die drei Stufen hinauf, die ihr Gewicht, ohne zu knarren, trugen. Mit einem kräftigen Ruck zog sie die Tür aus dem Schloss, die ein klagendes Geräusch von sich gab, weil das Holz verzogen war. Cat drehte sich zu ihnen um. Ihre Augen blitzten vor Freude. Sie machte eine einladende Bewegung mit den Armen. »Willkommen in meinem neuen Zuhause!«

†

In seinem Haus empfing Haverkorn wohltuende Stille. Waren Henni und Arno ausgeflogen? Der BMW ihres Gastes hatte nicht am Straßenrand geparkt. Das hatte er beim Aussteigen sofort registriert.

Haverkorn hängte den Mantel an die Garderobe und blieb vor der Wohnzimmertür stehen. Diese war nur angelehnt, er zog sie auf. Das Gästebett war weggeräumt, die Couch hochgeklappt, Veltins Tasche verschwunden. Sofort fühlte er sich freier in seinem eigenen Haus. Er würde gleich den Kamin anzünden und es sich mit seinem Buch im Sessel gemütlich machen. Er ging in die Küche. Sie war wie immer aufgeräumt und sauber. Henni mochte es nicht, wenn hier das Chaos herrschte. Selbst wenn sie abends noch kochte, verließ sie die Küche erst, wenn alles wieder in gewohnter Ordnung war.

Haverkorn öffnete den Kühlschrank und suchte sich etwas zum Abendessen zusammen. Schinken, Salami, Käse, Butter und ein paar Tomaten nahm er mit zum Tisch.

»Papa?« Er hörte Henni die Treppe herunterkommen.

Sie war doch zu Hause? Noch immer bewegte sie sich langsam und vorsichtig, um nicht zu fallen. Aber die Gehhilfe hatte sie schon lange nicht mehr nötig.

»Ich bin hier!«, rief er, nahm sich ein Brett aus dem Regal und suchte ein Messer. Sein Blick wanderte zum Weinregal, das in den letzten Tagen lichte Stellen bekommen hatte. Er verzichtete darauf, sich demonstrativ eine Flasche aufzumachen, betätigte den Wasserkocher, um sich einen Pfefferminztee aufzubrühen.

»Du bist ja früh zu Hause«, sagte Henni und lehnte sich in den Türrahmen. »Ich wusste nicht, ob ich uns was kochen soll. Dann bin ich oben mit meinem Buch versackt.«

»Alles gut. Mir reicht das. Willst du auch?« Er bat sie mit einer Geste an den Tisch.

Sie nickte und nahm sich ebenfalls ein Holzbrett und Besteck.

Haverkorn schnitt Brot auf und stellte zwei Teetassen bereit. »Wir sind heute ein ganzes Stück weitergekommen. Endlich ein kleiner Durchbruch.«

»Das klingt super!« Henni suchte im Kühlschrank nach ihren Aufstrichen, entschied sich für Hummus und Guacamole. Seit sie aus der Reha zurück war, ernährte sich Henni überwiegend vegetarisch. Sie hatte versucht, Haverkorn ebenfalls dazu zu bekehren, aber diese unansehnlichen pflanzlichen Brotaufstriche waren überhaupt nicht sein Geschmack gewesen. Er war lieber bei Wurst und Käse geblieben.

Haverkorn brachte den Tee an den Tisch und setzte sich. Seine Tochter holte eine Gewürzmischung aus dem Schrank und fischte Oliven aus einem Glas.

»Wo ist eigentlich Arno?«, fragte Haverkorn beiläufig, während er sich sein erstes Brot belegte.

»In Hamburg.« Henni setzte sich zu ihm. »Er besucht dort für ein paar Tage einen Freund.«

»Kommt er noch mal zurück?« Er konnte Henni nicht in die Augen sehen.

»Weiß ich nicht genau.« Sie wirkte nachdenklich. »Er hat dann ein Vorstellungsgespräch in Bremen. Auf jeden Fall sehen wir uns bald wieder.«

Haverkorn biss ab. Der Schinken war ihm fast ein wenig zu salzig. Sollte er Henni fragen, ob da zwischen den beiden mehr war als eine alte Freundschaft? Er entschied sich dagegen. Warum schlafende Hunde wecken? Wenn Veltins noch mal auftauchte und den Mann von Welt raushängen ließ, konnte er seiner Tochter immer noch erzählen, was hier in der letzten Nacht vorgefallen war.

»Auf jeden Fall ist er begeistert von dir und lässt dich herzlich grüßen«, sagte sie. »Er konnte erst gar nicht glauben, dass ich plötzlich einen Vater habe. Und dann noch einen Polizisten!« Sie lachte offen, und er wusste nicht genau, ob sie das Letzte sarkastisch gemeint hatte.

Dennoch lachte er. »Und noch dazu einen, der seine Leidenschaft für guten Wein teilt.« Der Seitenhieb war ihm herausgerutscht. Er bereute ihn sofort.

Henni wurde ernst. »Arno trinkt gern in Gesellschaft. Das ist doch nichts Verwerfliches! Das tust du doch auch hin und wieder.«

Er schluckte an seiner Erwiderung. Die Bilder von Veltins, der wie ein jämmerliches Abbild seiner selbst in der Dusche saß, spukten durch seinen Kopf. Er schnitt ein Stück Käse ab und schob es in den Mund. »Ich weiß, dass er dir gutgetan hat. Allein das zählt!«

»Arno ist feinfühlig und ein guter Zuhörer«, sagte sie. »Ich habe lange nicht mehr so viel gelacht wie mit ihm.«

Sie sah ihn an, und es schien, als habe sie etwas auf dem Herzen. »Er hat mich gefragt, ob ich mit ihm in den Winterurlaub nach Tirol fahre.«

Haverkorn hustete, trank einen Schluck Tee, atmete tief durch. »Dann ist da mehr zwischen euch?« Endlich war es heraus, was ihn so lange beschäftigt hatte.

Henni spuckte einen Olivenkern auf den Teller. »Ach, ich weiß auch nicht. Da läuft nichts, wenn du das meinst. Aber er tut mir gut. Ich habe mich endlich wieder wie eine Frau gefühlt und nicht wie eine Nummer in einer Krankenakte.« Sie bestrich ihr Brot mit Guacamole und streute etwas Gewürzmischung darüber. Schon die Farbe der Avocadocreme ließ Haverkorn aufstoßen. »Vielleicht würde ich in einem Urlaub herausfinden, wie wir zueinander stehen.« Sie biss ab und sprach kauend weiter. »Aber er ist gerade erst frisch getrennt. Ich bin vorsichtig! Mach dir keine Sorgen, Papa.«

Haverkorn war froh, dass sie das sagte. »Du bist eine erwachsene Frau und weißt, was gut für dich ist. Hast ja auch schon eine Scheidung hinter dir. Aber Sorgen werde ich mir um meine Tochter immer machen. Deshalb werde ich weiterhin ein Auge auf Arno haben. Ob du es willst oder nicht.«

Henni beugte sich zu ihm und drückte ihm einen Kuss auf die Wange. »Ich weiß!«

†

Nach dem gemeinsamen Abendessen saß Frida mit Jo und Milan in der Küche. Fridas Mutter war früh ins Bett gegangen. Ihr Vater saß mit den Hunden auf der Couch und war wahrscheinlich wie so oft vor dem Fernseher eingeschlafen. Cat hatte unbedingt schon in dieser Nacht im Bauwagen übernachten wollen und war vor ein paar Minuten gegangen.

»Tolles Mädchen!«, sagte Milan und trank von seinem Bier. »Jede andere in ihrem Alter würde sich vor Angst in die Hose machen, allein da draußen zu schlafen.«

»Sie hat sicherlich schon an ganz anderen Plätzen übernachtet«, sagte Frida und berichtete, was Cat bisher von ihrem Leben erzählt hatte. »Vielleicht hat sie endlich ein Zuhause gefunden.« Sie sah zu Jo, die stumm über ihrem Bier brütete. »Sie tut meinen Eltern gut. Sie können Hilfe auf dem Hof und im Stall gebrauchen.«

»Cat wird euch enttäuschen«, sagte Jo plötzlich. »Ich kenne Mädchen wie sie. Sie sind ruhelos, immer auf der Flucht. Sie müssen ständig weiterziehen, damit sie den Schmerz nicht spüren, dass sie nicht geliebt werden.« Jo konnte Frida nicht ansehen. »Gewöhnt euch nicht zu sehr an sie.«

Ein langes Schweigen folgte. Frida wusste nicht, was sie darauf erwidern sollte. Vielleicht hatte ihre Freundin recht? Jo hatte früh ihre Eltern verloren, war viele Jahre im Heim gewesen, sprach vielleicht auch von sich selbst. Frida konnte sich nicht erinnern, dass Jo je eine enge Beziehung eingegangen war.

Milan rührte sich zuerst. »Ich weiß, was du meinst. Aber du kannst dich irren«, sagte er nachdenklich. Seine große Gestalt wirkte plötzlich zusammengesunken. »Ihr wisst, dass ich mit Nachnamen Franić heiße. Ich bin Kroate.«

Frida nickte. Jo reagierte nicht, hörte aufmerksam zu.

»Meine Eltern sind mit meiner Schwester und mir 1992 aus Kroatien geflohen. Der Bruder meines Vaters und seine ganze Familie sind im Krieg umgekommen.« Seine Stimme zitterte, und er schwieg einen Moment. »Von unserer Familie leben nur noch wir und ein Onkel, der in Dubrovnik geblieben ist.«

Frida wusste zwar, dass Milan aus Kroatien stammte, aber er hatte bisher nie viel über seine Kindheit und Jugend erzählt, war ihren Fragen ausgewichen. »Wir haben nicht nur einen großen Teil unserer Familie, sondern auch unser Zuhause verloren. Wir mussten hier in Deutschland ganz neu anfangen, wo wir Fremde waren. Kriegsflüchtlinge.«

Jo bearbeitete mit zusammengepressten Lippen das Etikett an ihrer Bierflasche. Aber in ihrem Gesicht war zu lesen, wie sehr sie Milans Worte berührten.

»Es waren harte Jahre, bevor wir uns hier in der Gemeinschaft integrieren konnten. Ich glaube, meine Eltern sind nie wirklich in Hamburg heimisch geworden. Meine Schwester und ich haben schneller Kontakte geknüpft als sie. Als Kind kommt man mit Veränderungen viel besser klar.« Er trank einen Schluck Bier, niemand unterbrach ihn. »Ich hatte einen Lieblingscousin, Dejan. Wir waren im gleichen Alter und haben immer denselben Unsinn verzapft.« Seine Stimme versagte, und er schluckte. »Er ist mit seinen zwei Schwestern bei einem Bombenangriff in Dubrovnik ums Leben gekommen. Sie wohnten nur vier Häuser weiter.« Milan wischte sich über die Augen. »Was ich damit sagen will: Ich habe auch eine Menge Schmerz in mir, der nie mehr weggehen wird. Aber er wird besser, und ich bin unglaublich glücklich, eine neue Heimat gefunden zu haben. Hier bin ich endlich zur Ruhe gekommen.« Er sah Jo an, die seinen Blick erwiderte. »Auch Cat sucht so einen Ort, den sie bisher nicht gefunden hat. Auf eurem Hof hat sie eine Chance. Entweder sie ergreift sie, oder sie wird weitersuchen müssen.«

»Manchmal denke ich, meine Suche wird nie enden«, sagte Jo. »Ich habe mir in Hamburg eine Existenz aufgebaut. Aber an manchen Tagen fühle ich mich so fremd und leer und will einfach nur weg.«

Frida spürte einen Stich. Sie wollte etwas sagen, dagegenhalten und anführen, was Jo verlieren würde, wenn sie ging. Aber sie schwieg. Denn sie wusste, dass sie Jo nicht halten konnte, wenn sie wegwollte. Ihre Freundin war ein Freigeist, dem sich niemand in den Weg stellte.

»Auch wenn du gehst, wirst du diese Leere nicht füllen. Glaub mir! Es ist kein anderer Ort, den du suchst.« Milans dunkler Blick verharrte auf Jos Gesicht. »Du musst dich deinem Schmerz stellen.« Er schüttelte den Kopf. »Davonlaufen ist der falsche Weg.«

Jo lehnte sich zurück und verschränkte die Arme. Ein schiefes Lachen. »Machst du jetzt einen auf esoterischer Guru?«, fragte sie plötzlich. »Dann müssen wir unsere Partnerschaft noch mal überdenken.«

Auch Milan lächelte und entspannte sich wieder. Nur Frida blieb nachdenklich. Sie alle hatten schwere Verluste in ihrer Kindheit erlitten. Und vielleicht war es eine Chance für Cat, hier bei ihnen ihre Verletzungen zu verarbeiten.

Frida und Anja erreichten Dresden am frühen Nachmittag. Frida war beeindruckt von der architektonisch vielfältigen Stadt an der Elbe, die sich an diesem sonnigen Herbsttag von ihrer schönsten Seite zeigte. Moderne Architektur wechselte sich mit Altbaustraßenzügen ab. Eher selten sahen sie die erwarteten stereotypen Ostblockbauten. Je weiter sie in Richtung Innenstadt fuhren, desto mehr zogen Gebäude mit barocken Stilelementen ihre Blicke auf sich.

Frida hoffte, dass am Abend noch ein wenig Zeit bliebe, um die Altstadt zu erkunden. Zwinger, Frauenkirche, Semperoper, sie wollte wenigstens einige der Bauwerke sehen, die das »Florenz des Nordens« weltbekannt gemacht hatten.

Ihr Hotel lag in der Dresdner Neustadt, einem bunten Szeneviertel mit alten und restaurierten Häusern aus der Gründerzeit, verwinkelten Hinterhöfen mit Kneipen und Kunsthandwerkerläden. Das bunte Treiben in den engen Gassen erinnerte Frida an das Hamburger Schanzenviertel. Und doch hatte dieser Stadtteil einen ganz eigenen Charme, weil hier der Großstadtmief fehlte. Sie checkten im Hotel ein und verabredeten sich dreißig Minuten später im Foyer, um nach Heidenau weiterzufahren.

»Ich habe mit Gerd Kirsten telefoniert«, sagte Anja, als sie auf dem Weg zum Auto waren. »Er erwartet uns.«

Frida schmunzelte. »Hat er endlich mit dir gesprochen?«

»Bjarnes Kollege aus Dresden hat uns angekündigt. Danach hielt er mich nicht mehr für eine Betrügerin.«

Sie fuhren über die Elbe, vorbei am Dresdner Landgericht und an der Gläsernen Manufaktur, blieben längsseits des Großen Gartens, eines riesigen parkähnlichen Geländes, bevor sie sich stadtauswärts wandten. Die prachtvoll sanierten Stadtvillen, die gerade noch das Stadtbild geprägt hatten, wurden seltener. Vorstadtbebauung wechselte mit Gewerbeflächen. Dann überquerten sie die Stadtgrenze und erreichten Heidenau.

Die Kleinstadt wirkte wie die unscheinbare Stiefschwester von Dresden. Hier fehlten Prunk, Luxus und historische Verspieltheit. Heidenau stand für die gewachsene Gediegenheit des Normalbürgers. Einfamilienhäuser, Gewerbeeinheiten, Plattenbauten und viel Grün prägten das Bild. Die Stadtväter von Heidenau hatten ganz offensichtlich nicht so viele Investitionszulagen erhalten wie die nahe liegende Landeshauptstadt.

Die Adresse, die Gerd Kirsten Anja gegeben hatte, führte sie in ein Hochhausviertel im Stadtteil Mügeln. Sie parkten in der Käthe-Kollwitz-Straße und fanden den richtigen Eingang des sanierten DDR-Plattenbaus. Der Türöffner surrte, und sie traten ein. Der Hausflur war hell gestrichen und gepflegt. Neben der Eingangstür hing neben einem Mieterbogen und der Hausordnung ein Wochenplan für die Reinigung des Treppenhauses. Dieser Eingang vermittelte den Anschein von Sauberkeit und Gemeinschaftssinn. Kirstens Vater lebte laut den Klingelschildern in der sechsten Etage. Wenigstens gab es einen Fahrstuhl.

Gerd Kirsten war ein untersetzter Mann mit einem grauen Haarkranz. Er schnaufte beim Laufen, obwohl es nur wenige Schritte von der Tür zum Wohnzimmer waren. »Bitte!« Er wies auf die Couch vor dem Fenster, setzte sich selbst in einen abgesessenen Lehnsessel mit Blick auf den Fernseher, der auf stumm geschaltet war. In diesem Sessel schien Gerd Kirsten die meiste Zeit des Tages zu verbringen. Die Fernbedienung lag griffbereit neben ihm. Eine Katze lag schlafend in einer Hängematte, die am Heizkörper befestigt war. Sie blinzelte kurz, als der Besuch das Wohnzimmer betrat, schlief dann weiter.

Frida setzte sich neben Anja und zog das Notizbuch aus ihrer Tasche.

»Zuallererst möchten wir Ihnen unser Beileid zum Verlust Ihres Sohnes aussprechen«, begann Anja.

»Ja, der Jochen …« Kirstens Vater sprach mit schleppender Stimme. »Er hatte ein gutes Leben drüben im Westen. Und nun hat's ihn erwischt.« Er schürzte die Lippen und starrte auf das stumme Fernsehbild, um die Nachmittagsserie nicht gänzlich zu verpassen, in die sie hineingeplatzt waren.

»Wann hatten Sie denn zuletzt Kontakt mit ihm?«, fragte Anja.

Er riss sich vom Bildschirm los. »Das weiß ich gar nicht mehr genau. Ist ein paar Jahre her. Er war mal geschäftlich in Dresden und kam unangemeldet vorbei.«

»Sagten Sie ... Jahre?«, fragte Anja ungläubig.

Kirsten winkte ab. »Wir hatten kaum noch Kontakt, seit Jochen rübergemacht ist.« Er fuhr sich über den ansehnlichen Bauch. »Er wollte raus aus dem Ossi-Mief und groß rauskommen.« Sein Gesicht wirkte aufgeräumt. Wenn er seinem Sohn nachgetrauert hatte, dann war die Trauer längst verflogen. »Hat er ja auch geschafft.«

»Herr Kirsten, sagt Ihnen der Name Holger Jähnig etwas?«

»Jähnig?« Er schürzte nachdenklich die Lippen. »Nee, sagt mir nichts. Wer soll das sein?«

»Er könnte früher mit Ihrem Sohn bekannt gewesen sein.«

»Ach, der hatte so viele Bekannte! Ich wusste damals schon nicht, was der Jochen so getrieben hat. Der war manchmal tagelang verschwunden, hatte so eine verrückte Punkerfrisur und hörte nur diese Westplatten. Wegen ihm hat's die Gisela mit dem Herz bekommen. Sie starb, kurz nachdem er in den Westen abgehauen ist.«

»Gisela, war das Ihre Frau?«

Ein Nicken, sein Doppelkinn bebte, als er auf ein gerahmtes Bild in der Schrankwand zeigte. »Sie war wirklich eine herzensgute Frau, hat sich für alle aufgeopfert. Die Mütter sind damals ja voll arbeiten gegangen und haben trotzdem noch Kinder und Haushalt unter einen Hut bekommen. Aber mit dem Jochen …«, ein trauriges Kopfschütteln, »… da hatte sie es besonders schwer. Er war immer schon ein vorlauter Junge. Gisela und ich haben immer lange gearbeitet. Jochen war ein Schlüsselkind, musste früh allein zurechtkommen. Er war viel draußen unterwegs, hat irgendwann auch die Schule geschwänzt. Was hatten wir für Ärger mit ihm!« Er stöhnte leise. »Und irgendwann hat sich dann die Jugendhilfe eingeschaltet, um den Jungen von der Straße zu bekommen.«

Frida warf Anja einen langen Blick zu. Ihre Kollegin nickte, schien ebenfalls die Parallele zu Holger Jähnig zu sehen. »Ist er irgendwann ins Heim gekommen?«

»Nee, nicht ins Heim. Dafür war er schon zu alt. In den Jugendwerkhof haben sie ihn gesteckt, um ihm die Flausen auszutreiben.«

»Wann war das?«

Er kratzte sich nachdenklich am Kopf. »Ich glaube, im Oktober 1987 ist er abgeholt worden. Uns haben sie gesagt, es sei zu seinem Besten, er werde zu einer ordentlichen sozialistischen Persönlichkeit erzogen. Mir war das recht, ich bin mit dem Jungen nicht mehr klargekommen, als er in die Pubertät kam.« Gerd Kirsten nickte, in Gedanken versunken. »Ich denke, er hat mir sein Leben lang krummgenommen, dass ich mich nicht vor ihn gestellt habe. 1988 kam er raus. Aber als die Mauer fiel, packte er sofort seine Sachen und war einen Tag später im Westen.«

»In welchem Jugendwerkhof war Ihr Sohn?«, hakte Anja nach.

Frida spürte ihre Anspannung. Sie sah Gerd Kirsten an, der im Fernsehbild versunken war.

»Herr Kirsten?«

Er konzentrierte sich auf ihr Gespräch. »In Freital.«

Frida und Anja tauschten Blicke aus. Nein, in Freital war Jähnig nicht gewesen. Er war vor Torgau in Wittenberg eingewiesen worden.

Anja gab sich damit nicht zufrieden. »Ihr Sohn war von 1988 bis 89 in Freital?«

Gerd Kirsten war der Fragerei überdrüssig. Er vertiefte sich in das Fernsehbild, versuchte, den stummgestellten Ton durch die bewegten Bilder zu kompensieren.

»Herr Kirsten? Bitte, es ist wichtig!«

»Nee, im Frühjahr 1988 haben sie ihn wieder verlegt. Es hieß, es hätte Schwierigkeiten mit ihm gegeben. Er hätte die anderen Insassen aufgewiegelt, sich gegen die Erzieher zu stellen.« Seine Augen hingen an der pantomimischen Darbietung der Schauspieler. »Das kann ich mir gut vorstellen. Jochen hat es immer geschafft, andere zu beeinflussen.«

Anja riss der Geduldsfaden. Sie stand auf und stellte sich kurzerhand vor den Fernseher. »Das ist sehr wichtig, Herr Kirsten. Wohin wurde er verlegt?«

Der Gastgeber stöhnte auf. Auch seine Geduld war offenbar am Ende. »Na, nach Torgau. In den Geschlossenen. Wo sie die Schwererziehbaren hingesteckt haben.«

Anja fühlte sich offenbar deplatziert, wie sie da mitten im Raum stand, und setzte sich wieder auf die Couch.

Kirsten registrierte es gar nicht. In seinem Kopf schienen die Erinnerungen wie ein ganz eigener Film abzulaufen. »Hätten wir gewusst, was sie da mit ihm machen, wir hätten sofort eine Eingabe gemacht. Aber wir haben gehofft, dass sie ihn auf die richtige Spur bringen, ihm die Flausen austreiben.« Er schluckte, sah Frida in die Augen. »Als mein Junge wieder rauskam, war er nicht mehr derselbe.« Gerd Kirsten konnte ihrem Blick nicht standhalten, schaute wieder zum Fernseher, aber es sah so aus, als würde er von dem, was dort geboten wurde, nichts mehr wahrnehmen. »Er war muskulös geworden, nicht mehr dieser dürre Hecht. Und er hatte so einen furchtbaren Häftlingsschnitt. Und seine Augen waren ...«, wieder sah er Frida an, »... irgendwie leer. Er hat danach nie mehr bei geschlossener Tür geschlafen. Schlüsselklappern und andere metallische Geräusche machten ihn völlig kirre. Manchmal hab ich ihn nachts weinen und stöhnen gehört. Aber wenn ich ihn aufweckte, hat er mich nur angesehen wie einen Geist.« Kirsten nahm die Fernbedienung und schaltete den Fernseher aus. Frida bemerkte, dass seine Augen glänzten. Nur mit Mühe hielt er die Tränen zurück. »Es war gut, dass der Junge von hier weggegangen ist. So konnte er vielleicht irgendwann vergessen, was ihm in Torgau angetan wurde.« Er wischte sich über die Augen. »Und nun ist er tot. Ich hätte ihm gern noch gesagt, wie leid es mir tut, dass ich ihn nicht beschützt habe.« Ein Schluchzen löste sich aus seiner Kehle.

Frida stand auf und setzte sich zu Gerd Kirsten auf die Lehne, legte ihm die Hand auf die Schulter. Sein ganzer Körper bebte.

## Geschlossener Jugendwerkhof, Torgau, 15. Mai 1988

Die Tage vergingen, waren eintönig in ihrer Härte und Menschenverachtung. Alle Jugendlichen waren ständigen Schikanen und Übergriffen ausgesetzt. Für die Erzieher waren sie Abschaum, wurden nicht wie Menschen behandelt, sondern wie Tiere. Das Miteinander der Jungen beherrschten psychische und physische Gewalt. Sprechen war ebenso wenig erwünscht, wie Freundschaften zu schließen. Hier zählte nur eines: der Kollektivgedanke. Jeden Morgen und Abend schrieb ein Erzieher die Namen der besten und schlechtesten Gruppen oder einzelner Jugendlichen an eine Tafel. Jede Gruppe wollte die beste sein. Schwache innerhalb der Gruppe wurden nicht beschützt, sondern so lange drangsaliert, bis sie die Leistung erbrachten, die von der Gruppe gefordert wurde. Das Kollektiv war eine Zusammenrottung von Einzelkämpfern, die jeden der Jungen ans Limit seiner Kräfte brachte.

In der Nacht lag er oben auf dem Doppelstockbett und dachte an seine Mutter und den kleinen Babybruder, den er nur ein paar Sekunden auf ihrem Arm gesehen hatte. Er sehnte sich nach seiner Familie. Er verstand einfach nicht, wieso seine Mutter es zugelassen hatte, dass er nach Torgau geschickt wurde. Seine Gedanken drehten sich im Kreis. Wollte sie ihn loswerden, weil sie eine neue Familie hatte?

Oft wurde er nachts aufgeweckt von den Scheinwerfern der Wachtürme oder den Schattenspielen vor der geschlossenen Tür, wenn Erzieher oder der Direktor vorbeigingen. Manchmal auch vom leisen Schluchzen des Schmächtigen, der im Bett unter ihm lag. Er hieß Seelig und schien jeden Tag blasser und dünner zu werden. Seelig war den täglichen Quälereien von Kirsten und Jähnig ausgesetzt, weil das Kollektiv durch seine mangelhaften Sportleistungen regelmäßig zu den schlechten gehörte. Aber er wagte es nicht, sich vor ihn zu stellen, weil er wusste, dass danach für ihn Repressalien folgen würden. Er wollte nur durchhalten und die Zeit in Torgau, so gut es ging, überstehen. Hier kämpfte jeder für sich allein.

Er selbst hatte sich mühsam an das unbarmherzige Sportprogramm gewöhnt, zählte bald zu den Besten. Mittlerweile hängte er sogar Kirsten ab, der eigentlich die Sportskanone der Gruppe war. Dessen hasserfüllter Blick, wenn er ihn beim Laufen überholte, ließ nichts Gutes ahnen. Aber Kirsten traute sich nicht an ihn heran, weil er ihm körperlich ebenbürtig war. So einer wie Kirsten quälte nur Schwächere, die sich nicht wehren konnten.

Vom benachbarten Glockenturm läutete es fünfmal. Im Flur ertönte das erste Kommando: »Nachtruhe beendet!« Der Schlüssel knirschte, zwei Riegel wurden aufgezogen, und der Erzieher knipste das Licht an.

Die Jungen flogen aus ihren Betten, zogen ihre Nachthemden aus und die Turnhosen an. Mit nacktem Oberkörper rückten sie zum Frühsport aus. Die ersten Runden Dauerlauf, fünfzig Torgauer Dreier. Kirstens Kommandos schallten über den Platz. Plötzlich stand Direktor Heidrich neben ihnen, sah ihnen eine Weile zu. Kirsten machte Meldung, die Gruppe stand stramm. Der Direktor ging an ihnen vorbei. Selbst Seelig stand gerade und machte eine passable Figur. »Jugendlicher Werner, vortreten!«, schnarrte die Stimme des Leiters des Jugendwerkhofes über den Platz.

Sein Herz schien kurz auszusetzen, dann trat er nach vorn.

»Jugendlicher Werner, Sie übernehmen ab sofort die Führung der Gruppe beim Sport.«

Hatte ihn der Direktor gerade zum Sportfunktionär erklärt?

»Jawoll! Jugendlicher Werner hat verstanden!«

»Zurücktreten!« Der Direktor blieb vor Kirsten stehen, der soeben vor der Gruppe als Sportfunktionär degradiert worden war. Er stand kerzengerade, hatte sein Kinn gehoben, aber seine Gesichtsmuskeln arbeiteten. Von diesem Moment an würde Kirsten ihn noch mehr hassen. Das war eine Schmach, die dieser nicht auf sich sitzen lassen würde.

# Kapitel 20

Die Müdigkeit saß Haverkorn in den Knochen. Obwohl er letzte Nacht gut geschlafen hatte, fühlte er sich ausgelaugt. Seine Regenerationsphasen wurden mit jedem Lebensjahr länger. Alt zu werden war nichts für Weicheier. Aber vielleicht war es auch keine körperliche Erschöpfung, die ihm zusetzte, sondern die Sorge um Henni. Er benahm sich wie ein frischgebackener Vater, der nicht wusste, wie er den Säugling halten sollte. Dabei war seine Tochter über vierzig Jahre alt und hatte mindestens genauso viele Narben im Leben davongetragen wie er.

Haverkorn sah auf seine Armbanduhr. Kurz vor siebzehn Uhr. Frida und Anja hatten sich noch nicht zurückgemeldet. Wahrscheinlich waren sie zu spät in Heidenau angekommen, um Gerd Kirsten aufzusuchen.

Sein Tag war bisher unspektakulär verlaufen. Die Diensthundeführer, die mit ihren Tieren seit dem Morgen die Boote im Hafen und auf einigen privaten Grundstücken abgesucht hatten, waren wieder abgefahren. Es gab auf keinem der Boote, die sie hatten betreten dürfen, eine Spur zu Jochen Kirstens Leiche. Auch auf dem Synthetikseil, mit dem er gefesselt worden war, waren laut dem Bericht der KTU keine DNA-Spuren gefunden worden. Das Wasser hatte alles abgespült, sollte der Täter ohne Handschuhe gearbeitet haben. Was unwahrscheinlich war, denn bisher hatte er keine Fehler gemacht.

Wo überschnitten sich die Schicksale von Jochen Kirsten und Holger Jähnig? Was hatte den Täter angetrieben, diese beiden Männer in Abständen von gut dreißig Jahren zu ermorden? Er hoffte, dass Frida und Anja bei ihren Recherchen im Osten herausfinden konnten, wo sich Kirsten und Jähnig damals in der DDR getroffen hatten. Ihre Geburtsorte, Dresden und Heidenau, lagen nur wenige Kilometer auseinander. Dort musste ihre Verbindung zu finden sein. Aber war es möglich, diese nach über dreißig Jahren noch aufzuspüren?

Das Blut auf dem T-Shirt, das in der Kiste im Wald gelegen hatte, war eindeutig Jochen Kirsten zugeordnet worden. Die Blutgruppe der zweiten Blutprobe, die die KTU auf diesem Kleidungsstück gesichert hatte, war AB positiv gewesen und stammte höchstwahrscheinlich von Holger Jähnig. Die Blutgruppe seines Vaters war laut seiner NVA-Marke A positiv gewesen. Vom medizinischen Aspekt gesehen lag es also im Bereich des Möglichen, dass sie Blut seines Sohnes gefunden hatten. Genau würden sie es jedoch erst wissen, wenn die DNA-Analyse da war. Sollten sie mit ihrer Einschätzung richtigliegen, hatte auf dem T-Shirt aus dem Wald das Blut beider Mordopfer angehaftet. Kirstens Blut in Form von Spritzspuren, das andere hatte eher wie eine Schmierblutung ausgesehen. Hatten sich die beiden geprügelt? War Kirsten vor Jähnigs Tod mit ihm zusammen auf Bargsand gewesen? Und wenn ja: Wer war in jener Nacht noch bei ihnen gewesen? Der Mann, der kürzlich die Kiste neben der Kneipe vergraben hatte?

Was war vor dreißig Jahren auf Bargsand passiert?

Haverkorn änderte seine Sitzposition und warf eine Tablette ein, die seine Schmerzen im unteren Rücken eliminierte. Er sah auf das Blatt Papier vor sich, auf das er drei

Kreise gemalt hatte. In den ersten beiden standen die zwei Namen der Opfer. Im dritten Kreis ein Fragezeichen. Er zeichnete Pfeile zwischen diese drei Kreise. Was verband Täter und Opfer?

Der Kriminalhauptkommissar stand auf und trat vor das Whiteboard. Claas Dürmann war als möglicher Täter längst gestrichen worden. Er war selbst ein Opfer gewesen, kein Täter. Sein Name war reingewaschen worden. Haverkorn hatte am Mittag der Gedenkstunde für den Fischer beigewohnt. Das halbe Dorf war gekommen, um Claas Dürmann feierlich zu verabschieden. Das Vereinsgebäude und die Boote waren auf halbmast geflaggt gewesen. Peter Luers und der Bürgermeister hatten kurze feierliche Reden gehalten, hatten mit bebender Stimme »einen der Unsrigen« verabschiedet. Die Beerdigung war für kommenden Freitag angesetzt. Gerlinde Dürmann hatte weinend inmitten von Nachbarinnen gestanden, war schließlich von ihnen nach Hause gebracht worden. Claas Dürmanns Fischerboot hatte nicht am Hafen gelegen. Es war sofort von einer Spedition abgeholt worden, als die Polizei das Boot freigegeben hatte, um es zu einer Versteigerung zu schaffen. Die Bank wollte ihr Geld sehen, ob von einem Lebenden oder einem Toten. Es hatte nicht schnell genug gehen können.

Haverkorns Smartphone dudelte leise, er nahm das Gespräch an.

Frida hielt sich nicht mit langen Vorreden auf. »Bjarne, wir kommen gerade von Gerd Kirsten. Und wir haben die Verbindung zwischen Jähnig und Kirsten!« Sie schien zu laufen, klang kurzatmig. »Kirstens Vater hat uns erzählt, sein Sohn sei in Torgau gewesen. 1988 wie Jähnig auch! Die beiden haben eine gemeinsame Vergangenheit im Jugendwerkhof in Torgau.«

Anja sagte etwas, was Haverkorn nicht verstand. »Gibt es da noch Akten über diese Zeit? Oder Namenslisten?«, fragte er.

»Wir fahren morgen nach Torgau zur Gedenkstätte im ehemaligen Jugendwerkhof. Mit der wissenschaftlichen Referentin dort habe ich gerade telefoniert. Namenslisten der ehemaligen Insassen hat sie nicht. Es gibt Akten von Jugendlichen, die in Torgau eingesessen haben. Aber nur von denjenigen, die später noch mal in die Gedenkstätte gekommen sind und die Erlaubnis erteilt haben, die Akte da aufzubewahren. Das ist nur ein Bruchteil der Gesamtinsassen gewesen. Der Rest der Akten liegt im Bundesarchiv in Berlin. Und eventuell auch ein Belegungsbuch von Torgau. Sie erwarten uns morgen Vormittag in Torgau. Die Referentin kommt extra am Samstag rein, aber wir dürfen die Akten nur mit einem richterlichen Beschluss einsehen. Es geht um den Schutz der ehemaligen Insassen.«

Haverkorn hatte es schon geahnt. »Das verstehe ich.«

»Kannst du Wahler oder Blumthal anrufen, damit sie heute noch einen Richter finden, der uns bis morgen einen solchen Beschluss beschafft?«

»Es ist Freitagnachmittag«, dachte er laut. »Das wird bestimmt nicht einfach.«

»Eben! Vielleicht kann der Staatsanwalt seine Kontakte spielen lassen? Sonst müssen wir das Wochenende hier abwarten.«

Haverkorn spürte das altbekannte Kribbeln im Nacken. Sie waren ganz nahe dran. Was, wenn auch der Täter mit Jähnig und Kirsten in Torgau gesessen hatte? Wenn dieser dunkle Ort deutscher Geschichte die Verbindung zwischen den beiden Opfern war, warum nicht auch zu ihrem Mörder? Das konnte nicht bis Montag warten! Sie brauchten diesen Beschluss sofort. »Ich kümmere mich darum und melde mich, sobald ich was in Erfahrung gebracht habe. Fahrt erst mal ins Hotel und geht was essen!« Er verabschiedete sich, drückte das Gespräch weg und wählte Wahlers Nummer.

Der Leiter der Mordkommission ging sofort ran. Er sagte zu, sich mit Helge Blumthal in Verbindung zu setzen. Wahlers Stimme übertrug seine Aufregung. »Ihr bekommt euren Beschluss!«

Haverkorn setzte sich und sah hinaus auf die schaukelnden Boote im Hafen. Kurzzeitig ließ ein Sonnenstrahl das Wasser glitzern, dann war er verschwunden. Würden sie in den Akten in Torgau etwas finden? Es lagen über dreißig Jahre dazwischen.

Torgau, dachte er. Die leidvolle Vergangenheit des berüchtigtsten Umerziehungsheimes der DDR wird nun ans Licht gezerrt. Die Jugendlichen von damals sind längst erwachsen oder tot. Wie viel Schmerz und Leid haben sie erfahren, dass es bis in die Gegenwart reicht? Genug, um zwei Morde zu begehen?

†

Die Große Kreisstadt Torgau lag nordwestlich von Dresden an der Elbe, umgeben von Heidelandschaft und Elbauen. Hier waren im April 1945 die Spitzen von Roter Armee und U.S. Army aufeinandergetroffen, und die Soldaten hatten sich auf den Ruinen der zerstörten Elbbrücke die Hände gereicht. Die Stadt, deren herrliche Altstadtstraßenzüge mit den Patrizierhäusern in der nachfolgenden Epoche der Misswirtschaft zunehmend verfielen und deren Name durch das dunkle Kapitel des berüchtigtsten

DDR-Spezialheims überschattet wurde, hatte sich nach der Wende zu einer der schönsten Renaissancestädte Deutschlands entwickelt.

Frida und Anja hatten einen grauen, gesichtslosen Ort erwartet. Das Gegenteil war der Fall. Torgau hatte sich in den letzten Jahren herausgeputzt wie eine in die Jahre gekommene Braut, die sich ihrer Vergangenheit nicht schämte.

Die Adresse der Gedenkstätte trug den romantischen Namen Fischerdörfchen 15 und befand sich in der Nähe der Elbbrücke. Sie parkten vor dem Eingangsbereich des lachsfarbenen Gebäudes, das nichts mehr von dem bedrohlich dunklen Kasten hatte, den sie auf den historischen Fotos im Internet gesehen hatten. Sie stiegen aus, und Frida blieb mit einem prüfenden Blick stehen. Auch die hohen Mauern, mit denen der Komplex damals eingefasst gewesen war, waren verschwunden. In den unteren Fensterscheiben des sanierten Eingangsgebäudes waren riesige Bilder von ehemaligen Insassen des Jugendwerkhofes angebracht worden. Vor dem Eingang stand ein Aufsteller mit dem Porträt eines Mädchens. *Ziel: Umerziehung* stand groß darauf gedruckt. Hier hatten Jungen wie Mädchen eingesessen.

Frida hatte im Internet gelesen, dass der Gebäudekomplex, bevor im Mai 1964 der geschlossene Jugendwerkhof hier einzog, bereits ein Gefängnis gewesen war. Hohe Mauern, Wachtürme und vergitterte Fenster waren der Jugendhilfe der DDR offenbar als der geeignete Ort für dieses Umerziehungsheim erschienen. Erst im November 1989 war der Jugendwerkhof geschlossen worden. In fünfundzwanzig Jahren waren über viertausend Jugendliche hinter diesen Mauern viele Monate weggeschlossen worden, waren hier physischer und psychischer Gewalt ausgesetzt gewesen. Mehr als viertausend Einzelschicksale. Sie kannten nun zwei von ihnen.

Sie betraten das Gebäude durch den runden Torbogen, gingen einige Stufen hinauf und standen in den Räumen der Gedenkstätte. Im Erdgeschoss war die Dauerausstellung eingerichtet worden. Frida las den Titel: *Ich bin als Mensch geboren und will als Mensch hier raus.* Überall waren Fotos an die Wand gepinnt, daneben Erklärungstafeln befestigt worden. In einer Nische mit Sitzmöglichkeiten lief ein Film in Schwarz-Weiß, historische Aufnahmen flackerten über die Wand, eine Stimme erklärte Hintergründe. Frida wandte sich ab. Überall blickte sie in die Gesichter der ehemaligen Insassen: junge Gesichtszüge, ernst, verträumt, einige lächelten sogar. Passbilder, die entstanden waren, lange bevor die Jugendlichen nach Torgau gekommen waren, wo man sie zu brechen versuchte. Bedrückende Zeitzeugnisse, wohin Frida schaute. Sie rieb ihre Arme, um die Gänsehaut loszuwerden.

»Hallo!« Eine junge Frau mit einigen Akten im Arm stand plötzlich neben ihnen. »Die Ausstellung ist heute leider geschlossen.«

»Wir suchen Frau Landau.« Anja zeigte ihren Dienstausweis und stellte sie beide vor.

»Ich weiß gar nicht, ob sie da ist. Haben Sie einen Termin mit ihr?«

»Haben wir. Sie erwartet uns«, antwortete Anja.

»Ach, für Sie hat meine Kollegin die Videos in der Ausstellung angestellt«, sagte die Frau und wirkte beruhigt. »Ich dachte schon, ich hätte sie über Nacht versehentlich laufen lassen.«

Während Anja mit der Mitarbeiterin der Gedenkstätte redete, sah Frida sich weiter um, betrachtete ein historisches Foto des Gebäudes, den Innenhof mit Sturmbahn, eingerahmt von Wachtürmen. Sie kam zu einem künstlich angelegten schwarzen Gang, der immer enger wurde. An den Wänden informierten Bilder und kurze Texte über die Einweisungsbehandlung aller Neuankömmlinge. Wörter waren hinter Positionsmarkierungen auf den Boden gemalt: *Ausziehen – hier!*, dahinter *Haare ab!* und *Drei Tage Einzelarrest!*. Sie war froh, als Anja ihren Namen rief und die Mitarbeiterin sie ins Obergeschoss führte.

Elke Landau war eine zierliche Frau mittleren Alters. Sie trug einen modernen Kurzhaarschnitt und einen selbst gestrickten Cardigan. Ihre ganze Person strahlte eine besonnene Aufgeräumtheit aus, die Frida an diesem Ort am wenigsten erwartet hatte. Die wissenschaftliche Referentin der Gedenkstätte bot ihnen Kaffee an, den sie ablehnten. Dies hier war kein Kaffeekränzchen. Frida hätte ohnehin nichts herunterbekommen. Ihr Magen fuhr Karussell, seit sie das Gebäude betreten hatten.

»Vielen Dank, dass Sie heute Zeit für uns haben«, sagte Anja und setzte ein professionelles Lächeln auf.

»Ich hatte noch etwas Papierkram zu erledigen.« Die Referentin streifte die Ärmel der Wolljacke nach oben. »Sie sagten gestern am Telefon, dass Sie die Akten der Ehemaligen aus dem Jahr 1988 einsehen möchten. Können Sie mir mehr dazu sagen?«

Anja erklärte ihr Anliegen, während Frida das Büro in Augenschein nahm. Ein heller Raum mit Holzmöbeln und riesigen Regalen voller Akten und Bücher. Hier lagerte ein Stück DDR-Geschichte. Ob schon alles aufgearbeitet war, was in den fünfundzwanzig Jahren, in denen die Jugendhilfe der DDR sich hier eingemietet hatte, vorgefallen war? Oder war es, wie so vieles aus jenen Jahren, längst verloren – in winzige Teilchen geschreddert oder zu Asche verbrannt?

Elke Landau war mit Anjas knapper Erläuterung zufrieden. »Nein, wie ich schon am Telefon sagte, wir haben keine Belegungslisten der Insassen hier.« Sie schien es ehrlich zu bedauern, dass sie damit nicht dienen konnte. »Alle Akten, die 1989 nicht vernichtet wurden, liegen im Bundesarchiv in Berlin. Die Kopien, die wir hier haben, sind nur ein Bruchteil davon.«

»Dürfen wir sie trotzdem einsehen?«

Sie nickte. »Natürlich! Sie dürfen sich alles ansehen, was Sie für Ihre Ermittlung brauchen.«

»Was haben die Jugendlichen damals verbrochen, um hier zu landen?«, fragte Anja. »Sie wurden ja offenbar wie Schwerkriminelle behandelt.«

Elke Landau verzog unmerklich den Mund, als habe sie dieses Wort einmal zu oft gehört. »Von ihnen war niemand kriminell geworden. Sie waren in anderen Umerziehungseinrichtungen aufgefallen, weil sie vorlaut oder aufsässig waren oder sich nicht unterordnen wollten. Manche auch, weil sie zu flüchten versucht hatten oder es ihnen angedichtet wurde. Es gab keine richterliche Anordnung für die Einweisung hier.« Die wissenschaftliche Referentin lehnte sich nach vorn, was die Eindringlichkeit ihrer Worte unterstrich. »Jeder einzelne Fall ging über den Schreibtisch von Margot Honecker …«, sie wartete kurz und registrierte, dass ihre Zuhörerinnen bei diesem Namen ein Nicken andeuteten, »… im Ministerium für Volksbildung. Dort musste die Zustimmung gegeben werden, wenn ein Jugendlicher nach Torgau eingewiesen werden sollte.«

»Hatten die Eltern ein Mitspracherecht?«, fragte Frida.

Sie schüttelte den Kopf. »Nein. Sie wurden nur postalisch informiert, dass ihre Kinder hier einsaßen. Die Jugendhilfe hatte ein höheres Entscheidungsrecht als die Eltern selbst. Ihnen wurde vermittelt, dass es hier um die Anbahnung eines Umerziehungsprozesses ging. Durch eiserne Disziplin, Kollektiverziehung und paramilitärischen Drill wollte man aus den Jugendlichen vollwertige Mitglieder der sozialistischen Gemeinschaft machen.«

»Ich habe viel Material im Netz gefunden. Es gibt Bücher, die von Ehemaligen geschrieben wurden. Haben Sie noch Kontakt zu ihnen?«

»Natürlich! Einige kommen regelmäßig und stehen uns sogar für Zeitzeugengespräche zur Verfügung. Andere wollen diesen Ort noch einmal sehen, wollen ihn ihren Kindern oder Angehörigen zeigen. Wieder andere kommen allein. Sie schämen sich zutiefst, können mit niemandem darüber reden, dass sie hier im Jugendwerkhof einsaßen. Aber viele versuchen, die Zeit hier drinnen einfach nur zu vergessen.« Sie machte eine einladende Bewegung mit den Händen. »Wie wäre es mit einer kurzen Führung, bevor Sie die Akten durchsehen? Haben Sie die Zeit?«

Frida sah Anja an, die sofort aufstand. »Die nehmen wir uns!«

Die Referentin führte sie durch die Ausstellungsräume, erklärte und gestikulierte. Ihr war es in Fleisch und Blut übergegangen, über die beinahe vergessenen Schicksale der Insassen zu sprechen. »Die individuelle Persönlichkeitsentwicklung der Jugendlichen sollte unterbunden werden. Eigenständiges Denken und Verhalten war nicht erwünscht. Deshalb auch die Kollektiverziehung. Wenn einer von ihnen Mist baute, wurden alle bestraft. So maßregelten sich auch die Jugendlichen untereinander.« Sie führte sie zum nächsten Raum. »Das Schlimme ist: Viele der Menschen, die heute in Torgau leben, glauben immer noch, dass hier damals Asoziale einsaßen. Wie falsch das ist, wollen sie bis heute nicht wahrhaben. Sie sind davon überzeugt, dass diejenigen, die in den geschlossenen Jugendwerkhof kamen, kriminell oder asozial waren.«

»Aber hier in der Ausstellung werden diese Missverständnisse doch beseitigt.«

Die Referentin steuerte mit einem desillusionierten Zug um den Mund auf die nächste Ausstellungsfläche zu. »Viele waren nie hier und wollen das auch gar nicht sehen. Sie wollen an ihrer Meinung festhalten und mit dem Thema ›Geschlossener Jugendwerkhof‹ nicht in Berührung kommen.«

»Aber es gehört doch zur Geschichte ihrer Stadt!«, begehrte Frida auf. »Wie kann man das so einfach verdrängen?«

Elke Landau hatte nur ein müdes Lächeln für sie übrig.

»Was ist aus dem Hof geworden? Und der Sturmbahn, die man auf den Fotos sieht?«, fragte Anja.

Eine gewisse Verlegenheit lag plötzlich auf dem Gesicht von Elke Landau. »Die gibt es nicht mehr. Im Hof wurden Gärten angelegt, so wie in großen Teilen des ehemaligen Zellentraktes Wohnungen entstanden sind. Die neue Gestaltung reichte vielen Einwohnern, um das große Vergessen einzuleiten. Zum Glück konnten wir das damalige Verwaltungsgebäude für die Gedenkstätte erhalten.«

»Dann gibt es hier nur noch diese Fotos?« Frida wies auf den Ausstellungsraum. »Keine echten Zellen mehr?«

»Nicht ganz. Kommen Sie, ich zeige Ihnen noch etwas.«

Elke Landau holte einen Schlüssel und führte sie über den begrünten Hof zu einer Eingangstür des neuen Wohntraktes. Vom hellen und freundlichen Treppenhaus ging es in den Keller. Dort erreichten sie eine Tür, die die Referentin aufschloss. »Wir konnten zum Glück die drei Dunkelzellen erhalten.« Sie gingen hinein. Der Geruch nach feuchtem Keller und Mäusedreck schlug ihnen entgegen. Im Funzelschein des Kellerlichts liefen sie hintereinander den schmalen Gang entlang, von dem drei Gelasse mit Stahltüren abgingen, und tauchten weit in die Vergangenheit ein. Fridas Nackenmuskulatur krampfte, ihr Atem flatterte. Was war das hier unten?

Die Referentin öffnete die letzte Zelle, die winzig war. Frida ging hinein und hatte das Gefühl, keine Luft zu bekommen. Noch immer war der von den Insassen gehasste graugrüne Lack zu sehen, halbhoch klebte er wie eine letzte Mahnung an der Kellerwand, blätterte langsam ab. Das Fenster aus Glasbausteinen war von außen mit Sichtblenden abgedunkelt. Unter dem Fenster war nachträglich ein großes Zitat auf einem Kunststoffträger angebracht worden. *Ich bin als Mensch geboren und will als Mensch hier raus.*

Frida schluckte, spürte ihre trockene Kehle. Sie hatte den Drang, diesen engen Raum sofort wieder zu verlassen. Aber Anja und Elke Landau standen hinter ihr, sie konnte nicht zurückweichen. Wie war es erst den Jugendlichen ergangen, die in diesem dunklen Loch in totaler Isolation eingesperrt worden waren?

»Hier wurden die Jugendlichen in den Arrest gesteckt. In völliger Dunkelheit, manchmal tagelang.« Elke Landau räusperte sich, ihre Stimme bebte, auch wenn sie diese Dinge sicherlich schon unzählige Male erklärt hatte. »Danach macht man alles, was von einem verlangt wird, nur um nicht mehr hier reinzumüssen.«

»Unfassbar!«, flüsterte Anja. Ihr Gesicht war bleich vom Kellerlicht. Oder war ihr ähnlich übel wie Frida?

»Und hier …« Die Referentin führte sie zurück zum Kellereingang, stellte sich vor eine nicht mehr als ein Meter hohe Kellernische, die sie anfangs übersehen hatten. »… das ist der sogenannte Fuchsbau. Da mussten sie sich stundenlang reinhocken, konnten sich nicht mal aufrichten. Ich habe es ausprobiert. Eine Tortur, das auch nur fünf Minuten durchzustehen.« Sie drehte sich zu den Polizistinnen um. »Damals sprach man bei diesen Maßnahmen von Umerziehung …«

»Und heute von Folter!«, beendete Frida den Satz.

Sie stiegen wieder hinauf ins Tageslicht und saßen kurz darauf in Elke Landaus Büro. Sie schenkte Wasser in Gläser und stellte die Flasche auf den Schreibtisch. Frida trank durstig, schenkte sich nach. »Kann man so etwas ohne seelische Schäden überstehen?«, fragte sie.

»Die meisten von ihnen haben Traumata davongetragen, die sich bis in ihr heutiges Leben ziehen. PTBS, Schlafstörungen, Drogenkonsum, Alkoholismus, jahrelange Therapie. Nicht wenige sind heute Frührentner, hatten ihr Leben lang Schwierigkeiten, Beziehungen aufzubauen, Nähe zuzulassen.«

Frida dachte an Kirsten und Jähnig. »Wir kennen nun zwei von ihnen. Der eine war der typische Wendeverlierer. Er war Alkoholiker, saß noch zu DDR-Zeiten im Knast, hielt sich nach dem Mauerfall mit Hilfsjobs über Wasser.« Sie überlegte kurz, ob sie von seinem Tod berichten sollte, ließ es aber bleiben. »Der andere hat sich in Hamburg zu einem Selfmade-Millionär hochgearbeitet«, erzählte Anja.

»Der ist wohl eher die Ausnahme«, bestätigte die Referentin nachdenklich. »Aber gut zu hören, dass es auch solche gibt bei der Vielzahl der Gestrauchelten.«

Anja streckte ihre Schultern und wagte einen knappen Blick auf ihre Uhr. »Vielen Dank für Ihre Ausführungen und die Führung! Aber ich denke, wir müssen uns jetzt auf die Akten stürzen.«

Elke Landau stand auf. »Natürlich! Alle Aktenkopien von Insassen, die wir hier haben, sind im Archiv. Nehmen Sie sich Zeit, ich bin hier, wenn Sie mich brauchen.«

Die nächsten Stunden saßen Frida und Anja über die Sonderakten gebeugt. Wahre Schicksale, dokumentiert und auf Papier gedruckt, damit sie nie vergessen wurden. Jeder Akte waren die Genehmigung der Recherche sowie eine Kopie des Personalausweises des ehemaligen Insassen beigefügt. Sie fanden weder Material über Holger Jähnig noch über Jochen Kirsten. Ab und zu lasen sie sich etwas vor, was sie bewegte, meistens schwiegen sie, arbeiteten ohne Unterbrechung. Nur das Rascheln des Papiers war zu hören und der Regen an der Scheibe, der mittlerweile auch Torgau erreicht hatte.

Kurz vor drei sichteten sie den letzten Aktenstapel. Fridas Konzentration ließ nach, die Zeilen verschwammen vor ihren Augen. Sie wischte über ihr Gesicht, trank einen Schluck Wasser und blätterte weiter, überflog die Seiten. Auch Anja war nicht mehr hundertprozentig bei der Sache. Sie hatte ihr Kinn auf die Hand gestützt, blätterte mehr, als dass sie las.

»Das hat doch alles keinen Sinn hier. Nach was suchen wir eigentlich? Ohne eine Belegungsliste von 1988 kommen wir nicht weiter.«

»Bjarne hat mir eine SMS geschrieben. Wahler versucht wohl, diese Liste im Bundesarchiv in Berlin zu beschaffen.«

Frida atmete schwer, als sie nach der nächsten Akte griff und sie aufschlug. Sie sah auf die Kopie des Personalausweises, der Name sprang sie sofort an. *Trautmann Werner.* Konnte das ein Zufall sein? Dieser Vorname war so selten. Ihr Herz machte einen Satz. Sie sah Anja an, sagte jedoch nichts. Sie wollte sich sicher sein, sah lange das Passfoto an. Darauf war ein Mann mittleren Alters zu sehen, glatt rasiert mit kurz gescheiteltem Haar. Der dunkle Blick war aufmerksam in die Kamera gerichtet, ihm schien nichts zu entgehen. Diesen Blick kannte sie. An den Augen hatte sie ihn sofort erkannt, auch wenn er hier auf dem Foto keinen Vollbart trug und mittlerweile Trautmann Peters hieß. Sie suchte die Daten seiner Überstellung nach Torgau, verglich sie mit denen von Jähnig und Kirsten. Wenn noch ein Restzweifel bestanden hatte, war er jetzt ausgeräumt. Frida sah Anja an. »Ich habe was gefunden!«

# Kapitel 21

Haverkorn schielte zu der Käseplatte, die Henni für ihn und Frida bereitgestellt hatte. Aber er besann sich und schnitt den Bergkäse nicht an. Dafür nahm er sich eine der italienischen Brotstangen, die seine Tochter auf Vorrat gebacken hatte. Henni hatte sich nach oben zurückgezogen, um eine TV-Serie zu schauen, die etwas mit einem Banküberfall, roten Overalls und Dali-Masken zu tun hatte. Den Namen hatte er wieder vergessen. Ab und an wehten Gewehrsalven und ein paar Zeilen des Partisanenliedes *Bella Ciao* in die Küche, weil sie oben die Tür offen gelassen hatte. War das Hennis Ablenkungsmanöver, weil Arno Veltins sich nicht mehr hier hatte blicken lassen? Oder telefonierten die beiden, bis die Handys heiß wurden, ohne dass er es bemerkte?

Nicht meine Baustelle, dachte er und vertiefte sich in die Unterlagen, die er über Trautmann Peters zusammengestellt hatte. Viel war es nicht. In POLIS hatte er keine Einträge über den Ornithologen gefunden, polizeilich gesehen war seine Weste sauber. Haverkorn nahm die Kopie der Heiratsurkunde in die Hand. 1998 hatte Trautmann Werner den Namen seiner Frau – Peters – angenommen. Diesen hatte er auch nach der Scheidung behalten. Es war immer noch eher selten, dass der Mann den Nachnamen seiner Frau annahm. Meist dann, wenn sie den besser klingenden Namen hatte oder wenn es galt, mit dem neuen Namen eine emotionale Last abzustreifen. War es das, was den Ornithologen dazu bewogen hatte? War der Name Werner zu sehr mit seiner Vergangenheit verhaftet? Haverkorn blickte auf, sah auf das Fenster, hinter dem Regen, Wind und Dunkelheit die Herrschaft übernommen hatten.

Es klingelte, er schrak auf. »Ist für mich!«, rief er nach oben, wo Maschinengewehrsalven durchs Wohnzimmer jagten. Er ließ Frida herein, die übermüdet aussah.

»Verdammter Stau! Die A 7 ist eine Katastrophe!«

Haverkorn nahm ihr die Lederjacke ab, hängte sie auf. »Hast du Hunger?«

»Ich hatte so gehofft, dass du das fragst. Seit heute Mittag hab ich nichts mehr gegessen. Nein, warte, seit dem Frühstück im Hotel.«

Henni erschien oben an der Treppe. »Hi, Frida!«

»Hi!« Frida winkte.

Hinter Henni detonierte etwas ohrenbetäubend. »Sorry! Ich mache meine Tür zu.« Sie verschwand, und endlich konnten sie sich unterhalten.

»Komm rein! Henni hat uns eine Käseplatte und Dips gemacht.«

Frida warf eine Kusshand zur Decke. Sie setzte sich an den Tisch und schnitt dicke Scheiben vom Bergkäse, legte sie auf ein Stück Baguette, kaute hastig. »Hast du was gefunden …?«, fragte sie kauend.

»Über Peters? Nicht viel.« Er zeigte auf die Ausdrucke. »Er hat 1998 Claudia Peters aus Altendeich geheiratet, ist aus Jena zu ihr gezogen. Seit 2000 arbeitet er für den NAVE. Scheidung 2005, er behielt den Namen Peters bei.«

»Auffälligkeiten?«, fragte Frida und steckte sich ein Grissino in den Mund.

»POLIS hat keinen Eintrag zu Peters. Er führt offensichtlich ein unauffälliges Leben.«

Sie nickte und schob den Teller weg. »Unsere erste Begegnung im Wald auf Bargsand war seltsam. Ein bisschen unheimlich. Ich glaube, er hat mich beobachtet, bevor er sich aus dem Dickicht herauswagte.« Nachdenklich lehnte sie sich zurück.

Haverkorn nutzte die Gelegenheit und nahm sich vom Bergkäse, dazu ein Stück Baguette. Fehlte nur noch ein guter Roter. Jetzt wäre der richtige Moment gewesen, den Sagrantino di Montefalco zu öffnen. Er würde sich eine neue Flasche besorgen.

»Peters hat irgendwas von einem Vogel erzählt, den er dort aufspüren wollte.«

»Die Himmelsziege«, frischte Haverkorn ihre Erinnerung auf. »Er hat davon gesprochen.«

»Vielleicht war er aus einem ganz anderen Grund auf Bargsand.«

Ihm klebte ein Stück Käse am Zahn, er pulte es mit der Zunge ab. »Du denkst, er hat bei unseren Ausgrabungen zugesehen?«

Sie zuckte konsterniert die Schultern, stippte ein Stück Brot in den Dip. Es schien ihr nahezugehen, dass sie den Ornithologen am Haken hatten. Sie mochte ihn offenbar. Das machte es nie leicht. Aber auch diese persönliche Distanzierung musste sie lernen, wenn sie in diesem Job bestehen wollte. Persönliche Gefühle hatten da nichts verloren. Sie verwässerten die kriminalistische Intuition und die Loyalität gegenüber ihrem Arbeitgeber.

»Wie geht's jetzt weiter?«, fragte sie mit belegter Stimme, spülte mit Wasser nach.

»Morgen früh gehen wir zu Peters und vernehmen ihn.

Erst mal als Zeugen. Darüber, dass wir wissen, dass er in Torgau war und beide Opfer kannte, halten wir uns erst einmal bedeckt. Vielleicht verrät er sich schon vorher. Dann legen wir ihm die Daumenschrauben an.« Haverkorn sah Frida ins Gesicht. »Willst du die Befragung übernehmen?« Er sah ihr in die Augen, in denen Überraschung lag.

»Ich?« Frida atmete durch, schien ablehnen zu wollen. »Na klar«, sagte sie dann. »Ich mache es.«

Haverkorn hatte nichts anderes erwartet. Ihr Ehrgeiz war geweckt, und sie war der Aufgabe gewachsen. Er stellte ein paar Fragen zu ihrem Besuch in Torgau. Frida atmete schwer, als sie begann, ihm von den Dunkelzellen und dem Fuchsbau im Keller zu erzählen.

†

Frida war todmüde. Sie war am Abend von der Autobahn direkt zu Haverkorn gefahren, wollte nur noch duschen, kurz mit Torben telefonieren und ins Bett. Morgen würde der Wecker um sieben klingeln. Sie brauchte Schlaf, um bei der Befragung topfit zu sein.

Es war kurz vor zehn, als sie den Jeep auf dem Hof ausrollen ließ. Ihr Körper wurde von Endorphinen geflutet, als sie Torbens Volvo vor dem Haus entdeckte. Es war Samstagabend, und morgen hatte er frei. Hatte sie ihre Verabredung vergessen, oder war er spontan aufs Land gekommen? Sie nahm an, dass er sie hatte überraschen wollen. Ihre Müdigkeit wich der Freude, gleich in seinen Armen zu liegen.

Sie entdeckte Milans Bulli vor der Halle, in der noch Licht brannte. Hatten er und Jo schon mit den Umbauten begonnen, obwohl die Baugenehmigung für das Boxstudio noch nicht vorlag?

Frida nahm ihre Tasche vom Beifahrersitz, stieg aus und ging hinüber. Das Tor zur Scheune war nicht ganz geschlossen. Ein Streifen Licht fiel auf den Hof, Fetzen eines Gesprächs wehten in die Nacht. Zwei Männerstimmen. Der dunkle Bass von Milan und Torbens Stimme, die ihr eine Gänsehaut bescherte, wenn sie nur an sie dachte. Frida schob das Tor auf und trat hinein. Die Führung war geölt worden, sie war kaum zu hören. Torben saß mit Milan auf der Couch, die sie aus der ehemaligen Arbeiterunterkunft hier in die Halle geschleppt hatten. Auch der Tisch stammte von dort und ein paar Stühle aus der ehemaligen Arbeiterküche. Zwei Bierflaschen standen vor ihnen, eine Tüte Chips lag daneben.

»Frida!« Milan hatte sie zuerst entdeckt. »Trinkst du ein Bier mit uns?«

Sie ging zu Torben und gab ihm einen flüchtigen Kuss. Dann begrüßte sie Milan, zog sich einen Stuhl heran und setzte sich. »Nee, danke. Ich bin total erledigt.« Sie nahm Torbens Bier und trank einen Schluck. »Ich geh gleich ins Bett. Wollte nur kurz vorbeischauen.« Die Halle war gefegt worden, das sah sie sofort. Im hinteren Teil standen zwei Paletten mit Rigipsplatten. Ein paar Eimer mit Spachtelmasse standen daneben. Werkzeug lag in einem Regal, das an der Wand rechts von ihr stand. »Ihr wollt schon loslegen?«, fragte sie und wies auf das Baumaterial.

»Ich habe gestern mit dem Bauamt telefoniert. Der Umbau ist kein Problem, sagen sie. Die mündliche Zusage habe ich also. Nur die schriftlichen Formalitäten dauern noch etwas.« Milan schob sich Kartoffelchips in den Mund, kaute bedächtig. »Wir wollen keine Zeit verlieren. Jo war den halben Tag im Großmarkt, um Duscharmaturen und Toilettenbecken zu besorgen. Sie kommt erst morgen wieder.«

»Wo ist Cat?«, fragte sie.

Milan lachte. »Sie war mit mir Baumaterial kaufen und verstaut es hinten im Wohnwagen. Das Ding wird richtig wohnlich. Hätte nicht gedacht, dass die Kleine sich so ins Zeug legt.«

»Was Cat sich in den Kopf setzt, das zieht sie durch. Danke, dass du ihr hilfst.«

Milan wehrte mit einem Kopfschütteln ab. Er hatte das Mädchen längst ins Herz geschlossen.

Torben legte seine Hand auf Fridas Knie, massierte es sanft. Seine Berührung löste einen kleinen Gefühlssturm in ihr aus. Sie legte ihre Hand auf seine. Er sah müde aus. Seine Woche schien ähnlich hart gewesen zu sein wie ihre. Dennoch war er am Samstagabend extra hier rausgefahren. »Schön, dass du da bist!«, flüsterte sie.

Milan schob sich Chips in den Mund und wusste nicht, wo er hinsehen sollte. Frida wusste nicht einmal, ob er in einer Beziehung war. Irgendwann würde sie ihn danach fragen.

»Ihr seid unglaublich!«, nahm Frida das Gespräch wieder auf und sah Milan an. »Wann legt ihr los?«

Die Hand des Boxtrainers knisterte schon wieder in der Tüte. »Morgen kommen ein paar Jungs aus Hamburg. Einige kennst du aus dem KRAFTWERK. Wir wollen die ersten Trockenbauwände setzen. Torben hat schon gesagt, dass er auch mit anpackt.«

»Ich kann mich schlecht in die Hängematte legen, wenn ihr hier drüben schuftet!«, sagte er. »Milan hat mir angeboten, dafür ein paar Stunden kostenlos mit mir zu trainieren.«

»Du willst boxen lernen?«, fragte Frida überrascht.

»Das werde ich wohl müssen, wenn ich mehr Zeit mit

dir verbringen will.« Torben hob eine Augenbraue. »Und bei einer Polizistin an meiner Seite ist es auch besser, wenn ich nicht der völlige Bewegungsidiot bin.«

Frida lachte und boxte ihn sanft in die Seite. »Ich habe morgen früh noch einen Termin. Danach kann ich euch helfen. Ich werde meine Mutter bitten, ein paar Brote zu machen und einen Eintopf zu kochen. Damit eure Helfer nicht verhungern.« Sie nickte in Richtung der Chipstüte. »Dann musst du dir nicht mit dem Müll den Magen vollschlagen.«

»Ich hatte kein Abendbrot!«, entschuldigte sich Milan und lachte. »Die Tüte lag noch drüben im Küchenschrank, wo wir die Möbel geholt haben. Ist erst kürzlich abgelaufen.«

»Wenn du Hunger hast, geh zu Marta. Du kannst ihr keine größere Freude machen, als dich an ihrem Küchentisch verwöhnen zu lassen.«

»Das lasse ich mir nicht zweimal sagen!« Milan hob sein Bier in Richtung des Hauses. »Auf Marta! Und Fridtjof, ohne den hier gar nichts laufen würde.« Er trank durstig.

Frida stand auf. »Ich gehe rüber. Bleibst du noch?«, fragte sie Torben.

»Ich trinke mein Bier aus. Geh schon vor, ich komme gleich.«

Sie ließ die Männer allein und ging ins Haus. Ihre Eltern saßen vor dem Fernseher. Fridtjof war auf der Couch eingeschlafen und schnarchte leise. Marta hatte die Gewalt über die Fernbedienung und verfolgte einen Bericht über das Sterben der Bienen in den USA. Arthur hob nur kurz den Kopf, als Frida hereinkam. Sein Schwanz bewegte sich, dann schlief er weiter. Bruno sprang an Frida hoch, bis sie ihm ausgiebig die Ohren gekrault hatte. Sie umarmte ihre

Mutter zur Begrüßung, überzeugte sie, dass sie bei Haverkorn gegessen hatte, und ging bald nach oben. Dort duschte sie ausgiebig und hüllte sich in ihren Bademantel. Als sie zurück in ihr Zimmer kam, saß Torben in ihrem Sessel. Lediglich die Nachttischlampe schickte ein schummriges Licht in den Raum. Sie ging hinüber, blieb vor ihm stehen. Ein paar Tropfen fielen von ihren nassen Haaren auf seine Knie. Er sah sie an und löste schweigend den Gürtel ihres Bademantels.

Am Sonntagmorgen, noch bevor das Glockengeläut der Deichgrabener Kirche übers Land wehen würde, stiegen Frida und Haverkorn vor einem gemütlichen Einfamilienhaus in Altendeich aus dem Passat. Das Haus lag am Ortsrand. Der nächste Nachbar war einige Hundert Meter entfernt. *C. & T. Peters* stand am Gartentürchen. Offenbar hatte Trautmann Peters nach der Scheidung nicht nur den Nachnamen seiner Frau, sondern auch das gemeinsame Haus behalten.

Frida gähnte und brachte das Holster unter ihrer Lederjacke in eine bessere Position, damit es nicht drückte. Sie hatte die halbe Nacht nicht geschlafen, war am frühen Morgen in wirre Träume gefallen und fühlte sich, als würde sie gleich vor eine Prüfungskommission treten. Haverkorn überließ ihr zum ersten Mal eine so wichtige Zeugenbefragung. Ausgerechnet Trautmann Peters! Sie vernahmen ihn heute offiziell als Zeugen, nicht als Beschuldigten. Noch konnten sie ihm nicht nachweisen, dass er tatsächlich an den beiden Tötungsdelikten beteiligt gewesen war. Dass er vor dreißig Jahren mit beiden Opfern im Jugendwerkhof Torgau eingesessen und der Kripo diese Information verheimlicht hatte, war ein höchst wackeliges Indiz. Ja, Peters hatte sich in der Nähe des Fundortes des Skeletts herumgetrieben. Und er hatte den Hinweis auf den nächtlichen Besucher auf Bargsand gegeben und sie so zu der Kiste mit den Klamotten und Wertsachen von Holger Jähnig geführt. Wahrscheinlicher war, dass es diesen Unbekannten gar nicht gab, sondern dass er sie selbst dort deponiert hatte. Was wusste Peters, wo sagte er die Wahrheit, und wo log er? Frida sollte ihm heute zu Leibe rücken, bis sein Kartenhaus zusammenfiel. Die halbe Nacht hatte sie sich über die Vorgehensweise Gedanken gemacht, sich ihre Fragen wieder und wieder durch den Kopf gehen lassen. Die Vernehmungstaktik, die sie auf der Polizeiakademie erlernt und vertieft hatten, erschien ihr plötzlich zu theoretisch. Sie musste sich vorsichtig herantasten. Peters war intelligent. Er durfte sie nicht zu früh durchschauen! Würde sie es schaffen, ihr Pokerface aufzusetzen?

Während sie zur Haustür gingen, wischte sie den kalten Schweiß ihrer Hände an ihrer Jeans ab. Was, wenn sie die falschen Fragen stellte oder noch schlimmer: einen Blackout hatte? Peters war ihr sympathisch gewesen. Vielleicht hatte sie es sogar ein wenig genossen, dass er mit ihr geflirtet hatte. Sie hatte sich geschmeichelt gefühlt, dass er sie als Frau und nicht lediglich als Polizistin sah. Und nun war er ihr Hauptverdächtiger.

Sie gingen durch den Garten, dem in seiner wilden Unberührtheit etwas Urwaldähnliches anhaftete. Blumen in allen Gattungen und Größen wucherten unkontrolliert bis über die Kieswege. Hatte Peters hier einfach im Frühjahr ein paar Bienenbomben fallen lassen? Im hinteren Teil stand ein Vogelhaus, an einem Schuppen waren Insektenhotels in den verschiedensten Formen angebracht. Eine verlassene Hundehütte stand daneben.

Frida blieb stehen. Jetzt wehten von Weitem die Glockenklänge der Deichgrabener Kirche heran. Kurz vor acht. Ob Peters schon aufgestanden war? Oder mochte er es, am Sonntag lange zu schlafen? Nein, als Vogelkundler war er sicher Frühaufsteher. Vielleicht war er ja sogar auf Bargsand in der NAVE-Hütte.

Haverkorn nickte Frida zu und betätigte die Klingel. Das Schrillen übertönte den satten Klang der Glocken. Es blieb ruhig im Haus. Haverkorn klingelte nochmals. Sie lauschten. »Er ist nicht da.«

»Vielleicht ist er im Garten?« Frida hatte noch im Ohr, dass er seinen Tee gern draußen trank.

Frida ging voraus. Auf einem gepflasterten Weg gingen sie um das Haus. Dahinter war eine Terrasse angelegt. Die Gartenmöbel waren zusammengestellt, die Terrassentür geschlossen.

»Wir kommen heute Mittag noch mal wieder.« Haverkorn wollte zurückgehen.

Frida trat näher an die bodentiefe Tür heran. Sie drückte neben ihrem Gesicht die Handkanten auf die Scheibe und spähte hinein. Sie konnte eine Küchenzeile erkennen. Auf der Arbeitsplatte lagen Dinge, die Türen der Hängeschränke waren geöffnet. Seltsam! Sie beugte sich näher heran, um besser sehen zu können. Plötzlich sprang die Tür auf. Überrascht sah sie Haverkorn an. Er nickte.

»Herr Peters?«, rief sie laut ins Haus. »Sind Sie da?«

Stille. Mit dem Ellenbogen schob sie die Tür auf. Einer der Küchenstühle war umgekippt. Schranktüren standen offen, Sachen waren herausgerissen worden und lagen überall herum.

»Hier stimmt was nicht«, sagte sie und zog ihre Walther P99Q aus dem Holster.

»Langsam!«, warnte Haverkorn und zog ebenfalls seine Dienstwaffe. Er blieb dicht hinter ihr, warf einen prüfenden Blick in die Umgebung, bevor er ihr ins Haus folgte.

Die Küche sah aus, als habe jemand etwas gesucht. Sie erschrak, als eine Katze vom Stuhl sprang und laut maunzte. Ein leerer Katzennapf stand neben der Tür.

Haverkorn zeigte auf das Wohnzimmer. Aufmerksam gingen sie durch die Tür. Hier bot sich ihnen ein ähnliches Bild. Offene Schubladen und Polster, die von der Couch gerissen worden waren.

Winzige dunkle Spritzer auf dem Fußboden fielen ihr ins Auge. Frida ging in die Hocke, um die Flecken genauer zu betrachten. »Das ist Blut!«

Haverkorn, der nun neben ihr stand, nickte nur kurz. »Das ist schon trocken, muss einige Stunden alt sein.« Er richtete sich auf und wählte eine Nummer auf seinem Handy. Hinter ihnen begann es zu klingeln.

Frida fuhr herum. Auf einem Regal lag das Handy des Ornithologen und flötete elektronische Klänge in die Stille, bis Haverkorn das Gespräch wegdrückte.

»Herr Peters?«, rief er nochmals. »Hier ist die Polizei!«

Keine Antwort.

»Wir gehen hoch!«, entschied er.

Sie durchsuchten auch die obere Etage. Überall das gleiche Bild. Umgeworfene Möbel, aufgerissene Schranktüren und Schubfächer. Von Peters keine Spur.

»Das gefällt mir nicht«, sagte Haverkorn. »Wenn er abgehauen wäre, hätte er ein paar Sachen gepackt und sein Handy mitgenommen.« Er öffnete ein Regalfach und gab einen überraschten Ton von sich. Haverkorn zog eine Folientüte aus seiner Manteltasche und hob damit den weinroten Reisepass des Ornithologen hoch, blätterte kurz, bis er sein Foto fand. »Den hätte er sicher nicht hiergelassen, wenn er Fluchtgedanken gehabt hätte.«

Frida dachte an das Blut im Wohnzimmer. Und die hungrige Katze. Ein Tierfreund wie Peters hätte sie niemals ohne Futter hier zurückgelassen. »Was, wenn wir völlig falschliegen? Wenn er nicht der Täter ist, sondern das nächste Opfer?«

†

Haverkorn stand am Schreibtisch und telefonierte. Er hatte noch nicht einmal den Mantel abgelegt, es war keine Zeit zu verlieren. Er trommelte das gesamte Team zusammen, während Frida von Peter Luers eine Karte der Unterelbe besorgte. Beinahe das gesamte Team hatte den Sonntag freibekommen. Aber darauf konnte er keine Rücksicht nehmen, wenn ein Mensch in Gefahr war. Und Trautmann Peters schwebte vermutlich in Lebensgefahr.

Er erreichte Wahler auf dem Handy. Sein Chef, den er offenbar bei seiner morgendlichen Joggingrunde störte, atmete schwer, als Haverkorn ihm die Situation schilderte. Wahler sagte zu, sich sofort auf den Weg ins Interimsbüro in Deichgraben zu machen. »Ich fordere bei den Kollegen von der Wasserschutzpolizei Unterstützung an«, sagte er und verabschiedete sich abrupt. Auch Haverkorn war klar, dass sie in den nächsten Stunden ein großes Gebiet der Elbe und ihrer Inseln absuchen mussten. Dafür brauchten sie Boote und mehr Leute. Wenn der Täter Peters in seiner Gewalt hatte, ging es um Stunden.

Wenn es nicht schon zu spät war.

Gegen zehn saßen sie dicht gedrängt im Hafenbüro und warteten auf den Anruf von Arne Thomsen, der mit einem zweiten Mann der Wasserschutzpolizei die NAVE-Hütte auf Bargsand überprüfte. Keiner rechnete noch damit, dass der Ornithologe sich darin aufhielt.

Frida hatte die Karte der Elbe und ihrer Inseln an die Wand gepinnt. Klaus, Anja und Ricarda standen davor und diskutierten über die Größe des Suchgebiets. Sie hatten farbige Pinnwand-Nadeln auf die Inseln Bargsand und Füürsand gesteckt. Aber es gab noch andere Inseln, die abgesucht werden mussten. War Peters dorthin gebracht worden? Ging es dem Täter darum, die sterblichen Überreste seiner Opfer da draußen zur Schau zu stellen?

»Sahen die Blutspritzer aus, als hätte es einen Kampf gegeben?«, fragte Henning und beugte sich über das Smartphone von Frida, die gerade ihm und zwei anderen Kollegen die Fotos von Peters' Haus zeigte, die sie heute Morgen gemacht hatte. Sie fand das entsprechende Foto mit den Blutspuren auf dem Fußboden und vergrößerte es.

Henning schürzte die Lippen. Drei kleine Blutstropfen. Wahrscheinlich hatte er mehr erwartet. »Kann natürlich von einer Verletzung stammen«, sagte er schließlich. »Vielleicht hat Peters sich zur Wehr gesetzt.«

Frida wischte zu den nächsten Fotos. Das Chaos im Haus überzeugte ihre Kollegen, dass sie es hier mit einer Gefahrenlage zu tun hatten. »Die Tür zur Küche ist aufgehebelt worden.«

»Ein simpler Einbruch scheidet aus?«, fragte Klaus. »Vielleicht ist er für die NAVE unterwegs, beobachtet irgendwo Vögel.«

»Sein Handy lag im Wohnzimmer«, erklärte Frida. »Ohne das Telefon wäre er sicher nicht weggegangen. Außerdem war seine Katze im Haus ohne Futter eingesperrt.«

Wahlers Smartphone klingelte, das Stimmengewirr verstummte. Alle starrten ihn an. Wahler trug heute Jeans, Sneakers und einen dunkelblauen Pullover. Langsam passte er sich der Couture seines Teams an. Ihr Chef nahm das Gespräch an, hörte einen Moment zu.

»Ja, okay. Dann weiß ich Bescheid. Bleibt bitte in Bereitschaft!« Er legte das Handy auf den Tisch. »Das war Thomsen. Die Hütte auf Bargsand ist leer!«, sagte er. »Fassen wir noch mal zusammen. Peters' Handy ist bei ihm zu Hause, sein Reisepass auch. Das Haus wurde aufgebrochen und macht den Eindruck, als sei es durchwühlt worden. Ihr habt Blut gefunden. Die KTU ist gerade drin und hat schon bestätigt, dass es menschliches Blut ist. Lüttje wird sich melden, wenn er mehr zu berichten hat. Peters konnte nicht wissen, dass ihr so brisante Details über seine Vergangenheit in Torgau herausgefunden habt. Dass er auf der Flucht ist, können wir erst mal ausschließen.« Nachdenklich sah er Haverkorn an, der gleich zu Beginn eine groß angelegte Suchaktion vorgeschlagen hatte.

»Entweder ist bei ihm eingebrochen worden, oder er ist entführt worden, wovon wir jetzt ausgehen müssen«, erklärte Wahler. Auf seinem Gesicht bildeten sich hektische Flecken. Daran sah Haverkorn, wie sehr er unter Druck stand. Wenn ein weiterer Mensch zu Schaden kam, würde Wahler die cholerische Seite von Hanno Tehfs, des BKI-Leiters, zu spüren bekommen. Mit Konsequenzen hatte dieser ihm sicher längst gedroht.

Wahler war kein einfacher Charakter. Aber er gab den Druck von oben nicht ungefiltert an seine Leute weiter. Er stellte sich vor sie, was Haverkorn ihm hoch anrechnete. Wahler sah einige Sekunden schweigend durch das Fenster auf den Hafen, schien eine Entscheidung zu treffen. »Wenn der Täter Peters in seiner Gewalt hat, dann sind sie wahrscheinlich irgendwo da draußen.« Er wies auf das Stück Hafenwasser, das sie sehen konnten. »Bjarne, du koordinierst den Einsatz mit unseren Leuten vom Büro aus! Hier läuft alles zusammen. Jede neue Spur wird Bjarne gemeldet.« Er sah die Mannschaft an, die Zustimmung signalisierte. »Ich habe mit der Einsatzleitung der Wasserschutzpolizei gesprochen, sie schicken mindestens noch ein weiteres Boot.« Er straffte seine Schultern. »Ich informiere unseren großen Chef. Und die Presse. Die Journalisten bekommen mit Sicherheit bald mit, dass hier eine Suchaktion auf dem Wasser läuft. Ich will keine Presseleute auf Booten haben. Sie können am Hafen aufbauen und auf unser Statement warten. Klar?« Er sah Haverkorn an, der nickte. »Ihr lasst euch von den Booten der Wasserschutzpolizei auf den Inseln absetzen und unterstützt dort die Suche«, fuhr Wahler fort. »Ich fordere noch ein paar Kollegen von der Bereitschaftspolizei an. Ich will hier nicht noch eine Leiche im Schlick haben!« Er sah seine Leute an und klatschte einmal in die Hände. »Auf geht's! Hoffen wir, dass es noch nicht zu spät ist.«

†

Frida stand neben Thomsen, der mit dem Aluminiumboot auf die Insel Füürsand zuhielt, das Suchgebiet, das ihnen von Haverkorn zugewiesen worden war. Anja saß an der Reling. Sie klammerte sich fest, blickte stoisch auf die Wasseroberfläche. Ihr Gesicht hatte den Farbton von Kalk angenommen. Wie Haverkorn war sie nicht seefest, aber auf ihren Zustand konnten sie momentan keine Rücksicht nehmen. Jede Minute zählte.

Der Leuchtturm kam in Sicht. Frida erinnerte sich an den Morgen, als sie vor diesem Gebäude die Leiche von

Jochen Kirsten am Strand vorgefunden hatten. Auch heute trieben Wolken darüber hinweg, aber zur Filmkulisse reichte der Anblick dieses Mal nicht aus.

Im Jahre 1896 erbaut, war das Leuchtfeuer anfangs mit Petroleum, später mit Gas betrieben worden. Frida wusste aus Erzählungen ihres Vaters, dass es bis Mitte der Sechziger hier einen Leuchtturmwärter gegeben hatte, der mit seiner Familie in dem Gebäude lebte. Eine Kuh, ein paar Schafe, Ziegen, Hühner und ein Gemüsegarten hatten ausgereicht für ihre Bedürfnisse. 1965 war schließlich ein Stromkabel zum Leuchtturm gelegt und dieser, als der Leuchtturmwärter starb, fortan mit elektrischem Licht betrieben worden, das vom Festland aus gesteuert werden konnte. Die Moderne zog ein, die Zeit der Leuchtturmwärter war vorbei. Die Insel verwaiste. 2010 war das Leuchtfeuer von Füürsand endgültig erloschen. Heute stand der Turm unter Denkmalschutz, sollte an einen privaten Investor mit entsprechenden Auflagen zum Erhalt verkauft werden, weil die Wasser- und Schifffahrtsverwaltung das Geld für die Erhaltung des nutzlos gewordenen Anwesens nicht mehr aufbringen konnte. Diesen Luxus, einen stillgelegten Leuchtturm auf einer kleinen Insel zu sanieren, konnte sich nur jemand leisten, für den Geld keine Rolle spielte. Hamburg, die Stadt der Millionäre, war nah. Ein extravagantes Gebäude wie dieses passte sicherlich bei einem von ihnen gut ins Immobilienportfolio.

Thomsen zog mit dem Boot eine Kurve und legte etwas oberhalb der Stelle auf Füürsand an, wo sie beim letzten Mal an Land geklettert waren. Nur dass die Flut den Strand überspülte, wo Kirsten eingegraben gewesen war. Thomsens Kollege warf die Planke aus und ging zuerst von Bord. Anja stand wackelig auf und balancierte mit Thomsens

Hilfe ans Ufer. Sie ging ein paar unsichere Schritte, rannte plötzlich los und übergab sich.

Frida folgte ihrer Kollegin und reichte ihr ein Papiertaschentuch. Anja nahm es in die Hand und wischte sich den Mund ab. »Ich war noch nie seetauglich. Aber hier auf der Elbe?« Sie atmete flach. Kalter Schweiß glitzerte auf ihren Schläfen. »Wie peinlich ist das denn?«

»Nicht jeder ist fürs Wasser gemacht.« Frida wandte sich in Richtung des Leuchtturms. »Komm! Schauen wir mal, was wir hier finden.«

Die Insel Füürsand war kleiner als Bargsand. Knapp fünfzig Hektar Land, mühsam dem Wasser abgerungen, mit Sand aufgespült und befestigt. Auf einer Warft, einem speziell aufgeschütteten Siedlungshügel, stand der rote Turm mit der Geländerplattform, über der sich die mittlerweile stillgelegte Leuchtfeuereinrichtung befand. Diese Laterne hatte ein schwarzes kegelförmiges Dach und eine Verglasung mit schrägen Fenstersprossen. So nah war Frida dem Leuchtturm noch nie gekommen.

»Wie hoch ist der Turm?«, fragte Anja, die zwischen Frida und dem Wasserschutzpolizisten lief. Sein Kollege war auf dem Boot zurückgeblieben, hielt per Funk mit ihnen Kontakt.

Thomsen blieb stehen und schützte die Augen mit der Hand, als er hinaufschaute. »Vielleicht vierzehn, fünfzehn Meter.« Kein Vergleich zu den riesigen Leuchtfeuern an der Nordsee, aber bis zur Stilllegung ausreichend für diese Flusslandschaft.

Frida lief hinter Anja, die immer noch etwas wackelig auf den Beinen wirkte. Sie würden die nähere Umgebung des Gebäudes erkunden, wahrscheinlich später mit dem Boot den gesamten Küstenstreifen der Insel absuchen, der besser einsehbar und nicht von einem Waldgebiet überzogen war wie Bargsand, das ihre Kollegen soeben durchforsteten.

Thomsens Funkgerät knackte. »Elbe 20 von Elbe 2, wo steckt ihr?« Knisternd meldete sich ein Kollege des zweiten Polizeibootes.

Thomsen hob das Funkgerät an den Mund. »Elbe 20 hört. Wir sind auf Füürsand am Leuchtturm. Sehen ihn uns kurz an.«

»Elbe 2 hat verstanden!« Ein statisches Knacken, dann waren nur noch ein paar Möwen zu hören, die über ihnen im Nordwestwind segelten.

Anja warf einen skeptischen Blick in die Umgebung. »Ich glaube kaum, dass der Täter hier mit Peters unterwegs ist. Er kann doch eins und eins zusammenzählen, dass wir diese Insel als Erstes absuchen«, sagte sie.

»Er weiß ja nicht, dass wir so schnell bemerkt haben, dass er Peters in seiner Gewalt hat«, gab Frida zu bedenken. »Außerdem scheint diese aufwendige und riskante Inszenierung auf den Inseln wichtig für seinen Modus Operandi zu sein.«

Thomsen war vor dem baufälligen Zaun stehen geblieben, der den Leuchtturm umgab. Die Gartentür aus Holz hing schief in den Angeln. Früher hatte es einen Viehstall auf der Warft gegeben, der längst abgerissen worden war. Der Gemüsegarten neben dem Gebäude, den die Leuchtturmwärterfamilie früher bewirtschaftet hatte, war ebenfalls verschwunden und einer asphaltierten Fläche gewichen, die nach dem verheerenden Hochwasser 1962 entstanden war, als das Wasser die Fußbodenebene der Wohnräume erreichte.

Aus der Nähe sahen sie, wie baufällig der Leuchtturm

mittlerweile war. Die rote Farbe blätterte von den gemauerten Wänden. Die unteren Fenster waren teilweise mit Brettern und Pappe vernagelt. Tiefe Risse im Mauerwerk, das Geländer, das die Plattform umrandete, war verrostet. Lediglich das Dach sah noch einigermaßen solide aus.

»Wollt ihr reingehen?«, fragte Thomsen, hakte die Gartentür auf und stieg die Stufen zu der asphaltierten Fläche hinauf.

»Lass uns erst mal außen eine Runde drehen«, schlug Anja vor, deren Wangen langsam wieder Farbe annahmen. Frida und Thomsen waren einverstanden. Sie gingen nach links, bewegten sich nun unterhalb der Laterne. Die beiden Fenster waren nicht einsehbar, weil sie von innen mit einem Sichtschutz versehen waren. Frida schaute nach oben und blieb stehen. Eine Dachrinne, die von der Laterne schräg nach unten zu einer Regentonne aus Metall lief, hatte ihre Aufmerksamkeit erregt. Sie trat näher, fasste den Rand der Tonne an, fühlte den Rost an den Fingern, der ins Innere rieselte. Die Tonne war bis zum Rand mit Wasser gefüllt. Eine dunkle undurchdringliche Oberfläche, die nach Fäulnis und oxidiertem Metall roch.

Thomsen und Anja waren schon weitergegangen.

Frida starrte ins Wasser. Ein Bild entstand in ihrem Kopf, wie Jochen Kirsten mit Gewalt gegen diese Tonne gedrückt, sein Gesicht unter Wasser getaucht wurde. Er wehrte sich, aber die dunkle Gestalt hinter ihm war stärker. Kirstens Körper erschlaffte und sackte zu Boden. Frida spürte ihre Aufregung. Wie weit war es von hier bis zu der Stelle, an der sein Körper gefunden worden war? Ein paar Hundert Meter. Für einen starken Mann dürfte es machbar gewesen sein, Kirstens Leichnam dorthin zu schleifen.

Sie trat zurück, entdeckte Schuhabdrücke neben der

Tonne. »Schaut mal!«, rief sie. Ihre Kollegen kamen zurück, und sie ließ sie an ihren Gedanken teilhaben. Thomsen, der nicht sofort verstand, was Frida andeutete, erklärte sie, dass in Jochen Kirstens Lunge Regenwasser gefunden worden war. »Wir sollten reingehen«, schlug sie vor und blickte an der verwitterten Mauer nach oben. Was verbarg dieses Gebäude?

Thomsen meldete per Funk zum Boot, was sie vorhatten. Sein Kollege antwortete sofort. »Verstanden! Seid vorsichtig!«

Sie gingen zum Eingang, stiegen die bröckelnden Stufen nach oben. Anja drückte die Klinke, aber die massive Holztür war abgeschlossen, die alte geschwungene Türklinke von Spinnennetzen überzogen. Sie ging zur Seite. Thomsen verstand. Er brauchte zwei beherzte Fußtritte, um das Schloss zu sprengen, dann trat er zurück, da die Kripo hier den Einsatz leitete.

»Gibst du mir deine Taschenlampe?«, fragte Anja. Thomsen zog eine Maglite-Stablampe aus seinem Koppel. Frida warf Anja einen Blick zu. Ihre Kollegin hatte ebenfalls ihr Holster unter der Jacke geöffnet.

Anja ging mit der Lampe voraus. Zu dritt tauchten sie ein in das Zwielicht des Denkmals, das in stoischer Erhabenheit seit über hundert Jahren auf dieser einsamen Insel thronte.

Anja leuchtete die Wände aus, fand einen Lichtschalter, drückte darauf. Nichts passierte. »Hätte mich auch gewundert«, sagte sie und ging weiter.

Frida spürte das Adrenalin in ihrem Körper. Dies war möglicherweise nicht bloß ein verlassenes Gebäude, sondern ein Tatort. Sie hielt sich dicht hinter Anja, dann folgte Thomsen.

Neben der Tür führte eine Treppe nach oben. Ein altmodisch gedrechseltes Geländer war nur eine der Hinterlassenschaften der historischen Bausubstanz. Das Erdgeschoss war leer, wenn man die Rattenköttel und bewohnten Spinnennetze nicht beachtete. Scherben knirschten unter ihren Schuhen. Es roch nach vermoderndem Holz und Rattenkot. Thomsen fand die Treppe und stieg über die knarzenden Holzstufen nach oben. Durch die Ritzen der Tür rieselten dünne Lichtstreifen. Der Wasserschutzpolizist zog sie mit einer beherzten Bewegung auf. Licht flutete ins Treppenhaus.

Frida wurde geblendet, presste die Augenlider zusammen. »Ach, du Scheiße!«, hörte sie Anja sagen, die vor ihr das Obergeschoss erreicht hatte. Ihr Puls beschleunigte sich. Sie riss ihre Dienstwaffe aus dem Holster, stieg die letzten Stufen hinauf und trat durch die Tür. Eine Ameisenarmee kroch über ihren Rücken, als sie sah, was sie in diesem stillgelegten Leuchtturm gefunden hatten.

## Geschlossener Jugendwerkhof, Torgau, 22. Mai 1988

Auf den Knien rutschte er über den Flur, schrubbte den weißen Fußboden. Ein Zinkeimer und Putzmittel standen neben ihm. Statt einer Bürste oder eines Lappens hatte er nur seine bloßen Hände, um die Flecken auf dem Boden zu entfernen. »Schneeweiß schrubben!«, hatte der Erzieher verlangt. Die Haut an seinen Händen war längst aufgeplatzt und brannte, aber er wusste, wenn er nicht ordentlich arbeitete, würde diese Tortur kein Ende nehmen.

Ein Streit zwischen ihm und Kirsten war eskaliert. Der andere hatte ihn provoziert. Natürlich war auch Jähnig nicht weit gewesen, sein Adjutant. Im Doppelpack fühlten die beiden sich sicher. Aber er hatte nicht klein beigegeben, hatte Kirstens Blick erwidert, und als dieser ihn anfassen wollte, hatte er ihn weggeschubst. In dem Moment war der Erzieher dazugekommen, hatte ihn von der Gruppe getrennt und hierher gebracht. Diese Strafarbeit war nicht das Schlimmste, auch wenn seine Hände höllisch wehtaten. Hier konnte er wenigstens seinen Gedanken nachhängen.

Als er am Ende des Flurs angekommen war, sah er sich um. Schneeweiß glänzte der Fußboden. Seine Hände dagegen waren knallrot und heiß. Die offenen Wunden schmerzten vom Putzmittel.

»Schon fertig?« Der Erzieher stand neben ihm, die Hände auf dem Rücken schritt er den Boden ab und betrachtete das Resultat.

»Jugendlicher Werner meldet, der Flur ist jetzt schneeweiß!«

Im Gesicht des Erwachsenen arbeitete es. Er zog eine dunkle Dose aus der Tasche. »Jugendlicher Werner, auf die Fußsohlen damit!«, befahl er.

Ungläubig starrte er auf die Dose mit schwarzer Schuhcreme, tat schließlich, was verlangt worden war.

»Im Entengang über den Flur«, befahl der Erzieher. Ein hämisches Grinsen legte sich auf seine Lippen.

Wütend ging er in die Hocke und schlurfte im Entengang los, verteilte die schwarze Creme von seinen Schuhsohlen auf dem perfekt geputzten Fußboden. Eine Schmach, die noch mehr wehtat als die Schmerzen in seinen Händen.

Als er sich aufrichtete und die schwarzen Schlieren auf dem weißen Gang sah, stiegen ihm die Tränen in die Augen.

»Habe ich nicht gesagt, schneeweiß schrubben?«, brüllte der Erzieher und ließ ihn stehen. Eine Träne rollte über seine Wange, schnell wischte er sie weg.

Als er die Hälfte geschafft hatte, stand plötzlich der Direktor neben ihm. »Jugendlicher Werner, mitkommen! Sie haben Besuch!«

Er richtete sich auf, wischte seine blutenden Handflächen am Arbeitsoverall ab und folgte Heidrich. Besuch? Er konnte kaum glauben, dass ihn jemand hier drin besuchte.

»Keine körperlichen Berührungen!«, schärfte ihm Heidrich ein. »Die Hände unter den Tisch! Und Sie erzählen nichts über die internen Abläufe, verstanden? Sport, Arbeit, das Essen, das ist alles tabu!«

Das Besucherzimmer war ein karger Raum. Lediglich ein Tisch und vier Stühle standen darin. Seine Mutter saß auf einem davon, Heidrich ließ sich neben ihr nieder. Er würde sie nicht allein lassen bei diesem Gespräch.

Er sah seine Mutter an, die müde aussah. Schmale Wangen, tiefe Augenschatten. Vielleicht ließ das Baby sie nicht durchschlafen. Sie hatte ein vorsichtiges Lächeln aufgesetzt.

Er setzte sich ihr gegenüber, legte die brennenden Hände auf seine Oberschenkel, damit sie sie nicht sehen konnte.

»Wie geht's dir?«, fragte sie.

So lange hatte er sich gewünscht, dass sie ihm diese Frage stellte. Und nun, da sie es tat, wusste er keine Antwort. Er schwieg. Sollte er die Wahrheit sagen? Wollte sie sie überhaupt hören? In ihm arbeitete es. Wusste sie, in was für einer Art Heim er hier war? Hätte sie das wirklich für ihren Sohn gewollt, dass er täglich geschlagen, erniedrigt und gequält wurde?

»Erzähl doch mal was«, versuchte sie erneut, das Gespräch in Gang zu bringen. »Wie sind deine Tage hier?«

Heidrich wurde unruhig, warf ihm einen ermahnenden Blick zu.

Er traf eine Entscheidung. »Bitte, hol mich hier raus«, flüsterte er.

Heidrich sprang vom Tisch auf. »Ruhe!«

»Sie schlagen uns!«, sagte er lauter. »… behandeln uns wie Tiere!«

Heidrich packte ihn am Ohr und drehte es, bis er vor Schmerz aufschrie. »Das war's. Ihr Sohn verbreitet Lügen, Frau Probst. Tut mir leid!«

»Hol mich hier raus, Mama! Es ist die Hölle hier!«, schrie er, als Heidrich ihn mit Gewalt durch die Tür nach draußen stieß.

# Kapitel 22

Der Raum, den Frida betreten hatte, war genauso leer wie das untere Geschoss. Auch hier bröckelte die Farbe von den Wänden, aber das Fenster war nicht verblendet worden, sodass das Licht, das durch die Dreckschlieren auf der Scheibe fiel, alles etwas mehr ausleuchten konnte.

Frida stand neben Thomsen vor einer Wand, auf der Unmengen an Fotos, Dokumenten und Zeitungsartikeln angebracht worden waren. Sie erkannte Aufnahmen, die Haverkorn und Torben bei der Bergung des Skeletts auf Bargsand zeigten. Vielleicht waren sie aus dem Film geschnitten worden, der im Netz kursierte.

Aber Frida ging eher davon aus, dass derjenige, der diese Wand gestaltet hatte, die Fotos am Fundort selbst gemacht hatte. Daneben hingen ausgedruckte Bilder, auf denen weiße Michelin-Männchen am Strand arbeiteten. Die Spurensicherung neben der Leiche von Jochen Kirsten.

Frida schluckte. So nah waren sie dem Täter noch nie gekommen, dennoch war er ihnen längst einen Schritt voraus.

Sie trat näher heran, erkannte Bilder und Zeitungsberichte über frühere DDR-Kinderheime. Die linke Ecke war dem Jugendwerkhof Torgau gewidmet. Kopien aus den Akten von früheren Insassen waren an Schnüren befestigt. An einige der Gesichter konnte Frida sich aus Torgau erinnern. Diese Akten hatte sie in der Hand gehalten. War der

Täter dort gewesen, hatte diese Unterlagen kopiert oder mit dem Smartphone abgescannt?

»Was ist das hier? Ein verdammter Altar?«, fluchte Thomsen.

Anja stand rechts außen, beugte sich vor und las etwas. »Es muss Monate gedauert haben, das zusammenzutragen.« Sie warf Frida einen Blick zu. »Wir müssen alles durchsehen. Hier an der Wand hängen Fotos von Menschen, die auch in Gefahr sein könnten.« Sie zeigte auf ein Bild. »Hier, das ist ein alter Zeitungsartikel. Darin sind das Foto eines Heimleiters und sein Name abgedruckt. Wir müssen rausfinden, ob er noch lebt.« Frida stellte sich neben Anja und sah, dass die verblichene Schwarz-Weiß-Aufnahme mit dem Marker in Neonorange umrandet worden war.

»Erst mal muss die Spusi hier rein, dann können wir das Material sichten.«

Thomsen wurde unruhig. »Wir sollten auch oben im Lampenraum nachsehen.« Sie rissen sich los von der Wand, die ein einziges schreiendes Motiv darstellte, und folgten ihm über die Treppe nach oben. Überwältigt von dem Ausblick blieben sie stehen, denn von dem verglasten Rundbau hatten sie einen gigantischen Blick auf die Elbe, die Inseln und die Marsch. Sie sahen Bargsand, vor dem das andere Polizeiboot vor Anker lag, und die kleine Insel Stüürmannsand. Linker Hand die riesigen Strommasten, die links- und rechtsseitig der Elbe standen.

Auch dieser Raum war leer. Lediglich ein altmodischer Holzstuhl stand hier oben. Darauf lag ein Fernglas. Thomsen betrachtete es und kratzte sich nachdenklich am Bart. Er stellte sich vor den Stuhl und blickte hinaus auf die Flusslandschaft. »Von hier aus kann man wunderbar den Strand von Bargsand sehen, wo das Skelett gefunden wurde.« Er hob den Arm und zeigte auf die Stelle, an der noch immer das Flatterband zu sehen war. »Und natürlich den Strand da unten, wo die Leiche des Hamburger Unternehmers im Sand steckte.«

Frida stellte sich neben ihn. »Du denkst, er hat uns von hier aus beobachtet?«

»Wenn er hier oben war, konnte er uns in aller Ruhe zuschauen, ohne selbst gesehen zu werden. Der ideale Beobachtungsposten.«

»Der hockte gemütlich auf seinem Stuhl und machte sich über uns lustig!«

Thomsens Funkgerät knackte. Der Kollege auf dem Boot fragte nach, was sie gefunden hätten. Der Wasserschutzpolizist erstattete ihm in knappen Sätzen Bericht.

Anja war wieder hinuntergestiegen, um Haverkorn zu informieren, dass sie die KTU hier benötigten.

Frida stand an der Scheibe und blickte hinunter auf die Elbe. Wo bist du, dachte sie. Beobachtest du uns gerade? Sollten wir dein Nest hier finden? Oder waren wir heute ausnahmsweise mal schlauer als du?

Sie betrachtete den altertümlichen Holzstuhl, auf dem das Fernglas lag. Wenn sie Glück hatten, waren seine Fingerabdrücke darauf. Oder DNA-Spuren.

»Hier unten ist noch was!«, rief Anja ihnen zu.

Thomsen und Frida kehrten zurück ins Erdgeschoss. Anja hatte die Haustür weit geöffnet, sodass es nun hell genug war. Sie stand vor einer niedrigen Metalltür, die sie beim ersten Rundgang übersehen hatten.

»Könnte ein Kriechkeller sein. Vielleicht haben sie da früher ihre Lebensmittel gelagert«, mutmaßte Thomsen. Er hakte den Riegel auf und zog die Taschenlampe vom Gürtel. Eine schmale Steintreppe führte nach unten in ein niedriges Gelass. Ein durchdringender Geruch nach Schimmel und Tierexkrementen stieg zu ihnen nach oben. Er zog den Kopf ein und stieg die Stufen hinunter.

»Hier ist was!« Seine Stimme klang hohl. »An der Wand ist eine Nische, dahinten ragt etwas Helles aus dem Boden. Könnte ein Knochen sein.«

Frida schluckte. »Ein menschlicher?«

»Kann ich nicht sagen. Ich komme schlecht ran. Das Ding müsste man erst mal ausgraben.«

»Nicht schon wieder!«, stöhnte Anja, drückte eine Taste auf dem Smartphone und hielt es ans Ohr.

»Sag Bjarne, ich rufe Torben an«, sagte Frida. »Er ist bei uns auf dem Hof. Er kann sich den Knochen gleich ansehen.«

Thomsen war wieder heraufgekommen. Er steckte die Maglite in sein Koppel, klopfte Staub und Spinnweben von der Uniform, Dreck von seinen Knien. »Das ist ein Rattenloch da unten. Die Wände sind ziemlich bröckelig und nass.«

»Fährst du uns zurück zum Hafen? Dr. Kielmann ist auf dem Hof meiner Eltern. Er muss sich die Knochen sofort ansehen, damit wir wissen, ob hier unten noch ein menschliches Skelett liegt.«

Eine Stunde später wimmelte es im und um den Leuchtturm von Leuten der Spurensicherung in ihren weißen Anzügen. Frida, Anja und Haverkorn, der sofort nach Füürsand gekommen war, standen draußen auf der Asphaltfläche und warteten auf Torben, den Thomsen gerade zur Insel brachte.

»Bisher haben wir keine Spur zu Peters und seinem Entführer«, berichtete Haverkorn. »Alle Inseln sind durchkämmt, die Kollegen der Wasserschutzpolizei fahren im Moment noch mal die Uferlinien ab.« Haverkorns Enttäuschung war groß. »Aber immerhin haben wir keine neue Leiche gefunden.«

»Vielleicht finden wir hier eine Spur zu ihm. Wenn er sich regelmäßig im Leuchtturm aufgehalten hat, war er möglicherweise unaufmerksam und hat Fingerabdrücke oder DNA hinterlassen«, sagte Anja, die ein Gesicht machte, als glaube sie selbst nicht daran.

»Oder wir finden etwas über ihn in den Unterlagen an der Wand.« Frida schützte die Augen mit der Hand und blickte hoch zur gläsernen Laterne, unter deren Dach der Mörder von Kirsten und Jähnig offensichtlich regelmäßig gesessen hatte. Auf Stuhl und Fernglas hatten sie keine Fingerabdrücke gefunden. Er war äußerst vorsichtig gewesen. »Was ist mit der Belegungsliste aus Torgau?«, fragte sie und wandte sich Haverkorn zu.

»Das Bundesarchiv hat so eine Liste, aber auch mit dem richterlichen Beschluss kommen wir da nicht ran. Die neuen Datenschutzbestimmungen sind so kompliziert, dass wir sie nicht ausgehändigt bekommen. Wir können einzelne Akten abfragen, aber nicht die Liste von allen ehemaligen Insassen. Das würde ja auch Menschen betreffen, die nichts mit unserem Fall zu tun haben.«

»Das darf doch nicht wahr sein!« Anja presste die Lippen zusammen. »Selbst wenn man damit weitere Straftaten verhindern kann?«

»Wahler bleibt dran und baut Druck auf. Aber wir können vorerst nicht auf diese Liste zählen.«

Das Tochterboot des Streifenbootes *Bürgermeister Weichmann* legte am Strand an. Torben kam über die Planke gelaufen und sprang an Land. Er hatte sofort zugesagt, zur Insel zu kommen, um sich den Knochenfund anzuschauen.

Horst Lüttje kam aus dem Leuchtturm. »Dr. Kielmann!«, rief er, als er Torben durch das Gartentürchen kommen sah. »Hier, nehmen Sie einen Overall!« Er wies auf ein paar Metallkoffer vor der Treppe zum Eingang. »Kommen Sie einfach rein, wenn Sie fertig sind.«

Torben begrüßte Haverkorn und Anja, zwinkerte Frida zu und ging hinüber zum Eingang des Leuchtturms. Dort zog er sich Overall, Schuhüberzieher und Latexhandschuhe an und stieg die Stufen hinauf, wo Lüttje bereits auf ihn wartete.

»Wenn wir hier noch ein menschliches Skelett finden, wird es brenzlig. Bisher konnten Wahler und Blumthal die Presse noch in Schach halten. Die Suchaktion hat eh schon eine Menge Staub aufgewirbelt. Am Hafen hängen einige Fotografen und Reporter rum.«

»Was hast du ihnen gesagt?«, fragte Frida.

»Das Übliche! Kein Kommentar!«

»Bjarne, kommst du mal? Es gibt ein Problem.« Horst Lüttje war erneut am Eingang aufgetaucht.

Frida blickte Haverkorn hinterher, als er leicht hinkend die Treppe hinaufstieg. Es schien ihm immens zuzusetzen, dass sie Peters nicht gefunden hatten. Er war ein alter Hase in diesem Job, hatte schon reichlich Rückschläge erlebt, aber auch er musste befürchten, dass sie zu spät kamen und den nächsten Leichensack schnüren mussten.

»Ich fahre noch mal zu Peters' Haus. Vielleicht finde ich da noch einen Hinweis«, sagte Frida. »Warum wurde das Haus durchwühlt? Hat der Einbrecher gefunden, was er gesucht hat, oder nicht? Und warum war es ihm so wichtig? Weil es uns zu ihm führen könnte?«

Anja hörte ihr aufmerksam zu. »Du hast recht! Bjarne!«, rief sie in Richtung des Gebäudes. Haverkorn kämpfte gerade neben dem Eingang mit dem weißen Overall, dessen Reißverschluss hakte. Ein Kriminaltechniker half ihm, ihn zu schließen.

»Frida und ich fahren nach Altendeich. Wir wollen uns das Haus von Peters noch mal vornehmen.«

Haverkorn machte ein Handzeichen, dass er einverstanden war, und zog sich die Kapuze über den Kopf. Dann stapfte er die Stufen hinauf und verschwand im Leuchtturm.

Frida machte sich mit Anja auf zu dem Aluboot, auf dem Thomsen stand und ins Funkgerät sprach.

†

Haverkorn blickte in den Kriechkeller, wo der Rechtsmediziner im Dreck kniete und den mobilen Strahler auf die linke Ecke neben der Treppe ausrichtete.

»Das Problem ist, dass der Knochen in einer Nische liegt. Er kommt da nicht vernünftig ran.« Lüttje massierte nachdenklich sein Kinn.

Haverkorn blickte in den Keller, dessen Decke so niedrig war, dass Torben nur in der Hocke arbeiten konnte. »Was schlagt ihr vor?«, fragte er den Leiter der Kriminaltechnik.

»Dr. Kielmann meint, wenn er an der Ecke ein Stück Wand mit einem Hammer abschlägt, kann er den Knochen erreichen. Das kann ich aber nicht entscheiden.« Seine Augenbrauen tanzten. »Der Leuchtturm ist über hundert Jahre alt und steht unter Denkmalschutz.«

»Torben, wie viel müsstest du von der Wand wegnehmen?«, rief Haverkorn nach unten.

»Nicht viel, ein oder zwei Ziegel!«, antwortete der Rechtsmediziner. »Nur so viel, dass ich in diese Ecke kriechen kann.«

Haverkorn überlegte, aber sie konnten nicht darauf warten, dass das Denkmalschutzamt eine Entscheidung fällte. Diese Behörde einzubeziehen konnte Tage dauern. Sie mussten sofort wissen, ob hier unten eine weitere Leiche lag. »Alles klar, fang an! Ich nehme es auf meine Kappe, wenn die Denkmalschützer sich aufregen, dass wir ihre Hütte hier zerlegen.« Er trat zurück und ließ einem der Techniker den Vortritt, der einen Vorschlaghammer nach unten reichte. »Soll ich das übernehmen?«, fragte er.

»Nee, lass mal. Es reicht, wenn ich hier im Dreck rumkriechen muss.« Torben nahm den Hammer. Er setzte einen Helm auf, den Lüttje ihm gegeben hatte, und drückte sich an die Wand in seinem Rücken. Er schwang den Hammer, so gut er konnte, und ließ ihn auf die Ecke der Backsteinwand niederfahren. Das Geräusch ging Haverkorn durch Mark und Bein. »Sei vorsichtig!«, rief er nach unten, wo Torben zum nächsten Schlag ausholte. »Nicht dass uns der Kasten um die Ohren fliegt.«

Torben setzte einige Schläge, konnte schließlich einen Ziegel herausziehen. »Noch einen. Gleich habe ich es!«

Haverkorn spürte eine seltsame Anspannung. Auch Lüttje sah aus, als habe er einen sauren Hering verschluckt. Im Keller schwebte eine Staubwolke. Bei jedem Schlag hielt Haverkorn die Luft an. »Hast du es? Oder soll dich jemand ablösen?«

»Alles klar, das reicht erst mal.« Torben hustete und legte den Hammer auf der unteren Stufe der Treppe ab. »Ich kann jetzt an die Stelle kriechen, wo der Knochen aus dem Boden ragt. Dann wissen wir, ob ich weitermachen muss.«

»Warte kurz!«, rief Lüttje. »Wir holen ein paar Holzbohlen zum Abstützen der Ecke!«

Torbens Stimme klang belegt vom Dreck im Kriechkeller. »Das dauert zu lange! Ich riskiere nur einen kurzen Blick!«

Haverkorn war nicht wohl dabei. Er hörte Lüttje neben sich atmen. Auch er schien besorgt zu sein. »Torben!«, rief Haverkorn. »Warte …«

Er vernahm ein Knirschen. Der Boden unter seinen Füßen schien zu erzittern. Dann folgte ein dumpfes Poltern. Staub wurde aus dem Keller zu ihnen nach oben gedrückt. Haverkorn hustete, wollte hinunter.

Lüttje hielt ihn zurück. »Torben!«, rief er. »Hörst du mich?«

Haverkorn bekam Staub in die Augen. Sein Herz pumpte. Die Stille da unten war schlimmer als das Geräusch, als die Decke des Kellers heruntergebrochen war. Ein gähnender Moment des Schweigens. Dann begannen alle durcheinanderzurufen. Nur Torben blieb stumm.

# Kapitel 23

Frida hörte von der Katastrophe auf Füürsand über den Funk des Polizeibootes. Haverkorn informierte alle am Einsatz beteiligten Kollegen, dass im Leuchtturm eine Decke eingestürzt war. Er sprach von einem Personenschaden, ohne Namen zu nennen. Die Polizeibootführer forderte er auf, schnellstmöglich Rettungskräfte vom Hafen zur Insel zu transportieren. Das hatte jetzt höchste Priorität. Die Suche nach Trautmann Peters wurde unterbrochen. Ein Rettungshubschrauber war angefordert worden und würde auf Füürsand landen. Zivilen Booten war die Zufahrt auf die Insel untersagt. Was hieß, er wollte weder Presse noch Gaffer vor Ort.

Frida wählte Haverkorns Nummer auf ihrem Handy. Der Anruf landete auf seiner Mailbox. Ein dumpfes Gefühl der Angst regte sich in ihr. »Ich muss zurück!«, schrie Frida gegen den Fahrtwind. »Torben war dadrin!«

»Du weißt nicht, was passiert ist. Bleib ruhig!« Thomsen änderte den Kurs und nahm wieder Fahrt in Richtung Füürsand auf, wo er Anja und Frida von Bord ließ. Dann wendete er das Boot und zog den Motor hoch, um im Hafen von Deichgraben die angekündigten Rettungskräfte aufzunehmen.

Frida rannte durch den Sand, konnte kaum atmen vor Aufregung. Sie sah das Gewusel der weißen Kriminaltechniker vor dem Eingang, entdeckte Haverkorn und Lüttje.

Wo war Torben? Sie konnte ihn nicht sehen.

Ihr Herz pumpte. Sie bekam kaum noch Luft, weil die Angst ihren Körper lähmte.

»Es geht ihm sicher gut!« Anja, die außer Haverkorn als Einzige im Team wusste, dass Frida mit Torben zusammen war, versuchte, mit ihr Schritt zu halten.

»Ich seh ihn nicht!«, rief Frida. Tränen verschleierten ihren Blick. Sie lief durch die Gartentür, rannte die Stufen hinauf. Vor Haverkorn blieb sie schwer atmend stehen. »Wo ... ist ... er?« Sie merkte, wie hysterisch ihre Stimme klang.

Haverkorns Blick sprach Bände. »Er war unten im Keller, als die Decke einstürzte. Wir tun alles, was wir können, um ihn rauszuholen.«

»Nein!« Frida wollte zur Tür laufen, spürte einen harten Griff am Arm. Haverkorn hielt sie fest. »Sei vernünftig! Du kannst ihm nicht helfen. Wir holen ihn da raus. Aber nicht, wenn du uns im Weg stehst.«

Frida wand sich aus seinem Griff, blieb jedoch stehen. Sie wischte sich Tränen und Rotz aus dem Gesicht. »Was ist passiert?«, flüsterte sie.

Haverkorn legte eine Hand auf ihren Rücken. »Er musste ein Stück Wand einreißen, um an den Knochen heranzukommen.« Er schloss die Augen, als habe er diesen Moment vor Augen. »Dann ist die Decke runtergekommen.«

»LEBT ER?« Frida merkte plötzlich, dass sie ihm direkt ins Gesicht schrie. Sie schaltete einen Gang zurück. »Sag mir, dass er am Leben ist!«

Er schürzte die Lippen, bewegte sich nicht. »Ich weiß es nicht. Wir haben den Kontakt zu Torben verloren.«

Frida taumelte zurück. Anja stand hilflos neben ihr. Sie

ließ sich von ihr die Stufen hinunterführen. Die Tränen liefen heiß über ihre Wangen. Sie schüttelte den Kopf. Wieder und wieder. Noch nie hatte sie solche Angst verspürt, einen Menschen zu verlieren.

Sie sackte zu Boden, stützte ihr Gesicht in die Hände. Ein leises Knattern näherte sich aus der Luft. Der Rettungshubschrauber flog über den Leuchtturm und landete auf der Grünfläche hinter ihnen. Sie spürte die Turbulenzen und sah, wie der Sand am Strand aufgewirbelt wurde. Kurz darauf liefen ein Notarzt und Rettungssanitäter mit einer Trage hinauf zum Eingang.

Frida saß starr im Gras. Sie beobachtete das Geschehen um sich herum, als wäre es ein Film. Die Geräusche drangen gedämpft wie im Nebel zu ihr durch. Sie hörte ihren Namen, konnte aber nicht sagen, wer zu ihr sprach. Anja beugte sich über sie, redete auf sie ein. Frida starrte durch sie hindurch.

Die Tränen waren versiegt. Sie hatte keine Kraft aufzustehen. Sie schloss die Augen. Einfach wegdämmern und irgendwann wieder aufwachen aus diesem Albtraum.

Jemand schüttelte sie. Frida riss ihre Augen auf.

Anja sagte etwas zu ihr, aber es kam nicht bei ihr an. »Sie haben ihn!« Anja schüttelte sie nochmals. »Hörst du mich? Sie haben Torben gefunden! Er lebt.«

*Er lebt.* Ihr Gehirn versuchte, diese Worte, die das Gehör aufgenommen hatte, zu verstehen. *Er lebt.*

Anja riss an ihr, zeigte auf den Leuchtturm. Frida kam endlich wieder auf die Beine. Die Geräuschkulisse überflutete sie wie eine riesige Welle. Stimmengewirr, das Knacken von Funkgeräten, das Rattern der Hubschrauberrotoren.

Sie sah, dass die Rettungssanitäter die Trage nach draußen brachten. Ein Körper lag darauf. Sein Kopf war fixiert, die Arme lagen auf seinem Körper. Ein Sanitäter lief neben ihm, hatte einen Arm gehoben und hielt ein Päckchen in der Hand, das mit einem Infusionsschlauch an Torbens Körper endete. Kochsalz? Eine Blutkonserve? Sie konnte es nicht erkennen. Frida drängte an Anja vorbei. »TORBEN!«

Haverkorn reagierte umgehend. Er stellte sich zwischen sie und das Rettungsteam. »Er lebt, ist aber nicht ansprechbar.« Ihre Blicke trafen sich. Die Sorge in Haverkorns Augen ließ ihre Hoffnung flattern wie ein loses Blatt im Wind. Sie wusste genau, wie hauchdünn der Grat zwischen Leben und Tod war. »Sie fliegen ihn ins UKE. Komm, Thomsen bringt uns nach Hamburg.«

Frida sah, wie die Rettungssanitäter die Trage mit Torben in den Hubschrauber hoben. Sie spürte einen tiefen Schmerz, als dieser abhob und in Richtung des Hamburger Universitätskrankenhauses davonflog. Halte durch, dachte sie. Ich bin bei dir. Ich lasse dich nicht gehen. Sie sah Haverkorn ins Gesicht und wischte sich entschlossen die Tränen weg. »Ja, los! Lass uns fahren!«

Die Männer nahmen sie in ihre Mitte, als sie auf dem Boot die Nummer anrief, die Torben ihr für Notfälle gegeben hatte. »Hier ist Frida Paulsen«, sagte sie zu der Frau, die das Gespräch annahm. »Frau Dr. Kielmann, es ist etwas passiert. Torben hatte einen Unfall.«

†

Die Dämmerung löschte langsam die Farben des Himmels über dem Wasser und ließ nach und nach die Silhouetten der Boote verschwinden. Haverkorn stand seit einigen Minuten am Fenster und starrte hinaus, ohne etwas wahrzunehmen.

Er hatte Frida ins UKE gebracht, wo sie im Warteraum zu einer stummen Salzsäule erstarrt war. Eine Schwester hatte ihnen gesagt, dass die Operation viele Stunden in Anspruch nehmen würde. Über Torbens Zustand durfte sie nichts sagen. Erst wenn seine Eltern im Krankenhaus ankamen, hatten sie die Chance, mehr zu erfahren.

Haverkorn hatte eine Zeit lang mit Frida ausgeharrt, aber immer wieder hatte sein Smartphone in der Tasche vibriert. Schließlich hatte er Johanna Arndt angerufen, die sofort ins UKE gekommen war. Fridas Freundin hatte sich stumm neben sie gehockt, und Haverkorn war gegangen, weil er Frida in guten Händen wusste. Er war nochmals zum Leuchtturm gefahren, wo die Bergungskräfte den Keller des Gebäudes abgesichert hatten. Am Nachmittag waren Wahler und zwei Bausachverständige aufgetaucht, die sich die Statik angesehen hatten und nun dabei waren, ein Gutachten zu erstellen, ob der Leuchtturm von der Spurensicherung betreten werden konnte. Diese Verzögerung der Arbeiten der Kriminaltechniker war fatal. Sie brauchten dringend eine Spur zum Täter, die möglicherweise in diesem Leuchtturm zu finden war. Aber die Sicherheit der Kollegen ging vor.

Morgen hatte er einen Termin mit einem Vertreter der Denkmalschutzbehörde, dem er Rede und Antwort stehen musste. Wahler hatte ihm angeboten, diesen Termin zu übernehmen, aber Haverkorn hatte abgelehnt. Er hatte die Entscheidung getroffen, dass die Wand eingeschlagen wurde. Er war dafür verantwortlich, dass die Decke eingestürzt war.

Und dass Torben schwer verletzt im UKE lag.

Niemand konnte sagen, welche Verletzungen er davongetragen hatte. Was, wenn er das Bewusstsein nicht mehr wiedererlangte?

Haverkorn spürte einen Druck auf der Lunge und merkte, dass er einen Anruf verpasst hatte. Er nahm das Smartphone in die Hand, die zitterte. *Nick Wahler*, stand auf dem Display. Er würde ihn später zurückrufen.

Die Suchaktion auf der Elbe war längst abgeblasen worden. Sie wussten nicht, wohin Trautmann Peters verschleppt worden war und ob er überhaupt noch lebte. Wahrscheinlich hatten sie den halben Tag im Dunkeln getappt, und der Täter frohlockte, dass er sie wieder einmal getäuscht hatte.

Haverkorn dachte an Frida. Wie ging es ihr jetzt? Sollte er sie anrufen und nachfragen, ob es Neuigkeiten von Torben gab? Er blickte auf das Handy in seiner Hand. Nein! Sie würde ihn sicherlich informieren, wenn sie etwas von den Ärzten erfuhr. Er musste sich gedulden.

Langsam humpelte er zum Schreibtisch, schaltete die Lampe an und suchte die Schmerztabletten. Sein Ischiasnerv feuerte mittlerweile bis ins Bein. Die Packung lag im Schubfach, er nahm sie heraus und stellte fest, dass sie leer war. Verdammt! Dieser Tag war eine einzige Katastrophe!

Eine Bewegung an der Tür ließ ihn aufschauen.

»Herr Haverkorn?« Trautmann Peters stand im Türrahmen. »Darf ich kurz reinkommen?«

Haverkorn starrte ihn an wie einen Geist.

»Sagen Sie es, wenn ich störe!« Ein verlegenes Lächeln.

»Geht's Ihnen gut?«, fragte der Kriminalhauptkommissar.

»Ja, danke!« Der Vogelkundler trat näher. Heute trug er Jeans und eine Lederjacke, nicht die Camouflage-Montur, die er sonst bevorzugte. »Ich wollte Sie fragen, warum an meiner Haustür ein Polizeisiegel klebt. Wurde eingebrochen?«

Haverkorn musste sich setzen und verzog vor Schmerz das Gesicht. Er zeigte auf den Besucherstuhl. Peters setzte sich.

»Wo waren Sie?«, fragte Haverkorn.

Peters schien diese persönliche Frage nicht als übergriffig zu empfinden. »Bei einem befreundeten Ornithologen in Husum.«

»Und da lassen Sie Ihr Handy zu Hause?«

Peters' Stirnfalte wurde tief. »Nur mein Diensthandy. Das private hatte ich dabei.«

Haverkorn konnte nicht fassen, dass sie daran nicht gedacht hatten. »Und Ihre Katze?«

»Was ist mit ihr?«

»Sie war im Haus ohne Nahrung.«

»Das kann nicht sein, sie war im Garten, als ich ging. Da bin ich sicher! Sie hat einen Platz im Schuppen, und da stehen auch ihre Näpfe.« Peters wurde ungehalten, weil er sich rechtfertigen musste, ohne zu wissen, warum. »Was ist denn eigentlich los?«

»In Ihr Haus wurde eingebrochen. Es wurde durchwühlt.« Haverkorn blies die Luft aus. »Wir sind davon ausgegangen, dass man Sie entführt hat, weil Ihr Handy im Haus lag und wir Blutspritzer gefunden haben.«

»Entführt? Was reden Sie da? Wer sollte mich denn entführen?«

Haverkorn stand auf und ging ein paar Schritte, setzte sich wieder. »Herr Peters, ich muss Ihnen einige wichtige Fragen stellen.«

»Na gut. Wie kann ich helfen?«

»Ich muss Sie hier und jetzt als Zeugen belehren.« Er schaltete die Diktierfunktion seines Smartphones ein, begann mit der Zeugenbelehrung und öffnete währenddessen sein Notizbuch. Er sah auf, als er fertig war. »Kannten Sie Jochen Kirsten und Holger Jähnig persönlich?«

Der Ornithologe schwieg, aber auf seinem Gesicht konnte Haverkorn ablesen, dass es in seinem Inneren arbeitete. Er kratzte sich am Bart, deutete schließlich ein Nicken an. »Ich kannte die beiden.«

»Woher?«

»Ich denke, das wissen Sie längst.«

»Ich brauche diese Aussage für das Protokoll.«

»Also gut!« Er sammelte sich, streckte kurzzeitig sein gesundes Bein aus. »Wir sind alle drei in der DDR aufgewachsen. 1988 waren Jähnig, Kirsten und ich im ...«, er schluckte, räusperte sich, »... geschlossenen Jugendwerkhof in Torgau, einer Umerziehungseinrichtung für schwer erziehbare Jugendliche, um es vorsichtig auszudrücken.«

Haverkorn überlegte, ob er sich langsam vortasten sollte, entschied dann jedoch, direkt zu fragen und Peters' Reaktion zu beobachten. »Haben Sie etwas mit dem Tod von Holger Jähnig zu tun?«

»Nein!« Seine Stimme klang fest, er sah Haverkorn direkt in die Augen.

»Mit dem Tod von Jochen Kirsten?«

Ein kurzes Zögern, er zwinkerte. »Nein!«

»Warum haben Sie uns verheimlicht, dass Sie beide Opfer von früher kannten?«

Der Ornithologe wischte sich über die Augen. »Ich wollte nicht in diese Sache reingezogen werden.« Er flüsterte beinahe. »Ich wäre doch sofort verdächtig gewesen!«

Haverkorn nickte. »Wo waren Sie am 18. Oktober abends?«

»Der Tatabend?«, fragte er, obwohl sich diese Frage erübrigte.

»Das ist richtig.«

»Ich war zu Hause. Am nächsten Morgen erfuhr ich, dass man eine Leiche auf Füürsand gefunden hat.«

»Waren Sie allein?«

Peters stieß Luft durch die Nase. »Ja, war ich.«

Haverkorn war überrascht. Er hatte sich kein Alibi beschafft? Dieser Mann hatte Nerven! »Hatten Sie kürzlich Kontakt zu Jochen Kirsten?«, fragte er weiter.

»Nein, schon seit Jahren nicht mehr. Er wollte mit seiner Vergangenheit nicht behelligt werden, hat mir sogar gedroht, mich fertigzumachen, wenn ich jemandem davon erzähle, dass er ebenfalls in Torgau eingesessen hatte.«

Kirsten hatte nach der Wende eine Vorzeigekarriere gemacht. Wenn die Presse Wind von seiner Zeit im geschlossenen Jugendwerkhof bekommen hätte, wäre sicherlich die eine oder andere Schlagzeile dazu erschienen. Der König wollte sich den Thron nicht beschmutzen lassen.

»Und mit Holger Jähnig? Er war im Sommer 1994 mit dem Fahrrad von Dresden in Richtung Nordsee unterwegs. Der Elberadweg führt durch Deichgraben. Haben Sie sich wiedergesehen?«

»Nein.« Kurzes Zögern. »Damals habe ich noch in Thüringen gelebt. Ich bin erst 1995 in den Norden gezogen.«

Da war Holger Jähnig wohl schon tot, dachte Haverkorn, sprach es jedoch nicht aus.

»Was, denken Sie, hat man in Ihrem Haus gesucht?«, schwenkte er um.

Peters zuckte die Schultern, sah den Kriminalhauptkommissar offen an. »Geld, Schmuck, Wertsachen? Was man so sucht bei einem Einbruch.«

Haverkorn hatte bemerkt, dass der Vogelkundler dabei den Blick gesenkt hielt.

»Sicher, dass es nicht um etwas anderes ging?«

Ihre Blicke trafen sich. »Was sollte das sein?«

Haverkorn pochte nachdenklich mit dem Stift auf den Block. Er war unzufrieden, Peters verbarg etwas vor ihm, aber er gab ihm keinen Anlass, seine Aussagen offen anzuzweifeln. Er brauchte mehr, eine eindeutige Spur, die Peters mit einem der beiden Morde in Verbindung brachte, um ihn richtig in die Mangel nehmen zu können. Sein Team würde Beweise finden, wenn der Ornithologe ein Mörder war. Täter hatten Schwachstellen, machten Fehler, auch wenn sie noch so klein waren. Und sie würden Peters' Schwachstelle finden. Sollte er sich in der Zwischenzeit in Sicherheit wiegen. »Können Sie heute Nacht in ein Hotel gehen? Ich kann leider erst morgen Vormittag dafür sorgen, dass Sie wieder in Ihr Haus können.«

»Ich kann in der Hütte auf Bargsand schlafen, kein Problem.«

Haverkorn schob das Notizbuch weg, sprach die Uhrzeit auf das Smartphone, bevor er die Diktierfunktion beendete. Er lehnte sich zurück und überkreuzte die Arme. »Erzählen Sie mir von Ihrer Zeit in Torgau.«

Peters sah sich im Raum um. »Gibt es hier was zu trinken? Ich glaube, ich brauche einen Schluck.«

Haverkorn hätte normalerweise abgelehnt. Aber nach diesem Tag hatte auch er einen guten Grund, von seinen Prinzipien abzurücken. »Moment!« Er stand auf und ging in die Küche, wo er kürzlich in einem Küchenschrank eine Flasche Rum entdeckt hatte. Die Marke sagte ihm nichts. Er goss jedem einen großen Schluck in ein Wasserglas, brachte die Gläser und die Flasche mit ins Büro. Peters hatte seine Jacke ausgezogen und über die Stuhllehne gehängt. Dankbar nahm er Haverkorn das Glas ab, roch kurz daran.

Sie tranken stumm. Haverkorn spürte die Schärfe des Alkohols, danach das wärmende Gefühl, als er seinen Magen erreichte. Der Vierzigprozentige stieg ihm sofort zu Kopf, weil er seit dem Morgen nichts gegessen hatte. Er zog das Schubfach am Schreibtisch auf und holte eine Tupperdose mit Hennis Brotstangen heraus. Auch der Ornithologe griff zu. Haverkorn schenkte ihnen nach. Dann begann Peters zu erzählen. »Torgau war …«, er blickte nachdenklich in das Glas, »… meine ganz persönliche Hölle.«

## Geschlossener Jugendwerkhof, Torgau, 22. Mai 1988

Sie führten ihn über ein paar Treppen in den Keller. Heidrich hatte ihn zwei Erziehern mit Gummiknüppeln übergeben. Der Direktor selbst würde wohl bei seiner Mutter zu retten versuchen, was zu retten war. Höchstwahrscheinlich würde er ihn als Lügner darstellen, der die Zustände im Jugendwerkhof falsch darstellte, um sich in den Mittelpunkt zu spielen. Seine Mutter würde es glauben, wie sie schon die Einschätzungen der Erzieher aus anderen Heimen und die Gutachten der Jugendhilfe geglaubt hatte. Sie würde denken, dass ihr Sohn psychisch gestört war und hinter Schloss und Riegel gehörte. Dann würde sie zu ihrer neuen Familie zurückfahren, weil sie gesehen hatte, dass er in guten Händen war. Heidrich hatte sie »Frau Probst« genannt. Dann hatte sie den neuen Mann also geheiratet. Nicht einmal sein Name verband ihn mehr mit seiner Mutter. Das war das Schlimmste. Als habe sie sich endgültig von ihm losgesagt.

Die beiden Männer zerrten ihn durch eine Kellertür in einen dunklen Gang. Mehrere Stahltüren waren in dem diffusen Licht zu erkennen. Es roch muffig hier unten.

»Da rein!« Er blickte auf das Verlies, in das er kriechen sollte. Die Decke dieses dunklen Lochs war höchstens anderthalb Meter hoch, eher weniger.

»Los jetzt, rein da!« Ein brutaler Stoß von hinten.

Er ging in die Hocke und kroch in den winzigen Raum, der schätzungsweise so hoch wie breit war.

Die Tür flog zu, es wurde dunkel. Er hatte von den Arrestzellen im Keller gehört und von dem »Fuchsbau«, in dem man nicht aufrecht stehen konnte. Niemand, der dadrin gewesen war, erzählte mehr als nötig. Alle Jugendlichen, die hier unten im Keller gewesen waren, hatten nach den Tagen im Arrest kein Wort darüber verloren. Dass dieses Loch so eng war, die Decke so niedrig, hatte er nicht für möglich gehalten. Feuchte Kälte stieg vom Fußboden hoch. Er schlang die Arme um sich. Ein Schluchzen entfuhr seiner Kehle. Wie sollte er es hier drin länger als eine Stunde aushalten?

# Kapitel 24

Frida zählte die Punkte auf ihren Socken. Seit Stunden, wieder und wieder. Jo saß neben ihr und tippte auf ihrem Smartphone herum. Vielleicht schrieb sie Nachrichten oder spielte etwas. Ab und an hob sie den Kopf und warf Frida einen Blick zu, der wohl hieß: Halte durch! Ich bin bei dir. Jo war der einzige Mensch, mit dem Frida langes Schweigen aushielt, ohne dass es sich seltsam anfühlte. Allein, dass Jo hier war, war ein riesiger Beweis ihrer Freundschaft. Sie mussten nicht reden, weil es nichts zu sagen gab.

Ihre Tränen waren versiegt. Torben war am Leben, und nur das zählte. Die Hoffnung hielt sie hier auf diesem Stuhl des Warteraums. Für ihn würde sie stark sein.

Die Tür ging auf, eine Schwester brachte ein Ehepaar herein. Sie sah sofort, dass es Torbens Eltern waren. Die Ähnlichkeit zwischen Torben und seiner Mutter war offensichtlich. Sie war eine schlanke Frau, in deren Gesichtszügen Frida die jugendliche Unbeschwertheit von Torben wiedererkannte. Sie trug eine silbergraue Kurzhaarfrisur, die sie jünger wirken ließ, als sie wahrscheinlich war. Sein Vater war ein großer hagerer Mann mit tiefen Mundfalten. Seine Augen hinter der modernen Kunststoffbrille in Holzoptik hatten den warmen Braunton, den sie von Torben kannte.

Frida erhob sich. Ihre Beine trugen sie nicht, weil ihr Kreislauf im Keller war. Zu lange hatte sie auf diesem Stuhl gehockt, nichts gegessen, zu wenig getrunken. Jo griff sofort zu und stützte sie, bis sie sicher stand.

»Frida?« Die Frau schenkte ihr ein trauriges Lächeln.

»Hallo, Frau Dr. Kielmann.« Ihre Stimme war belegt. Sie erkannte sie selbst nicht.

»Sag Hannelore zu mir!« Sie zog Frida in ihre Arme und hielt sie fest. Sofort kamen ihr die Tränen.

»Ulrich!« Der Handschlag des Vaters war fest. Die andere Hand legte er ihr tröstend auf den Arm.

»Wie geht es ihm?«, fragte Torbens Mutter.

Frida schüttelte den Kopf. »Sie sagen mir nichts. Aber ich denke, sie operieren ihn noch.«

»Schatz, kannst du einen Arzt suchen, der uns Auskunft geben kann?«, bat Hannelore Kielmann ihren Mann.

Dr. Ulrich Kielmann sah auf seine Uhr. »Natürlich!« Er ging mit raumgreifenden Schritten zur Tür.

Torbens Mutter begrüßte Jo und bedankte sich leise bei ihr, dass sie für Frida und die Familie da war.

»Das ist doch klar!«, murmelte Fridas Freundin. »Ich geh uns mal einen Kaffee holen.« Dann verschwand sie aus dem Warteraum, um Frida mit Torbens Mutter allein zu lassen.

Sie setzten sich, Hannelore fasste Fridas Hände. »Ich hätte dich so gern unter anderen Umständen kennengelernt.«

Frida fühlte sich schlecht, dass sie die Treffen mit Torbens Eltern immer wieder verschoben hatte. Jetzt fiel ihr kein Grund mehr ein, warum sie sich so dagegen gewehrt hatte.

Torbens Mutter schien ihre Gewissensbisse nicht zu bemerken. »Er hat so viel von dir erzählt, Frida.« Sie drückte sanft ihre Hände. »Ich bin sehr froh, dass du hier bei ihm warst. Kannst du uns sagen, was genau passiert ist?«

Frida erzählte, was sie von Haverkorn erfahren hatte. Sie ließ nichts aus, weil sie wusste, wie schwer gut gemeinte Lügen wiegen konnten. Hannelore Kielmann nickte. Ihre blauen Augen füllten sich mit Tränen, als Frida erzählte, wie die Rettungssanitäter Torben aus dem Leuchtturm zum Helikopter getragen hatten. »Er war bewusstlos. Ich glaube nicht, dass er Schmerzen hatte.«

Die Tür ging auf, Jo kam mit einem Becherträger herein und reichte ihnen die Kaffeebecher aus Kunststoff. Sie zog eine Wasserflasche und eine Papiertüte aus ihrer Tasche und legte sie neben Frida auf den Stuhl. »Ein Brötchen. Falls du Hunger bekommst.«

»Danke!« Frida stellte den Kaffee neben sich ab, schraubte die Wasserflasche auf und trank ein paar durstige Schlucke.

Torbens Vater stieß die Tür auf und kam mit einem Arzt im grünen OP-Kittel herein. Frida kannte den Mediziner noch nicht.

»Dr. Rugenberg«, stellte er sich vor. Sein Blick wanderte durch den Raum. Dann entschied er, Torbens Mutter anzusehen, als er sprach. »Die OP Ihres Sohnes ist gut verlaufen. Er ist jetzt im Aufwachraum und stabil.«

Frida wischte sich eine Träne aus dem Auge.

»Glücklicherweise hat er einen Helm getragen. Der hat das Schlimmste verhindert. Er hat ein mittelschweres Schädel-Hirntrauma. Das ist die gute Nachricht.« Der Arzt zögerte, sah nun Torbens Vater an, der wie erstarrt schien.

Frida stand langsam auf. Wenn es schlechte Nachrichten gab, wollte sie diese im Stehen hören.

»Offenbar hat Ihr Sohn mit lang ausgestreckten Armen auf dem Boden gelegen, als das Gewicht der Decke darauf stürzte. Wir haben es mit komplexen Arm- und Handverletzungen zu tun.«

»Wir sind Ärzte, sprechen Sie bitte offen!«, sagte Torbens Mutter ruhig. Ihr Mann stand neben ihr, ließ sie das Gespräch führen. Für eigene Fragen hatte er später noch Zeit.

»Die Frakturen an den Armen machen uns weniger Sorgen. Schwerwiegender ist die drittgradige offene Luxationsfraktur an beiden Händen. Der Nervus medianus wurde beidseitig in Mitleidenschaft gezogen. Wir können momentan keine Prognose abgeben, wie groß die Nervenschädigung sein wird.« Er sah Frida an, dann wieder Hannelore Kielmann.

Frida spürte Tränen aufsteigen. Was wollte er damit sagen?

Der Arzt sah auf die Uhr an der Wand. »Tut mir leid, dass ich keine besseren Nachrichten habe.«

»Wann können wir ihn sehen?«, fragte Ulrich Kielmann.

»Morgen früh, wenn er aufgewacht ist. Aber bitte einzeln und nur für ein paar Minuten.« Er nickte ihnen zu, dann verschwand er durch die Tür.

Frida sah Torbens Mutter an. »Was heißt das genau?«

»Das heißt, dass er nicht in Lebensgefahr schwebt. Wahrscheinlich wird er starke Kopfschmerzen haben und ihm wird etwas schwindelig sein, wenn er aufwacht, aber er wird wohl keine gravierenden neurologischen Schäden davontragen. Jedenfalls nicht, was seine Kopfverletzung betrifft. Das ist das Wichtigste.« Sie schluckte, sah ihren Mann an, der sich zum Fenster gewandt hatte und hinaussah. Sie waren beide Ärzte und wussten, was es bedeutete, die Agilität der Hände zu verlieren. Ein schwerer Verlust für einen Mediziner. »Die Handverletzungen sind kompliziert. Er hat offene Brüche, und der Mittelhandnerv ist auf beiden Seiten geschädigt.«

»Aber das wird doch sicher wieder«, sagte Frida. »Sie haben ihn stundenlang operiert!«

»Es kann gut gehen. Aber wenn der Nerv einer Hand irreversibel geschädigt ist, kann es sein, dass diese Hand steif bleibt.« Sie verlor kurzzeitig die Fassung, ihre Augen wurden feucht. »Aber daran wollen wir jetzt nicht denken. Torben lebt! Das ist das Wichtigste!«

Frida gab den Kielmanns den Schlüssel zu Torbens Wohnung und verabschiedete sie vor dem UKE, als sie ins Taxi stiegen. Sie wollte gern nach Hause und im eigenen Bett schlafen. Erst jetzt merkte sie, wie erschöpft sie war.

Jo stand neben ihr. »Komm, ich fahre dich!«

»Das musst du nicht. Ich kann mir auch ein Taxi rufen.«

Ihre Freundin lief los. »Mein Auto steht dahinten. Ich lass dich jetzt nicht allein.«

†

Am Morgen löste Haverkorn mit dem Taschenmesser das Dienstsiegel an der Haustür von Trautmann Peters. »Bitte!«, sagte er und trat zurück.

Der Ornithologe schloss auf und ging hinein. Er schien das Chaos in seinem Haus mit stoischer Gelassenheit zu betrachten. Aber seine Wangenmuskeln arbeiteten, während er durch die Räume ging, hier und dort Sachen hochnahm und an die richtige Stelle räumte. »Wo ist meine Katze?«, fragte er dann.

»Bei Ihrer Nachbarin.« Haverkorn zeigte die Straße runter. »Die ältere Dame war so nett, sich um sie zu kümmern.«

Peters nickte und bemerkte die Spuren des Magnetpulvers auf dem Türrahmen zur Küche. »Haben Sie Fingerabdrücke genommen?«

Haverkorn schüttelte den Kopf. »Der oder die Täter haben keine hinterlassen.« Der Kriminalhauptkommissar sah sich um. »Sie haben wirklich keine Ahnung, was die gesucht haben?«, fragte er, obwohl er die Antwort kannte.

Der Ornithologe drehte sich kurz um, zuckte mit den Schultern. »Hier draußen in der Marsch wird immer mal in Häuser eingebrochen. Ich muss mir wohl Gedanken um ein paar zusätzliche Sicherungsmaßnahmen machen.«

Haverkorn zeigte auf das Regal, auf dem Peters' Diensthandy lag. »Schon seltsam! Warum haben die Einbrecher Ihr Handy dagelassen? Und Ihren Laptop?« Er wartete einen Moment, aber Peters schwieg. »Oben liegt auch ein Fernglas von Zeiss, sicherlich nicht billig. Das haben die Einbrecher auch nicht mitgenommen.«

»Die haben sicher nur Geld und kleine Wertsachen gesucht.« Er wirkte unaufgeregt. »Sie sollten die Kerle fragen, wenn Sie sie fassen!«

»Ohne verwertbare Spuren wird das schwierig.«

»Ich denke, Sie haben Blut vom Täter gefunden?«

»Das könnte als Beweis für den Einbruch dienen, wenn die Kollegen jemanden verhaftet haben. Falls es überhaupt dazu kommt.«

Peters starrte auf die Stelle, wo ein Kreidekreis die eingetrockneten Blutspritzer markierte. »Dann werde ich mal hier aufräumen.«

Haverkorn sah sich um. Es wäre der richtige Zeitpunkt gewesen, um zu gehen. Aber er wollte Peters noch nicht vom Haken lassen. »Sie sagten gestern, dass Sie Kopien Ihrer Heimakten haben. Darf ich einen Blick reinwerfen?«

Der Ornithologe wirkte unschlüssig, zeigte dann jedoch auf die Küche. »Setzen Sie sich, ich hole die Unterlagen.« Er stieg ins Obergeschoss und reichte seinem Gast schließlich zwei Aktenordner, die mit *DDR* beschriftet waren. »Auch einen Kaffee?«

Haverkorn zog seinen Mantel aus. »Sehr gern!« Er nahm den ersten Ordner in die Hand. Unterlagen der DDR-Jugendhilfe ab 1982. Trautmann Peters, damals Trautmann Werner, war acht Jahre alt gewesen, als sein Schicksal im Heim besiegelt wurde. Er las die Aktennotiz einer Sachbearbeiterin der Jugendhilfe, die attestierte, dass der Junge ein unruhiges und hyperaktives Kind sei, das in einem instabilen familiären Umfeld aufwachse. Die alleinerziehende Mutter sei mit dem Kind überlastet. Sie schlug vor, den Jungen in eine psychiatrische Einrichtung zu schicken, um ihn unter ärztliche Aufsicht zu bringen. Auf der nächsten Seite fand er die Einverständniserklärung von Werners Mutter. Wie leichtfertig hatte sie ihre Einwilligung zum Leidensweg ihres Sohnes gegeben! Hatte sie überhaupt abwägen können, was es für ein Kind dieses Alters bedeutete, in die Psychiatrie und später ins Kinderheim zu kommen?

Er sah auf, als Peters ihm den Kaffee hinstellte. »Lebt Ihre Mutter noch?«, fragte er.

»Nein, sie ist vor ein paar Jahren verstorben.« Seine Augenlider flatterten. »Wir hatten aber auch vor ihrem Tod nur wenig Kontakt. Sie hatte eine neue Familie gegründet, in der kein Platz mehr für mich war.« Er drehte sich zur Kaffeemaschine. »Und ein weiteres Kind mit dem neuen Mann. Ich hab nicht mehr zu ihnen gepasst.«

Haverkorn wusste nichts darauf zu erwidern, vertiefte sich wieder in die Aufzeichnungen. Er hatte das Gefühl, dass mit jeder Seite seine Schultern schwerer wurden. Unfassbar, was dieser Mann in seiner Kindheit und Jugend alles durchgemacht hatte. Der geschlossene Jugendwerkhof Torgau war das grausame Ende einer jahrelangen isolierten Reise gewesen, die mit acht Jahren begann und mit fünfzehn Jahren endete, als die Mauer fiel. Haverkorn blickte ins Wohnzimmer, wo der Ornithologe die Couch richtete, später die Blutflecke wegschrubbte, als hätten sie sich in den Lack gefressen. Wie aufrichtig war der Mann ihm gegenüber? Was wusste er über die Morde an Jähnig und Kirsten? War er wirklich nur ein Zeuge, der kaum etwas über die Opfer zu sagen hatte, oder hatte er seine Körpersprache nach den Jahren im Heim so im Griff, dass er einem Kriminalhauptkommissar ins Gesicht lügen konnte, ohne sich zu verraten? Haverkorn schlug die nächste Akte auf. Es war eine Zeitreise auf die dunkle Seite eines Staates, dessen Doktrin es immer gewesen war, seine Kinder als höchstes Gut zu preisen. Was für eine schäbige Lüge! Doch auch dreißig Jahre nach der Wende waren nicht alle staatlichen Verbrechen an Kindern und Jugendlichen aufgeklärt, die meisten Opfer nie entschädigt worden. Kaum abzuschätzen, mit welchen seelischen Schäden sie auch heute noch zu kämpfen hatten.

Was war damals in Torgau passiert? Dort musste der Schlüssel für die beiden Morde liegen!

Haverkorn stand auf, trat ans Fenster und blickte hinaus in den Garten. Möglich, dass Peters der Mann war, den sie suchten. Aber was, wenn nicht? Wenn er tatsächlich das nächste Opfer war? Was, wenn der gesuchte Täter den Ornithologen tatsächlich hatte verschleppen wollen, dieser aber nicht zu Hause gewesen war? Stattdessen hatte er vielleicht das Haus verwüstet, damit das Aufbrechen der Tür wie ein Einbruch wirkte. Haverkorn stand ganz still, starrte in den Regen. Die Bäume und Büsche am Gartenzaun, die der anhaltende Wind bewegte, bildeten eine dichte Wand. Ein gutes Versteck, um zu beobachten, ohne gesehen zu werden. Stand er gerade dort und beobachtete das Haus? Sah er, dass die Polizei hier ein und aus ging, wartete er darauf, noch einmal zuzuschlagen? Haverkorn suchte sein Handy und wählte Wahlers Nummer.

»Bjarne? Was gibt's?«, fragte sein Chef.

»Ich bin bei Trautmann Peters. Ich möchte, dass vor seinem Haus ein Streifenwagen steht. Ich gehe davon aus, dass er in Gefahr ist.«

Der Leiter der Mordkommission zögert nicht lange. »Bleib so lange bei ihm, bis Verstärkung vor Ort ist!«

†

Frida wurde von Geräuschen auf dem Hof geweckt, als es bereits hell im Zimmer war. Sie brauchte einen Moment, um richtig wach zu werden, setzte sich auf. Wie spät war es? Das Smartphone lag neben dem Bett. 10.23 Uhr. »Scheiße!«, fluchte sie und stand auf. Sie hatte vergessen, den Handywecker zu stellen.

In der letzten Nacht hatte sie nur wenige Stunden geschlafen, obwohl sie völlig erschöpft gewesen war, als sie endlich im Bett lag. Sie war in einen unruhigen Traum gefallen und kurz vor zwei Uhr unruhig aufgewacht. Auch wenn Torben nicht in Lebensgefahr schwebte, machten ihr die schweren Verletzungen seiner Hände zu schaffen und die Angst, dass er vielleicht nie wieder in seinem Beruf würde arbeiten können. Irgendwann hatte sie das Licht angemacht, ihren Laptop ins Bett geholt und begonnen zu recherchieren. Sie gab als Suchbegriffe *drittgradige Luxa-*

*tionsfraktur* ein und *Verletzung Nervus medianus.* Es gab medizinische Internetseiten, die ihr mit ihren Ausführungen die Hoffnung nahmen, dass Torbens Hände je wieder funktionsfähig sein würden. Aber sie fand auch Stimmen, die bei einer solchen Verletzung für eine Ergotherapie plädierten, mit der mittlerweile große Fortschritte zu erzielen waren. Es würde langwierig sein, natürlich. Aber nicht unmöglich. In den Morgenstunden war Frida neben dem Laptop eingeschlafen.

Nun zog sie sich an und lief hinunter in die Küche. Ihr Frühstücksgedeck stand noch auf dem Tisch, sonst war niemand hier. Sie schenkte sich Kaffee ein und genoss die ungewohnte Stille in der Küche, in der sonst fast immer jemand anzutreffen war. Dieser gemütliche Raum hatte sich in den letzten zwanzig Jahren kaum verändert. Der Gasherd, auf dem ihre Mutter die besten Braten und Eintöpfe kochte. Der riesige Tisch mit den Narben im Holz, darum die Sitzbank und die Stühle mit den blau-weiß gestreiften Kissen. Hier hatte sie gestern noch mit Torben gefrühstückt. Es kam ihr vor, als wären seitdem Tage vergangen. Sie hoffte, dass er wach sein würde, wenn sie ihn im Krankenhaus besuchte. Sie wollte seine Stimme hören und ihm sagen, dass sie an seiner Seite war. Ihre anfänglichen Zweifel waren neuem Kampfgeist gewichen, mit ihm die nächsten Monate durchzustehen, egal wie hart sie werden würden.

Frida nahm sich ein Brötchen aus dem Korb, als sie die Haustür hörte. Marta kam mit den Hunden herein, stellte eine Schüssel mit Rosenkohl auf den Tisch, den sie im Garten geerntet hatte. Bruno sprang an Frida hoch. Sie schob ihn vorsichtig von ihrem Oberschenkel und kraulte ihn. Arthur platzierte sich unter den Tisch zu ihren Füßen und legte den Kopf auf die Pfoten.

»Warum habt ihr mich nicht geweckt?«, fragte Frida kauend.

Ihre Mutter zog sich einen Stuhl heran und setzte sich. »Herr Haverkorn hat uns gestern angerufen.« Sie strich ihr sanft über die Wange. »Wir wissen, was passiert ist. Du warst erst spät zu Hause. Wir wollten dich ausschlafen lassen.« Ein sorgenvoller Blick. »Wie geht es ihm denn?«

Frida legte das Brötchen auf den Teller. Sie bekam keinen Bissen mehr herunter. »Er ist nicht in Lebensgefahr«, sagte sie und spürte, wie ihre Kehle enger wurde. Sie drängte die Tränen zurück, trank etwas Wasser. Dann erzählte sie ihrer Mutter, was der Arzt gesagt und was sie in der Nacht im Internet an Therapiemöglichkeiten recherchiert hatte. »Er wird das schaffen! Torben ist ein Kämpfer.«

»Ja, das ist er. Und du bist es auch. Ihr steht das zusammen durch!« Sie schwiegen einen Moment, hörten dem Klappern auf dem Küchenboden zu, wo Bruno einen Kauknochen bearbeitete.

»Ich habe gestern Abend seine Eltern kennengelernt.« Sie sah ihre Mutter an. »Die beiden sind so sympathisch, und ich wollte sie noch nicht mal kennenlernen.«

»Warum denn nicht?«, fragte Marta und legte ihre Hände auf Fridas.

»Ich weiß es selbst nicht. Ich hatte Angst, dass es zu früh wäre. Dass es dann kein Zurück mehr gäbe.«

»Das verstehe ich nicht. Du liebst Torben doch!«

Frida wusste darauf nichts zu erwidern. Wie sollte sie Antworten geben, die sie selbst nicht kannte? »Ich fahre gleich zu ihm ins Krankenhaus. Vielleicht ist er wach und …« Ihre Augen wurden feucht. Sie konnte nicht weiterreden. Marta stand auf und nahm sie in den Arm. Sie duftete nach Lavendelseife und der Kräutersalbe, die sie bei einer Frau im Dorf bekam, die nur die »Kräuterhexe« genannt wurde. Ihr schmaler Körper verströmte denselben Duft wie in Fridas Kindheit. Sie schloss die Augen, fühlte sich zurückversetzt in diese unbeschwerte Zeit und empfand für einen Moment Trost und Aufmunterung.

Das Klappern der Haustür drang an ihr Ohr, kurz darauf standen Fridtjof und Cat in der Küche. Marta ließ Frida los, legte kurz die Hand auf ihre Wange. »Das wird schon werden.« Dann drehte sie sich um. »Da seid ihr ja!« Sie ging zum Küchenschrank, um ihrem Mann und dem Mädchen Geschirr für das zweite Frühstück aufzudecken. Sie waren sicherlich seit dem frühen Morgen auf den Beinen.

»Wie geht es Torben?«, fragte Fridtjof und blieb neben Frida stehen.

Sie sagte ihm, was sie über seinen Zustand wusste. »Ich will gleich ins Krankenhaus.«

Cat hielt sich betont im Hintergrund. Sie ging Marta beim Tischdecken zur Hand. Wahrscheinlich hatte Fridtjof ihr eingebläut, sich Frida gegenüber zurückzuhalten.

Ihr Vater setzte sich übers Eck auf die Bank. »Was ist denn da passiert auf Füürsand?«

Frida wollte nicht mehr über den Unfall sprechen, aber ihr Vater sollte natürlich erfahren, was mit Torben passiert war. Sie berichtete ihm, was sie über die Geschehnisse im Keller des Leuchtturmes wusste.

Fridtjof kratzte sich nachdenklich am Kinn. »Das ist schon waghalsig gewesen, in so einem alten Gebäude mit dem Hammer zu arbeiten.«

Frida zuckte resigniert die Schultern. Sie konnte auch nicht verstehen, warum Haverkorn sein Einverständnis für diese gefährliche Aktion gegeben hatte. Aber sie konnte es nicht einschätzen, weil sie nicht vor Ort gewesen war, und sie hielt nichts von nachträglichen Schuldzuweisungen. »Torben schwebt nicht in Lebensgefahr. Was seine restlichen Verletzungen angeht, müssen wir abwarten.«

Cat stellte einen Teller mit Wurst auf den Tisch. »Schöne Scheiße«, warf sie in die Runde. »Torben ist nett. Tut mir echt leid.«

Frida zwinkerte ihr dankbar zu.

»Seid ihr denn mit den Mordfällen weitergekommen?«, fragte Fridtjof. »Im Dorf kursieren die wildesten Gerüchte. Die Leute haben Angst, raus auf die Inseln zu fahren.«

»Das ist Blödsinn!« Die Borniertheit einiger Dorfbewohner ärgerte Frida. »Wir sind dem Täter auf der Spur. Aber egal, was wir tun, er ist uns scheinbar immer einen Schritt voraus«, sagte sie. »Er ist wie ein Phantom, hinterlässt keine Spuren, macht keine Fehler. Wenn wir wenigstens wüssten, wo er sein Boot liegen hat. Irgendwie muss er ja in der Tatnacht nach Füürsand gekommen sein.«

»Vielleicht ist es im Bootsschuppen am Hafen«, tönte Cat, der Naseweis, und setzte sich, um sich ein Wurstbrötchen zu belegen. »Da sind 'ne Menge Boote drin, teilweise mit Planen drüber. Da würde ich ein Boot verstecken, wenn ich müsste.« Sie biss hungrig ab.

»Woher weißt du das?«, fragte Fridtjof.

»Ich habe da mal zwei Nächte gepennt.«

Frida war hellhörig geworden. »Wann hast du da geschlafen?«

Cat kaute nachdenklich, schien sich ihre Antwort genau zu überlegen. »In der Nacht, in der du mich im Stall erwischt hast. Und in der darauf.«

Frida versuchte, sich zu erinnern. Wann hatte sie Cat im Stall erwischt? Am Sonntagabend. Sie sprach also von dieser und der Montagnacht. Der Tatnacht! »Ist dir in den Nächten am Hafen was aufgefallen?«

Cat nahm sich noch ein Brötchen. »Was denn?«

»Ein Boot, das im Dunklen losgefahren oder zurückgekommen ist?«

»Schon möglich.«

Frida beugte sich vor. »Denk nach! Es ist wichtig!«

»Na ja, in der ersten Nacht war's ruhig. Da habe ich nur Regen und Wind gehört.« Sie biss nochmals ab und kaute.

Frida wartete. Fridtjof beobachtete sie beide, während er schweigend aß.

»Und am nächsten Abend?«

»Da war dieser Streit. Zwei Typen haben mich geweckt, weil sie sich am Hafen angebrüllt haben!«

Frida war plötzlich hellwach. »Wer?«

Cat zuckte die Schultern. Ihr gingen die Fragen ganz offensichtlich auf die Nerven.

»Wer hat sich gestritten?«

»Zwei Männer, ich hab sie nicht gesehen, nur gehört. Ich lag ja unter einer Plane im Schuppen.«

»Waren sie jung oder alt?«

Ein abfälliges Pusten kam aus ihrem Mund. »Auf jeden Fall alt!«

Frida versuchte, sich zu erinnern, wen sie in diesem Alter für »alt« gehalten hatten. Vermutlich alle Männer ab vierzig. »Denk bitte genau nach!« Sie hatte ihre Stimme gehoben, weshalb ihr Vater ihr einen warnenden Blick zuwarf. »Worüber haben sie gestritten?«, fuhr sie ruhiger fort.

»Ich wollte pennen, hab's nicht so genau verstanden.«

Frida schwieg, ließ das Mädchen nachdenken, ohne Druck auszuüben.

»Der eine wollte etwas, was der andere hatte. Erst haben

sie noch ganz ruhig geredet. Dann eskalierte das plötzlich, und sie haben sich gegenseitig angeschrien und beleidigt.«

»Was wollte denn der eine vom anderen haben?«

Cat verdrehte die Augen. »Keine Ahnung! Irgendwelchen alten Kram. Eine Kiste mit Klamotten, glaube ich.«

Vor ihrem inneren Auge sah Frida die Kiste, die sie neben der Kneipe auf Bargsand geborgen hatte. War es bei dem Streit um die Sachen von Holger Jähnig gegangen? »Was genau haben sie wegen der Kiste gesagt?«

Das Mädchen roch Lunte, warf Fridtjof einen Blick zu. »Warum ist das so wichtig?«

»Beantworte einfach meine Frage.« Ihre Blicke trafen sich. »Bitte!«, setzte sie nach.

»Ich weiß nicht mehr genau. Der eine wollte die Kiste, der andere sagte, er hätte vor Jahren alles verbrannt. Und dann wurden sie laut.«

»Und weiter?«

»Dann hörte es sich an, als würden sie sich rumschubsen. Der eine hat geschrien: ›Ich mach dich fertig!‹« Cat stockte. »Dann klang es, als wäre etwas Schweres ins Wasser gefallen. Und dann hab ich ein Motorboot gehört, das vom Hafen wegdüste.«

Frida hatte genug gehört. Sie stand auf. »Ich muss los!«

»Grüß Torben von uns!«, rief ihr Marta hinterher. Frida holte den Autoschlüssel in ihrem Zimmer und eilte aus dem Haus. Ein paar Minuten später fuhr sie mit dem Jeep auf das Gelände des kleinen Hafens und stieg aus.

Sie schaute sich um und steuerte schließlich auf das Verwaltungsgebäude zu. Sie ging nicht hinein, sondern umrundete das Gebäude. Der Bootsschuppen kam in Sicht. Von dort hatte Cat Montagnacht unbemerkt den Streit mitbekommen. Und dann sah Frida, was sie erwartet hatte:

eine hohe Regentonne aus grünem Kunststoff, die sicherlich zweihundert Liter fasste. Sie blickte hinein. Die Tonne war bis zum Rand mit Wasser gefüllt. Frida zog ihr Smartphone aus der Tasche und rief Horst Lüttje an. Der Chef der Kriminaltechnik ging sofort ran.

»Frida hier, hast du schon die Ergebnisse der Wasserprobe von Füürsand?«

Er brauchte einen Moment. »Meinst du das Wasser aus der Regentonne?«

»Genau!«

»Die Ergebnisse habe ich doch Nick Wahler schon rübergeschickt.«

»Sag mir einfach, ob es ein Match gab.«

»Nein! Die Tonne auf Füürsand können wir als Tatort ausschließen. Der Salzgehalt des Wassers war zu hoch, und es waren zu viele Rostpartikel drin.«

»Dachte ich mir!«, sagte sie. »Dann hätte ich noch eine Regentonne, die wir überprüfen sollten. Sie steht neben dem Verwaltungsgebäude am Hafen in Deichgraben.«

»Puh! Ich weiß nicht, ob ich das heute schaffe. Wir haben den Tisch voll mit den Sachen aus dem Leuchtturm.«

»Es ist wirklich wichtig! Wir haben eine Zeugin, die könnte den Täter hier am Hafen im Streit mit dem Opfer gehört haben. Das könnte der Tatort sein! Wir brauchen diese Wasserprobe!«

Er stöhnte leise. »Okay! Ich kann dir ja nichts abschlagen. Ich schicke gleich einen meiner Männer raus.«

»Du bist der Beste! Ich schicke dir den genauen Standort der Tonne und ein Foto zu.«

»Wie geht es Torben?«, wechselte der Leiter der Kriminaltechnik das Thema.

»Er ist nicht mehr in Lebensgefahr, aber seine Hände

und Arme machen uns Sorgen. Ich fahre gleich zu ihm ins Krankenhaus, dann komme ich nach Itzehoe.«

»Grüß ihn bitte von mir!«

»Mach ich!« Frida legte auf und sah auf die Regentonne. In einigen Stunden würden sie wissen, ob Kirsten nach einem handfesten Streit hier ertränkt worden war.

# Kapitel 25

Die Kollegen von der Schutzpolizei positionierten sich im Streifenwagen vor dem Haus des Ornithologen, und Haverkorn bat ihn, das Haus vorerst nicht zu verlassen, bis er ihm Entwarnung geben konnte. Peters diskutierte die Anwesenheit der Kollegen auf dem Gehweg und seinen vorübergehenden Polizeischutz nicht, sondern informierte seinen Arbeitgeber, die NAVE, um sein Fernbleiben zu erklären. Er wollte im Homeoffice arbeiten und liegen gebliebenen Schreibkram erledigen.

Von Altendeich fuhr Haverkorn nach Hause, weil er am Morgen den Schlüssel für das Hafenbüro an der Garderobe vergessen hatte. Henni saß in der Küche am Tisch. Vor ihr stand ein Tee, den sie nicht angerührt hatte. Sie blickte nur kurz auf, dann versank sie wieder in ihrer Gedankenwelt.

Haverkorn holte den Schlüssel und blieb kurz in der Küchentür stehen. »Alles in Ordnung?«

Henni schüttelte den Kopf, schwieg jedoch.

Er legte seinen Mantel ab, setzte sich zu ihr und berührte die Teetasse. Sie war längst kalt. »Arno?«, fragte er leise.

Sie schloss die Augen, ein kaum sichtbares Nicken.

»Hat er sich gemeldet?«

Seine Tochter hob den Kopf. »Nein, und er geht auch nicht ran, wenn ich anrufe. Seit Tagen die Mailbox. Und seit heute Morgen nur noch eine Stimme des Telefonanbieters, die mir mitteilt, dass die Nummer nicht vergeben ist.«

»Oh!« Haverkorn wusste nicht, was er sagen sollte. »Das klingt nicht gut.«

»Da sagst du was!« Henni wischte sich das linke Auge. »Er hat meinen Ehering mitgehen lassen.«

Haverkorn dachte, sich verhört zu haben. »Sag das noch mal!«

»Mein goldener Ehering ist weg. Und etwas Bargeld auch. Ich …« Sie sah ihm in die Augen. »… wollte es erst nicht wahrhaben, dass er mich beklaut hat. Aber jetzt …« Ein Kopfschütteln. »Wir kennen uns seit über zwanzig Jahren. Warum tut er so was?«

»Wirst du ihn anzeigen?«, fragte Haverkorn, der sich im Stillen ärgerte, dass er Henni nichts von der Nacht erzählt hatte, als er Veltins betrunken im Wohnzimmer vorgefunden hatte. Vielleicht hätte sie ihn vor die Tür gesetzt, und ihr wäre dieses Fiasko erspart geblieben.

»Ach, das bringt doch nichts!« Sie schniefte abfällig. »Der Ehering bringt ein paar Hundert Euro, daran hänge ich sowieso nicht. Und das Bargeld … selbst schuld!«

»Dann wird er es wieder tun.«

Sie erwiderte nichts.

»Wahrscheinlich warst du auch nicht die Erste. Wollte er mehr Geld von dir?«

Ihre Augenlider flatterten. Damit verriet sie sich.

»Wie viel?«

»Fünftausend Euro. Er sagte, seine Exfreundin hätte ihn ausgenommen und dann vor die Tür gesetzt. Er brauche Geld, um sich neu einzurichten.«

»Du hast doch nicht …«, fuhr Haverkorn aufgebracht fort.

»Natürlich nicht! Mein ganzes Geld steckt hier im Haus, das weißt du doch!«

Haverkorn wurde ruhiger und verschränkte die Arme. War Veltins ein Alkoholiker und Betrüger? Er hatte von Anfang an kein gutes Gefühl bei diesem Mann gehabt, aber Henni zuliebe hatte er diese Maskerade mitgespielt. Er schwor sich, beim nächsten Mal sofort ehrlich mit ihr zu sein. »Sein Alkoholproblem war offensichtlich.« Endlich berichtete er ihr, wie er den volltrunkenen Gast unter die Dusche manövriert hatte. Henni konnte es nicht fassen. »Warum hast du mir nichts davon gesagt?«

»Ich hatte eine Abmachung mit ihm getroffen.«

Ein trauriges Lächeln lag auf ihrem Gesicht. »Er ist gut darin, Menschen zu manipulieren.«

»Hättest du ihn rausgeworfen, wenn ich es dir erzählt hätte?«

Sie antwortete nicht sofort, schien hin- und hergerissen zu sein. »Wahrscheinlich nicht. Ich hätte ihn verteidigt, wie ich es die ganze Zeit getan habe. Denkst du, ich habe nicht gemerkt, dass Arno zu viel trinkt?« Sie nahm einen Schluck aus der Teetasse, verzog den Mund, setzte sie ab. »Es tat so gut, ausgeführt zu werden und Komplimente zu bekommen.« Sie atmete lange aus. »Es ist so lange her.«

Haverkorn legte seine Hand auf ihren Arm. »Du wirst dich wieder verlieben. Ganz sicher. Wenn der Richtige kommt!«

»Versprichst du mir, beim nächsten Mann ehrlich zu sein? Ich möchte wissen, was du denkst!«

»Versprochen!« Er stand auf. »Ich muss los.«

Henni erhob sich ebenfalls. »Ich brauche irgendwas zu tun, sonst drehe ich noch durch. Die Leihbücherei im Ort sucht eine Aushilfe. Ich rufe gleich mal da an.«

†

Frida hasste den Geruch von Krankenhäusern. Er hing in den Zimmern und auf den Fluren, drang aus Wänden, Möbeln und der Kleidung des Personals. Er roch nach Desinfektionsmittel, Urin und Hoffnungslosigkeit. Und manchmal auch nach Tod.

Torben lag noch immer auf der Intensivstation. Seine Eltern und Anni, seine Schwester, waren schon bei ihm gewesen. Sie erwarteten Frida vor der Station. Anni nahm Frida fest in den Arm. Es tat ihr gut, dass sie da war.

»Wann bist du gekommen?«, fragte Frida und ließ Anni los.

»Gestern Abend.« Torbens Schwester hatte Tränen in den Augen. »Er wartet auf dich.«

Ulrich Kielmann nahm seine Brille ab und säuberte sie mit einem Brillenputztuch. Torbens Mutter stand mit straffem Rücken neben ihm und studierte Papiere mit dem Logo des Krankenhauses. Frida betrachtete Torbens Eltern und dachte an das, was er ihr über sie erzählt hatte. Hannelore Kielmann, die nie den Überblick verlor, in der Krise wie ein Kapitän auf Deck blieb und das Schiff durch den Sturm manövrierte. Und ihr Mann, dem ein wenig der Durchblick fehlte, der gern seine Frau vorschickte, wenn es brenzlig wurde, ihr jedoch vorbehaltlos folgte. Und Anni, Torbens lustige und warmherzige Schwester, bei der sie das Gefühl hatte, sie schon viel länger zu kennen.

Familie. Sie schluckte ihre Rührseligkeit weg.

»Ich gehe mal zu ihm.«

»Wir warten in der Cafeteria auf dich«, sagte Hannelore Kielmann und winkte ihrem Mann, der sich sofort aufmachte, ihr zu folgen. Anni drückte kurz Fridas Hand und ging in Richtung der Schwingtür, hinter der ihre Eltern verschwunden waren.

Frida drückte die Gegensprechanlage und meldete sich an. Eine Schwester öffnete die Tür zur Intensivstation und brachte sie zu Torbens Zimmer. Dort ließ sie Frida allein.

Torben hatte die Augen geschlossen, als sie an sein Bett trat, und so hatte sie Zeit, ihn zu betrachten, ohne dass er sich unwohl fühlte. Auf dem Nasenrücken war eine blutige Schramme zu sehen. Unter den Augen wechselten Hämatome ihre Farbe von gelb zu grün. Er musste heftig mit dem Gesicht auf dem Kellerboden aufgeschlagen sein, als die Decke heruntergekommen war. Hände und Arme waren verbunden und lagen beidseitig in Fixateuren, medizinischen Metallkonstruktionen. Dieser Anblick machte ihr am meisten zu schaffen.

»Hallo«, flüsterte er plötzlich. Sein Blick war auf sie gerichtet, ein mattes Lächeln lag auf seinen Lippen.

»Hallo!« Sie beugte sich über ihn und drückte ihm vorsichtig einen Kuss auf die Stirn. Dann zog sie sich den Besucherstuhl zum Bett und setzte sich. Sie knetete ihre kalten Hände, wusste nicht, was sie sagen sollte. »Hast du Schmerzen?« Etwas Besseres fiel ihr in diesem Moment nicht ein.

Sein Blick ging zu einem Tropf, der in einem Gestell neben dem Bett hing. Ein Schlauch führte zu einem venösen Zugang in seiner Armbeuge. Er bekam Schmerzmittel, natürlich!

Sie beugte sich nach vorn, wagte aber nicht, ihn zu berühren. Wieder stiegen die Tränen auf, aber sie riss sich zusammen, wollte ihm nicht zeigen, wie sehr sie sein Anblick mitnahm.

»... schön ... da bist«, formte er mit den Lippen und war kaum zu verstehen.

Sie legte ihm den Finger auf die Lippen. »Du musst nichts sagen.«

»Geht's dir gut?«, fragte er.

»Mach dir um mich keine Sorgen! Du musst wieder auf die Beine kommen!«

Er hielt ihrem Blick nicht stand. Eine Weile saßen sie stumm da. Torben hatten Schwierigkeiten, die Augen offen zu halten. »… bin müde«, hauchte er und zwinkerte.

»Schlaf dich aus, ich komme wieder!« Sie stand auf, drückte einen Finger auf ihre Lippen, dann auf seine. Er merkte es nicht, war längst eingeschlafen.

Frida wischte sich die Tränen aus den Augenwinkeln und verließ das Zimmer. Als sie auf dem Gang war, konnte sie das Schluchzen nicht zurückhalten. Sie lehnte sich an eine Wand und weinte hemmungslos. Sie ertrug es nicht, Torben in diesem Zustand zu sehen. Eine Schwester eilte über den Flur, blieb vor ihr stehen. »Ist alles in Ordnung?«

Frida riss sich zusammen. »Ja, danke!« Nichts ist in Ordnung, dachte sie wütend und verließ die Intensivstation, um Anni und Torbens Eltern in der Cafeteria zu treffen. Sie hatten vermutlich schon mit dem Arzt sprechen können.

†

Wahler hatte schlechte Laune. Der Leiter der Mordkommission wirkte am frühen Nachmittag fahrig und konnte niemandem richtig in die Augen sehen, wenn er mit ihm sprach. Das Teammeeting fand heute nicht im Interimsbüro am Hafen, sondern in den Räumen der Mordkommission statt. Immer wieder sah ihr Chef auf seine Armbanduhr, während er seinen Text herunterratterte, der wie einstudiert klang. Er berichtete, dass die Kollegen der Spurensicherung die Arbeit im Leuchtturm wieder hatten aufnehmen dürfen. Das Landesamt für Denkmalspflege hatte ihrer Dienststelle eine schriftliche Rüge erteilt, dann jedoch eingelenkt, weil es sich um eine Mordermittlung handelte. Eine Baufirma hatte den Keller mittlerweile fachgerecht abgesichert. »Sie versuchen, an den Knochen heranzukommen. Eine Kollegin von Dr. Kielmann ist vor Ort. Dann wissen wir hoffentlich bald, wer oder was da unten vergraben wurde.«

»Wie geht es Dr. Kielmann?«, fragte Henning und brachte den Leiter der Mordkommission damit aus dem Konzept. Doch nicht der übliche Rüffel folgte von Wahler, sondern ein nachdenkliches Durchatmen. »Er schwebt offenbar nicht mehr in Lebensgefahr. Mehr wird uns sicherlich Frida berichten, wenn sie da ist. Sie kommt direkt aus dem Krankenhaus.«

Die Leute fingen an zu tuscheln, Wahler wies sie nicht zurecht, sprach einfach weiter. »Die Bilderwand im Obergeschoss des Leuchtturms wird auf DNA- und Fingerspuren untersucht, danach werden alle Fotos und Ausdrucke abgehängt, und wir bekommen sie zur weiteren Analyse.« Er blickte in die Reihen seiner Ermittler. »Fragen?«

Niemand meldete sich. Haverkorn sah in die Gesichter. Einige von ihnen unterdrückten ein Gähnen. Das Team war müde und ausgebrannt. Der freie Sonntag war aufgrund der Suchaktion komplett ins Wasser gefallen. Und auch die Rückschläge machten ihnen zu schaffen. Sie brauchten endlich ein Erfolgserlebnis!

Er dachte an Trautmann Peters. War der Ornithologe eine tickende Zeitbombe oder eine Sackgasse? Dieser Mann war ihm ein Rätsel. Sie hatten ihn durchleuchtet, fanden jedoch keinen dunklen Fleck in seinem Leben. Er selbst hatte die Heimakten von Peters akribisch gelesen. Aber darin fand sich kein Anhaltspunkt, warum er Jähnig und Kirsten hätte umbringen sollen. Was übersahen sie?

Wahler verabschiedete sich mit einem müden Kopfnicken, weil er einen Termin mit dem BKI-Leiter hatte, den er vor der angesetzten Pressekonferenz briefen sollte.

Haverkorn übernahm die Leitung des Teammeetings. »Die Suchaktion der Wasserschutzpolizei auf der Elbe wurde am Abend aufgegeben. Kurz danach hat sich Trautmann Peters nach einem privaten Ausflug bei mir gemeldet.« Er berichtete von dem Gespräch mit dem Ornithologen und seiner Sichtung der Heimakten. »Peters steht nach wie vor unter Polizeischutz.«

»Der verarscht uns doch alle«, raunte Klaus leise.

Haverkorn wollte erst nicht auf diese Bemerkung eingehen, sah aber in den Gesichtern seiner Kollegen, dass einige von ihnen Peters für den gesuchten Täter hielten. »Es gibt bisher keine Spur, die ihn mit den Morden an Kirsten und Jähnig in Zusammenhang bringt. Seine Verbindung zu beiden Opfern in der DDR reicht nicht aus. Für einen Haftbefehl brauchen wir handfeste Beweise!«

Die Tür ging auf, und Frida kam herein. Sie setzte sich auf den freien Stuhl neben Anja. Unruhe entstand, weil alle wissen wollten, wie es Torben ging. Haverkorn hob die Hände und unterbrach das Meeting. »Also gut, kurze Pause!« Er nahm sich seine Kaffeetasse und trank.

Die Kollegen bestürmten Frida. Sie war blass. Tiefe Augenschatten ließen ihr Gesicht älter und sorgenvoll wirken. »Er ist aufgewacht, und ich habe kurz mit ihm sprechen können. Am Nachmittag wird er von der Intensivstation auf die normale Station verlegt. Wir müssen abwarten.«

Haverkorn geduldete sich, bis wieder Ruhe eingekehrt war. »Es wird eine interne Untersuchung des Unfalls im

Leuchtturm geben. Ich übernehme die Verantwortung dafür …« Wieder entstand Tumult. Die Gemüter waren erhitzt. Das Team stand seit zehn Tagen unter Strom, machte Überstunden. Nun auch noch der Unfall von Torben Kielmann, ihrer aller Nerven lagen blank.

Es klopfte, die Tür wurde geöffnet. Horst Lüttje wehte mit einem Blatt Papier in der Hand herein und baute sich dort auf, wo Wahler gerade noch gestanden hatte. Im Gegensatz zu ihm verbreitete er heute beste Laune. »Ihr glaubt nicht, was ich für euch habe!«, sagte der Leiter der Kriminaltechnik. Er warf Frida einen bedeutungsschweren Blick zu. »Hier sind die Ergebnisse der Wasserprobe aus der Regentonne vom Hafen. Volltreffer! Die Werte stimmen mit den Testergebnissen vom UKE überein. Das Wasser aus dieser Tonne befand sich in der Lunge von Jochen Kirsten.«

»Noch eine Regentonne?«, fragte Anja.

Lüttje wies auf Frida, die in knappen Sätzen erklärte, was Cat ihr am Morgen erzählt und welche Schlüsse sie daraus gezogen hatte.

»Dann wissen wir endlich, wo Kirsten ertränkt wurde. Am Hafen in Deichgraben«, sagte Haverkorn, der selbst noch nichts von dieser Wasserprobe gehört hatte. »Der Täter hat Kirstens Leiche mit einem Boot vom Hafen weggeschafft.«

»Aber die Suchhunde haben in den Booten am Hafen keine Spuren gefunden«, warf Anja ein.

»Den Bootsschuppen haben sie nicht durchsucht!«, sagte Frida. »Wir müssen da noch mal mit einem Spürhund rein.«

»Ich rufe die Diensthundestaffel an«, sagte Haverkorn.

»Das ist noch nicht alles!« Horst Lüttje strahlte und gab

Haverkorn einen Ausdruck aus dem AFIS, dem Fingerabdruck-Identifizierungsprogramm. »Kommen wir zum Leuchtturm.« Er sah auf die Papiere in seiner Hand. »Alle Türen, Fotowand, Stuhl und Fernglas im Lampenraum des Leuchtturms waren sauber. Aber an einer der Fensterscheiben haben wir einen Fingerteilabdruck gefunden. Und damit hatten wir einen Treffer.«

Haverkorn spürte das altbekannte Kribbeln im Nacken, das er so vermisst hatte. Plötzlich schien es in diesem Büro atmosphärische Aufladungen zu geben. Der Teamgeist war neu entflammt. Selbst Fridas Gesicht hatte wieder Farbe angenommen. »Wer ist es?«, fragte Haverkorn.

»Ein alter Vermisstenfall. Die Fingerabdrücke wurden 1994 in Dresden in die Datenbank geladen.«

»Etwa Holger Jähnig?«, warf Anja überrascht ein.

Lüttje schlug mit der flachen Hand auf den Ausdruck, der vor Haverkorn auf dem Tisch lag. »Das ist der Name des Vermissten, von dem der Abdruck stammt!«

Eine lange Pause entstand. Niemand sagte etwas, dann brach der Sturm los. Alle redeten durcheinander, nur Frida saß wie vom Donner gerührt auf ihrem Platz und schwieg.

»RUHE!«, rief Haverkorn. Er sah Lüttje an. »Kein Zweifel?«

»Wir sind sicher! Der Teilabdruck war groß genug und die Papillarlinien sehr scharf. AFIS hat Jähnig sofort ausgespuckt.«

Der Kriminalhauptkommissar dachte an das Skelett von der Insel. »Dann lag nicht die Leiche von Holger Jähnig auf Bargsand! Jähnig lebt! Jetzt müssen wir nur noch herausfinden, wo er in den letzten dreißig Jahren war.« Er ging zum Whiteboard, auf dem die Fotos von Kirsten und Jähnig auf die Opferseite geheftet worden waren. Er nahm

Holger Jähnigs Foto ab. Seitenscheitel, Brille, Schnauzbart. Das unscheinbare Gesicht eines Durchschnittsmannes, an das man sich nicht erinnerte, wenn man es zufällig sah. »Ich schicke das Foto zum LKA für eine Alterssimulation. Wir müssen wissen, wie Jähnig heute aussehen könnte.« Er sah ihm in das jugendliche Gesicht und hatte für einen kurzen Augenblick das Gefühl, ihn zu kennen. Aber je länger er das Bild ansah, desto fremder wurde es. Haverkorn heftete das Foto auf die Seite mutmaßlicher Täter. »Anja, du nimmst Kontakt mit den Kollegen bei der K11 in Dresden auf! Wir brauchen die Originalakte von damals.« Er ging zu Lüttje und klopfte ihm auf die Schulter. »Gute Arbeit, Horst! Macht weiter, vielleicht findet ihr im Leuchtturm noch etwas. Jähnig hat einen Fehler gemacht. Vielleicht war das nicht sein einziger.« Haverkorn spürte das Adrenalin in seinem Körper. »Wir müssen ihn finden! Oder den Mann, dessen Identität er mittlerweile angenommen hat.« Er sah Frida an. »Und ich möchte die Zeugin vernehmen, die ihn wahrscheinlich in der Nacht von Kirstens Tod am Hafen gehört hat.«

Frida stand auf, nahm Smartphone und Autoschlüssel vom Tisch. »Ich hole das Mädchen. Vielleicht kann Cat ihn anhand der Stimme identifizieren.«

## Geschlossener Jugendwerkhof, Torgau, 24. Mai 1988

Er fror im Bett, unter der dünnen Decke wurde ihm nicht warm. Vor ein paar Stunden hatten sie ihn aus dem winzigen Kellerloch geholt. Er hatte gezittert wie Espenlaub. Schon die Treppen nach oben waren eine Tortur für seinen Körper gewesen, der beinahe zwei Tage zusammengeduckt im Fuchsbau hatte ausharren müssen. Beim Frühsport hatte er versagt. Kirsten und Jähnig hatten ihn vor sich hergetrieben, aber er hatte keine Kraft gehabt, sich ihnen zu widersetzen. Sogar der schwache Seelig war beim Dauerlauf vor ihm ins Ziel gewankt.

Nun lag er im Bett und wusste nicht, wie er den morgigen Tag überstehen sollte. Und die nächsten Wochen. Es gab nichts, wofür es sich lohnte zu leben. Kein Zuhause, keine Familie, keine Hoffnung.

Ein leises Schluchzen drang an sein Ohr. Jemand murmelte etwas. Redete Seelig im Schlaf? »Ich kann nicht mehr«, flüsterte der Schmächtige im Bett unter ihm. »Ich halte das nicht mehr aus.«

»Klappe, Seelig!«, zischte Kirsten vom Doppelstockbett gegenüber.

»Ich will nicht mehr leben …« Seelig ließ sich nicht beirren. Ein herzzerreißendes Schluchzen folgte.

»Du spinnst!« Das war Jähnig, der unter Kirsten lag.

»So 'ne kleine Heulsuse!« Kirsten war aus dem Bett geklettert und stand neben Seelig. Dieser schluchzte lauter.

Auch Jähnig war aufgestanden. »Mensch, heul noch lauter, damit die Erzieher uns hören!«

»Lasst ihn in Ruhe!«, zischte er von oben.

»Was willst du denn, du Arschloch?« Kirsten war jetzt ganz nah an seinem Gesicht. Nachdem er vom Fuchsbau zurückgebracht worden war, war er degradiert worden. Jähnig war jetzt Sportfunktionär, Kirsten sogar Gruppenleiter. Sie waren wieder obenauf.

»Du willst sterben, hä?«, tönte Kirsten vor dem unteren Bett. »Warum eigentlich nicht? Wir helfen dir dabei.«

»Bist du bescheuert?«, fragte Jähnig.

Kirsten senkte die Stimme zu einem Flüstern. »Denk doch mal nach! Wenn wir hier einen Selbstmörder im Schlafraum haben, können wir den Erzieher rufen. Der wird durchdrehen, wenn er den Toten sieht. Das nutzen wir aus und überwältigen ihn, nehmen ihm die Schlüssel ab. Wir sind raus, bevor die bemerken, was hier drin los ist.«

Jähnig schwieg, schien es sich durch den Kopf gehen zu lassen.

Er lehnte sich aus dem Bett. »Lasst Seelig in Ruhe, er meint das doch nicht ernst.« Den Schmächtigen konnte er in der Dunkelheit nicht sehen, aber er hörte ihn leise wimmern.

»Wir reißen sein Bettlaken in Streifen. Dann sieht es so aus, als hätte er sich am Bettgestell erdrosselt«, schlug Jähnig vor, der plötzlich Feuer und Flamme war.

»Hört auf mit dem Mist!«, versuchte er es nochmals.

»Seelig hat gesagt, dass er sterben will. Also, was mischst du dich ein, Muttersöhnchen?« Kirsten lachte. »Mama, bitte hol mich hier raus«, äffte er ihn nach. »Denkst du, das hätte sich nicht rumgesprochen, was du für eine Heulsuse bist?«

Starr lag er auf seiner Matratze. Woher wusste seine Gruppe, dass er seine Mutter angefleht hatte, ihn hier rauszuholen? Der Direktor?

Er hörte das Reißen von Stoff, dann bewegte sich das ganze Bett unter ihm. Kirsten und Jähnig hatten sich auf Seeligs Bett gesetzt.

Er wollte ihm zu Hilfe kommen, aber er konnte sich nicht bewegen. Angst schnürte ihm die Kehle zu. Er lag auf seiner Matratze, spürte die Bewegungen unter sich und starrte auf die Decke.

Dann hörte er ein Gurgeln.

»Zieh fester!«, flüsterte Kirsten.

Das Gurgeln ging in ein Fiepen über.

Er wollte runterklettern und dem Schmächtigen helfen, aber er war wie erstarrt, konnte sich nicht bewegen. Unter ihm verstummten die Geräusche.

»Ist er tot?«, fragte Kirsten.

»Ich glaube, ja!«, sagte Jähnig.

»Oh, Scheiße!« Kirsten klang plötzlich panisch. »Hast du ihn wirklich umgebracht?«

»Mann, du hast doch gesagt …«, schimpfte der Handlanger.

Dann setzte das Gurgeln wieder ein.

»Scheiße, der lebt noch!«, zischte Jähnig. »Was jetzt?«

»Das war 'ne Scheißidee! Lass ihn liegen! Sonst sind wir dran!«

Schnelle Schritte, das Knarren eines Bettes, dann war es still im Schlafraum.

Er atmete ein, riss sich endlich aus der Starre und kletterte hinunter, tippte Seelig an, der erschreckend still dalag. Er ertastete Seeligs Kopf und den Lakenstreifen. Dieser war dünn und straff. Er packte ihn, riss ihn dem Jungen vom Hals. »Mensch, mach keinen Mist!« Beherzt schlug er Seelig ins Gesicht, begann ihn zu beatmen. Plötzlich hustete der Schmächtige. Seine Hand packte ihn am Arm, dann hustete er wieder. Ganz leise war seine Stimme. Niemand außer ihm konnte es hören. »Warum … hast … du mich nicht … gehen lassen?«

# Kapitel 26

Wäre Torben auf Füürsand nicht verletzt worden, hätte das Gespräch in der Küche des Paulsenhofes in dieser Art nie stattgefunden. Frida hätte wohl nie erfahren, wie nahe Cat dem Täter gekommen war und dass sie wahrscheinlich die einzige Zeugin war, die ihn anhand der Stimme identifizieren konnte. Wenn sie überhaupt dazu in der Lage war. Schon die visuelle Identifikation oder exakte Beschreibung einer unbekannten Person war schwierig. Wenn Zeugen Phantombilder erstellen mussten, konnten sie sich meistens an Länge und Farbe der Haare, Figur und Auffälliges wie Bärte oder Brillen erinnern. Aber wenn es darum ging, die Augen, Nase, Lippen exakt zu beschreiben, waren die Erinnerungen daran sehr vage oder völlig verschwunden. Wie war das mit dem Gehör? Konnte man Erinnerungen an Stimmfarbe und -höhe oder Resonanzen wiedergeben? Frida erinnerte sich an die Ausführungen des Ausbilders auf der Polizeiakademie, der ihnen erklärt hatte, wie die Stimme gebildet wurde und dass die sogenannten Obertöne die Stimme eines Menschen so unverwechselbar machten wie einen Fingerabdruck. Es gab keine zwei Menschen auf der Welt, deren Stimmen identisch waren. Die Frage war, ob Cat in der Lage war, diese auditiven Erinnerungen abzurufen.

Frida bog in die Hofeinfahrt und sah, dass das Schiebetor der neuen Boxhalle weit offen stand. Milans Bulli stand davor, daneben die Harley von Jo. Sie freute sich, dass beide hier waren. Sie stieg aus und ging hinüber, weil ihr klar war, dass Cat wieder an den Hacken von Jo kleben würde. Feste Hammerschläge hallten aus dem Gebäude. Frida wurde unversehens an Torbens Unfall erinnert. Bilder fegten durch ihre Gedanken, wie Gesteinsbrocken auf ihn stürzten, während er hilflos am Boden lag.

»Frida?«, riss Milan sie aus ihrer Erstarrung. Er lud gerade Baumaterial aus dem Bulli. »Willst du uns helfen?«

»Würde ich gern, aber ich suche Cat.«

»Die siamesischen Zwillinge richten das neue Büro ein.« Er wies auf Jo und Cat, die in der Halle ein Möbelstück zusammenbauten, in dem man mit viel Fantasie einen Schreibtisch erkennen konnte.

Der Boxtrainer setzte die Eimer ab. »Ich habe das von dem Unfall gehört. Wie geht's Torben?«

Frida brachte ihn kurz auf Stand, folgte ihm dann in die Halle, die kaum wiederzuerkennen war. Erste Trockenwände waren gesetzt, dadurch wirkte sie kleiner als noch am Samstag. Hinter einer der Wände bearbeitete jemand Stein mit einem Hammer.

»Der Klempner. Da kommen die Nasszellen hin«, erklärte Milan.

Frida ging weiter. In dem zukünftigen Büro war der Fußboden gespachtelt worden. »Sieht gut aus!«

»Dort sollen in den nächsten Tagen PVC-Planken drauf. In der Halle bleibt der Boden aus Waschbeton. Sieht rustikal aus, die harten Jungs mögen es, wenn man das Blut aus dem Beton schrubben muss.«

Frida nickte. »Inklusive Ölflecken.« Sie ging zu Jo, die Cat soeben assistierte, als sie eine Schraube festdrehte.

»Hi, ihr beiden. Hat sich ja echt viel getan hier drin!«

»Morgen gibt mir Jo meine erste Boxstunde«, tönte Cat und legte den Schraubenschlüssel ab.

»Cat hat Talent zum Schrauben. Mal schauen, ob sie auch Talent mit Händen und Füßen hat.«

Das Mädchen lachte.

So ausgelassen hatte Frida sie noch nie erlebt.

Ungern wollte sie Cat aus dieser Teamarbeit reißen, die ihr guttat, aber sie hatten keine Zeit zu verlieren. »Ich muss dich mit nach Itzehoe zur Mordkommission nehmen. Wir brauchen deine Zeugenaussage, was die Nacht am Hafen angeht.«

Das Lachen des Mädchens verschwand abrupt. »Echt jetzt? Ich habe dir doch schon alles erzählt, was ich weiß.«

»Das war ein privates Gespräch. Wir brauchen das ganz offiziell, mit Protokoll.«

Cat zog eine Schnute. »Kann das nicht warten? Wir haben hier noch so viel zu tun.«

»Wir schaffen das schon«, mischte Jo sich ein, die wusste, wie viel Cat auf ihre Meinung gab. »Geh ruhig! Wenn du wieder da bist, bauen wir das Regal zusammen auf.«

Das Mädchen warf Frida einen verärgerten Blick zu. »Ich habe die Männer doch gar nicht gesehen!«

»Aber gehört. Und das ist wichtig. Vielleicht kannst du einen der beiden an seiner Stimme wiedererkennen.« Frida ging zum Hallenausgang. »Komm, wir fahren gleich los. Umso schneller bist du wieder hier.«

Cats Blick feuerte Salven auf ihren Rücken ab, das war Frida bewusst. Aber die Sache war zu ernst, um sich mit einer wütenden Jugendlichen auf ein Wortgefecht einzulassen. Sie drehte sich zu ihr um. »Bitte nimm deinen Personalausweis mit, den brauchen wir.«

Cat antwortete nicht, trottete jedoch ergeben in Richtung des Bauwagens, wo sie ihren Rucksack mit den persönlichen Sachen verstaut hatte.

»Ich warte am Auto auf dich!« Frida lehnte sich an den Jeep, zog das Smartphone aus der Hosentasche und schrieb Haverkorn eine Nachricht, dass sie sich gleich mit dem Mädchen auf den Weg nach Itzehoe machen würde.

Sie blickte auf und dachte an Torben, hatte wieder die Fixateure vor Augen, in denen seine Arme befestigt worden waren. In den nächsten Wochen würde er bei jedem Handgriff auf die Unterstützung von Pflegekräften angewiesen sein. Diese Hilflosigkeit musste furchtbar für ihn sein. Neben der Angst, dass er seine Hände nie wieder bewegen konnte. Torben hatte heute Morgen kaum etwas zu ihr gesagt, als sie bei ihm gewesen war. Es hatte nicht nur an seiner Müdigkeit gelegen. Sein Leben war durch den Unfall im Leuchtturm in den Grundfesten erschüttert worden. Die nächsten Wochen würden für sie alle eine große Herausforderung werden. Torben brauchte sie jetzt. Aber wie sollte sie bei diesem kaum zu planenden Job für ihn da sein?

Fünf Minuten vergingen, Cat hätte längst bei ihr sein müssen. Sie checkte die Uhrzeit auf dem Handy, wartete weitere zwei Minuten, ging dann hinüber zur Halle. Vielleicht hatte das Mädchen sie falsch verstanden und wartete dort. Aber Jo schraubte allein am Schreibtisch, Milan war nicht zu sehen. Frida lief los, umrundete die Scheune und rannte in Richtung Pferdekoppel, wo Hetfield und Cobain seelenruhig grasten.

Auch der Bauwagen hatte sich in den letzten Tagen verändert. Das wilde Gebüsch und die Gräser, die neben Cats neuem Domizil gewuchert hatten, waren verschwunden.

Die Scheiben des Wagens waren geputzt worden, sodass sich das Tageslicht darin spiegelte. »Cat?«, rief Frida und stieg die Stufen hinauf. Die Tür klemmte immer noch und gab einen jammernden Ton von sich, als sie diese aus dem Rahmen zog.

Das Innere des Bauwagens war schon beinahe wohnlich zu nennen. Vor dem Fenster stand ein niedriger Couchtisch mit zwei Stühlen. In der Ecke vor dem kleinen Bollerofen lag die Isomatte, darauf ein Schlafsack. Aber weder Cat noch ihr Rucksack waren hier. Frida brauchte ein paar Sekunden, bis ihr bewusst wurde, dass Cat abgehauen war.

»Scheiße!«, fluchte sie und rannte auf den Hof. »Cat ist verschwunden!«, rief sie in die Halle.

Jo und Milan kamen aus der Halle gelaufen. Frida erzählte, dass Cat und ihr Rucksack verschwunden waren.

»Mist!«, sagte Milan.

»Vielleicht hättet ihr die Befragung einfach hier auf dem Hof machen sollen«, sagte Jo. »War doch klar, dass sie kaum freiwillig auf eine Polizeidienststelle mitkommt.«

Frida wurde ärgerlich. »Wenn dir das so klar war, hättest du nicht früher was sagen können?«

»Du bist doch die Polizistin hier. Oder soll ich dir deinen Job erklären?« Jos Augen funkelten angriffslustig.

»Egal jetzt. Cat ist weg. Helft ihr mir suchen?«

»Klar doch, wer sucht in welcher Richtung?«, entschärfte Milan die Situation.

Frida teilte die Suchgebiete auf. Jo sollte mit der Harley die Feldwege hinter der Koppel abfahren, Milan die Straßen linker Hand vom Hof und Frida die auf der rechten Seite. Wenn Cat nicht querfeldein unterwegs war, musste sie zu finden sein.

Nach zwanzig Minuten trafen sie sich wieder vor der

Halle. Sie hatten alle Straßen und Wege in Deichgraben abgesucht. Cat blieb verschwunden.

†

Frida fuhr nochmals die Dorfstraße entlang, kam am »Marschhus« vorbei und wandte sich in Richtung Hafen. Hatte sich das Mädchen irgendwo in der Nähe des Hofes versteckt, um ihr einen Denkzettel zu verpassen? Oder machte sie ernst und hatte ihre Zelte im Dorf endgültig abgebrochen?

Sie fluchte unterdrückt. Wie hatte sie so unüberlegt vorgehen können? Jo hatte recht. Es wäre viel unverfänglicher gewesen, Cat auf dem Hof als Zeugin zu vernehmen, in ihrer vertrauten Umgebung. Was, wenn sie ihre einzige Zeugin verloren hatte?

Frida bog in die Zubringerstraße zum Hafen ein. Vielleicht war das Mädchen wieder zum Bootshaus gelaufen, wo sie schon einmal zwei Nächte verbracht hatte? Vor dem Verwaltungsgebäude stand Peter Luers im Gespräch mit einem Mann, den Frida nicht kannte. Sie hielt neben ihnen an. »Peter, entschuldige! Nur ganz kurz.«

Der Vorsitzende des Sportbootvereins kam zu ihr ans Fenster. »Was ist los?«

»Ich suche ein Mädchen. Sie ist siebzehn, schlank, braune lange Haare. Hat einen schwarzen Kapuzenpullover an und einen Rucksack auf dem Rücken, auf der die Wacken-Faust aufgenäht ist.«

»Nein, nicht gesehen. Warum suchst du sie?«

»Ach, nicht wichtig. Wenn du sie siehst, ruf mich an, ja? Sie heißt Katharina, alle nennen sie Cat.«

»Okay!«

»Darf ich mal einen Blick in euren Bootsschuppen werfen? Sie hat dadrin schon mal übernachtet.«

Peter Luers ließ seine Hosenträger knallen. »Wer schläft denn in einem Bootsschuppen?«

»Peter, keine Zeit. Darf ich?«

Er wies in Richtung des Bootshauses. »Klar doch, sieh dich ruhig um! Wir haben hier nichts zu verbergen.« Er zwinkerte ihr gutmütig zu und ging zu seinem Gesprächspartner zurück.

Frida parkte den Jeep vor dem Verwaltungsgebäude und ging hinüber. Der Schuppen war am Hafenbecken auf Pfählen erbaut worden. Sie öffnete die Tür an der Rückseite und trat ein. Der Geruch von Holzschutzmittel und faulem Fisch schlug ihr entgegen. Hohe Schwerlastregale waren an den Wänden angebracht. Einige Motorboote waren darin winterfest gelagert. Unförmige Leiber, verborgen unter Planen. Das mussten die Boote sein, von denen das Mädchen gesprochen hatte. In einem von ihnen hatte sie gelegen, als sie den Streit auf dem Platz mitgehört hatte.

»Cat? Bist du hier?«, rief sie.

Sie horchte. Keine Antwort.

Was, wenn sich das Mädchen unter einer der Planen versteckte? »Cat! Du musst nicht mit nach Itzehoe fahren. Wir reden noch mal ganz in Ruhe auf dem Hof, okay? Du kriegst keine Probleme, das verspreche ich dir!«

Frida lauschte, aber es blieb still. Sie überprüfte ein Boot nach dem anderen und sah hinein, hob die Planen an. Die Außenbordmotoren waren abgebaut und irgendwo sicher verstaut worden.

Cat war nicht hier. Frida schwitzte und hatte Durst. War eines dieser Boote in der Mordnacht vom Täter benutzt worden?

Frida verließ den Bootsschuppen. Von Peter Luers und seinem Gesprächspartner war nichts mehr zu sehen. Sein Fahrrad lehnte nicht mehr am Verwaltungsgebäude. Gerade jetzt hätte sie einen warmen Tee in seinem Büro gut brauchen können.

†

Es war längst dunkel geworden, als endlich alle zurück auf dem Hof waren. Auch Haverkorn war am späten Nachmittag dazugekommen, um bei der Suche nach Cat zu helfen. Nun versammelten sie sich mit unzufriedenen Gesichtern in der Küche. Der Wind war aufgefrischt, rüttelte an den Fenstern. Frida hoffte, dass Cat in dieser Nacht ein festes Dach über dem Kopf hatte.

»Essen ist fertig!« Marta stellte den Wirsingeintopf auf den Tisch. Fridtjof, Milan, Jo und Haverkorn saßen neben ihr und verteilten Teller und Besteck. Niemand sagte etwas, nur das Klappern von Geschirr und Löffeln war zu hören.

»Ihr Smartphone können wir nicht orten, das ist ausgestellt. Wenn sie es wieder anmacht, werde ich sofort benachrichtigt. Die Kollegen in den Dienststellen der Umgebung wissen Bescheid. Morgen suchen wir weiter.« Haverkorn klang nicht sehr zuversichtlich.

»Ich bin so blöd! Wie konnte ich sie so bedrängen? Ich hätte ihr besser erklären müssen, was wir von ihr wissen möchten.«

»Es bringt jetzt auch nichts, wenn du dir Vorwürfe machst.« Milan ließ sich von Marta Suppe auftun.

Fridtjof schnitt frisch gebackenes Landbrot auf. »Cat wird sich beruhigen und zurückkommen. Ihr haben der Hof und die Arbeit mit den Tieren gefallen.«

»Und der Bauwagen! Sie hat ständig davon geredet«, sagte Jo.

Frida sah in die Gesichter. Alle am Tisch hofften, dass das Mädchen zu ihnen zurückkam. Selbst Bruno lag heute Abend still neben Arthur auf dem Hundeplatz, wirkte bedrückt, als vermisse er Cat ebenfalls.

Haverkorn gähnte verhalten. »Ich fahre gleich noch mal zu Trautmann Peters. Er muss noch das Protokoll der letzten Vernehmung unterschreiben.«

Frida wusste, dass der Ornithologe unter Polizeischutz stand und dass Haverkorn die Unterzeichnung des Vernehmungsprotokolls nur vorschob, um dort nach dem Rechten zu sehen. Sollte sie mitfahren? Jede Ablenkung würde ihr guttun. Dennoch würde es seltsam aussehen, wenn zwei Beamte vorbeikamen, um ein Protokoll unterzeichnen zu lassen.

Selten war ein Abendessen so still gewesen. Das Klappern der Löffel war das einzige Geräusch, bis Haverkorns Handy in der Tasche eine Melodie zu spielen begann.

Er zog es heraus. »Henni, ich bin gleich zu Hause.«

Er hörte einen Moment zu. »Ja, ich bin sofort da.« Er stand auf. »Tut mir leid, ich muss sofort nach Hause.« Er sah Marta an. »Danke für das tolle Essen!«

Frida ließ den Löffel sinken. »Ist was passiert?«

»Das hat sie nicht gesagt. Nur dass ich dringend kommen soll.«

»Dann übernehme ich Trautmann Peters. Wo hast du das Protokoll?«

Haverkorn sah sie an, nickte nachdenklich, schien aber nicht überzeugt von ihrer Idee.

»Komm schon, seine Unterschrift kann ich doch schnell besorgen. In einer halben Stunde bin ich zurück.«

»Okay!« Der Kriminalhauptkommissar zog die Dokumente in einer Klarsichtfolie aus seiner Aktentasche und drückte sie ihr in die Hand. »Check mal die Kollegen vor der Tür«, raunte er ihr zu. »Ich hoffe, sie haben nicht die größten Trantüten hingeschickt.« Er verabschiedete sich durch ein Klopfen auf den Tisch und ging.

Nach dem Abendessen fuhr Frida mit den Unterlagen nach Altendeich zum Haus von Trautmann Peters. Der Streifenwagen stand vor dem Haus. Frida begrüßte die Kollegen und reichte ihnen eine Tüte mit Sandwiches von Marta ins Auto. »Macht mal kurz eine Pause, ich gehe rein zu ihm.« Sie versuchte, die beiden Streifenpolizisten einzuschätzen. Ein grauhaariger, gestandener Polizist, der schläfrig wirkte, und ein Jungspund, der die Polizeischule sicher erst gestern abgeschlossen hatte und sich mit Spielen auf dem Smartphone die Zeit vertrieb. »Wie sieht's aus dadrin?«

»Alles ruhig hier. Wir haben vor einer Stunde geklingelt. Peters hat gesagt, er würde arbeiten«, antwortete der Ältere gelassen.

»Wart ihr auch mal hinter dem Haus?«

»Na klar.« Der Jüngere steckte unauffällig das Handy weg. »Ich mache meine Runde alle dreißig Minuten.«

»Gut, esst erst mal was. Ich will kurz mit ihm reden.« Sie durchquerte den Garten und erschrak, als eine Katze vor ihr durch die Büsche flüchtete. Frida klingelte und wartete. Nichts regte sich hinter der Tür, obwohl im Haus Licht brannte. Sie hatte die Hand wieder auf der Klingel, als die Tür geöffnet wurde.

Trautmann Peters wirkte fahrig, als er sie begrüßte. »Was gibt's denn?«

»Entschuldigen Sie die späte Störung! Sie müssen das Protokoll Ihrer Zeugenvernehmung noch unterschreiben.«

»Hat das nicht bis morgen Zeit? Ich komme zu Ihnen ins Büro!«

»Leider nicht!« Die Papiere in Fridas Händen flatterten im Wind. »Wir sollten reingehen, sonst können wir die Ausdrucke im Garten suchen.«

Er zögerte, dann gab er die Tür frei. »Ja klar, kommen Sie herein. Ich war auf dem Weg ins Bett.«

Frida trat ein und folgte ihm in die Küche, wo er in den Schubladen zu suchen begann. »Ich habe einen Stift«, sagte sie und reichte ihm einen Kugelschreiber.

Peters unterschrieb. Es entging Frida nicht, dass seine Hand zitterte. Seit ihrer Zeit bei der Schutzpolizei reagierte sie viel sensibler auf körperliche Anzeichen von Angst oder Stress. »Alles in Ordnung bei Ihnen?«, fragte sie Peters.

»Danke, ich bin nur ziemlich geschafft!« Seine Stimme klang gepresst. Ein Schweißfilm funkelte auf seiner Stirn.

Ihre Sinne waren geschärft, ihr ganzer Körper in Alarmbereitschaft. Nichts war hier in Ordnung! Peters wollte sie schnellstens loswerden. War er nicht allein?

War der Täter hier im Haus?

»Ach, noch etwas!« Sie hatte einen Plauderton angeschlagen und ging in Richtung Wohnzimmer. »Sie haben mir doch letztens von diesem Buch erzählt.«

Peters war ihr gefolgt, versuchte, sie zu überholen. »Was für ein Buch?«

»Das über die Himmelsziege!« Frida fiel nichts Besseres ein, aber sie hatte die Tür zum Wohnzimmer erreicht, die halb geöffnet war. Sie konnte die Couch sehen und ein Stück vom Couchtisch, auf dem ein Karton mit Fotos stand. Alles sah normal aus.

»Das Buch habe ich verliehen. Ich bringe es Ihnen demnächst vorbei.« Sie hatten nie über ein solches Buch gesprochen. Warum ging er darauf ein? Mittlerweile hatten sich winzige Schweißperlen an seinen Schläfen gebildet. Entweder hatte der Ornithologe Fieber, oder er stand unter massivem psychischen Druck.

Frida entschied, sich Verstärkung zu holen. Draußen saßen zwei bewaffnete Streifenpolizisten im Auto. Wenn der Täter hier im Haus war und Peters bedrohte, würde sie allein nichts ausrichten können, sondern brachte sich und Peters in Gefahr. »Okay!«, sagte sie. »Das wäre echt nett!« Sie wollte zur Haustür gehen, als sie den Rucksack mit der Wacken-Faust entdeckte. Er lehnte an der Couch, halb verdeckt von einer Zimmerpflanze, sodass sie ihn erst jetzt bemerkte. Einem Impuls folgend stieß sie die Tür auf.

»HALT ...!«, schrie Peters hinter ihr.

Der Schlag traf sie unvermittelt. Frida ließ die Dokumente fallen und stürzte ins Dunkel.

## Geschlossener Jugendwerkhof, Torgau, 25. Mai 1988

»Jugendliche Werner und Seelig, sofort mitkommen!« Der Erzieher fing sie vor dem Speisesaal ab und brachte sie ins Zimmer des Direktors. Heidrich stand am Fenster, sah hinunter auf den Hof, von dem die Drillkommandos der Sportfunktionäre bis hier oben zu hören waren.

»Mir ist zu Ohren gekommen, dass Sie, Jugendlicher Werner, letzte Nacht einen Ausbruchversuch unternommen haben.« Er drehte sich um, seine kalten Schweinsäuglein sahen ihn an.

»Und Sie, Seelig, wollten ihm dabei helfen. Haben sich als Selbstmordopfer zur Verfügung gestellt.« Er ging um den Tisch herum und riss am Pullover des Schmächtigen, bis er die rote Strangmarke um dessen Hals sehen konnte.

Seelig blieb stumm, aber Tränen standen in seinen Augen.

»So war das nicht! Ich …«, setzte er an.

»RUHE!«, schrie Heidrich. »Hier rede ich!« Er setzte sich an seinen Schreibtisch, faltete die Hände. »Es gibt Zeugen, die Ihren Ausbruchsversuch am Morgen sofort gemeldet haben.«

Kirsten und Jähnig. Natürlich! »Die lügen doch!«, versuchte er es erneut.

Das Gesicht des Direktors lief rot an. »STILL JETZT, JUGENDLICHER WERNER!« Er atmete tief ein, beruhigte sich. »Hat wohl letzte Nacht nicht geklappt, Ihren Kameraden zu erwürgen? Wollten Sie es diese Nacht wieder versuchen?« Heidrich erntete wütende Blicke und Schweigen.

»Ich könnte Sie natürlich der Volkspolizei übergeben. Dann würde es sofort abgehen nach Leipzig in den Knast. Wollen Sie das?«

Er starrte den Direktor an, riss sich zusammen, schüttelte dann den Kopf. Den richtigen Knast wollte er nicht auch noch kennenlernen.

Seelig neben ihm rührte sich nicht. Er schien nicht einmal zu atmen.

»Wir können die Sache zusammen aus der Welt schaffen.« Heidrich stand auf und kam näher. Er blieb so dicht vor ihnen stehen, dass sie sein billiges Aftershave riechen konnten. Er betrachtete Seelig und verzog angewidert den Mund, als habe er eine Fliege vor sich, die er gern zerdrücken würde.

Er ging einen Schritt weiter, blieb wohlwollend vor ihm stehen. »Sie, Jugendlicher Werner, kommen heute Abend zu mir.« Ein zweideutiges Lächeln. Ihm gefiel ganz offensichtlich, was er sah. »Dann reden wir noch mal über die Sache. Nur wir zwei.«

Heidrich entließ sie endlich. Ein Erzieher brachte sie in den Gruppenraum zurück und ließ sie mit den anderen allein.

Werner erfasste sofort die Situation. Kirsten und Jähnig hatten die anderen Jungen gegen sie aufgewiegelt. »Stell dich hinter mich!«, raunte er Seelig zu. Der Schmächtige machte einen Schritt zurück. Sie hatten keine Chance. Zu zweit gegen vierzehn aufgebrachte Jugendliche.

Kirsten trat vor. »Na, da sind sie ja, die besten Kumpels.« Er blickte hinter sich, die Gruppe stand wie eine

Wand in seinem Rücken. In den Gesichtern der Jungen war ihre Wut zu sehen. »Durch euren bescheuerten Fluchtversuch hat unser Kollektiv Strafarbeit bekommen. Und das Abendbrot wurde gestrichen. Die ganze nächste Woche!« Er redete sich in Rage. Jähnig neben ihm nickte und drehte die rechte Faust in der Hand.

»Du weißt, dass es anders war«, sagte Werner ruhig. Er blickte von einem der Jungen zum anderen. »Er und Jähnig wollten Seelig erwürgen und dann flüchten.«

»Du verdammter Lügner!«, schrie Kirsten, ging nach vorn und schlug ihm hart ins Gesicht. Wie auf Kommando fiel die ganze Gruppe wie eine Meute wilder Tiere über ihn und Seelig her.

Er wehrte sich, schlug zurück, hörte Seelig schreien, aber niemand kam ihnen zu Hilfe. Bald lag er am Boden, spürte die Schläge und Tritte kaum noch. Er hatte die Arme nach oben gezogen, um sein Gesicht zu schützen. Es ging ums nackte Überleben. Sein Bein wurde hochgerissen. Er hörte Kirstens Lachen, dann ein lautes Krachen. Als wäre ein Ast gebrochen. Ein irrer Schmerzstrahl fuhr durch seinen Körper. Sein Schrei war das Letzte, was er hörte, bevor er ohnmächtig wurde.

# Kapitel 27

Haverkorn rätselte noch immer, an wen ihn das Porträtfoto von Holger Jähnig erinnerte, als er aus dem Passat stieg. Er gähnte und betätigte den elektrischen Autoschlüssel. Vor seinem Haus stand ein dunkler VW Golf. Itzehoer Kennzeichen. Arno Veltins Auto war es heute zum Glück nicht. Henni hatte am Telefon besorgt geklungen, war jedoch nicht mit der Sprache herausgerückt, was los war.

Als er das Haus betrat, hörte er eine männliche Stimme aus der Küche. Henni entgegnete etwas, und ihre Stimmhöhe klang nach Ärger. Haverkorn hängte seinen Mantel an die Garderobe, stellte die Laptoptasche ab und ging zur Küche.

»… müssen uns sagen, was Sie wissen!«, hörte er den Besucher sagen.

Haverkorn klopfte an den Türrahmen. »Moin!« Überrascht sah er zwei Kripo-Kollegen aus der BKI an, die an seinem Küchentisch saßen. Die Gesichter kannte er, die Namen waren ihm entfallen. Betrugsdezernat, so viel konnte er zuordnen. »Gibt's ein Problem?«

»Nicht für dich, Kollege!«, antwortete der Ältere von ihnen, der ihn ebenfalls erkannt hatte.

Haverkorn ging hinein und begrüßte die Kollegen mit Handschlag. »Wenn meine Tochter ein Problem hat, dann habe ich es auch. Warum seid ihr hier?«

Der jüngere Polizist, Haverkorn fiel jetzt auch der

Name ein, Lennard Friedrichs, schob ein paar Unterlagen zusammen, die über den Tisch ausgebreitet waren. »Es geht um Internetbetrug.« Er sah zu ihm auf, und es schien ihm nicht zu passen, hier so unverhofft auf einen Kollegen zu treffen. »Von eurer IP-Adresse wurden in der Nacht vom 19. auf den 20. Oktober und in der darauffolgenden Nacht Onlinekunden durch einen fingierten Shop um zwölftausend Euro betrogen.«

»Sag das noch mal!« Haverkorn setzte sich.

»Waren im Wert von zwölftausend Euro wurden über einen Fake-Shop verkauft, das Geld kassiert, die Ware jedoch nie auf den Weg gebracht. Der Shop ist wieder verschwunden, das Geld auch. Nach einer Anzeige haben unsere Experten den Server, über den die gefakte Seite gehostet wurde, ermittelt. Dieser führte zu dieser IP-Adresse hier im Haus.«

»Ich verstehe nur Bahnhof«, räumte Haverkorn ein.

Henni atmete ärgerlich aus. »Sie wollen damit sagen, dass unser Internetanschluss eine zu identifizierende Adresse im Netz hat. Das ist unsere IP-Adresse. Darüber wurde ein falscher Internetshop betrieben, über den Kunden geprellt wurden.« Sie stützte ihr Gesicht in die Hände. »Arno!«, spuckte sie verächtlich aus. Sie blickte wieder hoch. »Ich hatte ihm meinen Laptop ausgeliehen, weil er nach Wohnungen schauen wollte. Es geht um letzte Woche Mittwoch und Donnerstag, als er hier übernachtet hat.«

Haverkorn war müde und erschöpft. »Das darf doch alles nicht wahr sein!«

»Wollt ihr Anzeige gegen Arno Veltins erstatten?«, fragte Friedrichs.

»Unbedingt!« Haverkorn sah Henni an, die unschlüssig wirkte.

»Wir würden gern den besagten Laptop, von dem laut Ihrer Aussage der Fakeshop betrieben wurde, zur Beweissicherung mitnehmen«, sagte der ältere Kollege, dessen Name Haverkorn noch immer nicht einfiel.

»Ja, klar.« Henni hatte erkannt, dass Arno es nicht verdient hatte, dass sie sich noch immer vor ihn stellte. »Ich hole ihn.« Sie stand auf und verließ die Küche.

»Da hat sich der Mann ja beim Richtigen eingenistet«, sagte Friedrichs. »Wusste er, dass du Polizist bist?«

Haverkorn wischte sich die Müdigkeit aus den Augen. »Wusste er. Aber er ist ein guter Schauspieler.« Er berichtete den Kollegen von Veltins' Alkoholexzess in der Nacht.

Einer notierte sich ein paar Stichpunkte. Der andere schmunzelte. »Ein gutes Ablenkungsmanöver! Er hat dich ganz schön hingehängt! Wir lassen Veltins durch POLIS laufen, vielleicht ist er schon bekannt.«

»Tut mir einen Gefallen, lasst meine Tochter da raus. Sie wird als Zeugin aussagen, wenn ihr sie braucht. Aber der Internetanschluss hier im Haus läuft auf meinen Namen. Deshalb redet ihr mit mir.«

Den Kollegen schien es recht zu sein.

Henni kam herein und legte den Laptop auf den Tisch. »Ich habe noch mal nachgedacht. Ich möchte eine Anzeige gegen Arno Veltins aufgeben. Er hat mich beklaut.«

†

Frida hörte Stimmen und schlug die Augen auf. Das Licht war so grell, dass sie die Lider wieder zusammendrückte. Ihr Kopf schmerzte, als würde eine Schraubzwinge Druck auf ihn ausüben. Wo war sie überhaupt? Noch ein Versuch, die Augen zu öffnen und ihre Umgebung zu erkunden. Sie lag auf einem bunten Läufer, den sie wiedererkannte. Dieser befand sich im Haus des Ornithologen.

Kurzzeitig stieg Panik in ihr auf, als die Erinnerung mit Wucht zurückkehrte: das Gespräch mit Peters, ihr Gefühl, dass er bedroht wurde, die nahe Verstärkung im Streifenwagen, ihre Überraschung, Cats Rucksack hier zu finden.

Dann nichts mehr.

Der Schmerz pochte unter ihrer Schädeldecke. Sie wollte die Hände bewegen, aber sie waren am Rücken fixiert. Scharfe Fesseln schnitten in die Haut ihrer Handgelenke. Wahrscheinlich Kabelbinder, die schmerzten am meisten. Auch ihre Füße waren mit den Einmalfesseln fixiert worden. Über ihre Lippen war Tape geklebt worden, ihre Kehle fühlte sich trocken und rau an.

Wie lange lag sie schon hier auf dem Boden?

Sie dachte an Cats Rucksack. Wenn dieser hier im Haus war, dann sicherlich auch das Mädchen. Oder hatte Peters die einzige Zeugin, die ihn vielleicht anhand seiner Stimme identifizieren konnte, längst beseitigt?

Frida setzte sich mühsam auf. Sie musste ihre Fesseln loswerden und es bis zu den Polizisten vor die Tür schaffen.

Ein halbhohes Regal stand neben der Garderobe. Vielleicht lag eine Schere oder etwas anderes darauf, das sie benutzen konnte, um die Kabelbinder aufzuschneiden?

Sie schob sich mit den Füßen von der Wand weg und robbte hinüber zum Regal. Wenn sie es umkippen konnte, würden die Sachen, die darauf lagen, herunterfallen. Aber es würde so viel Lärm machen, wenn es auf dem Boden aufschlug, dass Peters es vermutlich hörte. Sie musste versuchen, es auf ihren Körper fallen zu lassen.

Frida blinzelte, weil Schweiß in ihre Augen lief. Sie bekam schlecht Luft und atmete mehrfach durch die Nase, bis ihr Puls sich etwas beruhigt hatte. Dann legte sie sich auf den Rücken, hob die Beine an und bemühte sich, das Regal mit den Füßen zu greifen, um es nach vorn zu ziehen. Sie brauchte einige Versuche, dann kippte das Regal. Es schlug hart auf dem Boden auf, bevor sie die Beine darunterschieben konnte. Erschrocken blieb Frida liegen. Hatte Peters sie gehört? Oder war er gar nicht im Haus?

Sie wartete, aber niemand kam durch die Tür. Frida entspannte sich und sah sich um. Ein Telefonbuch war heruntergefallen, lag direkt neben ihr. Ein Brillenetui war an die Wand gerutscht, daneben lag ein Autofunkschlüssel. Keine besonders hilfreiche Auslese. Sollte sie versuchen, die Brille aus dem Etui zu holen? Oder besser, den Metallschlüssel aus dem Kunststoffgehäuse herauszuklappen? War es möglich, damit den Kabelbinder zu bearbeiten?

Sie legte sich auf die Seite und schob sich in Richtung des Schlüssels, um ihn in die Hände zu bekommen.

»Lass es sein!«, sagte eine Stimme hinter ihr. Ein klatschendes Geräusch folgte. Sie erkannte das typische Hosenträgerknallen sofort und wusste, auch ohne ihn zu sehen, dass Peter Luers hinter ihr stand. Sie war erleichtert, dass der Vorsitzende des Sportbootsvereins hier war und nicht Peters, der sie niedergeschlagen hatte.

Doch plötzlich wurde ihr bewusst, was Luers soeben gesagt hatte. Frida wälzte sich auf den Rücken, blickte ihn ungläubig an.

Hinter Luers stand der Ornithologe und versuchte, sich an ihm vorbeizuschieben. »Lass gut sein, Peter! Lass sie gehen!«

Der Vereinsvorsitzende hatte wieder die Finger unter die Hosenträger geschoben. Seine sonst so gutmütige Miene war unter harten Gesichtszügen verborgen.

Frida begriff, dass dieser Mann Peters Angst einjagte. Dann hatte er sie niedergeschlagen, nicht der Vogelkundler!

Ein Gedanke setzte sich in ihr fest. War Peter Luers, den sie ihr halbes Leben kannte, nur eine Fassade? War er in Wirklichkeit Holger Jähnig? Lebte Luers hier seit vielen Jahren unter einer falschen Identität? Das konnte nicht sein, das war in Deutschland bei all der Bürokratie beinahe unmöglich!

Frida versuchte, unter dem Klebeband etwas zu sagen, aber es waren nur kläglich verzerrte Laute zu hören.

»Es ist vorbei, Peter!«, startete der Ornithologe einen neuen Versuch, Luers umzustimmen.

Dieser fuhr herum, packte Peters am Hals und drückte ihn gegen die Wand. Frida hörte ihn röcheln.

»Du sagst mir nicht, was ich tun soll!«, stieß Luers wütend hervor und drückte fester zu. Peters wehrte sich, packte Luers mit beiden Händen am Kopf, um sich zu befreien.

Das Klingeln an der Haustür brachte Luers zur Besinnung. Er ließ den Ornithologen endlich los. Dieser japste nach Luft.

Blut lief aus Luers' Nase. Er bemerkte es nicht.

»Deine Nase blutet«, sagte Peters.

»Scheiße!«, fluchte Luers und wischte sich mit dem Ärmel das Blut übers Gesicht.

Er klingelte wieder.

»Die beiden Streifenfuzzies werden unruhig, weil sie nicht wieder rausgekommen ist.« Luers hockte sich neben Frida, die angefangen hatte, unter dem Klebeband Randale zu machen. Er drückte seine Hände auf ihre Nase, bis sie keine Luft mehr bekam und aufgab. »Genug jetzt!« Er stand auf und zog sie mit einem Ruck auf die Füße. Dann fingerte er eine Kurzwaffe aus dem Hosenbund. Eine SIG Sauer P 226, erkannte Frida.

»Los, hol die Kleine!«, herrschte er Peters an.

Der Ornithologe sah wie erstarrt auf die Pistole. »Mach keinen Unsinn, Peter!« Mit dieser Warnung verschwand er aus der Diele.

Erneut klingelte es, dann wurde laut geklopft. Luers wirkte gehetzt. Sein Blick sprang von Frida zur Haustür, hinter der der Polizist unruhig wurde und nochmals klingelte.

Endlich schob Peters Cat in die Diele, die versuchte, unter ihren Fesseln zu treten. Luers hielt ihr die Sig Sauer vor das Gesicht. »Schluss jetzt!«

Cat erstarrte, sah ängstlich auf Frida, die ihr aufmunternd zublinzelte. Sie war froh, dass das Mädchen wohlauf war. Was konnte sie tun, um sie beide hier lebend herauszubringen?

Sie hatte Peter Luers als behäbigen und hilfsbereiten Menschen kennengelernt, der gern Tee trank, angelte und mit dem Boot rausfuhr, um sich zu erholen. Und der einen Jagdschein hatte, fiel ihr ein. Damit besaß Luers ganz legal einen Waffenschein!

Als hätte er ihre Gedanken erraten, wandte er sich ihr zu, hielt die Pistole weiterhin auf Cat gerichtet, die sich nicht rührte. »Du gehst jetzt da raus und sagst deinen Kollegen, dass hier drin alles in Ordnung ist! Sag ihnen, ihr müsst noch Akten sichten, das wird länger dauern.«

Frida dachte angestrengt nach. Sie musste Luers hinhalten, bis sie einen Plan gefasst hatte, wie sie sich und das Mädchen befreien konnte. Sie deutete ein Nicken an.

»Schneid sie los!«, herrschte er Peters an. Dieser zog ein Taschenmesser aus seiner Hosentasche, schnitt die Kabelbinder durch und fetzte Frida das Klebeband von den Lippen. Sie atmete durch, massierte ihre schmerzenden Handgelenke und ging langsam zur Tür. Im Augenwinkel sah sie, dass Luers Cat ins Wohnzimmer zog. Peters verschwand ebenfalls darin.

Frida schloss die Haustür auf und zog sie einen Spalt auf.

Der junge Streifenpolizist hatte die Hand auf der Klingel liegen. »Warum dauert das so lange? Alles in Ordnung bei dir?«, fragte er und ließ den Arm sinken.

»Ja, sorry. Wir haben oben im Arbeitszimmer gesessen, weil wir noch ein paar Akten wälzen.«

Der Polizist warf einen Blick über ihre Schulter.

»Peters ist in der Küche. Er macht uns was zu essen.« Plötzlich hatte sie eine Idee. »Hat euch der Wirsingeintopf geschmeckt?«, fragte sie.

Der Uniformierte sah sie ungläubig an. »Eintopf?«

»Da wird sich meine Mutter freuen.« Sie drehte sich um. »Ich muss wieder hoch, wir arbeiten sicherlich noch eine ganze Weile!« Langsam schob sie die Tür zu. Hatte der Kollege begriffen, dass sie ihm hatte mitteilen wollen, dass in diesem Haus etwas nicht stimmte? Oder fragte er sich lediglich, ob sie noch ganz klar im Kopf war?

»Abschließen!«, befahl Luers, der mit Cat wieder in der Diele erschienen war. »Komm her!«

Frida tat, was er sagte.

Peters stand hinter dem Mann, der hier das Kommando führte. »Sie hat uns Zeit verschafft, lass uns in Ruhe nachdenken!«, redete er auf Luers ein.

»Schwachsinn!«, knurrte dieser. »Wir müssen hier weg.

Wir gehen hinten durch den Garten!« Er wies auf Frida. »Steh nicht so blöd rum, fessele ihre Hände!«

»Lass uns reden! Wir kommen hier nicht weg …«

»Los jetzt!«, zischte Luers, dessen Geduld offensichtlich am Ende war. »Nimm die Kabelbinder!«

Peters legte eine der Plastikschlingen um Fridas Hände. Er sah ihr in die Augen, und sie registrierte, dass er die Fessel nicht richtig straff zog. Ihre Hände hatten ein wenig Spielraum.

»Los jetzt!« Luers schob Cat, die vor ihm an den Fesseln tanzte, durch die Diele in Richtung Küche, wo die Hintertür in den Garten führte. Frida folgte ihnen. Peters ging am Schluss. Sie bemerkte, dass der Ornithologe beim Vorbeigehen ein Küchenmesser aus dem Messerblock zog und in seinen Stiefel gleiten ließ. In ihm hatten sie einen Verbündeten. Aber würde er mit dem Messer gegen Luers und seine Schusswaffe etwas ausrichten können?

†

Haverkorn wurde aus dem Schlaf gerissen, als es in der Nacht an der Haustür klingelte. Er blieb still liegen und lauschte, weil er nicht wusste, ob er das Geräusch nur geträumt hatte. Die Klingel schrillte wieder, und er stemmte sich endlich von der Matratze hoch. An der Schlafzimmertür zog er seinen Bademantel über. Wenn dies ein Klingelstreich von Jugendlichen war, würde er laut werden müssen.

Er schloss die Tür auf, dann stand er Fridas Vater gegenüber. Der Bauer trug eine dunkelgrüne Jagdjacke, seine grauen Haare flatterten im Nordwestwind.

»Fridtjof? Ist was passiert?« Haverkorn schloss den Bademantel mit dem Gürtel, machte eine einladende Handbewegung. »Komm doch rein!«

Der Bauer trat ein, und im Licht der Flurlampe sah Haverkorn, dass der nächtliche Besuch ein sorgenvolles Gesicht machte.

»Frida ist nicht nach Hause gekommen«, sagte er. »Sie ist mit dir gegangen und nach Altendeich gefahren, ist aber bis jetzt nicht zurück.«

In Haverkorn arbeitete es. »Vielleicht ist sie danach noch zu Torben ins Krankenhaus gefahren?«

»Da haben wir angerufen. Die Nachtschwester sagt, sie wäre nicht gekommen.«

»Und Milan und Jo? Wissen sie, wo sie ist?«

Fridtjof schüttelte den Kopf.

Der Kriminalhauptkommissar spürte Unruhe, die von einer Vorahnung herrührte. Er hatte Frida zu Trautmann Peters geschickt. »An ihr Handy geht sie nicht?«

»Das ist seit Stunden aus.« Fridtjof Paulsens Stimme klang holperig wie ein stumpfes Mähwerk. »Wir machen uns wirklich Sorgen um sie.«

»Was ist denn los?«, fragte Henni von oben.

»Alles okay! Geh wieder ins Bett!«, sagte Haverkorn.

Henni verharrte einen Moment, verschwand dann in ihrer Wohnung. Sicher nicht, weil ihr Vater sie beruhigt hatte, sondern weil sie an seiner Stimme erkannt hatte, dass sie in eine brisante Situation geraten war.

»Warte kurz hier, ich ziehe mich an. Wir fahren nach Altendeich.« Haverkorn ging ins Schlafzimmer, sah auf den Wecker. Es war 2.23 Uhr. Er zog das Holster mit der Dienstwaffe unter den Mantel und kontrollierte, dass er seinen Dienstausweis in der Tasche hatte. Draußen stemmte er sich gegen den peitschenden Wind und stieg in den Pick-up von Fridtjof Paulsen, dessen Motor bereits lief. Auf der Fahrt schwiegen beide, denn ihre gemeinsame Sorge um Frida war stärker als das Bedürfnis, Small Talk zu machen. Haverkorn wies dem Bauern den Weg zur Adresse von Trautmann Peters. Sie parkten vor dem Haus des Ornithologen hinter dem Streifenwagen, aus dem sofort ein Kollege ausstieg. Er legte die Hand auf das Waffenholster.

»Bleib kurz sitzen! Ich kläre das«, sagte er zu Fridas Vater. Der Kriminalhauptkommissar suchte im Mantel seinen Dienstausweis, hob ihn hoch und ging auf den Streifenpolizisten zu. »Bjarne Haverkorn, Kripo Itzehoe. Ich suche meine Kollegin Frida Paulsen.«

Der Schutzpolizist knipste eine Maglite-Lampe an und betrachtete den Ausweis, entspannte sich. »Sie ist noch drin. Hat gesagt, dass es länger dauert.«

»Bis halb drei in der Nacht?«, fragte Fridtjof Paulsen, der hinter Haverkorn aufgetaucht war, lauter als nötig.

»Das ist der Vater der Kollegin«, erklärte Haverkorn. »Er hat mich alarmiert.«

»Er hätte sie doch anrufen können«, sagte der Polizist. Auch sein Kollege war jetzt ausgestiegen.

»Wann habt ihr zuletzt mit ihr gesprochen?«, fragte Haverkorn.

»Kurz vor Mitternacht«, antwortete der jüngere Beamte.

»Was genau hat sie gesagt?«

»Dass sie oben im Arbeitszimmer sitzen und Akten sichten. Und dass Herr Peters was zu essen machen würde.« Die Falte auf seiner Stirn wurde tiefer. »Und dann wurde es seltsam. Sie hat mich gefragt, ob uns der Wirsingeintopf geschmeckt hätte. Dabei hatte sie uns Sandwiches mitgebracht.«

Haverkorn kannte Frida gut genug, um zu verstehen,

dass diese seltsame Frage ein versteckter Hinweis von ihr gewesen war. Er musste kurz innehalten, um dem Kollegen nicht eine deftige Zurechtweisung an den Kopf zu knallen. Der Schutzpolizist war blutjung, ihm fehlte es einfach an Erfahrung. Und er kannte Frida nicht. »Damit wollte sie dir ein Zeichen geben, dass sie Hilfe braucht. Wir müssen ins Haus!«

Der junge Beamte war erstarrt. »Scheiße!«, entfuhr es ihm. »Das kam mir schon komisch vor, aber …«

»Wie gehen wir vor?«, unterbrach ihn der Ältere.

Haverkorn dachte kurz nach. »Fridtjof, du wartest im Wagen!«

Der Bauer wollte widersprechen, ließ es dann doch bleiben und stieg in den Pick-up.

Der Kriminalhauptkommissar gab dem älteren Polizisten ein Zeichen. »Du kommst mit mir durch den Garten nach hinten!« Er nickte dem jungen Beamten zu. »Du bleibst hier vorn an der Haustür stehen. In zwei Minuten klingelst du. Wenn alles in Ordnung ist, kommt einer von beiden raus. Wenn nicht, gehen wir rein.«

Haverkorn ging voraus, erreichte die Hintertür und wartete, bis er das schrille Geräusch der Klingel hörte.

Im Haus blieb es still.

Es klingelte nochmals. Wieder keine Reaktion hinter der Tür. Der Streifenpolizist hinter ihm sprach leise in sein Funkgerät, und sein Kollege bestätigte, dass sich auch an der Vordertür nichts rührte.

»Gefahr in Verzug, wir gehen rein!«, entschied Haverkorn. Er ließ sich die Taschenlampe des Kollegen geben, suchte den Garten ab und fand einen alten Blumentopf, mit dem er die Glastür in der Höhe der Klinke zertrümmerte. Er schlug die spitzen Glasreste aus dem Rahmen, fasste hindurch und öffnete die Tür von innen. »HIER IST DIE POLIZEI! HERR PETERS?«, rief er laut. »FRIDA?«

Keine Antwort.

Haverkorn ging voraus, der Kollege in seinem Rücken sicherte. Er fand den Lichtschalter, das Licht flammte auf. Die Küche war leer. Der Schutzpolizist durchquerte die Diele und öffnete seinem Kollegen die Haustür.

Zu dritt durchsuchten sie das Haus. Wie Haverkorn erwartet hatte, waren alle Zimmer leer.

»Hier! Seht mal«, rief der ältere Schutzpolizist und zeigte auf zerschnittene Kabelbinderstücke am Boden. Daneben lag zusammengeknülltes Klebeband.

Haverkorn fluchte innerlich, dann fiel sein Blick auf die Couch und den Rucksack mit dem Wackener Teufelsgruß. Langsam setzte er zusammen, was hier in der Nacht vorgefallen war. Frida hatte diesen Rucksack ebenfalls erkannt, und die Situation war eskaliert. »Sie sind längst weg«, sagte er. »Geht raus und sichert das Grundstück!« Er rief Wahler an, der nach einigem Klingeln ranging.

»Bjarne?« Seine Stimme klang konzentriert, obwohl er ihn geweckt haben musste.

»Ich bin im Haus von Trautmann Peters. Wir haben hier eine dynamische Lage. Peters ist verschwunden. Und mit ihm Frida, die am Abend bei ihm war. Und die junge Zeugin.« Er sah Fridtjof Paulsen aus dem Wagen steigen. Sein versteinerter Gesichtsausdruck ließ ihn das Gespräch schnellstens beenden.

## Kapitel 28

Luers' Motorboot lag nicht am Pier des Deichgrabener Hafens, sondern an einem kleinen privaten Steg in der Pinnau. Frida und Cat stiegen aus dem SUV des Wassersportlers und mussten sich gegen den peitschenden Wind stemmen.

»Los, da rüber und rauf aufs Boot!«, schrie Luers.

»Du bist verrückt, jetzt rauszufahren!«, rief Peters. »Wir haben Windstärke 8, und der Sturm legt noch zu. Der Wetterdienst warnt seit dem Abend vor einer Sturmflut!«

Luers packte ihn am Arm. »Hör auf, solchen Schwachsinn zu reden! Ich weiß, was ich tue.«

Aber Peters gab nicht auf. »Wir haben Vollmond! Es kann eine Springtide geben!«

Luers ließ ihn los und richtete die Handfeuerwaffe auf ihn. »Halt die Schnauze, Trautmann! Schaff sie endlich aufs Boot!«

»Deine Nase blutet schon wieder!«, sagte Peters.

Luers fluchte leise und wischte das Blut weg, legte ein paar Sekunden den Kopf in den Nacken, bis die Blutung nachließ. »Los jetzt! Alle da rauf!«

Peters fügte sich und half den beiden Frauen, auf das gefährlich schwankende Boot zu klettern. Er setzte sich mit ihnen ins Heck. Luers machte die Leinen los, warf den Motor an und legte ab. Stocksteif stand er auf Deck, eine Hand am Steuer, in der anderen die Waffe.

Mit verbissenem Gesicht steuerte Luers das Boot von

der Pinnau in die Elbe. Der permanente Nordwestwind und die langen Wellenkämme erschwerten das Vorwärtskommen. Zudem war das kleine Boot mit vier Personen beinahe überlastet. Der Motor jammerte, quälte sich Meter für Meter voran, hielt jedoch durch. Immer wieder wurden sie von eiskaltem Wasser, das ins Boot spritzte, durchnässt.

Frida überlegte fieberhaft, was sie tun konnte. Aber Luers hier auf dem schwankenden Boot zu überwältigen wäre Selbstmord gewesen. Wohin wollte er? Hatte er ein Ziel, oder wollte er sie alle heute Nacht hier draußen umbringen?

Cats Hand krallte sich in ihren Arm. Peters saß neben ihnen, starr wie eine Salzsäule. Hatte er sich schon in sein Schicksal ergeben?

Große Wellen donnerten gegen den Bug, ließen sie die Kraft der Natur spüren. Frida betete, dass der Motor durchhielt und sie irgendwo sicher an Land gelangten.

»Wir sind da!«, schrie Luers endlich. Mit einem Strahler riss er Bäume aus der Dunkelheit. Frida hob den Kopf und erkannte den Anleger der NAVE-Hütte auf Bargsand. Sie landeten in der Nähe der Stelle an, wo sie, Haverkorn und Thomsen vor einigen Tagen die Leiche des Fischers gefunden hatten.

Luers musste das Manöver mehrfach wiederholen, bis er das Boot am Steg festmachen konnte. Das Wasser stand so hoch, dass die Bohlen unter dem Anlieger kaum noch zu sehen waren.

»Wenn das Wasser weiter steigt, kann es auch die Hütte überfluten!«, rief Peters besorgt.

Luers antwortete nicht. »Alle raus!«, schrie er nur.

Trautmann Peters half Frida und Cat auszusteigen. Völlig durchnässt und verfroren erreichten sie die Hütte.

Kurz darauf saß Frida an der Holzwand und hatte ihre Beine ausgestreckt. Sie war mit den Händen an den Schreibtisch des Ornithologen gebunden worden, aber immerhin saß sie bequem. Luers hatte auf das Klebeband über dem Mund verzichtet. Cat lag mit gefesselten Händen neben ihr auf dem Feldbett, war eingeschlafen. Die Strapazen der letzten Stunden hatten sich bei dem Mädchen schnell bemerkbar gemacht. Jetzt, da Frida in ihrer Nähe war, fühlte sie sich offenbar sicher und war eingenickt.

Luers stand neben der Tür und schien etwas auf seinem Handy zu recherchieren. Peters werkelte an der Gasheizung, die endlich ansprang, worauf es ein wenig wärmer wurde.

Frida beobachtete Luers. Ihr Entführer ließ sich nicht in die Karten schauen, was er mit ihnen hier draußen auf der Insel vorhatte. Sie konnte ihn nicht einschätzen. Hatte er sie aus einem spontanen Impuls heraus entführt? Oder verfolgte er einen Plan, den bisher keiner von ihnen durchschaute?

Es wurde immer deutlicher, dass Peters ebenfalls einen Weg suchte, Luers zur Vernunft zu bringen und die Geiselnahme endlich zu beenden. Aber je mehr er auf ihn einredete, desto schlechter wurde dessen Laune.

»Hören Sie auf damit«, flüsterte Frida dem Ornithologen zu, als Luers nicht auf sie achtete. »Je mehr Sie ihn bedrängen, desto unberechenbarer wird er. Wir müssen überlegt vorgehen.«

Peters sah zu Luers, aber der war von seinem Handy abgelenkt, auf dem er seit Minuten herumtippte. »Bleiben Sie ruhig, ich lasse mir was einfallen!« Kurz darauf verteilte er Tee. Er weckte Cat, indem er sie an der Schulter berührte. Sie fuhr erschrocken hoch.

»Trink den Tee, um dich aufzuwärmen!«, sagte Peters.

»Ich will nichts trinken!«, erwiderte sie. »Lasst uns doch einfach gehen. Ich erzähle auch nichts von dem Streit am Hafen!« Sie warf Luers einen ängstlichen Blick zu, der sich mit einer Teetasse auf einen Hocker am Fenster gesetzt hatte.

»Was für ein Streit?«, fragte Peters.

Cat wagte es nicht, ihm zu antworten.

»Hör auf zu jammern und trink den Tee!«, wies Luers sie zurecht.

Einen kurzen Moment war es still in der Hütte. Der Wind drückte gegen die Blockhauswände, das Holz ächzte und knarrte. Plötzlich setzte Regen ein, hämmerte wie eine Ladung Schrotkugeln gegen die Fenster. Cat zuckte zusammen.

»Der Wind wird stärker«, sagte Peters. »Und das Wasser steigt weiter. Wir sollten schnellstens hier verschwinden.«

»Hör auf mit dem Gejammer!«, erwiderte Luers und stellte die Tasse zur Seite. »Wir bleiben hier, in der Hütte sind wir sicher!« Er starrte durch die Scheibe in die Dunkelheit, wirkte wenig zuversichtlich.

Frida hatte das Gefühl, dass sie ihn in ein Gespräch verwickeln konnte. »Was ist hier damals auf Bargsand passiert?«, fragte sie.

Luers bewegte sich nicht. Peters warf ihr einen warnenden Blick zu, der sie wohl zum Schweigen bringen sollte.

Aber sie wollte endlich die Wahrheit erfahren. »Wer lag da unten am Strand? Wessen Skelett haben wir ausgegraben?«

Eine Windböe drückte gegen das Haus, das Holz ächzte, sonst war es still. »Der Tote hieß Holger Jähnig.«

Frida traute ihren Ohren nicht. »Das kann nicht sein!

Jähnig lebt! Wir haben einen Fingerabdruck von ihm auf Füürsand gefunden.«

Luers stöhnte, als habe er ein begriffsstutziges Kind vor sich. »An einer der Scheiben im Lampenraum des Leuchtturms, stimmt's?«

Frida sah ihn sprachlos an.

»Den habe *ich* erst kürzlich da angebracht. Eine falsche Spur. Das war meine Absicherung.« Luers rieb sich die Augen. Er wirkte erschöpft. »Den Fingerabdruck habe ich vor ein paar Tagen von Jähnigs laminiertem Personalausweis abgenommen und davon eine Attrappe hergestellt. Das war Puzzle-Arbeit, aber es hat funktioniert. Man braucht einen Laserdrucker, Holzleim und etwas Glycerin. Dann habe ich den Abdruck auf der Scheibe im Leuchtturm angebracht. Mir war klar, dass ihr ihn findet.« Er trank einen Schluck Tee. »Danach habe ich die Kiste nach Bargsand geschafft und neben der Kneipe vergraben.«

»Warum dieses Risiko?«

»Verstehst du denn nicht? Das war unser Plan! Du solltest die Kiste finden! Wir mussten sichergehen, dass ihr einen Vergleichsabdruck von Jähnig habt, wenn ihr den an der Scheibe im Leuchtturm entdeckt!«

»Dann haben Sie ihm dabei geholfen, den Verdacht auf einen Toten zu lenken?«, fragte sie Peters.

Er zuckte die Schultern. »Es war die beste Lösung, dass Jähnig als Kirstens Mörder gesucht wird.«

Frida konnte nicht glauben, dass sie dem Ornithologen auf den Leim gegangen war. Er hatte genau gewusst, was sie auf der Insel bei der Ruine der Kneipe finden würde. Welche der Sachen in der Kiste waren echt und welche fingiert?

»Was ist mit dem Blut auf Jähnigs T-Shirt?«

»Das war echt«, sagte Luers. »Ich habe nichts in der Kiste verändert seit damals!«

»Dann bist du auch für die Fotowand im Leuchtturm verantwortlich?«

Er blickte sie amüsiert an. »Damit habe ich mir besonders viel Mühe gegeben. Das Internet bietet eine Menge Material über die Heimkinder der DDR und über Torgau. Ich hatte ein Paar Akten dort abfotografiert. Genug Material, um euch auf Jähnigs Spur zu führen. Nur ein kleiner Teilabdruck, nicht mehr. Das wäre zu auffällig gewesen. Mir war klar, dass ihr ihn findet und dass damit Holger Jähnig euer Hauptverdächtiger wird.« Er sah hinüber zu Cat, die schweigend dem Gespräch gefolgt war.

»Hätte das Mädchen uns nicht belauscht, wäre mein Plan aufgegangen. Aber als du am Hafen nach ihr gesucht hast, wusste ich, dass sie alles ins Wanken bringen konnte.«

»Wo hast du sie gefunden?«

»Als du mich am Hafen getroffen hast, saß das Mädchen schon in meinem Büro und hat meine Stullen gegessen. Sie war völlig durchgefroren, stand plötzlich vor meiner Tür. Ich habe ihr Tee gekocht und was zu essen gegeben.« Er lachte auf. »Purer Zufall, dass sie zum Hafen kam! Wenn du sie nicht gesucht hättest, hätte ich nie erfahren, dass sie mitbekommen hat, wie ich Kirsten ertränkt habe.« Er wurde wieder ernst. »Kirsten war ein mieses Schwein, und dass ich ihn wie ein Tier in der Regentonne ersäuft habe, tut mir nicht leid. Ja, wir haben uns am Hafen gestritten! Als bekannt wurde, dass Jähnigs Skelett auf Bargsand gefunden wurde, stand Kirsten abends plötzlich vor der Tür. Er wollte sichergehen, dass ich Jähnigs Sachen damals wirklich verbrannt habe. Er wollte seinen Arsch retten. Aber ich hatte die Kiste all die Jahre aufbewahrt und habe ihm das ins Gesicht gesagt. Ich habe es ausgekostet, dass ihm der Arsch auf Grundeis ging!« Luers schien sich der Tatsache, dass er gerade vor drei Zeugen ein Geständnis ablegte, nicht bewusst zu sein. Frida war klar, dass sie in Lebensgefahr schwebten.

»Als ich sie nicht rausrücken wollte, hat er mich angegriffen, gegen die Wand gedrückt und gewürgt. Dieses Schwein!« Er griff an seinen Hals, als würde er Kirstens Hände wieder dort spüren. »Aber dieses Mal habe ich mich gewehrt. Ich habe ihn überwältigt und seinen Kopf in der Regentonne unter Wasser gedrückt, bis er still war.« Einen Moment lang war nur das Knarren des Daches zu hören.

»Dann war es Notwehr«, sagte Frida. »Du musst dich stellen, Peter! Dann passiert dir nichts.«

Luers schüttelte den Kopf. »Keiner wird mir glauben.«

»Es gibt eine Zeugin!« Sie zeigte auf Cat. »Das Mädchen hat euch am Hafen zwar nicht gesehen, aber gehört. Sie kann zu deinen Gunsten aussagen.«

»Ich weiß, dass der andere Sie bedroht hat!«, warf das Mädchen ein. »Ich sage das vor der Polizei aus!«

Luers dachte nach, schüttelte den Kopf. »Das spielt alles keine Rolle mehr.«

»Was hast du vor?«, fragte Frida und versuchte, eine ihrer Hände aus den Kunststoffschlingen zu ziehen. Es gelang ihr nicht. Sie dachte an das Messer, das Peters mitgenommen hatte. Er musste ihr helfen, die Fesseln loszuwerden. Nur dann hatte sie eine Chance, sie alle hier lebend herauszubringen.

Luers stand auf, ging zum Fenster und blickte hinaus in den Sturm. Niemand sagte etwas. Plötzlich drehte er sich um und zog ein Taschenmesser aus seiner Hose. Frida drückte sich gegen die Wand und versuchte aufzustehen. Luers zeigte auf ihre Fesseln. »Deine Hände!«, verlangte er.

Sie zögerte, dann gehorchte sie. Mit ein paar Schnitten befreite er sie von den Kunststoffschlaufen, schnitt dann auch Cats Fesseln durch. »Tut mir leid …«, stammelte er und steckte das Taschenmesser ein. »Ich war ein Idiot!«

»Heißt das, wir können gehen?«, fragte sie.

Er stand im Raum, die Hände unter seinen Hosenträgern, wie er sie immer in seinem Büro im Verwaltungsgebäude des Hafens empfangen hatte. Er schien sie nicht zu hören. »Trautmann und ich haben lange genug geschwiegen.« Er sah Peters an, der bewegungslos auf seinem Hocker saß. Er deutete ein Nicken an, weshalb Luers sich auf den Stuhl am Schreibtisch setzte. »In der DDR hieß ich Peter Seelig, aber kurz nach der Wende hat meine Mutter Hinnerk Luers aus Neuendeich geheiratet. Sie nahm mich und meine Schwester mit in den Norden. Hinnerk adoptierte uns Kinder. Nicht nur meine Mutter, auch ich konnte ganz neu anfangen.« Er sah hinüber zu seinem Freund. »Ohne Trautmann wäre ich heute nicht hier. Ich war vierzehn, als er mir im Kinderknast in der DDR das Leben gerettet hat. In einer Mainacht 1988 wollten Holger Jähnig und Jochen Kirsten mich mit einem Bettlaken erdrosseln.« Er ächzte leise. »In dieser Nacht wollte ich sterben, ich hielt den Drill, die Schläge und Demütigungen nicht mehr aus. Jähnig und Kirsten wollten das ausnutzen, um einen der Erzieher zu überwältigen, den Schlüsselbund an sich zu nehmen und abzuhauen.«

»Haben sie es geschafft?«, fragte Frida.

»Nein, Jähnig hat mich gewürgt, aber nicht fest genug zugezogen. Er war ein Aufschneider, kein Mörder. Er hatte nicht den Mumm dafür. Kirsten wollte sich selbst die

Hände nicht schmutzig machen, also haben sie abgebrochen.« Er schaute zu Peters, der die Arme auf seine Knie gestützt hatte und auf den Boden starrte. »Trautmann hat die Schlinge um meinen Hals gelockert. Nichts wäre passiert, wenn Kirsten und Jähnig nicht zum Direktor gegangen wären und uns denunziert hätten. Sie haben die Geschichte so erzählt, dass Trautmann meinen Selbstmord ausnutzen und fliehen wollte.«

»Was für Vollpfosten!«, sagte Cat laut.

»Wir wurden zum Direktor zitiert. Danach wartete unsere Gruppe auf uns und hat uns windelweich geprügelt. Ich konnte tagelang nicht sitzen. Aber Trautmann hat es schlimmer erwischt.«

Der Ornithologe sah auf. »Sie haben mir das Knie zertreten und die Hüfte ausgerenkt.«

»Deshalb hinken Sie?«, fragte Cat.

»Es war kein Fahrradunfall in der Kindheit.« Er warf Frida einen Blick zu. »Tut mir leid, dass ich Sie angelogen habe, aber ich versuche, diesen Teil meiner Vergangenheit zu vergessen.«

»Das würde ich auch machen«, entgegnete sie.

»Wir haben alle Wunden davongetragen«, sagte Peters. »Die Erzieher haben uns jeden Tag erniedrigt, geschlagen und gequält, aber letztlich nicht brechen können.« Ein trauriges Lächeln spielte um seine Lippen. »Der Direktor, Rainer Heidrich, ist am Tag der Wiedervereinigung an einem Herzinfarkt gestorben. Er hat sich davongestohlen, bevor er zur Verantwortung gezogen werden konnte.«

Frida massierte ihre schmerzenden Handgelenke. »Und wie ist Jähnig auf Bargsand gestorben?«, fragte sie.

Für einen Moment antwortete nur der Wind, der an den Dachbalken riss. Dann begann Luers zu erzählen.

## Elbinsel Bargsand, 20. Juli 1994

Jochen Kirsten hatte noch nicht einmal »Hallo« gesagt. »Was Besseres als diese abgehalfterte Kneipe ist dir nicht eingefallen?«, schnaubte er, während er sich in seinen Designerjeans an dem Tisch niederließ, auf dem die Ringe von verschüttetem Bier klebten.

»Ihr wolltet einen neutralen Treffpunkt«, sagte Trautmann Werner. »Eine Insel in der Elbe, besser geht's nicht.«

Holger Jähnig setzte sich neben Kirsten. Wie damals. Der Boss und sein Adjutant.

»Ich hoffe, keiner klaut mein Fahrrad am Hafen«, jammerte er. Sein sächsischer Dialekt zog die Vokale in die Länge und verschluckte die Endungen.

»Du hast es da doch angeschlossen«, erwiderte Peter Luers, der mit einem Tablett voller Flaschenbier zurückkam. »Also, warum dieses Treffen?«, fragte er, ließ sich auf einen Stuhl fallen und klemmte die Daumen unter die Hosenträger.

Jähnig blickte sich um, sie waren allein in der Kneipe. »Du siehst gut aus, Seelig«, sagte er zu Luers. »Bist gar nicht mehr die dünne Bohnenstange von damals. Das Leben hier im Westen bekommt dir.«

»Ich heiße jetzt Luers. Was willst du hier?«, fragte der Angesprochene.

Jähnig warf Kirsten einen Blick zu. »Ich bin hier ... wegen damals ...«

»Dein Ernst?« Luers beugte sich angriffslustig nach vorn. »Du kleine Drecksau wolltest mich mit dem Bettlaken erdrosseln!«

Jähnig konnte ihm nicht in die Augen sehen. »In der grünen Hölle hat jeder ums Überleben gekämpft«, stammelte er. »Und du hast gesagt, du willst sterben.«

»Ich war verzweifelt!«

»Ja, ich weiß! Diese Nummer war zu krass.« Jähnig sah Luers direkt an. »Es tut mir leid!«

»So, jetzt haben wir uns alle wieder lieb.« Kirsten nahm sich eine Flasche Bier und öffnete sie. »Das ist sechs Jahre her. Torgau und die DDR sind Geschichte. Lasst uns die alten Sachen vergessen!«

Die drei anderen schwiegen, Kirsten trank allein.

»Du hast gut reden, Kirsten«, sagte Jähnig schließlich. »Ich hab gehört, du machst Karriere bei so 'nem stinkreichen Immobilien-Fuzzi in Hamburg.«

»Er hat mir eine Chance gegeben, und ich habe sie genutzt.« Kirsten lachte breit.

»Wie wäre es, wenn du etwas Kohle rüberwachsen lässt?« Jähnig grinste. »Kannst einem armen Ossi ein bisschen unter die Arme greifen.«

»Nur weil du dein Leben nach der Wende nicht auf die Reihe bekommst, soll ich blechen?« Kirsten schob ihm ein Bier hin. »Hier, bist eingeladen.«

»Du Arschloch!« Jähnig stieß den Stuhl weg. »Du wolltest Seelig ermorden. Wenn ich das deinem Chef stecke, stehst du auf der Straße!«

»Hört auf mit dem Scheiß!«, sagte Werner. »Wir sollten alle nach vorn blicken.«

»Bist du jetzt auch hier im Westen, Werner?«, fragte Jähnig angewidert.

Werner nahm einen Schluck Bier. »Peter hat mir hier einen Job besorgt, und ich hab eine Frau kennengelernt. Mal schauen, was draus wird.«

»Seid ihr jetzt alles Besser-Wessis?« Jähnig sah Luers an. »Und du, Seelig? Wie hat es dich hierher verschlagen?«

»Das geht dich einen Dreck an!«, fuhr Luers auf. »Tauchst hier auf und denkst, mit einem ›Es tut mir leid‹ wäre es getan? Ihr zwei, Kirsten und du, ihr habt uns das Leben in Torgau zur Hölle gemacht! Das werde ich nie im Leben vergessen!« Er sprang auf und ging hinaus.

»Kommt!« Werner stand ebenfalls auf und nahm zwei Bierflaschen in die Hand. »Gehen wir ihm nach. Wir müssen diese Geschichte endlich aus der Welt schaffen.«

†

»Wir sind rüber zum Strand gegangen, haben ein Lagerfeuer gemacht und Bier getrunken«, sagte Luers nachdenklich. »Trautmann ist dann irgendwann abgehauen, weil sein Mädchen auf ihn wartete. Und ich bin rauf zur Kneipe, um Biernachschub zu holen.« Er atmete schwer. »Als ich zurückkam, war Jähnig schon tot. Kirsten hatte ihn im flachen Wasser ersäuft. Er war wie von Sinnen und schrie herum, dass Jähnig ihn erpresst habe. Er habe Geld von ihm gewollt und damit gedroht, ihn wegen der Geschichte in Torgau der Polizei auszuliefern.«

»Und dann?«, fragte Frida, als Luers nicht weiterredete.

»Ich habe Kirsten geholfen, Jähnig auszuziehen, und Werkzeug von meinem Boot geholt. Kirsten hat ihm die Zähne mit den Amalgamfüllungen entfernt. Dann haben wir ihn da am Strand vergraben.«

»Er war schon tot? Warum dann die Fesseln an den Händen?«

»Das war Kirstens Idee. Falls Jähnig gefunden würde, sollte es aussehen wie ein aus dem Ruder gelaufener Streich von Jugendlichen auf dem Campingplatz. Als hätten sie ihn im Sitzen eingegraben und wären dann abgehauen, bevor das Wasser kam.«

»Warum hast du ihm geholfen und nicht die Polizei gerufen?«, fragte Frida. »Du hattest mit Jähnigs Tod nichts zu tun!« Sie merkte selbst, wie vorwurfsvoll ihre Stimme klang.

Luers sah sie gequält an. »Weil Kirsten mir gedroht hat, mich mit reinzuziehen! Wenn ich die Bullen rufen würde, dann würden wir beide in den Knast gehen, sagte er. Ich wusste, wie überzeugend er sein konnte.«

Frida dachte an Torgau, wo Jochen Kirsten ihn und Peters – der damals noch Trautmann Werner hieß – schon einmal denunziert hatte.

»Es war das Beste, Jähnig im Schlick verschwinden zu lassen.«

»Und der Aluchip in seiner Hand? Was sollte das?«

»Den habe ich ihm in die Hand gedrückt, ohne dass Kirsten es bemerkt hat. Sozusagen als Grabbeigabe. Jähnig trug den Chip an einer Kette um den Hals. Er hatte uns an dem Abend stolz erzählt, dies sei die NVA-Marke seines Vaters, der früh gestorben ist. Der Idiot hatte das Ding nach der Wende auf die Schienen gelegt und von einem Zug plattfahren lassen, weil er nichts mehr mit diesem Unrechtsstaat und der NVA zu tun haben wollte.« Luers schüttelte den Kopf. »Aber den Chip hat er als Andenken an seinen Vater behalten. Ich habe ihn reingelegt, weil die Prägungen nicht mehr zu erkennen waren. Damals wusste ich nicht, dass man das beim heutigen Stand der Technik wieder sichtbar machen kann.«

Frida dachte an die Kette, die sie zwischen Jähnigs Sachen gefunden hatten. »Und weshalb hast du Jähnigs Klamotten behalten und nicht Kirsten?«

»Kirsten war völlig durch den Wind. Er wollte so schnell wie möglich von der Insel verschwinden und hat mich beauftragt, die Kiste zu verbrennen. Ich habe es ihm versprochen, aber dann …«

»… hast du die Kiste mitgenommen. Warum?«

Luers schwieg.

»Du wolltest etwas gegen ihn in der Hand haben«, antwortete Trautmann Peters für ihn. »Das Blut auf Jähnigs T-Shirt, das war von ihm und Kirsten, oder?«

Er nickte nachdenklich. »Das war meine Absicherung, für den Fall, dass Jähnigs Leiche gefunden und Kirsten mich belasten würde. Ihm war nicht zu trauen. Ich brauchte ein Druckmittel gegen ihn. Nicht mein Blut war auf Jähnigs Shirt, sondern seines.«

Alle Puzzleteile fielen langsam ineinander und ergaben ein Bild der Ereignisse. »Und warum hast du das Haus von Trautmann Peters durchsucht?«, fragte Frida weiter. »Das warst du doch, oder?«

»Ich wollte das Foto finden. Das Foto, auf dem wir alle vier zu sehen sind. Trautmann hat es '94 hier am Strand geknipst, bevor der Streit zwischen Kirsten und Jähnig eskaliert ist. Wenn die Polizei das Bild in die Hände bekommen hätte, wäre ich doch geliefert gewesen. Dieses Foto musste verschwinden, aber Trautmann wollte es nicht rausrücken.«

»Weil es seine Rückversicherung war«, führte Frida den Gedankengang zu Ende. »Jeder hatte gegen den anderen etwas in der Hand. Für den Fall der Fälle. Wo ist dieses Foto?«, fragte sie und sah Peters an.

»In meiner Fotokiste«, antwortete er. »Die hat er in meinem Haus nicht entdeckt. Sie stand unter meinem Bett.«

Sie dachte an die Kiste, die sie am Abend auf dem Wohnzimmertisch gesehen hatte. Diese würde sie sichern müssen, falls sie diese Insel lebend verließ. »Das Blut auf dem Boden. Du hattest Nasenbluten, als du das Haus durchwühlt hast. Deshalb haben wir das Blut von dir gefunden, oder, Peter?«

Luers schüttelte unwirsch den Kopf. »Das war blöd von mir. In Stresssituationen krieg ich Nasenbluten. Ich habe das gar nicht registriert.«

Sie schwiegen eine Weile. Vor der Hütte heulte der Wind. Dann peitschte erneut Regen gegen die Fenster.

Frida setzte alles auf eine Karte. Luers hatte sich offenbart, es gab keine offenen Fragen mehr. Bis auf eine: Würde er sie gehen lassen? »Peter, gib mir deine Waffe.« Sie sah ihm in die Augen. »Du wirst verhaftet werden, aber ich setze mich für dich ein!«

Luers zögerte, doch dann schien er zu verstehen, dass dies seine einzige Chance war, mit einem blauen Auge aus dieser Geschichte herauszukommen. Er stand auf, zog die Sig Sauer aus dem Gürtel und sah Frida an, die ihm eine geöffnete Hand entgegenstreckte. »Ich weiß doch, wie das läuft!« Er hob die Waffe und setzte sie an seine Schläfe.

»Peter, mach jetzt keinen Scheiß!«, rief sie.

Luers schloss die Augen.

Frida wusste, dass ihr keine Zeit blieb. Sie sprang nach vorn, bekam Luers' Arm zu fassen und riss ihn nach unten. Der Schuss löste sich, bevor die Waffe auf dem Boden aufschlug. Cat begann, wie von Sinnen zu schreien.

# Kapitel 29

Wie Gewehrsalven krachte der Regen gegen die Scheibe des Interimsbüros im Hafen. Mittlerweile meldete der Wetterdienst Windstärke 9. Ein Sturm raste von der Nordsee auf sie zu, die Wasserstände stiegen bedrohlich schnell an. Offensichtlich hatten sie es mit einer Springtide zu tun, die auch das Areal des Hafens zu überspülen drohte. Draußen versuchten einige Bootseigner, ihre Boote vor dem Sturm zu sichern.

Haverkorn konzentrierte sich und packte den Laptop, den Drucker und die wichtigsten Gegenstände im Büro zusammen. Auch wenn das Verwaltungsgebäude auf festen Bohlen stand, wollte er kein Risiko eingehen. Er wunderte sich, dass Peter Luers nicht hier war und sein Büro ebenfalls sicherte. Wahrscheinlich war er solche Wetterlagen gewohnt und machte sich keine Sorgen um seinen Arbeitsplatz.

Frida, Cat und der Ornithologe waren nach wie vor verschwunden. Wahler hatte Bereitschaftspolizei für die Suche aktiviert und das SEK aus Kiel angefordert. Aber bisher wusste niemand, wohin Trautmann Peters die beiden Frauen gebracht hatte. Das Motorboot des Ornithologen lag angeleint am Pier. Er wäre verrückt gewesen, bei diesem Wetter rauszufahren.

In diesem Augenblick wurden die Räume der NAVE-Station am alten Hafen durchsucht. Vielleicht hatte Peters sich dort mit seinen Geiseln versteckt. Wahler war bei dem

Einsatz dabei, weshalb Haverkorn hier im Büro die Schotten dichtmachen konnte.

Er stellte sich ans Fenster und sah hinaus in die Sturmnacht. Selten hatte er sich so hilflos gefühlt wie in diesem Moment. Wieder checkte er das Display seines Handys, aber Frida hatte sich nicht gemeldet. Fridtjof Paulsen war zurück zum Hof gefahren, um dort auf seine Tochter zu warten. Wie mochte er sich fühlen angesichts der Gefahr, der Frida ausgesetzt war?

Er erschrak, als das Handy in seiner Hand klingelte. Es war Wahler. »Nick, was gibt's?«

»Ich wurde gerade informiert, dass über die 112 ein Notruf eingegangen ist. In der Hütte der NAVE auf Bargsand gibt es eine Person mit Schussverletzung.«

»Mann oder Frau?«, wollte Haverkorn wissen, während er sich fragte, wie Peters es mit den beiden Frauen bei diesem Sturm zur Insel geschafft hatte.

»Das konnten sie uns nicht sagen. Die Wasserschutzpolizei hat einen Notarzt und Sanitäter an Bord genommen und macht sich auf den Weg. Eine SEK-Einheit ist ebenfalls mit dem Boot unterwegs. Bei dieser Windstärke können sie den Heli nicht einsetzen.«

Haverkorn schloss die Augen. Was, wenn Frida angeschossen worden war? »In Ordnung! Ruf mich an, wenn es Neuigkeiten gibt!«

»Mache ich!« Er hörte Wahler atmen. »Ihr geht's sicher gut!«

»Ja, bestimmt.« Haverkorn drückte das Gespräch weg und setzte sich an den Schreibtisch. Blaulichtkreise jagten über die Wände des Büros. Ein Feuerwehrauto fuhr auf den Hafenplatz. Kommandos wurden gerufen, aber er nahm nichts davon wahr, starrte einfach auf die Tischplatte.

Sein Handy klingelte wieder. Er stöhnte leise. Auf dem Display erschien eine unbekannte Mobilfunknummer. »Ja?«

»Bjarne!« Das war Fridas Stimme.

Sofort war er hellwach. »Frida, wo bist du?«

»In der NAVE-Hütte auf Bargsand. Cat ist bei mir! Trau … Peters … Schussverletzung im Bauch …« Ihre Stimme klang abgehackt. Der Empfang war miserabel. »Du musst … ungskräfte informie … aus der Hütte raus … Das Hochwasser … überspült, und … Boot hat sich losgerissen.«

Langsam begriff Haverkorn. »Wo wollt ihr denn hin?«

»… alten Kneipe … höchste Punkt auf der … Sag ihnen, wo … finden. Und … beeilen … sonst ist er tot.«

†

Gemeinsam schulterten Luers und Frida Trautmann Peters, um schnellstens zu der alten Kneipe zu gelangen, wo sie hoffentlich sicher vor dem Hochwasser waren, das rascher stieg, als Hilfe bei der Hütte eintreffen würde. Cat ging mit einer Taschenlampe voraus und leuchtete den Weg aus. Der Ornithologe stöhnte leise. Er war kaum noch bei Bewusstsein, während Luers und sie sich mit seinem Gewicht auf ihren Schultern gegen Wind und Regen stemmten.

Frida hatte die Wunde versorgt und den Verletzten notdürftig verbunden. Es gab keine Austrittswunde. Die Kugel steckte noch in seinem Abdomen, musste schnellstens entfernt werden. Sie hoffte, dass durch den Schuss keine Organe verletzt worden waren. So oder so, Peters verlor eine Menge Blut. Der Sanitätskasten in der NAVE-Hütte war nur dürftig ausgestattet gewesen, die Binden längst durchgeblutet. Peters' Überlebenschancen waren sehr gering, wenn er nicht schnellstens professionelle Hilfe erhielt.

Luers schwieg und lief automatisch wie ein Roboter neben ihr. Seit der Ornithologe angeschossen zusammengebrochen war, tat er, was Frida von ihm verlangte. Sie hatte seine Waffe und sein Handy an sich genommen. Seit er Peters angeschossen hatte, hatte Luers kein Wort mehr gesprochen. Immerhin schien keine Gefahr mehr von ihm auszugehen. Denn ohne Luers' Hilfe würden sie es nicht schaffen, den Schwerverletzten bis zu der alten Kneipe zu bringen.

Frida keuchte. Sie hielt den Kopf gesenkt, um dem peitschenden Regen zu trotzen. Ihr Fuß blieb an einer Baumwurzel hängen, sie rutschte weg. Beinahe glitt ihr Peters von der Schulter. Aber sie fing sich ab und hielt ihn mit aller Kraft fest, schleppte ihn weiter. Wie weit war das noch zu dieser verdammten Ruine im Wald?

»Da vorn!«, rief Cat. »Da muss es sein. Ich sehe Mauern.«

Sie gingen durch die Bäume und erreichten die Erhöhung, auf der die Gebäudereste der Kneipe standen. Dort legten sie Peters vorsichtig neben einer der Wände ab. Dann breitete Frida die Plane, die sie aus der Hütte mitgenommen hatte, über dem Verletzten aus. Sie kniete sich neben ihn. »Herr Peters?« Der Ornithologe war weggetreten. Sie nahm sein Gesicht in ihre Hände. »Herr Peters! Hören Sie mich? Halten Sie durch! Hilfe ist bald hier. Sie schaffen das.« Sie hörte ihrer Stimme an, wie hoffnungslos sie sich fühlte.

Cat kniete neben ihr und weinte leise. »Ist er tot?«

Frida überprüfte seinen Puls am Hals, spürte das schwach

pulsierende Leben im Körper des Verletzten. Aber lange würde er nicht mehr durchhalten.

Als sie sich aufrichtete, war Luers verschwunden. »Scheiße, wo ist er?« Sie nahm die Taschenlampe und leuchtete die Umgebung aus. Aber sie sah nur Bäume, Dickicht und verfallene Mauern.

»Du wartest hier!«, sagte sie.

»Nein! Du kannst uns doch hier nicht allein lassen!«, rief Cat verzweifelt.

»Ich muss ihn suchen!«

»Er kann doch nicht weg von der Insel! Bitte, bleib hier! Was soll ich denn machen, wenn er stirbt?«

Das Mädchen hatte recht. Sie konnte Cat nicht mit dem Schwerverletzten allein lassen. Luers würde nicht weit kommen. Das Boot war abgetrieben. Er kam höchstens bis zur Wasserkante. Frida hockte sich neben Cat und hüllte sich und das Mädchen in die Plane. Sie kontrollierte das Handy. Es hatte Empfang. Erst jetzt spürte sie ihre Erschöpfung und schloss die Augen. Nur ein paar Minuten ausruhen, dachte sie. Und dämmerte weg.

Als sie Stimmen hörte, riss sie die Augen auf. Strahler von Scheinwerfern mäanderten durch die Bäume. Schwarz bekleidete Gestalten mit Helmen sicherten das Terrain ab. Die Einsatzkräfte des SEK näherten sich beinahe lautlos. Einer der Männer entwaffnete sie und drückte sie auf dem Boden auf den Bauch.

»Ich bin Polizistin!«, keuchte sie. »Mein Dienstausweis ist in der Jackentasche.«

Der SEK-Beamte kontrollierte das und zog sie auf die Beine. »Wo ist der Geiselnehmer?«

»Irgendwo auf der Insel. Er hat sich abgesetzt.«

Cat stand zwischen zwei Männern des Spezialeinsatzkommandos. Ihr Gesicht war aschfahl, sie zitterte vor Kälte. Peters wurde vorsichtig untersucht, er war noch immer bewusstlos.

»Wo bleibt der Notarzt?«, fragte Frida. »Er hat eine Menge Blut verloren.«

»Der ist gleich hier!«, antwortete der Gruppenführer, bevor er ein paar Kommandos gab, um Peter Luers auf der Insel zu suchen. Seine Leute schwärmten aus.

Frida sah ihnen nach. Die Strahlen der Taschenlampen ließen die Reflektoren auf den Jacken der Rettungskräfte aufleuchten, die sich mit einer Trage ihrem Standort näherten.

Endlich! Wir haben es geschafft, dachte Frida und nahm einem Rettungssanitäter eine Decke ab, die sie Cat um die Schultern legte. Das Mädchen war völlig durchgefroren und erschöpft. Frida legte ihren Arm um sie. »Alles wird gut. Wir sind in Sicherheit!«

»Dürfen wir jetzt nach Hause?«

Frida nickte und drückte Cat fest an sich. »Ja, sie bringen uns nach Hause!«

Torben lächelte, als Frida sein Krankenzimmer betrat. Die Hämatome unter seinen Augen hatten eine blaugrüne Farbe angenommen. Sie ging zu ihm, strich ihm vorsichtig durch das Haar und küsste ihn.

»Ich habe es schon gehört«, sagte er. »Bjarne hat mich angerufen. Er sagte, dass ich dich in einem Stück wiederbekomme.«

Frida setzte sich auf den Stuhl neben seinem Bett.

»Wie geht es dir?«

»Siehst du ja.« Er blickte auf seine Arme, die noch immer in den Haltevorrichtungen fixiert waren. Lediglich die Fingerspitzen schauten aus den Verbänden. »Sie füttern mich ...«

Frida lächelte. »Das UKE ist für seinen Fünf-Sterne-Service bekannt.«

Er lehnte seinen Kopf zurück, schloss für einen Moment die Augen.

»War schon Visite?«, versuchte sie, das Gespräch in Gang zu halten.

Torben sah sie wieder an. »Du hast Dr. Rugenberg gerade verpasst.« Er sah auf seine Fingerspitzen. »Er meint, das Fahrgestell ist nicht mehr das Neueste, aber für eine Generalüberholung reicht es.«

Frida musste lachen. Wenigstens hatte er seinen Humor nicht verloren. »Dann hat er dir Hoffnung gemacht?«

Torben schwieg. »Nicht wirklich. Er wollte nichts beschönigen. Er und seine Kollegen wissen nicht, ob die Nerven noch intakt sind. Ich muss Geduld haben, hat er gesagt.«

Frida stand auf und setzte sich auf die Bettkante, legte eine Hand auf seine Brust. »Wir schaffen das! Gemeinsam, hörst du?« Sie merkte, dass ihre Stimme zitterte. »Egal wie lange es dauert!«

Torben kämpfte mit sich, konnte nicht sprechen.

»Du wirst wieder gesund!«, sagte sie, und ihre Kehle wurde eng.

»Ich habe Angst!«, flüsterte er.

Frida nahm sein Gesicht in ihre Hände, sah ihm in die Augen. »Das habe ich auch. Aber ich glaube fest daran, dass du deine Hände bald wieder bewegen kannst.«

Torben presste die Lider zusammen. Eine Träne löste sich. Frida wischte sie ihm von der Wange.

Es klopfte, die Tür ging auf.

Haverkorn trat ein, dahinter kamen Milan, Jo und Cat ins Zimmer.

Torbens Stimmung hellte sich auf. »Was macht ihr denn hier?«

Haverkorn stellte einen Obstkorb auf den Nachttisch. »Wie geht's dir?«

»Alle Finger sind noch dran. Es wird schon.« Torben zwinkerte eine Träne weg.

Milan zeigte seine Grübchen und warf ein Paar rote Boxhandschuhe aufs Bett. »Ich hab gehört, die brauchst du bald.« Er, Jo und Cat bauten sich auf der anderen Seite des Bettes auf.

»Die sollen dich daran erinnern, was auf dich wartet, wenn du hier wieder rauskommst!«, sagte Jo.

Cat deutete einen Hook an. »Dann fighten wir.«

Torben lachte und sah Frida an. Er atmete aus. »Spätestens im nächsten Jahr trainieren wir. Und dann könnt ihr euch warm anziehen.«

Haverkorn sah Frida an und machte eine Kopfbewegung zur Tür.

»Wir kommen gleich wieder«, sagte sie und folgte Haverkorn auf den Gang. »Was ist los?«

»Sie haben Luers gefunden. Seine Leiche wurde in Kollmar angespült.«

Seit sie ihn in der Sturmnacht aus den Augen verloren hatten, war Luers verschwunden gewesen. Sie hatte befürchtet, dass sie ihn nicht lebend finden würden. »Denkst du, er ist ins Wasser gegangen?«

»Schwer zu sagen. Vielleicht waren seine Schuldgefühle zu stark. Oder er ist auf seiner Flucht vom Hochwasser überrascht worden. Wir werden es nicht erfahren.«

Sie war traurig, dass Peter Luers nicht die Chance bekommen hatte, sein Leben wieder in Ordnung zu bringen. »Ich war vorhin im Zimmer von Trautmann Peters. Er liegt auch hier auf der Station.«

»Wie geht's ihm?«

»Er ist stabil! Die Kugel hat knapp die Lunge verfehlt. Er hat in der Nacht eine Menge Blut verloren. Wenn uns die Rettungskräfte nicht so schnell gefunden hätten, wäre er heute nicht mehr hier. Aber er kommt wieder auf die Beine.« Sie lächelte. »Dann will er uns noch mal nach Bargsand einladen. Um uns seine Vogelwelt zu zeigen.«

»Er ist ein Kämpfer. Wäre gut, wenn es mehr von seiner Sorte gäbe.« Er presste seine Lippen zusammen. »Da ist noch was. Torbens Kollegin hat mich heute Morgen angerufen. Sie hat die Knochen aus dem Leuchtturm analysiert.«

Frida fragte sich, warum er nicht weiterredete. »Und?«

»Das waren Hundeknochen. Wahrscheinlich haben die letzten Bewohner ihren Liebling da unten im Keller verscharrt.« Er atmete schwer aus. Seine Schuldgefühle schienen angesichts dieser neuen Erkenntnisse noch schwerer zu wiegen.

»Was passiert ist, ist passiert«, sagte Frida. »Mach dir bitte keinen Kopf mehr wegen des Unfalls! Torben wird das schaffen!«

Haverkorn legte seinen Arm auf Fridas Schulter. »Geh wieder zu Torben! Sag ihm, ich besuche ihn in den nächsten Tagen noch mal etwas länger.« Er wandte sich zum Gehen.

»Bjarne?«

Ihr Kollege drehte sich um. »Ich würde gern Urlaub nehmen, um für Torben da zu sein.«

»Mach das! Ich kläre das mit Wahler. Nimm dir so viel Zeit, wie ihr braucht!«

## Paulsenhof, 16. Januar

Mitte Januar wurde das Boxstudio auf dem Hof eröffnet. Der Tag war trocken und nicht zu kalt, Regen sollte es erst am Abend geben. Milan und Jo hatten für den Samstagvormittag Freunde, Bekannte und einige der alten Boxkameraden aus Hamburg eingeladen. Die Spannung war groß gewesen, ob überhaupt jemand raus aufs Land fahren und zur Einweihung kommen würde. Aber bald war der Hof zugeparkt, und erste Fahrzeuge mit Hamburger Kennzeichen mussten am Straßenrand neben der Toreinfahrt stehen.

Marta hatte es sich nicht nehmen lassen, das Reetdachhaus und den Hof mit Girlanden zu schmücken, was in Anbetracht der Eröffnung eines Boxstudios etwas kitschig wirkte. Aber niemand störte sich daran. Im Gegenteil. So bekam der Anlass eine feierliche Note. Fridtjof war am frühen Morgen mit einem Trecker voll mit Strohballen, Apfelgroßkisten und Holzpaletten auf den Hof gefahren. Zusammen mit seinem Geschäftspartner Jesper hatte er eine rustikale Bar zusammengenagelt, vor der Strohballen zum kurzzeitigen Verweilen einluden. Frida und Marta hatten die Outdoor-Bar mit Lichterketten geschmückt. Torben, der kurz vor Weihnachten das Krankenhaus hatte verlassen dürfen, gab ihnen Tipps. Seine Arme waren noch immer verbunden. Die Finger seiner linken Hand hatten nach ein paar Tagen auf die Ergotherapie in der Klinik reagiert, und er konnte sie mittlerweile ein wenig bewegen. Der Mittelhandnerv der rechten Hand war schwerer geschädigt worden. Er spürte sie zwar, konnte seine Finger jedoch bisher nicht bewegen. Ende Januar hatte er einen Platz in einer Reha-Klinik im Harz, die einen guten Ruf hatte. Aber Wunder konnten auch dort nicht vollbracht werden. Dennoch war Torben heute gelöst und gut gelaunt, was sicherlich auch daran lag, dass er Jo und Milan ihren wichtigen Tag nicht verderben wollte.

Kurz vor zehn wurde ein Fass Bier angestochen, das die beiden Bauern Milan und Jo zur Eröffnung überreicht hatten. Der Grill lief auf Hochtouren, und Marta war in ihrem Element, als von ihrer Familie ihr selbst gebackenes Brot, allerlei Salate und ein riesiger Topf Grünkohl nach draußen getragen wurden.

Nach einer kleinen Ansprache schob Milan schließlich das Tor zum Boxstudio auf. Ein vereinzelter Sektkorken knallte, im Hintergrund lief *Eye of the Tiger*, dann strömten die Gäste in die Halle. Was die beiden Boxstudiobetreiber innerhalb weniger Wochen geschafft hatten, konnte sich wirklich sehen lassen. Die alte Halle, in der jahrelang Großkisten und Gerätschaften gelagert hatten, war nicht wiederzuerkennen. Durch die eingesetzten Trockenwände wirkte sie nicht mehr so überdimensional. Auffällig war das Backstein-Design der Wände, an dem riesige Plakate von Boxgrößen angebracht worden waren. Der Boxring war das zentrale Element, um den sich alle anderen Trainingsgeräte gruppierten. In einer Ecke hingen Sandsäcke und Punchingbälle. In der nächsten war ein Areal mit Hanteln, dahinter stand ein großes offenes Regal mit Kopfschützen und Pratzen für das Boxtraining. Neben dem Büro am Eingang, das in einem abgetrennten Raum mit bodentiefen Fenstern lag, war eine gemütliche Entspannungsecke mit kleiner Bar für Fitnessdrinks und Sitzsäcken eingerichtet worden, hinter der ein Gang zu den Umkleideräumen, Toiletten und Duschen führte.

Frida stellte sich neben Haverkorn und Henni, die beeindruckt am Eingang stehen geblieben waren.

»Na, was sagt ihr?«, fragte sie.

»Ich beginne morgen mit dem Training«, erwiderte Henni. »Ich habe schon mit Milan gesprochen. Er sagte, wenn ich es ruhig angehen lasse, ist es das perfekte Fitnessprogramm für mich.«

»Und du?« Frida sah Haverkorn an.

Er zögerte. »Der Arzt sagt mir jedes Mal, ich soll mehr Sport machen. Aber ich weiß nicht, ob er damit meinte, dass ich ein sechzigjähriger Rocky werden soll.«

»Es geht ja nicht darum, dass du Kämpfe absolvierst«, sagte Frida. »Du wirst fitter, trainierst dein Gleichgewicht und deine Reflexe. Und nach dem Training nimmst du noch einen gesunden Shake an der Bar. Was gibt es Besseres?«

Er nickte kaum merklich. »Ich denke mal drüber nach.«

Milan kam kurz zu ihnen, aber er konnte nicht stehen bleiben, weil er seinen Gästen Rede und Antwort stehen musste. Und natürlich die ersten Kunden akquirieren, was hervorragend funktionierte. Jo saß im Büro und druckte einen Vertrag nach dem anderen aus. Irgendwann lächelte sogar sie. Das Geschäft brummte.

Frida verließ die Halle und setzte sich zu Torben, der mit Cat an der Outdoor-Bar versackt war und das Treiben aus der Ferne beobachtete. »Ein voller Erfolg, würde ich sagen.«

»Ich hoffe es für die beiden. Sie haben eine Menge investiert hier draußen«, erwiderte Torben.

»Das Studio ist echt lit!«, sagte Cat.

Frida und Torben sahen sich an. Früher hatte man noch super oder geil gesagt. Diese Begriffe waren heute wohl out.

»Wir müssen uns auch noch mal unterhalten«, sagte Frida ernst. »Ich habe mit Frau Rudolf beim Jugendamt telefoniert. Nächste Woche ist der Termin vor dem Familiengericht. Hoffen wir mal, dass ich tatsächlich zu deinem Vormund bestellt werde, bis du im April achtzehn wirst.«

Cat sah hilfesuchend zu Torben, der nichts sagte.

»Frau Rudolf hat mich über ein paar Dinge informiert, die du vergessen hast, uns zu erzählen. Ladendiebstahl, echt jetzt?«, fragte Frida streng. Dass Cat einige Male von der Polizei aufgegriffen und zu ihrer Mutter zurückgebracht worden war, kommentierte sie nicht. Sie selbst war als Dreizehnjährige von zu Hause abgehauen und von der Polizei zu Hause abgesetzt worden. Mittlerweile war Frida klar, warum Cat weggelaufen war, als sie sie zur Zeugenbefragung mit nach Itzehoe hatte mitnehmen wollen. Cats Angst vor der Polizei war stärker gewesen als die Aussicht, auf dem Hof bleiben zu können.

»Na und? Ich hatte Hunger!«, verteidigte sich das Mädchen.

»Und da klaust du Schokoriegel?«

»Dann hatte ich eben Appetit auf was Süßes!«

»Wenn du hierbleiben willst, lässt du die Klauerei sein. Haben wir uns verstanden?«

Cat zog eine Schnute, dann nickte sie. »Okay!«

»Und morgen unterhalten wir uns mal über deine Ausbildung. Ich würde dem Familiengericht gern einen Vorschlag machen, was deine Zukunft angeht.«

Cat wollte aufbegehren, aber Frida ließ sie nicht zu Wort

kommen. »Mein Vater hat einen Bekannten, der Gärtnerlehrlinge im Obstbau ausbildet.« Ihre Blicke trafen sich, aber sie widersprach ihr nicht. Hatte sie ihr Interesse geweckt? »Du brauchst eine Ausbildung! Ob diese oder eine andere, darüber können wir noch mal reden.«

»Mit einer Berufsausbildung steht dir die Welt offen«, stärkte Torben ihr den Rücken. »Wenn du den Abschluss in der Tasche hast, kannst du reisen. Zum Beispiel nach Australien. Auch da werden Fachleute im Obstbau gebraucht.«

Cat lachte. »Dann baue ich da unten Kiwis an!«

Torben schmunzelte. »Dann musst du nach Neuseeland!«

»Soll ich dir noch was zu trinken holen?« Das Mädchen zeigte auf das leere Glas mit Trinkhalm, das neben Torben auf der Bar stand.

»Klar, gern was Stärkeres.«

Cat stellte sich hinter die Bar und begann, einen Cocktail zu mixen. Frida konnte gar nicht fassen, wie leicht Torben sie bei dem Thema Ausbildung versöhnlich gestimmt hatte. Andere Menschen zu motivieren schaffte er mit Leichtigkeit. Sie hoffte, dass er genug Lebensmut für sich selbst hatte. In den letzten Tagen hatte sie bei ihm einen Hang zu Selbstmitleid verspürt, der ihr nicht gefiel. Die nächsten Monate würden für sie und ihre Beziehung eine Bewährungsprobe werden.

Sie ließ die beiden allein und ging zum Büfett, wo ihre Mutter riesige Portionen auf die Teller der Gäste häufte. Fridtjof stand am Holzkohlegrill. Ihm schien zu gefallen, dass nun endlich wieder Leben auf dem Hof einkehrte, wo es ihm nach der Auslagerung seiner Geschäfte auf Jespers Hof zu ruhig geworden war.

Haverkorn stellte sich mit einem Teller neben Frida.

»Klasse Feier! Alle sind gut drauf. Warum siehst du so bedrückt aus?«, fragte er.

»Bin ich nicht.« Sie klaute ihm ein Stück Brot vom Teller. »Wir wissen nicht, was uns morgen erwartet.« Nachdenklich sah sie hinüber zu Torben, der gerade etwas erzählte, was Cat zum Lachen brachte. »Lass uns einfach diesen Tag genießen.«

†††

# Mein Dank

Liebe Leserinnen und Leser, ohne Sie würden Geschichten wie diese einsam in Schubladen verborgen bleiben oder in Ordnern eines Laptops verschwinden. Weil Sie lesen, Bücher kaufen und damit uns Kulturschaffende unterstützen, kann ich meinem Traumberuf nachgehen. Deshalb möchte ich zuallererst Ihnen dafür danken, dass Sie meine Bücher lesen und vielleicht auch Ihren Freunden und Bekannten weitererzählen, wie sie Ihnen gefallen haben.

Bei der Recherche zu diesem Buch haben mir wieder eine Menge Menschen geholfen. Das Thema *Kinderheime und Jugendwerkhöfe in der DDR* war nicht einfach für mich umzusetzen. Ein so brisantes Thema in die fiktive Geschichte eines Unterhaltungsromans zu verweben war eine schwierige Aufgabe. Die Geschichte des leidvollen Weges eines Jungen zu erzählen, der stellvertretend für all jene stehen soll, denen damals in den Kinderheimen und Jugendwerkhöfen Unrecht geschehen ist, war ein emotionaler Balanceakt. Ich wollte unbedingt davon erzählen, weil diese Institutionen ein Teil des Landes waren, in dem ich aufgewachsen bin. Ich war fünfzehn Jahre alt, als die Mauer fiel, habe eine behütete Kindheit in der Nähe von Dresden verleben dürfen. Natürlich hatte ich davon gehört, dass es Jugendwerkhöfe gab. Aber wie viele meiner Landsleute dachte ich, dass dort Kriminelle einsaßen. Wie groß dieser Irrtum war, erkannte ich erst viele Jahre später, als es die

DDR schon lange nicht mehr gab. Es ist mir ein Bedürfnis, mit meinem Roman einen kleinen Beitrag dazu zu leisten, dass dieses dunkle Kapitel der DDR-Geschichte nicht in Vergessenheit gerät.

Bedanken möchte ich mich zuallererst bei Manuela Rummel, der wissenschaftlichen Referentin der *Gedenkstätte Geschlossener Jugendwerkhof Torgau*, die sich die Zeit genommen hat, mich durch die Ausstellung zu führen. Frau Rummel hat nicht nur all meine Fragen beantwortet, sondern auch die Szenen der Rückblenden gelesen und mich auf Fehler bzw. falsche Formulierungen aufmerksam gemacht. Dank Frau Rummel und allen Mitarbeitern der Gedenkstätte wird dieses Stück Geschichte nicht in Vergessenheit geraten. Wenn es Sie interessiert, besuchen Sie doch einmal die Ausstellungsräume der Gedenkstätte in Torgau, Fischerdörfchen 15. Informationen zu den Öffnungszeiten und eine Menge Informationen zum Thema finden Sie auf der Homepage www.jugendwerkhof-torgau.de.

Ich möchte mich bei Psychologin und Psychotherapeutin Angélique Kästner-Mundt bedanken, die großartige Kriminalromane als Angélique Mundt schreibt, und bei ihrem Mann Hauptkommissar Andreas Kästner. Sie haben mich bei diesem Roman von den ersten Zeilen an begleitet und durch ihre Gedanken, Anregungen und fachlichen Anmerkungen den Text sehr bereichert und Stolpersteine entfernt. Ich grüße an dieser Stelle auch Andreas' Kollegen bei der Wasserschutzpolizei Kehrwiederspitze 1 in Hamburg, die mir ihre Türen öffneten und Einblicke in ihre spannende Arbeit gaben.

Ich danke Andreas Izquierdo, der wie jedes Mal der Erste war, der das Exposé des neuen Romans gelesen und mir – wie immer – wertvolle Tipps gegeben hat.

Ich bedanke mich bei Uwe Helbing, Gruppenleiter des NABU Wedel, der geduldig meine Fragen zur Vogelwelt in der Elbmarsch und der Unterelbe beantwortet hat.

Außerdem danke ich Dr. med. Mathias Redwitz, der mir bezüglich der »Planung« der schweren Handverletzungen meines Rechtsmediziners sehr weitergeholfen hat.

Ein ganz warmer und herzlicher Dank geht an alle Generationen einer Familie, ohne die diese Reihe gar nicht möglich wäre: Großvater Friedrich Wilhelm Plüschau, der mit mir gedanklich zurück in die Vergangenheit gereist ist, um mir von seinen Nachkriegsjahren als Bandreißer und der schwierigen Bewirtschaftung der Elbinseln zu erzählen. Ich danke seiner Enkelin und meiner engen Freundin Kerstin Plüschau, die beim Schreiben mein Fels in der Brandung ist, weil sie nicht nur die Elbmarsch und ihre Bewohner bestens kennt, sondern für jedes Problem eine Lösung parat hat. Und für jeden schlechten Tag ein gutes Wort, mit dem es weitergeht. Ich danke meinem Freund und Nachbarn, Obstbauer Ottfried Plüschau, ohne den es Fridtjof, den Paulsenhof und die vielen Details zum Leben und Arbeiten der Obstbauern in der Elbmarsch in meinen Büchern nicht geben würde. Ich danke Ottfrieds Bruder Wilfried Plüschau, der sich als begeisterter Wassersportler sofort bereit erklärte, mich zu einer Erkundungsfahrt mit seinem Boot mit hinaus auf die Elbinseln zu nehmen.

Ich danke den begeisterten Wassersportlern und Seglern Ingrid und Bruno Höge für einen gemütlichen Nachmittag, an dem ich sie mit meinen Fragen zur Unterelbe, zu den Elbinseln, dem Wassersport und dem Wechsel der Gezeiten löchern durfte, und die mir eine Menge Anschauungsmaterial und Bücher bereitstellten. Und danke

Anja Plüschau für die nette Vermittlung und die Begeisterung für meine Bücher und Christian Hamster für all seine Informationen und Materialien zu den Sturmfluten in der Marsch.

Ich danke meinen emsigen Testlesern Hans Baron, Markus Friederici und Arne Fiedler, die durch ihre aufmerksame Lektüre, ihre klugen Anmerkungen und offene Kritik den Roman noch besser gemacht und durch ihre Motivation und Begeisterung meine einsamen Schreibstunden am Laptop erleichtert haben.

Ich danke meiner langjährigen Freundin Andrea Hoeck, die schon lange, bevor ich Erfolg mit meinen Büchern hatte, davon sprach, dass ich irgendwann Bestseller schreiben würde. Danke für den Nachnamen »Franić« für Milan, der mich immer an unseren schönen verregneten Tag auf der Insel Rab erinnern wird.

Dem gesamten Team meines Herzensverlages BASTEI LÜBBE danke ich für das jahrelang entgegengebrachte Vertrauen, die bestens funktionierende Zusammenarbeit und den Glauben an meine Reihe. Ihr gebt alles, um aus meinen getippten Geschichten wunderschöne Bücher mit einem großen Auftritt zu machen und diese auf die Ladentische zu bringen. Ihr seid das beste Verlagsteam für mich! Die Zusammenarbeit mit meiner Lektorin Gerke Haffner ist einer der Grundpfeiler meiner Arbeit und die beste Voraussetzung, dass meine Geschichten in dieser professionellen Form aufs Papier finden. Tausend Dank! Ich bedanke mich bei meiner Außenlektorin Dr. Ulrike Brandt-Schwarze für die akribische und bereichernde Arbeit an meinen Texten! Auch mein Presse- und Veranstaltungsteam ist unermüdlich, um die Öffentlichkeit mit Informationen zu meinen Büchern zu versorgen und Lesungen mit mir auf die Beine zu stellen. Ich danke stellvertretend Barbara Fischer und Momke Zamhöfer für das ganze Team.

Meinem Agenten Lars Schultze-Kossack und dem gesamten Agenturteam kann ich nur sagen, wie glücklich ich bin, dass ihr mir seit Jahren den Rücken freihaltet und euch um alles kümmert, was eine Schriftstellerin vom Schreiben ablenkt. Ohne euch geht es einfach nicht!

Liebe Buchhändlerinnen und Buchhändler, liebe Bibliotheksmitarbeiter/-innen, liebe Blogger/-innen, liebe Mitarbeiter/-innen in der Verlagsauslieferung ARVATO Media GmbH, Sie leisten klasse Arbeit, damit meine Bücher das Publikum erreichen. Ich danke Ihnen für Ihre Begeisterung! Gerade 2020 war ein ganz schwieriges Jahr für die Buchbranche. Der Lockdown hat uns allen eine Menge abverlangt. Doch Sie haben sich davon nicht abschrecken lassen, im Gegenteil! Sie haben richtig Gas gegeben, damit das Medium Buch die Menschen vor allem in dieser schwierigen Zeit erreicht hat. Mein höchster Respekt geht an Ihren Mut, Fleiß und Ihre Beharrlichkeit!

Ein besonderer Dank gebührt den wichtigsten Menschen in meinem Leben: meinem Lebensgefährten Tom Völker, der mir ermöglicht hat, mich als Schriftstellerin selbstständig zu machen, der an mich geglaubt hat, als es noch lange nicht so aussah, als ob ich mit dem Schreiben Erfolg haben könnte, und der mir jederzeit die Ruhe und Sicherheit gibt, um kreativ sein zu können. Ich danke meinen geliebten Eltern Renate und Karlheinz Fölck, meinem Schwesterherz Katrin Fölck sowie meinen wunderbaren Schwiegereltern Ulla und Sieghard Völker, dass sie in guten und schlechten Zeiten unverrückbar an meiner Seite stehen und immer an mich glauben.

Liebe Leserinnen und Leser, der fünfte Band mit Frida

und Haverkorn nimmt gerade in meinem Kopf Gestalt an. Sind Sie wieder dabei, wenn die beiden erneut ermitteln? Und sehen wir uns vielleicht einmal auf einer meiner Lesungen? Ich würde mich sehr freuen! Informationen zu meinen Büchern und Lesungen erhalten Sie jederzeit in den sozialen Netzwerken und auf meiner Homepage: www.romyfoelck.de.

Auf bald, Ihre Romy Fölck, im September 2020

*Sie kennt den Mörder und schweigt. Bis die Vergangenheit sie einholt ...*

Romy Fölck
TOTENWEG
Kriminalroman
DEU
416 Seiten
ISBN 978-3-7857-2622-8

In einer Herbstnacht wird der Vater der Polizistin Frida brutal niedergeschlagen und liegt seither im Koma. Ein Mordversuch? Sie kehrt in ihr Heimatdorf in der Elbmarsch zurück, auf den Obsthof ihrer Eltern, wo sie auf Kriminalhauptkommissar Haverkorn trifft. Beinahe zwanzig Jahre sind seit ihrer letzten Begegnung vergangen, seit dem Mord an Fridas bester Freundin Marit, der bis heute nicht aufgeklärt werden konnte. Frida fällt die Rückkehr ins Dorf schwer: die Herbststürme, die Abgeschiedenheit, das Landleben zwischen Deichen, Marsch und Reetdachhäusern. Ihre alte Schuld scheint sie hier zu erdrücken: dass sie Marits Mörder kennt, aber niemandem davon erzählte ...

Lübbe

*Der Schatten eines ungesühnten Verbrechens liegt über diesem Haus …*

Romy Fölck
BLUTHAUS
Kriminalroman
DEU
320 Seiten
ISBN 978-3-431-04111-8

Ein einsam gelegenes Reetdachhaus an der Ostsee. Die Inselbewohner nennen es das *Bluthus,* seit dort vor vielen Jahren eine Familie grausam ermordet wurde. Der Täter wurde nie gefunden. Zwanzig Jahre später verschwindet eine alte Freundin von Frida Paulsen spurlos. Die junge Polizistin ist zutiefst beunruhigt. In der Wohnung der Vermissten findet sie ein Foto – es zeigt ein einsam gelegenes Reetdachhaus am Meer. Gemeinsam mit ihrem Kollegen Bjarne Haverkorn begibt sich Frida auf die Spur dieses rätselhaften Hauses, dessen unheilvolle Vergangenheit für sie alle zur tödlichen Bedrohung wird …

*Frida Paulsen und Bjarne Haverkorn ermitteln in ihrem zweiten Fall*

Bastei Lübbe

*Eine verborgene Kammer, in der Albträume wahr werden ...*

Romy Fölck
STERBEKAMMER
Kriminalroman
DEU
432 Seiten
ISBN 978-3-7857-2654-9

Dunkel ragt die Silhouette der alten Deichmühle in den Himmel. Es ist ein unheimlicher Ort, an dem die Polizistin Frida Paulsen die Leiche des Eigenbrötlers Josef Hader entdeckt. Doch ist das nicht ihr einziger grausiger Fund: Unter einer Bodenklappe verbirgt sich eine spärlich möblierte Kammer, die Schreckliches erahnen lässt. Am Bettpfosten hängen die Überreste einer Metallkette, und auf der stockfleckigen Matratze liegt ein Sommerkleid, das Fridas Kollegen Bjarne Haverkorn nur allzu bekannt vorkommt. Vor zehn Jahren verschwand in der Marsch eine junge Frau, von ihr fehlt bis heute jede Spur ...

*Frida Paulsen und Bjarne Haverkorn ermitteln in ihrem dritten Fall*

Lübbe

*Es ist nie zu spät, einem toten Kind Gerechtigkeit widerfahren zu lassen …*

Arnaldur Indriðason
DAS MÄDCHEN AN DER BRÜCKE
Island Krimi
Aus dem Isländischen
von Anika Wolff
384 Seiten
ISBN 978-3-7857-2711-9

Eine junge Frau ist spurlos verschwunden. Verzweifelt wenden sich ihre Großeltern an den pensionierten Kommissar Konráð, den sie von früher kennen. Sie wissen, dass ihre Enkelin Drogen geschmuggelt hat, und nun ist sie unauffindbar. Eigentlich hat Konráð mit seiner beruflichen Vergangenheit abgeschlossen und widmet sich vor allem seiner eigenen Familiengeschichte. Doch als er bei seinen Recherchen auf ein kleines Mädchen stößt, das vor Jahrzehnten im Reykjavíker Stadtsee *Tjörnin* ertrunken ist, will er die Wahrheit unbedingt ans Licht bringen. War der Tod des Mädchens wirklich nur ein tragischer Unfall? Und gibt es eine Verbindung zum Verschwinden der jungen Frau?

Lübbe